用一本书立体地呈现美国
用文字融合中国人和美国人共同的情感

电影之外的美国

章珺 著

作家出版社

1997年，我第一次见到美国外交官 Tom，他告诉我，我们的生日只差一天。后来我们发现，如果他和我都身处对方的国家，因为时差，我们竟可以在同一天过生日。这样的巧合里有着深深的祝福，为一个中国人和一个美国人的友情，为中国和美国，两个美好的国家。（《两个生日一天过》）

1999年初次来到华盛顿，没有想到日后会来这里定居。已在这里生活了十多年，无数次的凝眸之后，我对华盛顿的感受，竟然跟初次造访时留下的印象并无大的差别。我喜欢的不是她的喧嚣，而是她的恬静沉实。（《凝眸华盛顿》）

来到美国后，发现这里几乎所有的大学都是没有围墙的。这好像不仅仅是一种外部特征，还包含着丰富的社会和文化内涵。（《没有围墙的大学校园》）

毕业典礼上的五星红旗。（《我们来自五湖四海》）

Hargett教授从未想过用自己的名字去命名那些奖学金，可它确实存在着，它改变了很多中国学生的命运，也为很多美国学生了解中国架起了一座桥梁。（《Hargett奖学金》）

我的美国父母格瑞葛和安（Gregg和Ann）。二战期间，格瑞葛的父亲随援华美军来到昆明，曾担任美国陆军医院的副院长。他爱上了昆明，以及那片土地上的人民。他在那里用刚刚问世的柯达彩色胶卷拍摄了一百多张照片。六十年后，格瑞葛把这些珍贵的照片带回了昆明。（《奥尔巴尼》）

每一对来这里结婚的新人，都会在这本名册上签上自己的名字。每一个名字，也是一段对幸福的见证。（《老式爱情》）

婚姻更像这枚普通的婚戒，没有炫目的光彩，一清如水，却流淌在我们生命的血脉中，并且可以细水长流。（《钻戒和婚戒》）

我们给女儿起了一个很特别的名字，叫Amerina。她有着中美两个国家的血缘，我把美国America和中国China融合到了一起，就出来这样一个美好的名字。（《慢养女儿，陪伴成长》）

百分之七十左右的美国人认为，对一个男人来说，最重要的角色是父亲。（《美国奶爸》）

女儿成长的每一步中，都倾注着奶爸的心血。（《美国奶爸》）

在美国，常常听到这句话：你能给你爱着的人的最好的东西，就是时间。特别是对一个未成年的孩子，她最依赖的，就是父母的陪伴。所有的陪伴不是为了留住她，只是为了有一天，她可以更好地独立。（《慢养女儿，陪伴成长》）

很多国家，为那些美国大片预备了精良的电影院。而在美国本土，还有那么多的人保留着这样的爱好，喜欢看露天电影，喜欢听露天音乐会。（《天籁之音》）

有很多人想知道美国源源不断的创造力来自何处，我想有一部分肯定来自于阅读。旺盛的生命力和创新能力，一定要根植于丰沃的精神土壤。一个不喜欢阅读，不能安静下来的民族，或国家，不可能有丰厚的生命，和经久不衰的文化魅力。（《在阅读中成长》）

生活在美国，感觉每一天都跟某个节日有关。上一个节日刚过，商店里就开始为下一个节日做准备。超市里和礼品店里，会为即将到来的那个节日开辟一个专区，摆放跟这个节日有关的各种礼品。(《节日快乐》)

志愿者和捐赠者在美国是两种相当普遍的身份。很多的公园和儿童游乐场，都是先有人捐钱，然后靠志愿者一点一滴地建造出来。很多的活动也靠捐助，再靠大批的志愿者组织落实。(《志愿者精神和捐赠文化》)

目
录 CONTENTS

异国家园，电影之外的美国

《电影之外的美国》——序

你无法知道，什么时候的一次轻轻触动可以改变人生的轨道。你也无法预料，一次偶然的相遇会延续出数十年的友谊，让你跨洋越海，有了自己的孩子，而这个孩子的名字承载了两个伟大国家对未来的期许。这次邂逅也成就了你捧在手中的这本书。

1997年，我刚开始我的外交生涯，在美国驻北京大使馆担任外交官，非常渴望增进美国与中国的相互了解，就在这个时候我遇到了章珺。那个时候，她在中国中央电视台电影频道工作，是一位非常严肃真诚的作家。她满怀好奇，希望更多地了解美国。进入会客室时，那只是一个工作面谈，我们却一见如故，道别时已心有灵犀。我们有很多共同语言，志趣相投，我们对彼此国家的喜爱最终促使她来美国做访问学者。从此，生活重塑轨道。这个来自最古老文明国度的，曾经的好莱坞电影评论家在这个新的土壤中慢慢扎下根须，并且在这里萌发了强烈的展现"电影之外的美国"的愿望。

很快我们发现，4月11日是她的生日，我的生日是4月12日。但如果我们都身处对方的国家，因为时差，不论根据何种历法，我们竟可以同时庆祝我们的生日，两个生日一天过。我后来还了解到，章珺来自孔子的故乡———中国东部的山东曲阜。孔子是历史上最伟大的教育家之一。恰如这位伟大的圣贤，章珺的父母也是桃李满天下。而章珺追随孔子和自己的父母，后来也从事教育。自1997年以来，我一直在向她学习有关中国和友谊的知识。我认为这本书便是根植于曲阜的一系列宝贵文献中的又一个篇章。

最优秀的社会故事讲述者往往来自异域。十九世纪法国政治学家阿历克西·德·托克维尔是最杰出的美国生活观察家之一。他仅在美国旅行九个月后，就撰写出了著名的《论美国的民主》。相比之下，章珺在美国已生活二十年之久，很少有人能像她这样深入洞察美国生活的核心。她始终怀有一颗中国心，在讲述她的第二故乡——美国的故事时，她不仅表达了由衷的赞赏，同时也有严格的审视和善意的批评，展示出一个来自异域的家庭新成员的真情实感。

其实，章珺眼中的美国是一个延伸了的大家庭。这本书中的人物就像她的家人一样鲜活。在与她的美国丈夫建立了家庭之后，她将视线投向更远的地方，并在下一代身上也寄托了在不同文化间建立相互理解的希望。她给自己唯一的孩子取名为Amerina，这个名字越过太平洋，将美国和中国这两个国家紧密联系在一起。

这并不是章珺第一次展示起名的艺术。因为不满意我的第一个汉语老师为我选择的中文名字，我恳求章珺帮我重新起名。经过一周的斟酌推敲，再见面时她带来一个绝佳的名字，令我的许多中国朋友赞不绝口。它不仅接近于"汤姆"的英语发音，还使用了传达"苍天之下，万国和睦"表意的汉字，寓意着上天赐予的和睦相处的祝福。对于一个刚崭露头角的外交官来说，这是一个何等吉祥的名字！

我朋友现在的名字是Jun Z. Miller，从这第三个名字上可以捕捉到她自身生活的变化。读到这里你大概已经知道Z意味着什么，它出现在英文字母表的末尾，然而又象征着她的故事的开始。希望你能像我一样喜欢她写的故事。

谨以此序表达我对章珺、她在中国的父母和她在美国的家人的感谢。

Tom Cooney（俞天睦）

2018年4月

Tom Cooney（俞天睦），序言作者，书中篇目《两个生日一天过》的主人公，曾任职于美国驻北京大使馆新闻文化处；美国驻上海领事馆领事和公共事务总监；美国驻香港和澳门副总领事；现任美国驻阿根廷执行大使。2010年任职上海期间，他带领他的团队促成美国参加上海世博会，并出任上海世博会美国馆的副总代表。

柳明淮（Ming-huai Hall），序言中文译者，现任职于美国纽约州长办公室，语言专家。

原文:

You never know when you will touch a life. You never know when a single encounter can lead to a decades-long friendship, to a leap across oceans, to a child whose name carries the promise of two great countries, to this very book in your hands.

I met Zhang Jun in 1997 when I was a junior diplomat stationed at the U.S. Embassy in Beijing, eager to build ties of mutual understanding between my country and China. She was an earnest writer for the movie channel at China Central Television and had a strong curiosity to learn more about the United States. We entered a meeting room as new professional contacts and departed it as kindred spirits. Our interests converged and ultimately helped her become a visiting scholar in the United States. From there, life took its course, and this one-time Hollywood movie reviewer from the most ancient of civilizations patiently grew roots in the New World and found a passion for telling America's story "Outside the Movies."

Only later did we discover that her April 11 and my April 12 birthday coincide perfectly whenever I am located in her birth country and she is in mine, a kind of shared leap day in defiance of all calendars. Only later did I discover that Zhang Jun hails from Qufu in eastern China, the birthplace of Confucius, one of the greatest teachers of all time. Like the great sage himself, her parents were also educators. And like her parents, Zhang Jun has become an educator, too. I have been learning from her about China and about friendship since 1997, and I consider this book to be another text in a long line of valuable texts with roots in Qufu.

The finest storytellers about a society often come from beyond its borders. One of the greatest observers of American life was the 19th-century French political scientist Alexis de Tocqueville. His seminal Democracy in America was written after travelling around the United States for just nine months. By contrast, Zhang Jun's observations are steeped in 20 years of living in America, and she is able like few others to go right to the heart of what it is to be an American. Her own heart indelibly Chinese, she tells the story of her adopted country not only with the affinity of a true admirer but also with the exacting eye of a Chinese family member who demonstrates affection through loving criticism.

Indeed, Zhang Jun has embraced America as her extended family. The characters in this book come alive like family. After starting her own family with an American husband, she went even further and invested her hopes of cross-cultural understanding in the next generation by naming her only child Amerina, a name that stretches across the Pacific to bind two countries.

Nor was this Zhang Jun´s first foray into the art of name-giving. Not satisfied with the first Chinese-language name selected for me by an early Chinese instructor, I turned to Zhang Jun to rechristen me in Chinese. She thought carefully for a week and returned to me with the perfect name that has drawn the admiration of many Chinese acquaintances ever since. It recalls not only the English phonetic sounds of Tom but also features beautiful written characters that convey a meaning of harmony under heaven. An auspicious name indeed for a budding diplomat!

My friend is now known as Jun Z. Miller, a third act of naming that captures her own personal transformation. But you know what the Z is for now. It comes at the end of the English alphabet, but it symbolizes the very beginning of her story. I hope you also enjoy it.

In appreciation of Zhang Jun, her parents in China, and her family in America,

Tom Cooney 俞天睦

April 2018

Tom Cooney(俞天睦), author of the preface, the subject of "Two Birthdays On The Same Day" in this collection, has variously served as Press Officer at the U.S. Embassy in Beijing, the Consulate and the Director of Public Affairs in Shanghai, and the Deputy Consul General of the US Consulate General for Hong Kong and Macau, is currently the Acting Ambassador of the United States in Argentina. During his term of service in Shanghai in 2010, he led his Pavilion team to promote the United States to participate in the Shanghai World Expo and served as Deputy Commissioner General of the USA Pavilion at the Shanghai World Expo.

自　序

我第一次来美国，是在二十年前的1998年。来之前，我以为我对美国并不陌生，通过影视和其他渠道，或者道听途说，我好像已经熟悉和了解了这个国家。

到了以后，生活了一段时间，发现我原来的很多判断和观点并不准确，我所了解的原来是一个我想象中的美国。亲眼看到亲身体会的，应该是一个更真实的美国吧。回到北京后，我把一些我对美国的感受和我在美国的生活片段写了出来，发表在报刊杂志上，我想尽我所能告诉中国读者一个不一样的美国。真实的美国比我想象中的美国简单朴素了许多，没有那么多的喧嚣和浮华，却有着很多让人感到亲切的魅力。

2002年我移民美国后，又受邀在一家报纸开了个介绍美国生活的专栏，开了两三年，一直受到读者的欢迎。也有一些美国人喜欢我笔下的美国，认为我很好很准确地展现了美国的方方面面。我想这是因为我是一个外来者，会比较敏感，更容易看清这里的细枝末节。作为一个作家，又多了些敏锐，能看到一些特别之处，一些值得珍视和借鉴的一个国家的素养。

有些文章结集出版过，虽然留下了一些遗憾，但为这本书的创作做好了铺垫。特别感谢这本书的策划和编辑，出版的前期介入，帮助我梳理好了思路，也帮助我更好地了解了读者的诉求。应该说这本书凝聚了作者、策划、编辑和读者共同的愿望。这本书的写作时机也已成熟。我已经在美国生活了一二十年，在这里读书工作，结婚生女，生活在美国人中间，切实感受着他们的喜怒哀乐，对于一个作者，这是一个很好的时候来写一本跟美国有关的书了。在美国生活了很多年后再来写这本书，可以更准确地把握和呈现美国。当初写美国，靠的是一个初来者的敏感和一个作家的敏锐，写这本书，主要靠的是日积月累的实实在在的生活。这个时候的我也有了更丰富的阅历，更平和的心态，对生活的认知和感悟也更加的成熟，希望这本书不仅能帮助读者了解美国，还能带给读者一些美好的感受和启迪。

写这本书的时候，才发现有太多的东西可写。一二十年的生活，已经给了我太丰盛的馈赠，我只能尽可能地浓缩在一本书里。这本书有三大板块，第一章是写情感的，情感可以超越所有物质上的东西，不去了解美国人的情感，很难真正地了解美国。第二章具体到了衣食住行，寻常百姓的生活琐事中，蕴含着美国人的价值观、家庭观念和精神追求。第三章是一个延伸，延伸到整个的社会和文化中。想更好地了解美国，这三个部分可能缺一不可。

在一本书里，很难做到面面俱到，我尽可能选择一些有代表性的素材，或者把一些不同的内容融汇到一篇文章中，帮助读者以一窥十。譬如《美国奶爸》和《慢养女儿，陪伴成长》都是写如何培养孩子的，但角度和侧重点不同。《美国奶爸》围绕着一个土生土长的美国爸爸来写，《慢养女儿，陪伴成长》则以一个在美国的中国妈妈的身份来写，我想通过不同的侧面更完整地诠释美国人养儿育儿的观念和作为，而且通过养育孩子不仅可以了解美国的教育，我自己就是通过养孩子更全面更深入地了解了美国。美国也有很多的城市可写，我只选择了奥尔巴尼和华盛顿。奥尔巴尼像是我在美国的故乡，华盛顿特区是美国的首都，也是我现在居住的地方，我在这两个地方都生活了很长的时间，写起来会比较确切，恰好这两座城市也浓缩了美国很多有代表性的层面，都是很典型的美国的城市。

我不喜欢空洞的说教，自己在写作时就尽可能避免说教，想用真实的人物和故事来展现丰厚的生活，字里行间应该流淌着真情实感，这是我在写作散文时一直遵循的原则。作为一个作家，在这方面有着得天独厚的优势，擅长发现发掘故事，也知道怎样塑造人物，再用好的文笔描述出来，希望这些来源于生活的真实的故事，是以文学的形式呈现给读者的，可以当作美文来欣赏。而且，经过了艺术的加工，更能保持住原汁原味。

每个作者的经历不同，性格不同，感受不同，写出来的东西肯定会带有个人的色彩。我尽可能避免主观的判断，尽可能客观地展现那个我所感受到的美国。

美国也处于变化之中。一些社会问题更加的明显，一些矛盾渐渐激化，多多少少影响到生活在其中的人，破坏到原有的和谐，损伤了原有的传统。在很长的时间里，美国是一个很传统的国家，应该说，直到现在，美国还是一个保守务实的国家，这也是为什么这几年的变化，特别是在观念上的变化，会引发很大的争论和很多人的强烈反对。我所展现的美国的一些独特的魅力，作为一个国家所具备的一些优秀的品质，在这几年也在受到很大的冲击。如《木箱》中对传统的传承，《我们来自五湖四海》中不同种族的融合，对不同文化的兼容并蓄和包容等。希望这些优秀的品质还能被保留下来，不仅仅是在文字中被保留下来。有些变化是难以把握的，所以我把更多的关注和笔墨放在普通美国人的身上，他们的善良、大气、包容和爱心，不为功利而为，不会随着时代的变化发生任何的变化。他们和他们所表现出来的素质，是美国和美国文化的基石。也是在这些普通人的身上和普通人的生活中，我看到很多我们共同拥有的东西，中国人和美国人共同拥有的情感和愿望，中国人和美国人在过日子时都会遇到的问题，都会感受到的喜悦。

　　因为这些人这些事，我写这本书的时候，始终心存感激，对那些还在身边的亲人和朋友，和那些萍水相逢今生再也不会相遇的人，都满怀感恩。当我用文字去表述的时候，他们再一次感动了我，温暖着我的日子。希望把这样的温暖，通过这本书带给读者，温暖更多的人。

章珺

2018年2月17日

那些在美国遇到的人，邂逅的情

一栋房子，之所以能成为一个家，是因为有了情感。

一座城市，一个国家，最让人感动的，是生活在其中的人。

无论何时何地，亲情、友情、爱情，是最初的开始，也是最终的归宿。

能打开的心灵，不会过于向往奢华；能留下的幸福，不会因为岁月的流逝而褪去光泽。

能够天长地久的，不是灿烂的烟花，是细微的感动，不期而至的温暖，可以绚丽地绽放在世界的任何角落，纯净了日子，沉实了岁月。

老式爱情

1

Michael 是朋友民介绍给我的。我刚从纽约州搬到了华盛顿特区，正借住在民的家里。

那时候我正在找工作，也期盼着一份爱情，但在我的未来模糊不定的时候，爱情也是飘忽的。我知道，工作是可以找到的，爱情是可遇不可求的。

热情的民说要把他的一个美国同事介绍给我，叫 Michael。民把他所了解的 Michael 勾勒了一番，最打动我的，民说 Michael 是个简单快乐的人。

其实民和我都没对这事儿抱太多的希望，有一搭没一搭的，顺其自然。民说，至少你可以跟他练练英文。我想这样的期盼是适中的，不抱希望，也就没有失望。我依旧相信爱情，而且是一生一世的爱情。但也相信，很多人可能一生都没有这样的恩遇。我不知道的，只是我会有怎样的运气。

一切确实是轻松随意的。民都没有跟我商量，就约了 Michael 在随后的一个星期六来我们这儿。而我已经跟朋友们约好在那个星期六去城外看红叶，民只好让 Michael 星期天过来。秋天漫山遍野的红叶美轮美奂，我在星期六玩得太尽兴，晚上开始感冒发烧。星期天早上好了一些，但状态肯定不佳。没再跟 Michael 改时间，一是不想改来改去，二是觉得这样倒也真实，人总有憔悴的时候。

Michael 如约而来。他穿了件白色的 T 恤，配一条休闲裤。褐色的头发，蓝灰色的眼睛，棱角分明的脸上却回转着温润平和的光泽。他应该是有备而来，收拾得很干净清爽，手里还捧了束盛开着的鲜花。

民打趣道，你这花是给我的，还是给珺的？

Michael本来就紧张，遇到这样的问题，脸马上红了，把花递到民的手上，什么也没说。

民和太太媛都是踏踏实实过日子却不太讲究浪漫的人，家里什么都有，就是没有花瓶之类的东西。他找了个大大的水杯，把花塞了进去。

民说要带我们去个皮萨饼店吃午饭，可以边吃边聊。本来一辆车也够了，民刻意要开两辆。他和太太女儿在一辆车上，打发我上了Michael的车。

Michael开了辆蓝色流线型的跑车，跟他刚才表现出的拘谨并不吻合。

车子开起来后，他渐渐放松下来，话也多了起来。他原来很是幽默风趣，而我也是个容易被逗笑的人，欢声笑语拉近了我们的距离，两个人很快就熟络起来。

十一月初的日子。高而透蓝的天空下，是大把的温暖明媚的阳光。没有了春夏的燥热，冬日的凛冽也还在远处驻足。树叶都变了颜色，玫瑰色、橙色、卵黄、墨绿簇拥在依旧茂盛的树枝上。那辆蓝色的跑车满心欢喜地穿过热闹而平和的城市，无意间迎合了深秋的艳阳和姹紫嫣红的树叶正在吟咏的歌调。

车里的两个人，也是满心欢喜的。

这样的喜悦也弥漫在之后的那顿轻松随意的午餐中。

午餐后我们回到民和媛的家里。Michael没有告退的意思，几个人坐在餐厅里继续天南海北地聊着。我洗了些新鲜的水果，泡了壶清茶。餐厅是朝西的，太阳西落，餐厅里的光线越来越足，每个人的脸上也就有了越来越浓厚的光彩。我的心思如那壶明前绿茶，是清淡的。时而划过一些惊喜。Michael是聪明的，每次扯出新的话题，他都可以有独特的见解和根据。闲淡的基调，丰富的内容，我未曾想过一个搞电脑的人能有这样宽阔的知识面，而我对博览群书的人总是有些特殊的好感。

这样的见面也是我原来未曾期望的。轻松随意让我忘了相亲的目的，朋友式的交流又在无意间促成了彼此的心意。我的感冒也因为快乐好了许多。

民说的是对的，Michael确实是一个简单快乐的人。他的快乐感染了我。那快乐是波澜不惊的，没有过多的期许，没有刻意的掩饰。我们享受的，就是此时此刻的快乐。也许这是今生今世唯一的一次见面，我们还是快乐的。

2

Michael很快发来一个电子邮件，邀请我出去吃晚餐。我答应了他。他马上来问我想吃什么菜，我说由他定吧。他选了家中式餐馆，在Tysons Corner，离我住的地方不远。

时间定在之后的周六的晚上。Michael开车来接我。他手里还是捧了束鲜花，这次他明确地说，这花是送给珺的。我把花插进了另外的一个大水杯，民在旁边坏笑着。

Michael跟上次一样，收拾得干净整洁，散发着清爽的气息。

我们一起去了那家饭馆。Michael按照中国人的习惯请我点菜，而不是各点各的。我没有推辞，点了京都排骨和芥兰牛，还点了春卷和虾多士做开胃菜。每选一样菜我都会征求下他的意见，他总是很积极地表示赞成。我很希望这些菜确实合他的口味，这是我的一些美国朋友喜欢的中餐。

等菜的间隙，Michael问起我什么时候来的美国，为什么决定来美国。

我的思维停顿了片刻。之所以来美国，是因为我的第一个婚姻，而那是一场很失败的婚姻。今天算是我和Michael的第一次正式的约会，现在就提及过去的情感经历，好像早了些。我的闺蜜也总是嘱咐我，对男人一定要有所保留，特别是感情生活中的故事。可是我该如何回答他的这个问题呢？Michael正微笑而真诚地望着我，我知道，他并不是刻意为之，只是很随意地扯出的话题。即使我什么不说，他也不会介意。但我还是想告诉他那一切，就在此时此刻。如果那是一个绕不过去的坎儿，为什么不在最早的时候在正中央迈过去呢？

我把自己经历过的那个故事复述了一遍。这个跟情感有关的故事，在结束了几年之后，当故事的当事人讲述它的时候，已经没有任何感情的色彩，我只是很真实地把它讲述了一遍。

故事并不长，当我们的菜陆陆续续地上来的时候，我的故事也到了尾声。可是那过去了的一切，不是可以这么轻松地一笔带过。毕竟那是我一生中的一个重要的脚印，那是我来到这个国家的原因，也是投射到我对美好爱情的诠释和期盼上的一个阴影。有些东西是很难放下的，放不下的不是过去了的那段情感，放不下的是因为伤害而留下的胆怯和犹疑。

那都是过去了的事情。Michael温和地看着我，声音很轻，却有足够的份量。

我没有说什么。

那一切都过去了。他再次强调了一遍，接着招呼道：看，菜都上来了，好诱人，我们开始吃吧。

Michael的眼睛里跳动着明媚的笑意，那一刻我是心存感激的。一个可以让我这么轻松地告别一段最不愉快的记忆的人，在未来的日子里也该是个温和宽容的人。

我设想的一道很高的门坎，就在他善解人意的一笑中夷为平地。

3

之后的那个周末，Michael带我去跳美国传统的Swing舞。

跳舞的地方在马里兰，离Michael住的地方不远。他没有让我自己开车过去，在那里跟他碰面。他先绕到我这里，接上我，再一起过去。

坐在车里的时候，我想起他上次问过我，喜不喜欢开车？我说学车的时候天天想开，学会了反倒不喜欢开了。我想他大概是记住了这句话。

来跳舞的人都聚集在一间宽敞的大厅里。女士们站成一圈，男士们在女士们的内侧站成另一圈。来的人很多，至少一、二百人，可以拉出两个大大的圆圈。两个舞蹈教练站在圆圈的中央，他们每演示一个动作，男士们就移动到下一位女士的面前，跟这位女士共同完成这个动作。几十个动作下来，我遇上了几十个舞伴。整套舞学完了，Michael还没转到我的面前。可是他已经近在眼前了，就在近在咫尺的地方朝我微笑。恰巧到了随意配对的时候，Michael快步走到我的跟前。

可以请你跳支舞吗？Michael向我伸出手来。

当然。我把自己的手放在他的手心里。

Michael带着我滑进舞池。他是个很好的舞伴，节奏感很强，可以轻松自如地带动起我的舞步。一起一落中，可以感觉到他的投入，和一份呵护。舞池中的人很多，难免会跟其他的人碰撞在一起，他总是能把我带进一个相对自由的空间，可以在那里尽情地旋转。我已经有好多年没跳这类传统的舞蹈了，在那个晚上我又找回了当年跳交谊舞的感觉，那是一种轻盈得要飞起来的感觉，也是一种很年轻很浪漫的感觉。那天我穿了条大摆裙，当我们旋转的时候，我可以听到裙摆飞扬时带出的欢快的歌唱。刹那间，想起情窦初开时很喜欢的一支歌，《交换舞伴》。一次次的共舞，也是一次次的告别。舞伴换过了许多，直到那个人的出现。不想再去交换舞伴，只想跟这个人一直跳下去，一直像现在这样尽情地跳下去。

不断有刚才一起跳过舞的男士来邀请我共舞。我礼貌地回绝了他们。刚才跟他们跳过的，都是一支舞中的一个小小的片断，匆匆而过，没有留下什么痕迹。想有一个固定的舞伴，完整而流畅地串联起所有的舞步，从陌生到熟悉。可以一遍遍地重复着同样的旋律，心无旁骛，倾心而舞，直到有了那份心有灵犀的默契。

那晚把我送回到家门口时，Michael问我：从今天开始我们就是朋友了，对吗？

我笑着点了点头，心里在想，其实在这之前我已经把你看成是朋友了。

他又问我：我可以吻你吗？

我还是点了点头。

他在我的脸颊上留下轻柔的一吻。喜欢这样的亲近，也喜欢这样的分寸感。往前走了一步，又给我留下了余地。

第二天我决定去买个花瓶。以前有过几个漂亮的花瓶，搬家时都送了别人。Michael每次来都会带一束鲜花，该为它们预备一个花瓶了。

在店里挑花瓶的时候稍稍有些犹疑，不知道有没有备一个花瓶的必要。

这个犹疑是一闪而过的。我挑了个紫棕色流线型的，颈部高上去又收进来，带了些亭亭玉立的雅气。但绝不张扬，花瓶是做陪衬的，不该喧宾夺主。

4

开始的阶段我一直是在被动的位置上。不是想拿捏一番，是真的把他看成是一个朋友。确切地说，是介于朋友和恋人之间的一个人。喜欢跟他在一起，又不是朝思暮想地想在一起。

收到一个邀请，去参加一个展览，可以带一个朋友。想到了Michael，第一次主动给他发了个邮件，问他想不想一起去。他很快给我回了邮件，兴奋地接受了我的邀请。

地点是在华盛顿市内。可以坐地铁去那里。我们约好在举办活动的酒店见面。

出了地铁，看见外面开始下雨，下得还不小。幸好我事先看过天气预报，带了雨伞。酒店的具体位置我事先也已经查好，很顺利地找到了那个地方。

我到得早了些，就在酒店大堂等Michael。已是初冬季节，又在下雨，还不到五点钟，天色已完全暗了下来。我看着酒店的大门一次次地开启，进来的都不是他，心里渐渐对他有了些埋怨。中间他打过两次手机，说他在路上，很快就到了。活动该是开始了，门口还是没有他的踪影，我更加地不耐烦。

酒店前台的一位女士走过来，主动跟我搭讪。我告诉她我在等一个朋友，然后一起去参加在这里的一个活动。

他会来的。外面在下雨，可能不太好找。她安慰我说。

我朝她感激地点点头。她陪我站在那里，我们很随意地聊着。我的情绪渐渐平复下来。

Michael终于出现在我的面前，湿漉漉的，像是刚从水里钻出来。他没带雨伞，看样子是直接从办公室赶过来的。今天早上的天气还很好，看不出会下雨。

他见到我，一再地向我道歉。他说出了地铁，走错了地方。从地铁走到这个酒店大概要七、八分钟，看他被淋得这么湿，估计在外面走了几十分钟。

你还好吧？我关切地问道，刚才的怨气已经烟消云散。

我没事，就是让你久等了。他满脸的歉意，说着把一束鲜花递给了我。跟他的狼狈比起来，这束花被保护得很好。也落上了一些雨水，倒是显得更娇艳了。我不知道他是不是因为去买花走错了路，心里还是很感激他的周到。

征得了他的同意，我们在见到了我的朋友时，把那束花送给了她。她从纽约赶来华盛顿主办这次活动，是为英国的一个画家举办的一次画展。朋友帮着找来了毛巾，Michael去洗手间擦干了头发，又脱下他的皮夹克，挂在通风处，希望能在走之前晾干一些。

这个画展也像是一个沙龙，规模并不大，有些私密性。欣赏那些绘画作品只是其中的一部分，很多来宾是互相认识的，更多的时候是在闲聊。我除了那个朋友，并不认识其他的人。可以主动地去跟别人搭讪，或者热情地回应来搭讪的人，这种场合是可以认识一些人的，但还是让我觉得有些生硬。

幸亏有Michael，一直陪伴在我的身边，一起赏画，再天南地北地聊些有趣的话题。不断有侍应生用托盘托着各种饮料和小吃穿梭其间，遇到喜欢的，我们会停下聊天，叫住侍应生，取下一份美味，惬意地品尝一番。

那一刻，觉得，有一个伴儿真好。

我们离开的时候，外面还在下雨。雨小了许多，淅淅沥沥地下着。

我们只有一把伞。Michael和我撑着那一把伞，一起去坐地铁。开始的时候我们还保持着小小的间隔，慢慢地就完全靠到了一起。

路上很安静，我们也是安静的，可以清晰地听到雨滴落在雨伞上发出的清脆的声响。

回到住处不久，我收到Michael发来的手机短信。他说他还在回味今晚的一切。我们合撑着同一把伞，相依偎着从雨中走过，很浪漫，也很温暖。

第二天告诉民和媛昨晚的经历。民意味深长地说，你现在越来越多地提到Michael了。

我自己并没意识到这个变化。民这样说，我才发现，我对Michael的感觉，确实有了变化。

5

感恩节的时候，Michael说要在家里为我烤一只火鸡。这是我第一次去他的住处。

之前我刚参加过一个特会，专门去听了一场有关爱情婚姻的讲座。去听讲座的人都是单身。我想每一个人都跟我一样，都在渴望爱情，都想拥有一个上帝祝福的婚姻。

主讲人提到，很多美满顺遂的婚姻，一般都会得到父母的祝福和周围的人们的赞成。另外，在从恋爱到婚姻的过程中，应该会看到一些明显的迹象，像是一种私语和应许。

我马上对号入座。

自己以前的失败的恋爱，包括那段失败的婚姻，父母确实是反对的。之前也考虑过其他的美国人，父母总是心存犹疑。这次跟 Michael 交往，父母倒是投了赞成票，我不知道确切的原因，但他们确实是祝福的。我的一些见过 Michael 的朋友，对他也是认可的。至于一些迹象，好像还没有多少明确的迹象。但有一点是明确的，跟 Michael 在一起时，我是快乐的。

从特会回到住处，我简单地收拾了一下，准备去 Michael 那里。

临走前我打开电脑，想打印出 Michael 的地址和开车路线。

进入我的信箱，怎么也找不到那封邮件，难道这就是一个暗语？

我停下在电脑里的找寻，又在桌面和柜子的台面上搜索了一番，还有屋角的那个小垃圾桶，都没有收获。去开特会前我打扫过房间，这时候屋子里显得有些过于干净了。

我终于放弃了徒劳无获的努力，静静地在转椅上坐了片刻，心情有些黯淡和失落。我不知道我是否应该给 Michael 打个电话。如果打这个电话，我是应该重新问他要地址，还是暂不去他那里？

心绪烦乱的我开始无意识地转动起转椅。椅子移动的时候，带出了一张小纸条。我捡起纸条，上面正是 Michael 的地址。

我记得我是用吸尘器吸过地毯的。我为什么会把他的地址记到一张纸条上？这张纸条又是如何在我吸地时幸运地留存下来？

难道这才是那个真正的暗语？

我带着那张纸条上路。从弗吉尼亚到马里兰，也就是从华盛顿特区的南边到北边。先开 495，转 270，下了高速，是乔治亚大道。一路上的心情都不错，只是在乔治亚路上开了很长的一段，还没看到我要转的 Layhill 路。我怕已经开过了，心想再过两个路口我就掉头回来找。这时候发现汽车快没油了，正好前边是个加油站，我就先去了加油站。加满了油，既然已经停了车，不如顺便去问问路。我找到加油站的人，问他Layhill在哪儿？他笑着指了指前面的一个路牌：你看，那就是Layhill路，就在你的眼前。

怎么会有这样的巧合？我不敢相信地望着前面的那个路牌。

到了Michael的家。迎接我的，是Michael和他的两只大狗Stella和Genghis。两只狗都有七、八十磅重，站起来的时候跟我差不多高。它们看起来很凶悍，但我很快发现它们都是温顺的，而且很懂规矩。Michael递给我两块喂狗的饼干，让我亲自喂下它们。我小心翼翼地伸出手去，两只大狗很灵巧地用舌尖从我手上卷走了那两块饼干，心满意足地吞下去后，对我更是亲热了。Stella对我更是"一见钟情"，我走到哪她就跟到哪。我站下或坐下的时候，她就会坐在我的旁边，眼神一直追随着我。

Michael说，Stella原来是他姐姐的邻居家的狗。五年前邻居一家要搬往外州，不方便带走她，Michael就收养了她。

为什么想养狗呢？我问。

想有更多的责任心吧。Michael回答道。

认养了Stella一段时间后，他又收养了Genghis。他说他每天去上班，总觉得Stella自己在家会孤单，就去弃狗收养所认养了Genghis。Stella和Genghis是同一种类的德国狗。Genghis是被人遗弃的，大概是长得太丑，一直没人愿意带走他。Genghis还是丑丑的，长着一个大豁嘴，还是龅牙。Stella也并不漂亮，不过现在的它们一看就是被主人精心豢养的幸运犬，棕色的毛泽很光亮，身膘体壮。

说话间，火鸡也差不多烤好了。我本来以为Michael只是去外面买个现成的火鸡，没想到他真的是自己动手。那只二十磅的火鸡已是金黄色，Michael说上面都涂了奶油，才能烤出这样的颜色。中间还要不断地端出烤箱，用吸管把烤出的汁水收回来，再均匀地洒在火鸡上，这样不断地反复，才能烤出味道。金灿灿的火鸡两脚朝天，肚子里塞满了我爱吃的stuffing，散发着诱人的香气。

我看着Michael熟练地操持着这一切，心里想，他应该是个热爱家庭的好男人。他就是那个我一直在寻找或者说一直在等待的男人吗？还有，刚才来之前的那几段巧合，小小的片断，每一段都似乎是无足轻重的，组合起来，却又像是一个奇妙的暗示。

Michael自然不知道我的这些心思，他快活地准备好了感恩节的晚餐，有些紧张地看着我把火鸡肉吃进了嘴里。得到我的赞许后，他开心地笑了。我的赞许是发自内心的。中国人一般对火鸡的味道比较挑剔，总觉得有些腥涩。不知道Michael做了怎样的处理，或许是因为我的心情很好，或许是火鸡是刚刚烤好的，非常的新鲜，反正我没有吃出任何的腥涩味，这是我吃到的最鲜美的火鸡。

饱餐一顿后，两个人坐在壁炉边的长沙发上聊天。壁炉里的炉火正旺，空气中混合着火鸡的香味和木柴燃烧时发出的暖暖的味道，还夹杂着一缕淡淡的蜡烛的香味。Michael打开了音响，音量很低，美妙的音乐在屋子里低低地回旋，却不会影响到两个人的谈话。Michael还端来他自己烘烤的南瓜派，就放在我身边的小茶几上，我想吃的时候就可以吃上几口。Stella和Genghis慵懒地趴在我的脚下，我的两只脚完全埋进了它们的怀抱中。两只大狗温暖的身体传递给我一种说不出的感动，我感觉到了那种久违了的家的气息，可是这么美妙的时刻又好像是我从未经历过的，眼前的一切不正是我能勾画出的最完美的家的景象吗？

空气中依然弥漫着那种特殊的香味，天籁般的音乐依然在流淌，Michael充满磁性的声音依然在回荡，Stella和Genghis温暖的身体依然倦卧在我的脚上……我的眼睛里浮现出一层薄薄的泪水，我眨了眨眼睛，在那层泪水褪去之后，我看见那支正在燃烧的蜡烛开始流泪，我知道那是喜悦快乐的泪水。

6

欢喜明媚的日子里不可能没有音乐。Michael带我去听过几场音乐会，有时也会随性地为我弹几支吉他曲，郎朗要在肯尼迪中心举办钢琴演奏会的消息也是Michael告诉我的。

那个周末我们本来打算一起去看场电影。Michael临时听说了郎朗的演奏会，就问我想去哪一个。我知道Michael对钢琴演奏并没有多大的兴趣，我自己喜欢听的是小提琴和小号。可是郎朗的表演也是不该错过的。年轻的郎朗已在国际乐坛上声名显赫，作为他的同胞，我还没听过他的演奏，这次又是在肯尼迪中心表演。当然票价也会不菲，我又不想让他太破费。每次一起出去看演出，或是去饭馆吃饭，他总是抢着付钱，或者事先已经付好了钱。

我有些犹豫，就让Michael来做决定。他马上说，还是去看郎朗的表演吧。

星期六，Michael先开车来到我的住处。我已经准备好了晚饭。我们吃了东西，打算坐地铁去肯尼迪中心。

进了地铁站，Michael让我先等一下，他去买地铁票。我想他是去给自己买票，我已经告诉他我有地铁票了。等他的时候，我看了眼自己的那张票，这才发现这张票的钱数已经不够了，需要另买一张票。我还停留在在纽约坐地铁的习惯上。在那里坐地铁，不管走多远，也不管转几次车，只要没出地铁站，在当时都是两块钱。华盛顿的地铁是按路程计费的。我跑的次数没那么多，但钱数已经上去了。我正准备去给自己买票，Michael正好买了票回来。他把他买的那张票递到我的手上，说，这是你的票。

原来他是去给我买票。上次我们两个一起坐地铁，我也说我有票，进站的时候没问题，出站的时候钱数不够了，只得临时去补票。他大概是记住了我当时的尴尬。

我轻轻地说了声谢谢，心里很是感激他的细心周到。这个细节很小，却很温暖。有几个男人能为我记住这样的琐事呢？

我们赶到肯尼迪中心的主音乐厅时，郎朗的钢琴演奏会正好正式开始。年轻的郎朗充满了激情和朝气，当精妙绝伦又热情澎湃的音符从他的指尖流出时，为他伴奏的交响乐团的演奏家们立刻被调动起了所有的激情，现场的上千观众的情绪也很快被撩拨起来，迅速地陶醉其中。从每个琴键上传递出的激情不是一闪而过的，那股澎湃的热流从始自终，没有停留。低旋回转处，也是在酝酿着更多更强的迸发。整场的气氛都是热烈奔放的。

当郎朗充满魔力的指尖奏响了最后一个音符，全场的观众起立。长久热烈的掌声中，郎朗一次次地谢幕，并且加演了一支曲子。他加演的是中国的《彩云追月》。

那熟悉的旋律一经响起，我的呼吸就急促起来，眼睛也跟着湿润了。之前整场的演出我也是欣喜雀跃的，被郎朗表现出的爆发力和凝聚力感染着，但那更多的是因为音乐本身。这一刻是不由自主情不自禁的感动。在异国他乡，为那支来自故土的曲子，为这支曲子和这支曲子的演奏者带给所有人的感动而感动。我的心里不断涌动着那股热流，让我有些不能自持。

这时候Michael轻轻地握了下我的手，还朝我心领神会地点了下头。我也深情地望了眼他，突然间明白了他的心意。他带我来听这场钢琴演奏会，让我没有错过这百感交集的一刻。

我们带着惊喜和感动走出肯尼迪中心，没有想到还有另外一份惊喜在等待着我们。我们一出肯尼迪中心的正门，一片片晶莹剔透的雪花迎面向我们飘来。那是那一年冬天的第一场雪。雪并不大，只是零零散散的雪花，它们温柔地飘在半空中，在落到地上之前，已经融化于人们的惊喜中了。我们原打算坐肯尼迪中心的班车去地铁站，然后搭地铁回家。因为这场雪，我们决定走去地铁站，这样可以更多地感受初雪带来的意外的惊喜。

这轻灵地飘着的小雪花并没有遮住淡淡的云层中的月亮，月亮依旧若隐若现，溶溶的月光在雪花的衬托下反而更加的皎洁。Michael和我就在温柔祥和的月光和雪花中，走过静卧在波托马克河上的拱桥，河水已经在雪花的亲吻中沉入了安静而甜美的梦乡。我们又走过水门饭店，这个曾经因为浓厚的政治色彩而闻名于世的建筑物，在这个静谧的飘着雪花的夜晚却显得无比的怡然恬淡。走过水门饭店后，两个人一起轻轻地唱起了一支歌谣。这是我小的时候妈妈常常给我唱的一首歌，我不知道这首歌的名字，但是我永远记住了这首歌的旋律。有一次Michael偶然哼起一支歌，歌词完全不同，但跟这首陪伴着我长大的歌谣有着完全相同的旋律。从那以后，我常会让Michael唱这首歌。在这个安祥美妙的夜晚，两个人一起唱起了这首歌，我唱中文，Michael用英文，在那亲切的旋律中，两种语言完美和谐地融合到了一起。

我们一遍遍地重复着那首古老的歌谣，地铁站已经出现在我们的前方。Michael突然停了下来，我也跟着停下了脚步和歌唱，我看见他正含情脉脉地望着我。

我可以吻你吗？Michael温柔地问道。

我点了点头，四片湿润的嘴唇自然而然地粘合到了一起。这是我们之间的第一次真正意义的接吻，一个男人和一个女人从爱情而来的亲密无间。这不是我的初吻，可我好像从未这么放松这么投入地去吻一个男人，没有一丝一毫的惊悸和犹疑，像初生婴儿的睡梦般甜美陶醉。

Michael把我送回家后，还要开车回马里兰。我送他出门，站在门口，我们两个又长久地拥吻在一起。好久没有这样，想跟一个男人更多地呆在一起。他走了以后，我的心里空荡荡的，很快又塞满了牵挂。雪停了，但路面很滑，这让我更多了些担心。我就心神不定地坐在那里，一直到他打来电话，说他已经平安地回到了家里。

7

来年的情人节是我满怀期待的。

我很精心地为Michael挑选了礼物。他喜欢弹吉他，我选了一个吉他造型的台灯。以红色为主，是情人节的色调。光线是朦胧的，温暖而浪漫。我还为他选了一盒包装精美的巧克力，盒子上是一支含苞欲放的红玫瑰。

选了带玫瑰图案的巧克力礼盒，是觉得我和Michael已经是恋人的关系。不过在写贺卡时，我又含蓄起来。毕竟我们还没有正式表白，特别是Michael，还没有很正式地告诉我，他是爱我的。虽然他为我所做的一切已经说明了这一点，我还是很小女人地想要一个言语上的表白。

Michael在情人节晚饭前赶到我这里。这次他的手里还是捧着鲜花。是娇艳的红玫瑰，而且是两大束，一束给我，一束给媛。我喜欢他的这份周到。

Michael还抽出一支玫瑰花递给民和媛的三岁的女儿Ashley。本来这个房子里的所有的女士都有了玫瑰，偏偏那天民的表妹来这里做客，她没收到玫瑰，让我们多少有些尴尬。

Michael还送给我一个水晶做的摆件。静的花，动的鸟。花儿盛开，飞鸟落下，栖落在一片花瓣上。宁静的瞬间，可以听到花瓣颤动的声音。

我们一起出去吃晚饭。Michael想带我去一家高档的饭馆，我说，还是去吃皮萨吧，我们第一次见面，吃的就是皮萨。

离我们不远的地方就有一家必胜客。那天那里很是冷清，大概很少有情侣会选一家皮萨店庆祝情人节。但我觉得很温馨，安静整洁的环境，一起吃皮萨的，是自己已经爱上了的男人。我也知道，他的心中有我。这不就是情人节时最美好的祝福吗？

也许是在一个特殊的日子里，也许是已经有些情不自禁，坐在我对面的Michael始终很深情地看着我，眼睛里饱含着我们初次见面时深秋的温暖的阳光，也有那次去肯尼迪中心时飘过的晶莹纯洁的雪花。

　　我爱你。当我深情地望着他的时候，这几个字脱口而出。

　　我也爱你。Michael马上回应道，好像这句话已在他嘴边等了许久。

　　其实，我是想等他先说这句话的。只是情已深时，不由自主就说了出来。

　　那你是什么时候爱上我的？我好奇地问。

　　Michael很认真地想了想，说，是那次我们一起去肯尼迪中心听郎朗的演奏，就是那个晚上，我爱上了你。

　　这么说，我们是在同一天坠入情网的。就是在那个初雪飘飞的夜晚。雪花飘过，依稀还可以看到清朗的月光和带着色彩的云朵。安静的河水上，是彩云追月的和谐、圆融。我记得我就是在那一天情意盎然，多出了一份难舍的牵挂，一份对一个男人的爱恋。

　　月光、彩云、飞雪，在同一时刻辉映，这是一个奇迹。

　　第一次发现，爱情可以是气势磅礴的交响乐，也可以只是一片静静飘落的雪花，无声无息地融入空气和大地中，没有留下任何痛苦的痕迹。这大概就是天作之合的含义吧。

　　那你为什么没有告诉我呢？你爱上了我，却没有告诉我。我说。掐指算来，从那天到现在，已经过去了两个多月。

　　Michael不好意思地笑了笑：我不知道你的心思，我怕说出来，把你吓跑了。我有耐心，慢慢地等你。

　　等我什么？我故意问。

　　等你……也爱上我。他有些紧张地看着我。

　　我忍不住扑哧笑了，又忍不住问了下一个问题：你还记得我们第一次见面吗？第一次你见到我是什么感觉？

　　第一次我就喜欢上了你，觉得你很漂亮，人也很好。Michael的脸有些红了。

　　你只是喜欢我吗？我嘴上这样说，心里也知道第一次就爱上一个人更像是童话里的故事。遇到过一些对我一见钟情的人，之后甚至跟其中的人有过轰轰烈烈的恋爱，但结局早已没有了开始时的浪漫。

　　那时候我还不太了解你，我不太可能爱上一个还不了解的人。Michael很诚实地说，比刚才更紧张了。

他的诚实和紧张都让我忍俊不禁。我从这里知道，他对待我们的这份感情，是认真的。

可是我很快爱上了你。Michael大概怕我误解了他的意思，补充道。

我爱你。他含情脉脉的看着我。

我也爱你，我回应道，其实，我好像也是在那个晚上爱上了你。

真的吗？Michael一脸的惊喜。

我们爱上彼此时，离我们第一次见面，大概是二十七、八天。相识不久，相聚的时间也并不频繁。每一次留下的，却是丰盛的交集和甜美的回忆。那些印记串联在一起时，才知道自己过往的生命中欠缺过什么。

离开必胜客时，在门口遇到卖玫瑰花的。Michael又买了一大束玫瑰。

不知道民的表妹也在这里，送给她吧。Michael说。

她会喜欢的。我赞许道。

沉浸在爱情中的人，也渴望着把那份美好传递给身边的每一个人。

8

春暖花开的时候，我决定搬到Michael那里去住。

是一个连体房，三层高，楼上有三间卧室和两个洗手间。Michael已经早早做了准备，为我预备的卧室和洗手间焕然一新。他重新刷了墙，置换了配备。不奢华，简单朴素，却很整洁、温馨。

Michael的卧室和洗手间在旁边。一个屋檐下，有一墙之隔，给我留出了足够的空间和自由。他说，他会耐心地等待。

吃饭是在一起的。

厨房的柜子里，我看到一些花椒大料。你用这些佐料做菜吗？我有些纳闷。

Michael嘿嘿一笑：我在学做中国菜，这是你的口味。

厨房里常常飘着中国菜的香味。我做饭的时候，Michael喜欢在旁边偷师学艺。很快他就可以像模像样地做些中餐了。朋友们来做客，品尝了他的厨艺,夸奖他做中餐已达到了专业水平。他很得意于他的清炒油菜,清爽可口。单一的青菜,也可以做到色香味俱全。他也学会了包饺子。很多美国人不喜欢的韭菜倒是很合他的口味,我便用韭菜、肉末、虾仁做饺子馅。上班时若是能带韭菜馅儿的饺子做午餐,他还会到他的中国同事那里去显摆一下。

他也很喜欢素馅饺子。这是我妈妈教给我的配料,里面有萝卜胡萝卜鸡蛋鸡肉豆腐粉丝。调这种饺子馅,在剁馅上要费些功夫。Michael总是自告奋勇,拿把中式菜刀,很耐心地剁上一个时辰。各种配料都成了细细的碎末,五颜六色喜气洋洋地簇拥在一起。

Michael也会时不时地做些西餐,有正餐也有甜点。有一次我开车出门走错了路,在华盛顿市内心惊胆颤地转了一大圈。回到家时,看到桌子上摆着他刚做的新鲜的草莓蛋糕,一路的晦气很快便在娇艳欲滴的蛋糕中溶化了。

以前两个人见一次面,总要在路上花些时间。中间隔了一个小时的路程,很难做到每天都见面,一般一个星期里能见上一、两次面。现在住在同一座房子里,周末和其它的闲暇时间完全重叠在一起,好像突然有了大把的可以尽情支配的幸福时光。以前独自去过的地方,现在可以一起去了。那些本来就喜欢的风景和去处,因为有了自己心爱的人的陪伴,就更是让人流连忘返了。

我们也常结伴去参加各自的亲戚朋友同事的聚会。当亲情友情爱情交汇在一起时,分分秒秒都是丰盈明亮的,流逝的时光可以就此驻足。

也有很多时候,我们只是呆在家里,看看电视或影碟,或者各自抱着自己喜欢的书,静静地阅读。安静的日子里,Michael还是喜欢时不时地添加些情趣。有一次我看到一张卡片,告诉我沙发下面藏了一样东西。我在沙发下找到的还是一张卡片。一张张卡片,带着我最后找到洗衣机那里。打开洗衣机盖,看到一只毛茸茸的泰迪熊正朝我憨笑着,手里捧着一盒我喜欢的牌子的巧克力。有时候在家里,Michael也会趁我不注意的时候,悄悄往我手机上发条短信,说些甜言蜜语的话。

天气越来越暖和。月朗星稀的晚上,我们会一起去溜狗。两条大狗,一人牵一条,两个人空余出的另外的一只手,正好可以牵在一起。两条狗很喜欢这样的漫步,兴高采烈地在前面带路,或者左右相随。溶溶的月光下,Michael和我牵着狗走过一排排的房屋和一条条的阡陌小径。空气中弥漫着夜晚的安宁和淡淡的花香,我们偶尔的低语和会心的笑声在花草树木中飘过,又带回欢喜的回响。

那样的夜晚是浪漫的。其实，感觉到幸福的时候，就是一起去超市买东西，一起做顿饭，做些琐碎的事情，也是甜蜜的。两个人就在柴米油盐的平淡中亲近了许多，也有了更多的默契。

搬过来后，Michael 对我还有一个请求，每天教他一个小时的中文。

每天？每天一个小时？我犹疑着问。倒不是怀疑他的决心和恒心，只是怕自己没有这份耐心。

你能教我吗？Michael 认真地看着我。

好吧。我答应得有些勉强。

既然答应了，我还是努力为之。Michael 学得比我教得更努力，加上他的悟性，他其实是个很好教的学生。很快他就可以说些简单的句子。遇到中国人，他喜欢跟人家说说中文。人家客气地夸奖他一下，他倒是照单全收，还总是告诉人家他有一个很好的中文老师，让旁边的我有些汗颜。

每天学过中文后，我们还一起读《圣经》。英文的版本，我读的时候，会有些磕绊。Michael 总是很耐心地听我读下去，遇到我不认识的单词，和不明白的内容，他也总是耐心地讲解。

有一天，读完一段经文后，Michael 突然用中文问我：嫁给我，好吗？

我愣了一下，在我确定了他的这一句话的全部含义后，我点了点头。

风清云淡，这不是我想象中的求婚。但我知道，清风淡云中，会有一个恒久不变的承诺。

我们决定在我们相识一周年的时候去结婚。

9

订婚以后，Michael 带我去了趟拉斯唯加斯。没有刻意去选一个地方，只是想两个人一起去度个假。

也许在这个世界上很难再找到一个比拉斯唯加斯更繁华骄奢的地方，这座在沙漠上建立起来的城市，也因为它的纸醉金迷恣情纵欲而被称为一座罪恶之城。刚下飞机，我们看到的就是成片的赌博机，拉斯维加斯一点都不想遮掩什么，她用自己赤裸裸的方式迎接着来自世界各地的人们。

在拉斯维加斯很难不去放纵自己，可是Michael和我一直逍遥于醉生梦死之外。我们碰过一次老虎机，用了很短的时间输掉了数额不多的钱。不是为了赌博，只是觉得好玩，来到拉斯维加斯总该做点类似的事情。其它的时间里我们一直沉浸在我们的爱情中，怡然从容地观光游览着。这座风月无边的城市，除了赌博和色情，还有很多让人流连忘返的地方。Michael以前来过这里，他也知道我喜欢什么。他带着我去看各类精彩的演出，去观赏这里的奇山异水，去欣赏旖旎雍荣的夜景，我们也在不同的赌场里驻足，不是去赌博，而是去看那里的人生百态。因为有Michael的陪伴，拉斯维加斯向我展示的完全是浪漫恬淡的一面。

Fremont是我们最喜欢的一条街。不在闹市区，是另外一种风格的街道。白天的时候偏安静，就是到了只属于拉斯维加斯的夜晚，它看起来也是不起眼的。有很多的小店，游客们可以买大杯的啤酒，边喝边逛。也有各类的街头演出，更像是即兴随意的。惊喜就在没有预知的平淡中从天而降。音乐声起，暗淡的天空突然璀璨无比。由一千二百五十万个LED灯泡组合成的美轮美奂的光影天幕，密密地覆盖住广袤的夜空，在铺天盖地的惊喜中铺展出一幅幅奇异的景象，应接不暇，一座皆惊。所有的人都欣喜驻足，仰望惊叹。

绚烂到极致又嘎然而止时，是一片万籁无声的寂静。寂若无人，因为惊艳和消失而无言以对。这样的停顿是片刻的，刚才敛声屏气的人们又开始徜徉在并不繁华的街道上。我跟Michael拉住手，继续我们散淡清心的漫步。喜欢那种到了极致的美艳，灿烂如烟花绽放。更喜欢没有烟花闪耀的夜空，还有夜空下平实的景象和怡然的人群。这是可以永远延续下去的良辰美景，不需要刻意的雕琢和维护，却可以经年累月，天长地久。

在拉斯维加斯的最后一个夜晚，我们哪儿都没去，只想透过酒店的落地窗，最后饱览一下拉斯维加斯光怪陆离的夜景。拉斯维加斯是一座真正的不夜城，确切地说，这是一座只有夜晚的城市，它在夜晚显示出的美丽是惊心动魄的。走进去的时候，很可能难以自拔；可是站在一定的距离外去看它的时候，可以恰到好处地感受到她的辉煌璀璨。我们偎依在窗前，就在那恰到好处的地方眺望着那巧夺天工的完美。身后开着的电视里传出了美妙的歌声，Michael没有扭头，就报出了这首歌的歌名和演唱者，甚至首唱的年代。这是一个音乐台，一首接一首地播放着那些从前的老歌。每播一首歌，他就把这首歌的歌名、演唱者和年代告诉我。每一次我会扭头望一望电视屏幕，验证下他的判断。我没有想到他对这些歌曲会这么熟悉。

你应该改行去做音乐DJ。我对他说。

Michael没有回应，只是用揽着我的手，轻轻地拍了我两下。他的思绪好像还在那些歌曲中。那些歌该是让他感动的。面对着一个看似没有关联的城市的夜景，他或许在回忆着第一次听这些歌时的情景。我在揣摩着他的心思。他并不是特别喜欢回忆的人，可是在这个夜晚，当他感觉到他的生活将翻开新的一页时，他或许会喜欢这些歌曲的带领，他可以随着它们一起走回从前，并且跟他的从前拥抱道别。

一曲终了，短暂的间歇后，我听到了那首我熟悉的的歌。《忧愁河上的桥》。我把手按在了Michael的嘴上，这一次是我来报幕，因为这几乎是我最喜欢的一首歌。

> 当你感到疲倦渺小时，
> 当你的眼中满含泪水，
> 我将拭干它们，
> 我会在你身旁。
> 当世事艰难，朋友难寻，
> 就像忧愁河上的桥，
> 我会为你俯下身躯
> ……
>
> 当你穷困潦倒时，
> 当你徘徊在街头，
> 当黑暗来临，痛苦包围着你，
> 我会安慰你，为你分担忧愁，
> 就像忧愁河上的桥，
> 我将抚慰你的心灵
> ……

第一次听到这首歌时的情景还历历在目。十多年前，在故乡的城市，那个宁静的夜晚，当这首歌不经意地响起的时候，我就被深深地吸引。是那种全身心的投入，也是一生一世都放不下的向往和渴盼。那样的美好，不用刻意地记住，永远也不会忘记。每一次的偶遇，又都是没有间隙隔阂的亲密。

此时此刻，突然意识到，走过千山万水，找寻的，就是那座忧愁河上的桥。

夜已经深了，他已在熟睡中。沉睡中的他，脸上铺展着孩童般的纯净和甜美。我没有什么睡意，温柔地望着睡梦中的那个男人，静静地感受着那份纯净和甜美。在他均匀的呼吸中，我又来到了窗前。外面依然灯火辉煌亮如白昼，明亮中弥漫着沉醉的气息。那过去了的和即将到来的一切，犹如这闪烁的灯火，星星点点地跳跃在我的眼前。我看见了自己的初恋，甚至初恋之前就有了的憧憬和向往。青春的飘带上也曾连缀过最美丽的遐思，原来那时候的生活里空空荡荡，我才会有那么多彩云追日般的幻想。而现在我只想做一个原色传统的女人，与一个跟我心心相印可以生死相守的男人，过平凡简单却很幸福的生活。我已经漂泊到那座桥下，我的心可以不再流浪。无需再向别人证明什么，也无需为得到更多的东西冥思苦索了。当一个人甘于平淡的时候，那便是什么都体验过了。经历了很多的事情后，我才可以这么明确地知道什么才是我最想要的，什么才是真正的平安和喜乐。

想到这，我望了眼熟睡中的Michael。我走到他那里，俯下身来，静静地偎依在他的身旁，享受着我从未体验过的宁静安详。在莺歌燕舞灯红酒绿的拉斯唯加斯，我却感受到了最恬淡欣然的平静。这份安宁来自于心灵的最深处，来自于我的生命，来自于比我的生命更丰盛的地方。面对繁华，我已经可以守得住一份平淡。

10

秋天的时候，定下的结婚的日子在一天天地临近。

去办手续之前，Michael说要跟我谈一次，是那种很正式的谈话。他要我拿出纸和笔，记下一些东西。

都是一些数字。房子和汽车所值的价钱，他的年薪和所有的存款，还有养老金，股票和其它的一些存储。我机械地记下这些数字。其实，在这之前我从没问过他有多少钱，甚至不知道他的年薪有多少。我知道他是一个勤勉的人，聪明、敬业、热爱生活，对我来说，这已经足够了。我无需过问那些数字。有时候，钱只是一些数字。

这一次是他郑重其事地告诉我这些数字，我有些不明白他的用意。我想到了婚前协议，有些人是想签婚前协议的，婚前的财产，只属于原来拥有的那一方。我可以理解这样的行为，但在感情上一直接受不了。如果 Michael 让我签婚前协议，我该如何应对呢？

我手下的数字累积得越来越高，最后一个数字出来以后，Michael 说，这是我的所有，以后，这一切都是你的了。

我怔愣了一下，心里很快充满了温润的喜悦。不是因为突然多出来的这些钱，是为一个男人毫无保留的给予。

Michael 接着说，我会永远爱你，从此以后，我会为你的快乐而活着。

我静静地坐在那里，欢喜之后，是浩淼的安宁。风恬浪静，我可以心如静水。

我可以把我全部的幸福和对幸福的渴盼交托给他，我相信他的诺言和承担。他会给我一个宁静的港湾，为我遮风挡雨，这是一个能让我安静下来不再漂泊的男人。

我们去我们所在地的法庭递交了结婚申请。定好两个星期后，在我们相识一周年的那一天回来签订婚约。双方的家人也已约好，他们会赶来为我们见证和祝福。

申请递交以后，突然有些按耐不住。Michael 说他不想等了，他想马上跟我结婚。我觉得这样也好。

Michael 给结婚登记处打了电话，他们说下个星期一会有空档，我们可以来完成注册手续。时间匆忙，我们来不及通知原来准备到场的亲友，反正之后还会跟他们一起庆祝。所幸的是，我们所在的马里兰州结婚不要求其他的证人在场，只要有法官为新郎新娘证婚就可以了。

就这样最终选定了结婚的日子。以后的每一年，我们会在这一天庆祝我们的结婚周年。一个原本会在我们的指缝间悄悄溜走的一天，以后就会是属于我们两个的最重要的日子。

那天的天气很好，秋高气爽，风和日丽。一个不经意碰到的日子，却像是
上帝早已为我们预备好的。

去结婚注册的那条路，是Michael每天去上班的必经之路。平时这个时间
都堵车，今天这么顺畅。他高兴地说。

我也从这条路上走过无数次。今天才发现路两边绵长的林荫大道是这样的
枝繁叶茂。笔直的树干无遮无拦地伸展向碧蓝如洗的天空，茂密的树叶环抱在
一起，又在一个相同的高度垂下顶端的枝叶，划出一条优美的弧线，高大而
温柔。正是秋天最美丽的日子，树叶正在变换出丰富的颜色，姹紫嫣红，五
彩缤纷。

因为路上走得很顺，我们到得早了点。安静地坐在那里，心里什么都不去
想。没有回忆，也没有展望。因为安静，才觉出充沛丰盈。

快到时间的时候，我去了趟洗手间。出来时，碰上一位装扮得体的中年
女士要进来。我习惯性地退后半步，让她先进来。她朝我笑着点点头，说了
声谢谢。

回去没几分钟就轮到我们了。我们进去后，法官很快也到了。我扭头一
看，法官碰巧是我刚刚在洗手间门口遇到的那位女士。

怎么是你？我们两个的脸上是相同的表情，然后相视一笑。

不知是我刚才的表现给她留下了好的印象，还是是她的职业习惯和敬业精
神，她对我们非常的热情，还主动问我们，要不要帮你们拍些照片做留念？

幸好我带了相机。本来这是唯一的遗憾，没有亲友到场，也没人为我们拍
照了。

我把相机递给她。在我们签名的时候，她为我们拍了第一张照片。这是一
本厚厚的装潢精美的名册，每一对来这里结婚的新人，都会在这里签上自己的
名字。每一个名字，也是一段对幸福的见证。

接下来，Michael和我在法官的引领下，宣读我们的结婚誓言：

我，Michael，娶你，珺，做我的妻子???

我，珺，嫁给你，Michael，做我的丈夫???

从今往后，彼此拥有，不离不弃，无论环境是好是坏，是富贵是贫穷，是

健康是疾病，我都会跟你生死相依??????

　　这是被无数的人重复过的誓言，对我们来说，这是第一次，也是唯一的一次。

　　以为自己不会哭，说完生死相依，眼泪还是没有忍住，脸上淌满了泪水。

　　之后，是交换戒指。法官郑重地说，婚戒是合一的象征，是一个完整的圆，无始无终，永恒不变。这两只婚戒是今天在这里所立婚约的象征。

　　Michael把婚戒戴在我左手的无名指上，我把为他准备的戒指戴在他的手指上。戴戒指的同时，我们也许下诺言：我与这个戒指一起，与你结合，把我的生命融进你的生命。

　　法官一边带领我们完成了所有的仪式，一边为我们拍下了很多珍贵的照片。有全景，也有各类的特写；有甜蜜的偎依，也有两只戴上婚戒的手牵在一起时的承诺。

　　出了那座大楼，我们给各自的家人打电话，告诉他们，我们结婚了。

　　Michael说，他有几个小小的计划，在结婚当日，只有我们两个人的，小小的庆祝。

　　我们先去买了两个新鲜的大南瓜，每一个大约有十英镑重。然后我们又买了一打白色纯棉T恤。Michael说他要为我们结婚制作些特别的纪念。

　　回到家后，我们带上Stella和Genghis，出去采集落叶。落叶缤纷的季节，满地金黄，很快就收集到了大把的不同颜色不同形状的落叶。我看着Michael在一片灿烂中展露着满脸的喜悦，两条大狗在旁边欢蹦乱跳，我的心里也满是幸福和欢喜。我一遍遍地重复着这份喜悦，从今天开始，我们就是一家人了。

　　材料准备好后，Michael开始制作结婚纪念物。

　　他先掏空了两个大南瓜，在上面凿上眼睛鼻子嘴巴。两张开心的面孔，一个是他，一个是我，都咧着大嘴，傻呵呵地笑着。"他"的眼睛朝左斜着，"我"的眼睛朝右斜着，Michael说，这叫含情脉脉，眉目传情，我看着倒像是在挤眉弄眼，风骚调情。不管怎么说，这两只南瓜还挺般配，是一对可以在一起快快乐乐过日子的活宝。

　　Michael又开始制作结婚纪念衫。他把树叶处理好后，摆放在白色的T恤上，然后用熨斗一遍遍地熨烫，直到T恤上印满了错落有致五颜六色的树叶。

我喜欢他的这两个创意，更喜欢看着他幸福欢喜地做着这些事情。他兴奋地向我展示他的作品，我心满意足地看着那些独一无二的作品，和那张因为制作出了这些"唯一"而喜不自胜的笑脸。幸福就在那些简单的快乐中绽放延续。可以幸福着他的幸福，才知道自己是个幸福的人。

那个晚上，我把自己的睡具从我的房间搬进了他的房间。

两条大狗幸福地拥在我们的床边。它们的鼾声里，是我们幸福的絮语。

美国奶爸

看到过一项调查，百分之七十一的美国人认为，对一个男人来说，最重要的角色是父亲的角色。

想到自己的先生和我认识的一些美国男人的表现，觉得这个调查结果还是蛮准确的。见到过一些不想结婚不想要孩子的男人，但大多数男人都在努力扮演好父亲的角色。

其实，父亲的角色最能体现一个男人的综合能力和魅力。做父亲，是一种担当，是对家庭和社会的责任。在这方面，男人的责任又重于女人的责任。一个男人愿意或渴望做父亲，表明他勇于承担这种责任。很多父亲又是孩子成长时的精神支柱。没有哪个孩子从小到大是一帆风顺的，遇到问题或不幸时，一个家庭最强大的支撑，就是父亲的勇气和坚持。父亲在逆境时的表现，也会影响到孩子性格的塑造。而男人在面对自己的孩子时，也最有可能展露他身上温柔的一面。孩子的天真无邪和百分之百的信赖，可以触动一个男人心底最柔软的地方。那种时候，顶天立地的男人可以柔情似水。孩子让一个男人更有血有肉，更通情达理。

那些渴望达到权力顶峰的美国男人们在竞选时，几乎都是拖家带口举家出动。很多美国人认同这个观点：一个男人能做好父亲，才有可能做好其它的事情。当然做秀是一个方面，就是那些政治人物，绝大多数都是富有责任心和爱心的父亲。而千千万万做着普通工作的男人们，更无需向别人证明什么。也许是男人们尽心尽力地担当起了父亲的角色，而且父亲是大多数家庭中的主要角色，这个国家才从没缺少过阳刚之气。

不同的只是，每个父亲有自己的故事，有不同的欢喜和眼泪。

1

　　我算是高龄孕妇，第一次去看医生时，我的产科医生郑医生就提到羊水穿刺。因为我这个年龄生的孩子中，孩子患唐氏综合症，也就是痴呆症的可能性会很高。在怀孕三个月时做羊水穿刺这种检查，可以发现问题。一旦查出孩子有问题，有的夫妇会选择流掉孩子。这种检查的准确率很高，但有一定的比率导致孕妇流产，我认识的人中就有人因为羊水穿刺失去了孩子。

　　医生第一次提及羊水穿刺时，先生就否决了这个建议。他的手上捧着那两张医生刚给我们的超声波的照片，欣喜万分，爱不释手。那个小人儿已经完全有了人的形体。大大的脑袋，瘦小的身子，四肢已经在那里，但更确切地说那应该是四个小爪子。他/她像浮在水上的一叶小舟，四个小爪子在滑动，像是小舟的四个划桨。

　　看，他的脑袋好大，这是个天才，爱因斯坦第二。先生开玩笑说，然后又严肃地强调，孩子已经是一个生命了，我们不能舍弃他，哪怕他有什么问题。

　　既然这样，做羊水穿刺也就没有了任何必要。

　　可是郑医生不敢省略任何一个环节。我怀孕三个月的时候，我们必须去一个专门的地方做检查。

　　先生没有改变主意，还是决定不做羊水穿刺。但我们决定做B超结合孕妇血液的检查，准确率相对低了许多，不过对分析婴儿的状况还是很有帮助的。有了这样的决定，无论这个孩子以什么样的状态来到这个世界，我们都会全心地接受和爱他/她，但是担心不可能没有。

　　做B超时，先生就守在我的身边。我们很快在B超的显示屏上看到了我们的孩子。虽然不是十分清晰，胎儿毕竟只有三个月大，但我们已经可以分辨出他/她的眼睛、鼻子、嘴巴和四肢。在医生的提示下，我们还看到了他/她的肠胃和其它器官。先生还通过仪器听到了婴儿有力的心跳，这让他欢欣雀跃喜不自胜。小家伙看起来非常兴奋和活跃，他/她似乎知道我们都在看着他/她，不仅不断地朝我们蹬着两个小脚丫，甚至还朝我们挥了挥小手。其实这都是我们的想象，但准奶爸已经完全当真了。

医生测量了胎儿的身高体重，她通过一台电脑向我们展示了胎儿的各项数据跟标准指标的比较。电脑屏幕上有两条醒目的红线，如果超过了上面的红线，胎儿就偏大了；如果超过了下面的红线，胎儿就偏小了。我们的小宝宝正好介于两条红线的中间，几乎跟那个表示完美的小十字完全吻合。医生对这个结果非常满意，我们两个，特别是先生都松了口气。

一个星期后，我们收到医院打来的电话，告诉我们血液检查的结果。孩子的一切指标都很正常。本来在我这个年龄怀孕，孩子患痴呆症的可能性是八十五分之一，现在根据我和孩子的状况，这种风险已降为六百分之一。患有另外一些疾病的可能性也从七十分之一降为三千分之一。这只是比我年轻十岁的孕妇要承担的风险。这么好的结果让先生和我都放下心来，之前的有些担心看来是多余的了。

我们刚高兴了十天，郑医生的一个电话把我们打进了冷宫。我几天前在他那里又抽了血，是为了检查我的血糖含量是否正常。

郑医生开门见山地说血液检查结果不太好，我以为我得了妊娠糖尿病，他说我的血糖还正常，但胎儿可能有问题，患痴呆症的危险提高了，从第一次检查时的六百分之一提到了一百四十分之一。他建议我还是做一下羊水穿刺检查。我问他我还没感觉到胎动，会不会跟这有关。他说有可能。放下电话后，我在那儿呆坐着，心情很灰暗，跟外面碧蓝透亮的晴空很不相称。我想我还是应该做些什么，转移一下情绪。我到楼下去洗衣服，正好这时候先生下班回家了。我没有上楼去迎接他，等他下楼来找我时，我把这个坏消息告诉了他。医生怀疑宝宝有痴呆症，你说怎么办呢？我刚看了一篇文章，说在胎儿二十四周前堕胎是合法的，现在我们的宝宝十九周，你说??????

先生马上打断了我：不要考虑堕胎的事。

即使他/她有问题，你也要他/她吗？我的内心深处还是渴望一个积极的回应。

先生果然很肯定地说：是的。

我们的大狗斯黛拉这时候凑了过来，先生拍了拍她的脑袋。我又问：即使他/她跟斯黛拉一样又丑又傻，你也一样爱他/她吗？

先生动情地说：是的，我一样爱他/她。

先生说着把我揽在怀里，安慰我说：不要担心，宝宝会好的。无论发生什么事情，我们都可以面对。我能看出先生的心情也很沉重，他只是掩饰着自己的心情，怕加重我的负担。我知道就是孩子真的有问题，先生也会对他/她很好，他会是个很好的父亲，可是谁不想要个健康的孩子呢？

不管怎么说，孩子还活着。我说。

是呀，这就是一个很好的消息。

书上说，如果孩子有问题，可能会胎死腹中，可是我们的孩子还活着。你说患唐氏综合症的可能性怎么会发生变化呢？开始时是六百分之一，怎么会变成一百四十分之一？

也可能检查结果有误差。先生猜测道。

不知道是一百四十分之一，还是四十分之一，我当时太着急了，听得不太清楚。

先生紧张起来：你要不要给医生打个电话，再确定一下？

我赶紧拨了电话，郑医生又看了遍检查结果，确定是一百四十分之一。虽然也不好，但总比四十分之一好不少。这次郑医生还告诉我，针对胎儿的蛋白质的检查结果是正常的，两种结果有些冲突，只能看进一步的检查结果。

我打电话的时候，先生忐忑不安地看着我。我把医生说的话告诉了他，他多少轻松了一些，说：下个星期我们已经定好去做彩超检查，我想做特殊检查的医生会给我们一些好的建议。

你是不是不耽心了？我问先生。

说不耽心是假的，不过我们有勇气去面对任何可能发生的事情。先生说。

我的内心倒是安静下来。当身边有一个真正的男人可以让我去依靠的时候，我会变得勇敢坚强很多。

我们接着去做的是胎儿在二十周时要做的一个很重要的检查，主要是用彩超查看胎儿外形上有没有问题，身长体重是否正常，各个器官的运行情况等。

因为郑医生的那个电话，我们已习惯于考虑各种不好的结果。今天应该知道宝宝是不是兔唇。在去医院的路上，我对先生说。

兔唇不要紧，医生能给治好。先生说。

长个尾巴大概也不要紧，医生可以给切掉。

心脏长外面都有办法。有个小孩的心脏长在体外，医生给开了个口，把心脏埋进去，他照样可以活得好好的。

照你这么说，多长个手指根本不是什么问题了。

当然不是问题了。只要脑子没问题就行，脑子有问题就没办法了。

想想先生的要求真不算高，只要孩子的脑子没问题他就知足了。如果孩子的各个部分都没问题，他该喜出望外了。

很快来到了医院。没等多长时间，就轮到我进去做检查。我在检查椅上躺好，先生还是坐在我旁边。过了几分钟，护士进来了。

护士问好之后，就打开B超机开始做检查。她从头到脚，把宝宝身体的各个部分查了个遍。先测了心跳，然后是大脑。每到一个器官，她就报下名字。好多地方她如果不说，我们都不知道到了哪里。我最害怕她在某个地方多做停留，多停留就意味着那里可能有问题。好在一路走得很顺畅。到了宝宝的腹部，护士报出了性别。是个女孩，她又看了遍，确定道，是个女孩。我扭头向先生重复了一遍，是个女孩。先生点点头，他对这个结果很平静，但他看起来还是有些不安。护士继续检查胳膊腿儿之类的地方。先生开始开开玩笑。就两条腿，很好，肯定没第三条腿吗？宝宝的脑袋怎么这么小，怎么可能让她学东西呢？他想调解下气氛，也让自己放松一下。

全部检查完之后，护士说：是个健康的宝宝，看起来一切都好，不过还得让医生来确定一下。

护士出去以后，我问先生：是个女孩，你会不会觉得失望？先生原来是想要个男孩的。倒不是重男轻女，更不是为了传宗接代，他只是觉得他更知道怎么带一个男孩玩。自己是从男孩过来的，知道男孩子喜欢玩些什么。

没有，我觉得女孩也很好，只要宝宝健康就好。先生很肯定地说，脸上确实没有一丝沮丧，但还是有些紧张。

护士不是说了吗，宝宝一切都好。我说。

还是看医生怎么说吧。

医生说着也就到了。他也是从头查到尾。我对他说：希望宝宝一切都好。

刚才护士跟我说，宝宝的状况很好，不过我还得再查一遍。医生边说边认真地查看着。他倒不吝惜赞美的词汇，边看边不断地说着：好极了，太棒了，我心里更踏实了，先生的脸上也是云开日出。

从医院出来，先生和我都是喜悦的。当孩子的健康问题困扰着我们的时候，我们才真正感觉到生命的宝贵。那些平安地来到这个世界和那些健康地生活在这个世界上的孩子是多么的幸运和可爱，而他们的父母又是多么的幸运和幸福。其实很多人在拥有了这一切的时候并不是特别地珍惜，他们觉得生命本该如此，他们可以在一个健康的孩子身上挑出种种的不足，希望自己的孩子更聪明更漂亮一些。可是，每一个孩子都是美丽无比的，最美丽的光彩就闪耀在那些看似平凡的生命中。

先生对女儿的期许里，好像只有健康和快乐。女儿出生以后，在她的成长中，我们听到过很多对她的夸奖，可是先生对漂亮、聪明之类的溢美之词一直有些无动于衷。在他的眼里，所有的孩子都是一样的，一样的美丽、美好。

2

怀孕后期，我们开始为孩子的到来做各种准备。

先生有个很好的老师，就是他的亲弟弟。为了照顾好他们的两个女儿，先生的弟弟辞了工作，在家全职带孩子。他的太太有份很好的工作，薪水很高，她自己也喜欢出去工作，先生的弟弟就留在家里照顾一切。开始时我对他们的分工还有些不理解。先生的弟弟相貌堂堂，受过很好的教育，人也很聪明，为人处事都很得体，还很幽默，在任何工作环境中都应该很吃得开，他怎么会愿意在家做个家庭妇男呢？不过看到他们各负其责，其乐融融，想想这样分工也没什么不好的。为什么男人就不可以在家照顾孩子呢？先生的弟弟在家呆了五年，二女儿也进了幼儿园后，他重返职场，在一家很著名的公司找到一份不错的工作。因为照顾孩子停了几年工作，不论男女，在重新找工作时都不会被打折扣，照顾孩子是天经地义的事情。就是那些有工作的父母，如果出于跟孩子有关的原因，很多公司有很通融的安排，有些工作可以在家里做，譬如电脑方面的工作，孩子生病或有事呆在家里，父母临时也可以在家工作。工作时间的安排也是弹性的。孩子上幼儿园或上学后，父母双方都有工作的家庭，一般一个人会晚上班晚下班，这样可以在早上有足够的时间送孩子去幼儿园或学校，而另外一个人会申请早上班早下班，下班后可以去接孩子。后来先生的弟弟弟妹又生了个孩子，这次是妈妈决定呆在家里带孩子。只要夫妻两个协调好，谁在家里都一样。

先生跟他弟弟本来不常通电话，我怀孕以后，两个男人也开始喜欢煲电话粥了。先生不耻下问，他弟弟总是耐心解答。先生的弟弟时不时地给我们发个邮件，都是在教我们如何带孩子。有这么一个正在做家庭妇男的弟弟做指导，准奶爸学到了不少带孩子的经验。

准奶爸跟他的朋友的聊天内容也发生了很大的变化，说着说着就说到孩子身上，而且一说到孩子，先生都是眉飞色舞，兴趣盎然。先生有一个很要好的发小大卫，两家是隔壁邻居，两个人一起长大，现在我们也住得不远，熟到不能再熟。以前他们两个人一碰到一起就是玩笑不断，互相拿对方取乐。这会儿在一起时，基本上聊的都是跟孩子有关的话题。好多问题先生已经问过他弟弟了，他会拿到大卫这里再问一遍，大概是觉得不同的人会有不同的经验。大卫有个两岁多的女儿，我们也将有个女儿，女孩子总是让父母更加操心。有次我们一起吃饭时，大卫的太太提及现在的女孩子都早熟，含了激素的鸡肉等都可以让女孩子早熟。两个大男人立马开始为他们的女儿耽心起来，就怕她们在十三、四岁的时候就惹出事来。估计等她们真到了那个年龄，她们的爸爸们更要紧张死了。

精神上的准备是一个方面，物质上的准备也很重要。准奶爸早早地就给女儿准备好了婴儿床。他先在商家的网上订好了这张床，然后去店里取货。我看着他一个人从车上把一个硕大的纸箱子取下来，又一个人扛到楼上，除了心疼，也帮不上什么忙。看他累得呼哧乱喘，我让他歇一歇。他说他等不及了，他要赶紧把床搭起来。可那个时候离我的预产期还有两个多月呢。一会儿工夫，那张漂亮可爱的婴儿床就出落在我们的卧室里。先生说，开始的几个月里，女儿会跟我们睡在同一间卧室里。等她不需要半夜喂奶的时候，我们就把这张小床挪到她自己的房间里，她可以自己睡觉，我们得从小培养她的独立性。

这张婴儿床是用橡木做的，四周像木栅栏那样被围了起来。等女儿几个月后，她该可以自己抓着旁边细细的木栏站起来。她的个头长到一定高度，我们可以把床板往下降，四周的木栏始终高过她的头，她不至于从床上翻下来。有两边的木栏可以升降活动。我们要抱她出来时，先把一边的木栏放下来，这样方便抱起她来。她自己呆在里面的时候，千万不要忘了把木栏升上去，免得她给我们来个惊险动作。先生边解释边向我演示了一番。他说他查了网上的各类信息，也咨询了他弟弟，这是最好的婴儿床。我也非常满意。

小床有了，还需要床上用品。我们去婴幼儿商店给宝宝买床垫。先生事先已对各类的床垫做了番研究。他说太软的床垫不合适，宝宝睡在上面并不舒服。我也认为软的不行，宝宝在上面睡长了，没准儿会造成驼背。先生认为太硬的也不行，但一定要有硬度，特别是等宝宝可以坐起来、站起来，甚至可以在上面蹦蹦跳跳的时候，没有一定的硬度肯定支撑不了。最后我们看中了一种带气孔的床垫，软硬合适。

先生又挑了包在床垫上的塑料床罩。这样即使发生了渗漏"事件"，宝宝的大小便不慎钻出纸尿裤溜到了床上，有这层塑料床罩做保护，也就不会影响到床垫了。说是塑料床罩，其实要比我们平时见到的塑料布柔软厚实温暖许多。不过我们还是又买了全棉的床套，准备套在塑料床罩上，让宝宝睡得绝对舒服。

回到家后先生就把床罩床套套在小床上，宝宝的小床已经完全就位了。准奶爸说真希望宝宝现在就能从我的肚子里跳出来，美美地睡在她的小床上。

这边的婴儿用品极大的丰富，也许是东西太丰富让我看花了眼，我干脆不去做比较了。在我看来，宝宝只要有床睡觉，有衣服保暖，有奶可吃，有尿片可换，出门有小推车，再加上爸妈的爱就行了。准奶爸可比我认真得多。他一一列出我们都需要为宝宝准备哪些东西，大到游乐车，小到奶嘴，他都能说出个所以然来。而且在各类产品中为什么要选这个牌子的，在各种款式中为什么要选这一款，他都做了认真的研究。譬如什么样的洗澡液更适合宝宝，给宝宝换尿片时要在她的小屁股上涂什么样的润肤膏等等。至于宝宝穿的衣服，不能像我要的那样光图好看，安全舒服是最重要的。宝宝睡觉时最好穿连体衣服，小脚丫也包在了里面，只有脑袋和小手露在外面。领口要扣紧的，以防止宝宝把脑袋缩进衣服中，影响了她的呼吸。先不能给宝宝用枕头，身上也不能盖可以掀动的毯子被子之类的东西，都是怕宝宝把这些物件拉到了自己的小脸上，堵住了自己的鼻子和嘴巴。奶爸说得头头是道，但我也没把他的话奉若神明。挑奶瓶时，奶爸选的是Dr. Brown's这个牌子的奶瓶，没什么色彩，直直地立在那里，没啥腰身。先生说这种奶瓶最好用，我心想你又没用过，就又挑了俩颜色鲜艳形状精巧的。女儿出生以后，用到奶瓶时，我发现还是奶爸正确。我选的奶瓶中看不中用，喂奶时奶水会时不时地从接口处流出来，而且宝宝在吸奶时会吸进更多的空气。奶爸选的奶瓶就没这些问题,密封度极高,即使完全横躺下来或倒立过来,液体都不会流出来。女儿用这种奶瓶时,可以看出她很舒服,从没呛着过。

为迎接女儿的到来,还有一样东西是必不可少的。美国的法律规定,婴幼儿是不能直接坐在汽车里的,也不能被大人抱在怀里。小孩如果坐汽车,一定要坐在专门的座椅上,这样安全系数会更高。而且刚出生的婴儿和儿童坐的座椅是不同的,婴儿实际上是躺在小坐椅里。除了底座,上面那部分可以拿下来拎着走。婴儿就舒舒服服地躺在里面,像个小摇篮。这种婴儿座椅大约能用十个月,等到宝宝的腰杆硬了,可以坐起来了,就得给她换幼儿座椅,然后是儿童座椅。在这里,接新生婴儿出院时,医院的工作人员都得去检查汽车里有没有安装好婴儿座椅。如果没有,他们不允许你把宝宝接走。先生订这个座椅前,自然也是做了番专门的研究。他说这种座椅的安全系数最高,宝宝用着也舒服。我也很喜欢,样式很可爱,颜色也不错。男人和女人关心的东西总是不同。

美国这里有专门免费指导父母安装婴儿座椅的地方。先生已经把座椅装进汽车了,为了万无一失,他还是又跑去听了课。我没跟着去。先生回来后兴高采烈。他说大部分准妈妈们都到场了,先生装座椅时,她们就站在旁边监督,有不少的抱怨。只有他老婆信得过他,没去监工,一点不挑剔。我笑说你娶了个懒老婆,还以为捡了个宝贝。

在美国,很多夫妻在生孩子之前,特别是生第一个孩子前会参加专门的生育培训班。先生也为我们报了名。一共六周,每周一次。这种班一般不会太大,便于老师指导。我们这个班一共九对夫妻十八个人。这里要教的课程不光是为准妈妈预备的,也是为准爸爸设计的。生孩子不光是女人的事情,夫妻俩人要齐心协力,特别是在生产的那一刻。所以这里的产房都允许丈夫守在孕妇的身边,而且他们呆在里面不是干坐着看热闹,他们真的可以在关键时刻起上不小的作用。那么他们究竟能起上哪些作用,究竟能对太太有怎样的帮助,这也是这类培训班要教的。对丈夫们来说,这些训练课最大的帮助是使他们知道并掌握在阵痛和分娩时如何引导、肯定、支持、帮助自己的妻子。

有生就有养,除了要在妻子生产时发挥作用,这些男人们还要跟太太们一起学习如何照顾孩子。这也是这类培训课的内容之一。老师带了不少的图片和道具。那个橡皮娃娃有7英镑重，这是新生儿的平均体重，大小长短也跟新生儿差不多。大家轮流抱了抱这个娃娃，具体感受一下，同时学会如何抱孩子。老师还教我们如何喂奶、换尿片、给婴儿洗澡等等，大家都学得很认真，不论男女。刚出生的孩子都被裹在一个小毯子里，即保暖又舒服，如何包好毯子需要些技巧，老师做示范，我们一遍遍练习。我们还有一个换尿片和裹毯子的比赛，一对夫妻一组，先生跃跃欲试，动作也还灵巧，可惜我的动作慢了些，被我拖了后腿，我们没争上第一。

先生还陪我去我即将生产的医院参观考察了一番。美国带有妇产科的医院都会为孕产妇及家人组织免费的参观团。因为孕妇平时做检查都是在医生专门的诊所，并不需要去医院，除非发生了紧急情况。这样很多孕妇对即将要去生孩子的医院并不熟悉，事先能来参观一下，可以做到心中有数。

我还真是第一次来这家医院。第一感觉是这里不像是医院，倒像是几星级的宾馆。医院门前被五彩缤纷的鲜花装点得很明媚。大堂整洁舒适，宽敞明亮。一架电子钢琴连续不断地自动弹奏着一首首优美的乐曲。大堂旁边有礼品店、咖啡馆、餐厅，很像是酒店里的布局。再往里面走，还能看到图书馆之类的设施。连接着一个个房间的走廊都被装饰画装点着，怎么看怎么不像是一家医院。当然急诊室里可能是另外的一番景象，但我们所经过的地方都是静谧安宁的，这肯定可以减少病患者和待产孕妇的紧张心理。

医院为生孩子参观团安排的活动很周到。有录像和文字材料，也有专门的人员进行讲解和回答问题。他们还带我们详细考察了产房和产后居住的病房。一般产妇产后会在医院住两天，刨腹产的呆三、四天，这也要看产妇的具体情况和保险公司的安排。很多医院可以保证一人一个房间，或者说一家一个房间，这样先生或家人可以陪床，孩子也可以跟父母二十四小时呆在一起，但医院的护士会提供专门的护理和指导。房间不大，但都配有冰箱、电视、卫生间等基本设施。

万事俱备，只等着孩子的到来了。准奶爸在最后阶段不放过任何的细节。他知道我耽心家里的两条大狗伤到女儿，他自己嘴上说没问题，心里大概也有些顾虑，所以专门咨询了医院的人员。他们建议奶爸先把女儿戴的小帽子拿回家，让狗狗们适应熟悉婴儿的气息，这样孩子回家时就可以跟大狗们和平相处了。

女儿还在母腹中时，先生就开始扮演父亲的角色。他为女儿预备好了一切，一个温暖的家，家中应该有和能够拥有的所有的爱。我相信女儿是带着欢喜来到这个世界的，她从母亲平静的呼吸和愉悦的心情中，也应该感觉到父亲的舐犊深情。

3

女儿出生，奶爸正式上任。

我们没有请保姆，决定亲力亲为。有我这么个中国老婆，先生自然少不了接触中国人的机会。两种文化，我觉得在百分之八十的事情上我们是彼此认同的。但有一件事先生非常不理解，也很抗拒，那就是很多中国父母喜欢让家里的老人或保姆来带孩子。他不明白做父母的不能亲手带大自己的孩子，为什么要生孩子。在这点上我倒赞同他的观点。但照顾孩子，特别是一个初生婴儿，并不是一件容易的事情。孩子这个时候大概也是最需要父母的关爱的时候。很多美国夫妻在孩子降生以后，会有一方停下工作，在家专职带孩子。留在家里的可以是妈妈，也可以是爸爸。

我那时候还惦记着生完孩子后尽快回去工作。先生的态度很明确，他不反对我出去工作，如果我做了这个选择，他就辞掉工作，在家带孩子。我权衡了一下，还是决定自己留在家里。

虽然有了这样的分工，先生在孩子身上投入的时间和精力并不少。他事先攒下了二十多天的假期，孩子出生后的将近一个月里，他一直在家照顾大人孩子。他对做月子的说法也不理解，但在行动上倒还配合，让我按照中国人的习惯做了个月子。第一个月里，除了母乳喂养这一部分他无法替代，其它大部分跟孩子有关的事情都由他包了下来。

奶爸完全是自学成才，上岗以后表现得却很不错，算是一个称职的奶爸。

我们在开始时就混搭了奶粉。奶爸为女儿提供了一条龙的服务，买奶粉、冲奶粉，然后是抱在怀里喂奶粉。女儿吃饱以后，奶爸就把她扶起来，一手托着她，一手轻轻地拍她的后背，直到拍出奶嗝。女儿好像很享受这套服务，每次奶爸喂她，她一边吸奶嘴，一边笑意盈盈地望着奶爸，奶爸也是一脸幸福地望着怀中的女儿。温馨的哺乳画面里，原来并不只有母亲和孩子。

有吃就有拉。从医院开始，奶爸就管着给女儿换纸尿裤。婴儿刚开始拉出来的东西五颜六色，跟开画展似的，我以为出了什么问题。奶爸没像我这么大惊小怪，他告诉我这是胎屎，就该是这个样子的。而新生婴儿每天要拉许多次，开几次画展，奶爸也就一次次地为女儿换上干净的纸尿裤。奶爸在这方面好像也很有经验。纸尿裤要包严实，防止侧漏，但包好后还要往外拉一拉，留下空隙，要不孩子会被捂得很难受，松紧要合适。看他的熟练和笃定，像是以前养过不少孩子。看不出他跟我一样，是初次上岗。

给新生婴儿洗澡也是个瓷器活。婴儿皮薄肉嫩，肉褶子倒不少，既不能弄疼了孩子，又得清洗干净，不藏污纳垢。女儿出生后护士就抱去给她洗澡，奶爸也跟了去，现场观摩，细细揣摩，很快掌握了给孩子洗澡的本领。开始时孩子的肚脐还没掉，不能下水，奶爸就用湿毛巾为她擦洗。肚脐眼愈合后，女儿就可以用小澡盆洗澡了。但婴孩的身体是软的，脑袋挺不起来，奶爸总是一手扶着她的脖子，一手为她清洗。洗过之后先用毛巾擦干，再用电吹风吹一遍，鼻孔和耳朵这些地方则用棉花棒吸干。奶爸的细致周到，让女儿的皮肤一直在干燥清爽的状态中，她从未得过很多孩子都会碰上的湿疹。

还有一件考验奶爸的细心和耐心的事情就是给女儿剪指甲。女儿人小个小，指甲倒长得几乎跟大人一样快。如果不修剪，她抓挠的时候，就会在脸上身上划出些血道道。婴孩的指甲太难剪，很多父母会让孩子戴上专门为婴儿预备的小手套。手套起了保护作用，但两只小嫩手一天到晚包在手套里肯定不舒服。女儿戴了半个月的手套后，奶爸就开始为她剪指甲。每次把女儿平放在床上，奶爸就跪在她的身边，耐心地为她一个个地修理。婴儿的手指甲极小，稍不小心就剪到肉上了。我从没敢给女儿剪指甲，就是在旁边看着都要心跳加速头皮发麻。奶爸还有本事边剪指甲边逗女儿，讲些笑话和开心的事儿。奶爸给她洗澡时也喜欢这样做。女儿肯定不懂奶爸在叨叨些什么，但她或许能感受到奶爸传递给她的轻松和欢快。奶爸给她剪指甲和洗澡时她从不哭闹，而且那份快乐也影响了她以后的成长。

我没有带孩子的经验，又不像奶爸那样好学上进，自己摸出了规律，女儿刚出生时我几乎是个白丁，幸亏有奶爸在旁边言传身教，让我在短时间里也上了道。奶爸刚上岗就带了徒弟。他回去上班后，我一个人也能带了孩子，当然洗澡剪指甲之类的事情还是会留给劳模奶爸。

看奶爸带孩子，我相信了那句话，男人细心起来比女人还细心。不过奶爸也有不少粗粗拉拉的地方。开始时我没注意奶爸是怎么冲奶粉的，过了十几天了，我突然看到他直接把自来水灌进了奶瓶。虽然在美国拧开水龙头就可以饮用自来水，自来水已经过特殊的处理，但这毕竟是生水呀，怎么着也该煮开了再给孩子喝。奶爸认为这样做是多此一举。我想想女儿已经这样喝了十几天了，好像也没什么问题，就睁一只眼闭一只眼了。但轮到我时，我还是会用温开水。

新生婴儿每两个小时就得吃一次，晚上的时候很是辛苦。奶爸和我轮流值班，保证不让女儿拉下哪一顿。女儿有时还会给我们加些劳累，没有原因地哭闹一番。这项额外的工作奶爸总是努力去承担。女儿哭的时候就把她抱起来，抱着她来回走动，哄她入睡。有一天女儿一直哭个不停，奶爸不知怎么想出一招，把女儿放进他胸前的袋鼠袋里，牵上两条大狗就出门了。这深更半夜的出去遛孩子，先不说是否安全，那时候已是初秋季节，半夜时分有了凉意，一个出生才十几天的孩子很容易着凉。奶爸却没有这些顾虑，回来后还很得意地告诉我，女儿一出去就不哭了。外面星光灿烂，女儿很好奇很惬意。再走上一段，她就舒舒服服地睡着了。不知女儿对外面这个世界的兴趣和热爱是不是从这个时候开始的。我那段时间疲惫不堪，又在家做月子，顾不上跟着出去看个究竟，但我坚持让奶爸再做这种事时要把女儿包严实了。奶爸常常阳奉阴违，他认为感冒都是由病毒引起的，而我认为着凉着风喝生水都能导致生病，这是我从小受的谆谆教导。我跟先生在这些方面一直没有达成共识。我不知道这是文化差异，还是男女有别。但在这场"争斗"中奶爸还是占了上风，在女儿能自己做选择的时候，她的决定总是跟她老爸如出一辙。女儿不是娇生惯养出来的，但很少生病。一个粗糙的奶爸，倒是带出了一个皮实的孩子。

4

先生是搞电脑的，如果能考下微软的一些证书，薪水会上涨，竞争实力也更强。

我怀孕以后，先生就琢磨着多挣些钱。他说，以前单身的时候，很少想到责任心。反正有一份工作，有房子有车，如果有多余的时间，他多半是在享受生活，哪怕无所事事。因为不用考虑别人，他对自己的要求也不太严格，不会去想多学点什么，多些进步，让生活变得更好一些。可现在不同了，他有家，有老婆，马上要有孩子，还有两条狗，他有责任照顾好这一切。他开始积极寻找一些提高自己的机会，因为他只有不断提高自己，才有可能更好地照顾好自己的家庭，为他所爱的人创造更好的生活。

可是现在一切都已经很好了，我说，我不要你搞得太累。

先生却说，我在做一些我想做的事情，一点不觉得累，我是在更好地享受生活。

先生挑战自己的是一种难度很大的证书，要通过五门考试才能拿下这种证书。一般人会去上辅导班，有的人先停下工作，心无旁骛地做准备。先生没有额外的时间去上辅导班，也不可能放弃工作，他买来了书，挤出时间自己学习。这样边上班边照顾家庭边自学，在不到一年的时间里连下五城，而且每一门考试都是一次通过，有的还考到接近满分。他是全世界自这种证书设立以来第2501个拿到证书的人，后两门考试还是在女儿出生以后最忙乱的时候通过的。奶爸说他是为女儿考下这个证书的。他能有这样的干劲，确实是女儿给他的动力。

奶爸的薪水上涨不少，他跟我商量拿出一些钱为女儿设一个教育帐户，每年往里面放些钱，等她上大学的时候，她可以有足够的钱上世界上最好的大学。我说女儿上大学是十八年之后的事情，我们是不是行动得太早了。奶爸说早行动总比晚行动好。我本来以为就我们中国人把教育这么当回事儿，没想到美国人也有这个意识，对他的这个想法我当然是举双手双脚赞成。

先生接着说，等她要上大学时，我们把这笔钱给她。如果她不想上大学，她可以拿这笔钱去做她想做的事情。

我一听这话又觉得不对劲儿了。我对上不上名校无所谓，但大学教育咱还是不能拉下的。

奶爸对此不置可否。他说那是女儿的事情，要让她自己拿主意。我想这也无可厚非。不过我还是设想女儿选择接受大学教育，于是跟奶爸商量，要是女儿读大学的话，我们是不是能替她出全部的学费？

那时候我们已经决定只要一个孩子，我想负担一个孩子的学费不该有什么问题。而且那些边上学边打工的大学生们还是蛮辛苦的，我心疼女儿，不想让她吃这个苦。

奶爸马上投了反对票。他说，我们给她出一部分，她自己出一部分，这样对她才好。她要学会自食其力，早点独立。她自己打工挣钱，知道挣钱不容易，才会珍惜每一分钱。

奶爸的大道理我不是不明白，但心里还是有些犯嘀咕。不过我没去跟奶爸讨价还价。揣测和决定很久以后才会发生的事情为时过早，眼前的事情才是当务之急。奶爸倒是说到做到，从我做起从现在做起。他不想只为女儿设一个空头账户，除了不断学习新的知识技能加强自己的实力，还更努力地做好他正在做的工作。他本来就是个很敬业的人，现在更是兢兢业业不遗余力。回家以后还会加班加点，解决工作中的问题。他本不需要接手这些额外的工作，是为了女儿，他挑了最难做的项目，并且在攻克一个个的难关后让自己有了很大的提升。

每天结束辛苦的工作，奶爸最大的愿望就是快点见到他的宝贝女儿。每次一进家门，奶爸都有些过分激动，像是久别重逢，抱起女儿亲了又亲，眼睛里满是怜爱与喜悦。先生算是个浪漫的人，但在我们最热恋的时候，他的眼神里好像都没有这般的挚爱深情和似水柔情。

女儿在奶爸的怜爱中一天天长大，她也从被动的接受变为积极的回应和给予。奶爸回家时，会有热烈的拥抱和亲吻等待着他。父女俩还会嬉闹一番，欢声笑语此起彼伏。

不变的是奶爸对女儿精心的呵护和未曾中断过的父爱。就是在工作最忙的时候，奶爸也不会克扣照顾和陪伴女儿的时间。奶爸还有个本事，一心可以二用。不得不在家加班时，奶爸可以边哄女儿边工作。他也一直不觉得照顾孩子是个负担，这份天伦之乐中，有数算不尽的乐趣和幸福。

女儿半岁多时，奶爸有个提升的机会。职务是高了，但会因为公务经常出差。奶爸没有多想就拒绝了。这也是很多美国人所做的选择。家庭第一，不会为工作牺牲家庭。这不是说他们不好好工作，在家庭和工作有冲突时，他们会量力而行，分清轻重缓急，尽量找到工作和家庭的平衡点。其实有孩子的人，工作时会更有责任心，也会更努力地工作。

奶爸守护着女儿，女儿已经开始上小学了，奶爸还未离开过女儿一天。我倒是离开过几次，有两次是我一个人回中国探望父母。第一次这样离开时我也耽心过，回来后见女儿完好无损。没有了我的清规戒律，父女俩没准儿过得还更逍遥。直到女儿八岁了，奶爸才开始出差，每次也就几天的时间，每天还会有些不放心，这时候我总是跟他说，我是你女儿的亲妈呀，你就好好享受一把自由时光吧。

父亲带孩子在这里是件很普遍的事情。派对上，端着盘子在后面追孩子的常常是些男人。很多妈妈倒挺放得下，边享受美食边跟闺蜜聊天。公园、游乐场等公众场合，全家出动时，照顾孩子的也多半是男人。有次我们去看圣诞彩灯，停车时，看到对面走过一家四口。爸爸肩上扛了一个，婴儿车里还推着一个，妈妈跟在后面，低头玩着手机。这样的画面并不扎眼。所以先生在家里和外面悉心照顾女儿，他从未抱怨过什么。他是奶爸风景线中一道和谐的风景。

5

女儿说话晚，两岁多时，还只会迸些单词和最简单的句子。因为很多话无法表达，她要拿什么东西时，就只能来拉我们的手。我们常得猜她的意思猜她想要什么。语言发展滞后，也影响了她的交际能力。

做父母的这种时候可不会拿贵人语迟来安慰自己，我们赶紧求救于县政府的语言机构。在美国州以下的行政区是县，县下面管辖着大大小小的城市，跟中国相反，这里县比市大。我们当时所在的马里兰的蒙哥马利县的综合实力，排在全美三千多个县的前十名，加上马里兰州非常重视语言教育，有很多双语学校，也有专门的机构为语言发展滞后的孩子提供免费的专业服务。我们打了电话报告了情况以后，这个机构先派人上门为我女儿做了测试，发现她的语言表达等能力比她的实际年龄滞后了八、九个月。这对一个才两岁多的孩子来说，已经是不小的差距了。

县政府的人先让我们停下一种语言。女儿开始学说话时，奶爸和我决定对她进行双语教育。奶爸跟她说英文，我跟她说中文。原来指望她从一开始就能同时掌握两种语言，没想到她哪种语言都不行。县政府的专家说，双语教育很可能是造成她说话晚的原因。我们不得不先停了中文。只攻一种语言的同时，县政府每周还派人上门服务，为女儿做语言辅导，用不同方式开发她的语言能力。这样过了几个月，女儿的表达能力有了不少的提高，但还是明显滞后于她的实际年龄。

女儿的说话问题成了我们的一大心病，县政府派来的人也帮着我们探究原因。他们怀疑过女儿的听力，我们带她去看了医生，排除了这种疑虑。有个语言老师有次提到了自闭症，自闭症孩子的一大症状就是不会说话。说者不是特别有心，奶爸和我却当真了。特别是奶爸，还没去看医生，就已经忧心忡忡了。

我们为女儿约了自闭症方面的医生。在美国看医生有时候要急死人。电话打过去，如果不是急诊，一个月内能看上医生就很不错了。本来这倒不是急病，但对我们来说这比急病还急。自闭症几乎没有治愈的办法，如果女儿真是得了自闭症，她很可能永远都不能跟人正常地交流，她的语言能力也有可能永远停留在最初级的水平上，同时还有恶化的可能。在那一个月的等待中，我们每天都是度日如年，时而满怀希望，时而如临深渊。我们每天都挂在互联网上，通过分析网上的各类跟自闭症有关的信息，以及女儿的表现，希望能知道个大概。有的时候觉得看出了些眉目，但更多的时候是云里雾里，只能心急火燎地等待着医生的"召见"。不过越是快要见到医生了，我们越是紧张。奶爸本是性格开朗的人，很幽默，笑口常开，但那段时间很少能听到他的笑声和玩笑。

去见医生的前一个晚上，我们两个都是辗转反侧。女儿倒是一觉睡到天亮，一无挂虑。早晨起来后我还是吃了点东西，奶爸什么也没吃，水也没喝。没有睡好觉，他的眼睛是浑沌和疲惫的，还有忐忑和焦虑。我们驱车上路，来到这家在世界上也是数一数二的医院。医院太大，不像一般的医院只是集中在一、两幢楼里，在这里不同的科室分布在不同的地方。我们去的这个地方环境优雅气氛悠闲，这是美国大部分医院的共同特点，医院不像医院。特别是这种没有外科又兼顾医学研究的地方，几乎完全没有任何跟医院有关的迹象。这里有一个很漂亮的儿童游乐室，里面的玩具琳琅满目。奶爸去填表办手续的时候，女儿就在里面很开心地玩着。

很快见到了医生，是个很和蔼的中年女性。自闭症的诊断不同于大部分疾病，主要靠医生的观察分析。医生问了我们几十个跟女儿的表现有关的问题，同时她的眼睛一直追随着我女儿，跟她说话，陪她玩，看她的反应。这个医生是我表哥帮忙找到的。我表哥在同一家医院当医生，他排查了所有自闭症方面的专家，帮我们找到了这位医生。虽然原来并不认识，但表哥的联系还是起了作用。在美国看病或做其它的事情一般不会想到托关系，但我发现有个介绍人还是会起好作用。按正常的程序，约上一个自闭症等儿童发展方面的医生的门诊，特别是在这种顶尖的医院，要等上至少一、两个月的时间。这位医生在不到一个月时就见了我们，而且在整个过程中她非常的耐心细致。当然我在美国还没碰到过态度不好的医生。

医生花了两个多小时问问题和做观察，然后得出了结论。她认为我女儿只是说话晚、语言发展滞后。虽然这是自闭症的表现之一，但她没在我女儿身上发现自闭症的其它症状，她不认为我女儿患上了自闭症。不过自闭症相对难以诊断，特别是对一个还不到三岁的孩子，更难做出准确的判断。既然我们有这方面的疑虑，她建议我们再看一个医生。就在同一医院里还有一个专门诊断和治疗自闭症等儿童发展障碍的中心，这位医生主动帮我们联系了那边的医生。她希望那边的医生除了能做些诊断，最重要的是为我女儿的语言发展提出些建设性的建议。

二十多天后，我们带女儿去看另外一个医生。

因为有前面那个医生给出的一个很明确的诊断，奶爸和我这次放松了许多。这个地方要来两次。第一天我们见到的是医生的助手，一个很年轻的女孩。她给我女儿做了些基本的测试，譬如叫她的名字，或在她身后搞出些动静，看她有没有反应；跟她做游戏，观察她的配合。前面做得还算顺利，女儿该回应的时候都有回应，该配合的时候也算配合。这时候已经是中午快一点钟了，女儿又累又饿又渴，越来越多地表现出了不耐烦。我问那位年轻的助手，能不能让我女儿先喝点果汁。她马上拒绝了我，同时有意抢走了我女儿玩得正高兴的一个玩具。女儿追着她想要回来，她就把玩具放到一个很高的地方，对个头很小的女儿来说，这玩具能看得见，却够不着。于是女儿大哭不止，哭得惊天动地，从没见她这么伤心过。医生的助手站在那里观察了一会儿，然后离开了那个房间，过了一、二十分钟才回来。

女儿已经不哭了，蔫蔫地坐在那里。那个助手没再做其它的测试，坐下来跟我们聊她的观察结果。她先问我们为什么会来这里，先生说女儿说话有问题，我们担心她有自闭症。那个助手说我女儿刚才有这么激烈的反应，这是自闭症的一种表现。我没说什么，心里在想，一个两岁多的孩子遇到这种情况，不大哭大闹反倒不正常了。奶爸倒很认真地听着。他小心翼翼地问，如果我女儿是自闭症，她永远都说不好话吗？

是的，你永远不能指望她有漂亮的语言表达能力，那个助手说，但我们有专门的辅导班，有辅导家长的，也有辅导孩子的，可以帮助他们提高这些能力。你们可以报名参加。

奶爸没有同意。他已经是有病乱投医了，好在还没有彻底晕了头。

回家的路上，奶爸和我的心情都很不好。我主要是在生气。那个年轻的助手没做几个测试就匆匆得出了结论。这结论还模棱两可着，她就推销起生意，动员我们上他们的辅导班。我唠叨着我的不满，牢骚倒出来了，心情好了一些。奶爸却一路沉默不语。我知道，那个助手的一些话，已经在奶爸心里砸下了一个大坑。

回到家后，我和女儿先吃了饭，填饱了肚子。奶爸早上起床后就滴水未尽，累了大半天了，我劝他先吃点东西。他说他不饿，什么都不想吃。

两个人都心烦意乱。不知怎么又绕到了自闭症上。当然也不能说那个助手说得不对。很多患上自闭症的孩子的父母在听到这个消息时，都怪罪上了医生，认为是医生有误。而且，早上见医生时，我们自己也说我们耽心孩子患上了自闭症，现在医生的助手只是在验证我们的设想。但我对那个助手的表现和医术还是不敢恭维。我也查了其他人在网上对这个助手的评论，有不少是负面的，这也减弱了我对她的信服。再加上这段时间我天天在网上做自闭症方面的研究，不能有一个肯定的结果，但基本上否定了女儿患上自闭症的可能性。还有，我们前面见过的那个自闭症方面的专家，已经给出了一个明确的诊断。我把我的这些理由说给奶爸听。他觉得我说的有道理，也故作轻松地附和着。可是一直到晚上，他还是没吃什么。我知道他还是没走出那个心结。而我自己倒真被我找出的一堆理由说服了，突然间豁然开朗，也有可能是自欺欺人。但我能把这个重担放下，还是影响了奶爸。他多少把我当成了救助女儿的希望。我走到哪里，他就跟到哪里。有时候我去了楼上或楼下，只要片刻工夫，他肯定会追随而来。自从我认识他以后，他一直是我的依靠，一个坚强的依靠。第一次，见到他身上脆弱的一面，无助得像个孩子。晚上我要睡觉时，他也跟着我进了卧室。我躺下，他赶紧躺下，拉住我的手，不敢松开。

第二天还要去见医生，但我已经不在乎医生会说什么了，所以那天晚上睡得很好。

一觉睡到天亮。醒来时，发现奶爸不在身边。我起来找他，在女儿的房间看到了他。他跪在女儿的小床边，我只能看到他的背影。只是一个背影，已经让我感受到那份压抑着的苦痛。我不知道他从什么时候开始跪在这里的。

我走过去，搂住了他。他还是没有回头，只是说，想到她不能像正常的孩子那样长大，不能有一个美好的未来，我真的很难过。

女儿没心没肺地酣睡着，还不识人世的愁苦，也不会为自己的未来担忧，她的少不更事懵懂无知让我们更加感觉到心痛。

也许是我们做好了最坏的打算，那天去见医生，结果倒比我们想到的好很多。这个医生也是一个中年女性，跟上次见的那位医生的年龄差不多，也都温文尔雅。助手的报告让医生多少有些先入为主，但她又在我女儿身上看到很多非自闭症的表现，这大概让她难以得出结论，措辞上非常谨慎，始终没敢说我女儿患上了自闭症。她说一个月内我们可以收到一个正式的诊断报告。我们当天没拿到这个报告，但心情上好了不少。

那一天，奶爸吃了点东西，虽然很少。他大概明白，他不能就此消沉下去。女儿的一生才刚刚开始，还需要一副有力的臂膀，为她扛起一片蓝天。

碰巧的是我女儿去的那个托儿所的老师告诉我们，他们的女儿小的时候出现过同样的情况。那是一个单一的美国家庭，没有双语的问题，但小孩子迟迟不说话。父母很着急，带她去看了很多医生，也没有一个明确的结果。后来她开始说话了，并且一步步地赶上了正常孩子的水平。回过头去想，他们觉得县政府的语言辅导起了很好的作用，更重要的就是父母的耐心和额外的心血了。而看过的一些医生，基本上没有太多的帮助。我们也有同感。特别是第二个医生，加上她的助手，让我们很是折腾了一番，但却没有结果。一个月后我们也没收到正式的诊断报告。其间倒是来了好几张账单，钱没少要。当然我也理解他们，女儿的情况比较特殊，医生也难以下结论，诊断错了又要负其它的责任，所以他们一直没给诊断报告，我们也就不了了之了。也许这对我们来说是个好消息，至少说明女儿没有患上自闭症的可能性更大一些。

根据我自己和一些朋友的经历，我觉得在美国看个病也不是那么容易。医院的硬件设施和设备让人无可挑剔，医生的态度也都不错，如果不是什么疑难病症，应该可以得到很好的治疗。如果遇到模棱两可的情况，需要医生凭经验来做决断和治疗的时候，那病人得到的结果就有好有坏了。我在美国看过的几个中国医生，甭管是大陆来的还是台湾来的，在经验和医术上都有很不错的表现。但在儿科方面，中国出来的医生不多。特别是针对儿童发展的不同方面所出现的问题，就更鲜有中国医生涉足其中了。也许我们中国人本来就没把那看成是问题。而美国人会比较重视儿童成长时的平衡问题，尽早发现孩子的弱势之处。不是扬长避短，而是尽早干预，尽可能不让这些弱点拖了后腿，在孩子的弱点上多下功夫。就是不能变弱点为长处，也会因为额外的帮助在孩子的不足之处上事半功倍，提高孩子的综合能力和整体上的自信。

这些外界的干预和帮助来自学校、专门的医生和机构等，对于一个年幼的孩子来说，最有力的帮助应该还是来自自己的父母。奶爸自然明白这些。他说不管怎么说，女儿说不好话总是一个问题，我们必须想办法为她解决这个问题。除了全力配合县政府的语言开发和辅导外，奶爸还花大量的时间陪女儿练习发声和说话。从一个个音节，到简单的句子，再到长长的复合句。女儿从小喜欢阅读，她最喜欢做的事情之一，就是坐在奶爸的怀里，听奶爸给她读书。开始时是她听奶爸读，慢慢地变成奶爸听她读。从一页只有一句话的小人书，到每页都有长长的段落。奶爸总是耐心地纠正女儿的发音，遇到新词，他除了教发音，还会详细地讲解意思，举一反三。奶爸还喜欢挑起话端，时不时地问女儿个问题。出门的时候，就是开着车，也可以做这种练习。一路上他边开车边问女儿看到了什么。女儿的回答里先是只有名词，后来就有了动词和形容词，内容也越来越丰富。奶爸还有意引导女儿问问题。从"什么"开始，到"谁"和"哪里"，然后是"为什么"。女儿在很长时间里都不会问"为什么"。奶爸没有放弃努力，循序渐进地引导。女儿在四岁的时候，终于开始问"为什么"了。

在提高女儿的语言能力的同时，奶爸几乎每天都带女儿出去转转。周末的时候可以参加各种活动或找个地方尽情玩耍。平常奶爸要上班，女儿要上托儿所或上学，但傍晚时奶爸还是要带女儿去个离家不远的地方，哪怕就在我们的小区里散散步。这些室外活动不仅开阔了女儿的眼界，而且给女儿提供了很多跟别人交流的机会。随着表达能力的提高，女儿越来越喜欢跟人交流，朋友越来越多，跟人打交道的本事也越来越强。语言能力和交际能力齐头并进。除了口语和阅读外，奶爸还陪女儿做算术题、玩拼字游戏、做作文，教她很多自然、天文、地理、历史等方面的知识，同时还培养她各方面的生活能力，教她做饭烤点心。拉动提升她的弱点，还要顾及她综合能力的提高。女儿像个大大的海绵，开心地吸收着各种养分。

偶然看到过一篇文章，谈到父母在孩子那里该扮演的角色。说是对孩子来说，最好的搭配就是父亲抓教育，母亲管吃穿。我不知道这是不是最佳的方式，但奶爸和我碰巧搭配出了这样的组合。在这样的搭配中，做爸爸的实际上要付出更多的精力和心血，教一个什么都不会的孩子掌握各类的本领需要很多的耐心。奶爸毫无怨言地包揽了这一切，只有一次他求助于我。奶爸是个左撇子，而女儿跟我一样用右手。女儿需要学如何系鞋带时，奶爸让我教她，因为我们都以右手为主。我示范了很多遍，女儿跟着比划，总是不得要领。我的耐心越来越少，就说我们明天再练吧。女儿不想放弃，我却急着喊停了。那一刻突然掂量出奶爸的伟大和不容易。就这么一件事我都教得心急火燎，奶爸教会女儿那么多的东西，这得需要多少耐心和爱心呀。

后来去女儿的儿科医生那里做常规检查，我跟她提到我们曾怀疑过女儿有自闭症，还带她去看过几个医生。儿科医生很吃惊，问我们怎么想到自闭症了。她马上对我女儿做了自闭症排查，没有一条能对上号。我这才想起我们应该先来问下女儿的儿科医生，再往下面走。在美国，孩子出生前就要找好儿科医生，几年下来，儿科医生对孩子已经很了解了。孩子若有什么问题，一般要先征询儿科医生的意见，而我们因为着急担心，完全跳过了这一步。在这件事上，奶爸绝对是那个始作俑者，还没少起推波助澜的作用。

其实女儿若是有什么差错，奶爸是很会自己吓唬自己的。女儿五岁的时候，有天早上奶爸陪着她去上学，校车已经到了，他们还在路上。女儿拔腿就跑，摔了一跤。我在窗户里看到了这一切，还没开始担心呢，女儿已经自己爬了起来，又朝校车跑去。司机大概看到了她，等着她上了校车。

先生回来后，我问他女儿摔破哪里了吗，他说没有，但他一直心神不定，在家里走了几个来回后，他说他得到女儿的学校看看。过了老半天，他打回个电话，说女儿应该没事，他去上班了。我问他见到女儿了吗，他说他没有进去，他在校门口观望了一会儿，没有看到救护车来。我吓了一大跳，以为先生隐瞒了什么。先生说女儿确实没摔着哪儿，我想想也不该有大的问题，女儿是自己跑上校车的。可是奶爸就是这么瞎担心，还脑洞大开地联想到了救护车。

一个在乎孩子的父亲可能很难逃掉这些担心和牵挂。每个孩子都有成长之痛，只是痛在不同的地方，痛得有轻有重。孩子也会遇到大大小小的问题，在成长之路上也会摔跤。做父母的，可以完全忽视，也可以倾尽全心全力。如果能做后者，收获的，不仅是孩子更顺遂的人生，还有尽职尽责的父母才能感受到的苦尽甘来的甜美。

女儿会说话后，很快变成了一个话匣子。特别是在家里，有时候可以从早说到晚。孩子话多的时候，有些父母会觉得心烦，而我们经历过女儿不会说话的苦痛，现在能听到她小鸟般唧唧喳喳说个不停，感觉到的是深深的祝福。喜欢这样的画面，女儿仰着小脸小大人似地向奶爸描述着什么，奶爸笑盈盈地看着女儿，跟她你一句我一句地聊着。我看着他们，心里满是感激和幸福。

女儿在上学前班的时候，转学来到弗吉尼亚北部。因为有前面的"案底"，新学校很负责任，组织各方面的专家和她的任课老师为她做测试，看看她哪些方面还有欠缺，可以帮助她提高。正好也到了期末，学校对每个学生都有各种评估，评定他们的学习水平。

一番测试下来，他们给出了一个非常详尽的报告，还专门跟奶爸和我开了两次会。他们发现我女儿有了长足的进步。最差的还是口语表达，但已经达到她这个年龄的平均水平。她的人际交往能力也完全达到正常水平。而她在阅读、写作、绘画、算术等方面都有优秀的表现，有些方面还达到了小学一年级的水平，等于超前了一年。相对于女儿在三岁时全面落后的情况，这些老师和儿童发展方面的专家都觉得很是惊喜。我提到我们在女儿三岁左右时耽心过的自闭症，他们都没觉出有这方面的问题。一个曾深深困扰过我们的问题，也彻底走出了我们的担忧。

对于这样的结果和女儿的进步，付出了更多心血的奶爸跟我一样欣喜，但比我淡定，也没有高枕无忧。他说在未来的日子里，女儿还会有其它的成长之痛。每个孩子都会遇到这样那样的问题，不可能什么麻烦都没有。而我们能做的，应该做的，就是跟孩子一起坦然面对，一起去解决那些问题。

6

奶爸是个慈父，也是个严父。女儿还没出生，奶爸就跟我说，小孩子需要有规矩，不能娇生惯养。

自己睡觉，是奶爸给女儿设的第一个规矩。我说我的一些朋友的孩子，十多岁了还跟父母睡在一起。奶爸问我：你觉得这样好吗？

我也知道这样不好，但我觉得孩子跟父母睡到五、六岁还无妨。美国的父母很少这样做的。孩子从小就是自己睡觉，独立性是从小培养的。如果住房条件不允许，几个孩子可以睡在一个房间，但跟大人是分开的。

我们早早给女儿买好了小床，她刚出生时也是自己睡的。但我很快破了这个规矩，抱着女儿睡到了另外一个房间，跟她睡在了同一张床上。我发现小孩子要跟大人睡在一起，基本上是大人，主要是妈妈造成的。如果当爸爸的不管不问，这一睡就有可能很多年，甚至十多年。而且一旦形成了这个习惯，要改起来就难了，大人孩子都痛苦。

女儿四个月的时候，奶爸觉得该让她独自睡觉了。我求了情，奶爸答应宽限半个月。

还没到奶爸要采取行动的期限，有一天晚饭前后女儿莫名地哭闹起来。奶爸觉得既然她先挑起了"战争"，干脆今天就让她独自睡觉。他把女儿放在一个小摇床里。女儿已经习惯于依偎在我的怀里睡觉，自然不能接受奶爸的安排，躺在里面又哭又闹。我们在她的哭声里吃完了晚饭。奶爸指望她能在哭累之后睡去。女儿哭哭停停，一直坚持了两个多小时，还全无睡意。其实她也不是真哭，脸上光溜溜的没有眼泪，两只眼睛骨碌碌地转着，观察着我们的举动。虽然她不是真哭，但听她干嚎了两个多小时，我还是越来越心疼，几次跟奶爸说到此为止算了。

但奶爸坚持让女儿自己睡觉，至少也得停止哭闹五分钟，才可以抱起她来。女儿不知道奶爸的心思，她以为坚持哭下去，我们一定会心软的。"战争"进入了僵持阶段。

到了溜狗的时间，奶爸不得不带狗狗们出去方便方便。临走时他嘱咐我一定要坚守阵地，不能向小闹鬼投降。

奶爸一出门，女儿觉得时机到了。她先可怜巴巴地看着我，哭声好像变成了哀求声。我没抗住，凑到她的小床前。她赶紧朝我讨好地笑了笑。我把重要的军事机密透露给了她，你只要坚持五分钟不哭，我们就可以抱你起来。小家伙对五分钟没有任何的概念，只坚持了五秒钟，又开始哭诉起来。边哭边讨好地看着我，好像是在诉说奶爸的不是，我这个妈咪不该也这样对待她。

奶爸出去了几分钟，回来时看见女儿已经躺在我的怀里了。女儿还很得意地朝奶爸笑了笑。

奶爸很是沮丧，他说我帮着女儿打败了他。我说女儿哭得让我心疼。奶爸说他不光心疼，耳朵也疼。但是下一次，他一定要赢。

我哄他道，下次我帮着你打赢就是了。

奶爸很快为女儿设立了一个作息时间，他认为让女儿适应了在固定的时间睡觉或起床，她才有可能独自睡觉。奶爸对第二场战役是志在必得。

早晨8：15起床。那天是周末，奶爸没睡懒觉，8：15把女儿从床上抱了起来。女儿正躲在我的怀里吃奶，冷不丁被奶爸拎了起来，搞得她一头雾水。不过她倒没哭闹，表现得还不错，有一个不错的开始。

下午3：15，是奶爸定的午休结束的时间。他再次闯入女儿和我的小窝。女儿正睡得迷迷糊糊，被奶爸从妈妈怀里抱走的时候，她睁开了眼睛，但一脸茫然，好像很想琢磨出个所以然来。不过她再次表现出了高度的配合精神，没有抗议奶爸的举动。倒是我心怀不满，认为奶爸克扣了女儿的睡觉时间。我重新审核了奶爸定的作息时间表，跟奶爸讨价还价后，给女儿多争取来了一、两个小时的睡眠时间。

这个作息时间刚实施了两、三天，正好赶上新年。我们去亲戚家吃晚饭迎新年，回家晚了，女儿晚上近12点才得以上床睡觉。我跟奶爸说应该让女儿晚点起床，奶爸坚持让她按时起来。我软磨硬施，奶爸做了小小的让步，答应让女儿多睡半个小时。

第二天奶爸宽限了半个小时。即使这样，女儿昨晚还是没睡够觉。起床以后我一直拉着个长脸，奶爸不断想着法子哄我高兴，我的怒气却怎么也消不下去。我开始抱怨奶爸太死板，不会灵活掌握，害得女儿昨晚最多睡了八个小时。书上可是说这个月龄的孩子一天得睡十四、五个小时。因为奶爸的"法西斯管制",害得我也心烦气躁。

在我的火力围攻下,奶爸缴械投降。他宣布停止"军事管制",不再要求女儿实行他定的作息时间。

奶爸投降了,我没再得寸进尺,而且我打心眼里认为奶爸为女儿设立作息时间是对的。我只是希望我们有的时候能灵活运用。我宣布实行人性化的"军事管制"。

"战争"的硝烟消散了,家里洋溢起快乐喜庆的气氛。毕竟这是新的一年的第一天。中午女儿和我一起睡了个长长的午觉,家里的气氛更加轻松愉快。

人性化的"军事管制"实施了二十多天后,奶爸说可以进行第二步了,让女儿在自己的房间里独自睡觉。

在这之前,奶爸利用周末,把女儿的房间刷成了粉色。颜色是我挑的。我在一、二十种粉色中,挑中了这种颜色。深浅比较合适,我也很喜欢这种粉色的名字----hopeful,怀有希望的,正好是女儿的中文名字"涵希"的意思。

房间准备好了,好像也到了让女儿独自睡觉的时候。

那天晚上9点左右,喂过奶后,奶爸和我把女儿放进了她的小床。我们都亲了亲她,跟她道了晚安。女儿开始时还不明所以,不知道我们要干什么,等发现就她自己被留在了房间里,顿时哇哇大哭起来。奶爸事先给我打过预防针,把他从书本上看来的经验传授给我。我们按照书上建议的,过了五分钟后,进去亲亲她,对她说"我爱你",让她知道我们没有抛弃她,只是想让她开始自己睡觉。女儿依旧哭得伤心欲绝,伸着两只小手,楚楚可怜地望着我们,想让我们抱起她。我的心揪得紧紧的,真恨不能马上抱起她来。奶爸嘱咐我一定要坚持住。十分钟后,我们又回来一趟,做了同样的事情。然后是间隔十五分钟、二十分钟。到了间隔二十五分钟的时候,可怜的小人儿终于哭累了,又过了她每天入睡的时间,她哼哼唧唧地睡了过去。这期间我的心一直七上八下,满是不安和不舍。我的眼前总是晃动着女儿的那张小脸,看见她偎依在我的怀中吃奶,吃几口,她会停一下,抬起头来,朝我幸福满足地笑一笑。实际上是我更想跟女儿睡在一起,跟她紧紧地偎依在一起。一个朋友说过,搂着孩子睡觉是会上瘾的。照奶爸说的,能不能让女儿独自睡觉,要看我有没有准备好,而不是看女儿是否准备好。我知道我不可能陪她一辈子,总要有一个让她学着独立的开始。而今天，她开始独自睡觉了。

等女儿睡着以后，奶爸和我悄悄溜进她的房间，看看她是否一切都好。那张睡梦中的小脸安详而美丽。我真想把她抱起来，不过总算克制住了自己。

这样过了两个星期。女儿一觉睡的时间越来越长，睡眠质量也很好。放进小床时也不再哭闹。女儿在还不到半岁的时候，就可以独自睡上七、八个小时了。女儿可以自己睡觉，我也轻松了不少。而且我们互相不干扰，两个人的睡眠时间和质量都得到提高。

女儿三岁左右，奶爸开始让她做些简单的家务。

一般孩子的第一项家务劳动是收拾东西，特别是收拾整理好自己的东西。有时候女儿能把玩具铺得到处都是。甭管有多乱，她吃过晚饭后必须把这些东西收拾好。这是奶爸给女儿立的另一个规矩：自己搞乱的地方要自己收拾好，自己弄出来的垃圾要自己去扔，自己的事情要自己去做。女儿也有耍赖的时候，奶爸决不让步。有时我也忍不住想帮帮她，都被奶爸给制止了。女儿人小鬼精，很快摸透了爸妈有不同的做法。奶爸的命令她基本上服从，我说的话她基本上不听。好在有奶爸在家唱黑脸，有他的规矩压着，女儿从不敢瞎造次。我遇到的很多美国父母跟奶爸的做法相似，早早地设立些规矩，训练好孩子服从规矩，孩子会好带很多。有的家里有好几个孩子，靠这些规矩可以管得井井有条。

奶爸在某些方面对女儿要求严格，在另外一些方面却放任自由。他从不强迫女儿去上她不喜欢的兴趣班，在这方面女儿有绝对的自由。奶爸希望女儿能有些兴趣爱好，但这完全取决于她自己的喜好。女儿三岁多的时候，在大街上看到芭蕾舞演出的广告，告诉我们她想去看演出，还要学芭蕾。这倒很符合我对一个女孩子的设计，女儿有这个愿望，我当然很高兴。带她去看演出，看了半场她就不想看了，还说芭蕾也没什么意思，她再也不想学了。可我这个当妈的一直贼心不死，奶爸却反对，他说女儿想学就学，不想学就不要逼她，我只好死了心。女儿五岁多的时候又去看了场芭蕾舞演出，舞台上美轮美奂的场面这次吸引了她。她再次提出她要去学跳舞，还渴望着能登台表演。对于女儿的这个决定，奶爸很配合，马上带她去报了芭蕾舞班。

奶爸和我都希望女儿能学一、两种乐器。我想到的是钢琴或小提琴。我想让女儿走淑女的路子。按照我的想象，这淑女总该会弹钢琴或拉小提琴什么的。奶爸说那是我的主意，但这件事要让女儿自己拿主意。我们带她去乐器行，她一眼就看上了架子鼓，玩得不亦乐乎。后来又喜欢上了吉他。这让奶爸派上了用场。奶爸的吉他弹得不错，可以手把手地教女儿。这架子鼓和吉他跟我原来对女儿的期望相去甚远，可是看到奶爸和女儿一人抱一个吉他，边弹边唱，神飞色舞喜气洋洋，我好像也就没有了阻止女儿享受这种乐趣的理由。

问过女儿的几个小朋友的父母，他们会为孩子选什么样的兴趣班。没有谁说过"我们觉得他/她应该学什么"，所有的回答是一致的，都是说孩子想学什么，那就让他/她去学吧。而我认识的从中国来的父母，要比这些美国父母积极主动许多，不辞辛苦地送孩子去各种兴趣班。很多决定由不得孩子去做。有位妈妈说过，不逼孩子去做，他怎么知道这是对他好啊。我个人认为这两种做法都有可取之处，有利也会有弊，很难完全倾向于哪种办法。只是本该积极主动的我却有些懒，我不是个推妈，对女儿胸无计划。正好奶爸也喜欢这样，女儿也乐在其中，我也就顺其自然了。

另外，奶爸是个不喜欢半途而废的人，但对待女儿的兴趣爱好，奶爸总是很通融。大部分女儿试过的才艺和体育项目，她多是浅尝辄止。有些课外活动她之所以去参加，只是因为她的好朋友在那里。没有一样才艺她是要当本事去学的，自然也就少了恒心。奶爸没觉得这有什么不好，他认为对孩子来说，各类的才艺体育项目就是去玩去交朋友的，能玩得开心就好。而且不同的东西都去试试，不喜欢了就到此为止，喜欢的话就继续往前走。总有一天，女儿会发现她最喜欢做的事情。

7

奶爸为女儿付出了很多，也收获了很多。我觉得奶爸对女儿最重要的馈赠，是他影响和塑造了女儿的性格。美国人在孩子的教育上，最重视的也恰恰是品格素质的培养。

女儿有强烈的好奇心和求知欲望。女儿四岁才会问"为什么"，一旦开始，就来势凶猛，每天会有无数个"为什么"跟在我们后面。开始时间的问题还不难回答，譬如汽车为什么有四个轮子，太阳晚上去了哪里……很快她就开始问一些我回答不出来的问题，像屋顶的构造，电的输送，抽水马桶的运作原理等。我常常招架不住，最好的应付就是让她问奶爸去。幸好奶爸的知识面很广，也负责任，对女儿提出的问题他都认真回答。要知道操作原理，奶爸还会"开膛破肚"，用工具打开女儿想了解的某个器件，具体演示给她看。女儿的问题千奇百怪，奶爸也常有被问住的时候。遇到这种情况，奶爸不会像我那样说句"不知道"打发女儿，他会带女儿上网查找答案。女儿很喜欢这种找答案的方式，再遇上我说不知道的时候，女儿就问"你能不能去搜狗搜一搜（google it）"？我也试着去搜过几次，常常搜出来一些长篇大论，看得我头晕眼花。女儿还满怀期待地看着我，我只能拼凑出几句搪塞她，常常不着边际。女儿也不傻，很快发现奶爸的搜狗结果更可靠。奶爸不像我这么不思进取，他也是个求知欲很强的人，他是带着满腔热情上网找答案的。父女俩为此都学到了新的知识，两个人都欢天喜地。因为奶爸从不随便应付女儿问的问题，女儿的好奇心得到了很好的保护和引导。

女儿再大一些，奶爸就开始让她自己先找答案了。每次女儿遇到不认识的词儿，奶爸总是让她先自己查字典；遇到问题，奶爸也是让她先试着自己解决问题，先提出她的方案，再跟她探讨这个办法的可行性，看看有没有更好的解决办法。奶爸从不大包大揽，他知道他多走一步或走快一步，女儿就会少走一步或走慢一步。日积月累，女儿就会懒惰起来，也渐渐磨蚀掉旺盛的好奇心和求知欲。当女儿发现她靠自己也能解决了很多问题，并且靠自己把一些想法付诸实现后，她就有了更多的好奇心和挑战自己的愿望。

我还不知道女儿的好奇心和求知欲对她今后的发展会有怎样的影响，但对这个世界多一份好奇，对生活也就多了一份热爱，这肯定不会是件坏事。

奶爸也很重视培养女儿适应环境和输得起放得下的能力。女儿在幼儿园和学校里，有时会遇上她不喜欢的小朋友。遇到这种情况，我马上想到去找她的老师，给她换个班，起码换个小组。奶爸觉得这不是解决问题的办法。他的处事原则是：在这个世界上，不会是所有的人都让你喜欢，或者都喜欢你。遇上你不喜欢的人，或是不喜欢你的人，你也要学会跟他们相处。交朋友时，你要先对别人好，才有可能跟他做了朋友。我觉得让一个才几岁的孩子去贯彻执行这样的原则有些难了，但女儿抱怨了几天后，也就慢慢接受了这样的安排。当然我还是更希望看到这样的结果。奶爸说的对，你不可能喜欢所有的人，也不能指望所有的人都喜欢你。如果女儿在很小的时候就能坦然接受和适应这样的现实，那她长大以后，在生活处事和人际交往上会轻松许多。

在对待输赢的态度上，奶爸向女儿灌输的是同样的道理。女儿四岁多的时候奶爸跟她玩跳棋，奶爸连赢了几场，女儿很沮丧。我跟奶爸说，你就让她一回吧。我记得我小时候跟大人比赛时，大人们常常故意输给小孩子。奶爸马上说那可不行，赢就是赢，输就是输，她要知道生活中不光有赢，也不能指望别人让她。她得学会做一个输得起放得下的人，这样才能有好的心态。女儿一天天长大，跟奶爸比赛的项目越来越多，在外面也会遇上一些比赛。每次奶爸跟女儿比赛，从不故意输她。女儿赢了的时候，总是兴高采烈，她可是实打实地赢了奶爸的。输了的时候，女儿稍稍有些不爽，但很快就释然了。因为她很小的时候就已经知道了，生活就是这样，有赢也有输。

每个父母对自己的孩子都是有期许的，我问奶爸，他最希望女儿成为什么样的人？奶爸不假思索地说，他希望女儿做一个快乐的孩子，成为一个快乐的人，具有快乐的能力，懂得享受生活中的快乐。在对女儿的教育上，我跟奶爸有些相左的地方，但在这一点上完全一致。女儿还未出生时，我们就为她天天祷告，最大的愿望就是她能成为一个健康快乐的人。健康包括身体上的健康和心智上的健康。一个在身体上和心理上都健康的人，也更能感受到快乐。

奶爸对女儿最大的影响，就是把快乐给了她。女儿完全继承了奶爸的快乐基因，从小就是一个爱笑的孩子。一丁点的笑料，也能让她笑得前仰后合，上气不接下气。奶爸是个笑料一箩筐的人，好事坏事都能被他幽默一下，以欢喜收场。他把这种本事传授给了女儿。女儿去过的几个幼儿园和学校，每次老师跟家长开会时，讲到女儿的各种表现，每个老师都提到女儿是个快乐的孩子，微笑天天挂在脸上，笑口常开。她的幽默还能逗笑了她的老师们，有些竟然成了经典让她们念念不忘。再拿到我们这里复述一遍，我们也被女儿的嬉笑俏语逗得忍俊不止。而我情绪低落不高兴时，奶爸和女儿会一起上阵。女儿一边说妈咪高兴一些，要快乐，一边采取搞笑行动，直到把我逗笑为止。

奶爸在女儿那里所做的所有的努力，其实只有一个简单的目的，就是让女儿更快乐一些。呵护和引导女儿的好奇心，那是让她更有快乐的愿望；不要回报地爱她，传授给她丰富的知识，带她走出家门，发现这个世界的美好，这些都是快乐的源泉；教她说话，帮她掌握更丰富的表达，那是为了让她更好地说出自己的快乐，并且把这份快乐传递给其他的人，快乐的人一定也是一个能让别人感受到快乐的人。

奶爸希望女儿每天早上睁开眼时，最先感受到的就是快乐。如果让做父母的列出小孩子最让自己头疼的事情，我猜想很多人会提到早晨叫孩子起床。对付这件也让我们头疼的事情，奶爸的招数就是用笑逗醒女儿。每天早上叫女儿起床上学时，奶爸会使出各种搞笑本事，玩笑话加夸张的动作，逗得女儿大笑不已，彻底赶走了睡神和懒虫。女儿的每一天都是在笑声中开始的，无论那天阳光灿烂，还是阴雨绵绵，奶爸会用快乐点亮她的新的一天。希望这也是女儿人生的开场序曲，并且可以让这快乐和欢笑延续一生。

慢养女儿，陪伴成长

　　跟女儿的第一次亲密接触，是在北京的一个寒冷的冬日。

　　那次回中国算是去度蜜月。我和先生结婚的时候，正在学期中间，我这个当老师的不好半路跑掉，就想着在寒假的时候带着先生去趟中国，把这次旅行当作我们的蜜月。

　　马上就要启程了，突然发现我怀孕了。本来结婚以后怀上孩子很正常，先生和我也都想要孩子，但我们没想到这么快就有了孩子，这份惊喜反倒让我们措手不及了。纠结之后，我们还是按原计划登上了去中国的飞机。只是我父母怕我因为路途奔波跑丢了孩子，他们和我的妹妹妹夫都来了北京，一家人在北京团聚，北京成了这次旅行唯一的停留。

　　北京是我生活了十年的城市，家人们又都在身边，接下来的日子都是热闹而忙碌的，溢满了家人朋友的欢声笑语。我听从了怀孕前三个月要保持缄默的建议，没再扩大传播范围，加上我本来还没为怀孕做任何准备，封口之后，自己也快把这事儿给忘了。

　　我们还是去了趟北医三院。之前只用测孕纸测过，想想怎么也得到医院验证一下。确定怀孕后，门诊又给我挂了另外一个号，可以去见下妇产科医生。这里只准女士进去，先生没见识过这样的医院，有些紧张地被留在了外面。我坐在长椅上等着去见医生的时候，有个大概没找到座位的孕妇很快盯上了我，很不客气地跟我说：你怎么坐在这里？你知道这些椅子都是给孕妇坐的吗？我赶紧起身给她让座，还跟她说了声对不起。站了一会儿我突然想起，我也是孕妇呀，要不我来这干嘛？可是我很快又忘了自己也是个孕妇，从我的穿着和身材上一点看不出怀孕的样子，也不怪那个孕妇责怪我坐了只有孕妇才能坐的椅子。除了外型，我在心理上也还没有饱满起来，那个小小的胚芽，还躲藏在我的心思意念无法触摸到的地方。

我们一家人热热闹闹地迎来了新的一年，这场团聚也到了最高峰。新年过后，按照原来的行程安排，先生先回了美国，妹妹妹夫也要回去上班了，然后是我的爸爸妈妈。我试着去改签机票，想提前回美国，但那个时候是旅行旺季，航空公司的人说我只有可能往后推，之前的航班都已爆满。我只好再等上一个多星期。那天送走了爸妈，我一下子觉得很空落，大概之前太热闹，曲终人散后，只剩下我一个人形只影单。我走出宾馆，漫无目的地走在北京的街头上，是想排散掉心中的孤寂。

那天很冷，路边还有不少未融化的积雪，踩在上面，只有冰冷坚硬的感觉。路上的行人很少，并且行色匆匆，在我的揣测里，他们正急着赶回温暖的家中。这样的情景似乎只会加重我的孤寂，可是刹那间，我心里涌动起一种我从未体验过的感觉，我并没有被孤寂淹没，却漂浮在一股温热的暖流中，是从另外一个生命中流淌出的幸福的暖流。我实实在在地感觉到另外一个生命的存在，就那么亲密无间地依偎在我的生命中。我知道那还是一个小到不能再小的胚芽，完全没有成型，像一束小火花，微弱地摇曳着，却能让我感受到它的温暖和光亮，也让我的心情温暖和明亮起来。我安静下来，均匀地呼吸着，这是两个人共同的呼吸，从来不知道，两个生命可以这样的水乳交融相依为命。

这是我跟女儿的第一次亲密接触，这样的亲密就从彼时彼刻，一天天地延续下去，在我怀着她的九个月里，在她成长的每一天。

从那一天到现在，已经过去了十年。

1

在女儿即将出生的时候，我越来越感受到造物主的奇妙，一个母亲之所以要怀胎九月，是需要这漫长的时间在情感上做好准备，一点点地去熟悉她的孩子，一点点地去亲近这个小生命。当母爱漫天飞扬的时候，她的孩子便来到了这个世界。

第一次抱起女儿，她已经被包裹进软软的小毯子，她的身体应该比这小毯子还要柔软。她大睁着眼睛看着我，无比信赖地偎依在我的怀里。她好像认出了我，后来才知道她熟悉亲近的是我的气息，在母腹中她就跟这世界上独一无二的气息亲密无间。而我跟她也是亲密无间的，她的小脸蛋，她的眉眼，她的一举一动，都是第一次看到，却没有任何生分，一切的一切好像都该是这个样子的。

　　我以为我早已熟悉了她，在她来到这个世界的第一天，在她和我的第一个拥抱中。可我很快发现，她会不断变换出新的花样，让我重新发现她。除了身体上的变化，还有每个孩子都会经历的蹒跚学步、牙牙学语这些生命中的每一个环节，她还在一点点的展示出她自身的性格特征，因为这些特征，她更加的独一无二。

　　很多中国父母喜欢引领孩子，走在孩子的前面，拉着孩子往前走；很多美国父母喜欢走在孩子的身旁，观察孩子走出的每一步，陪伴孩子的成长。无论走在什么位置上，都是出于爱孩子的本能，但侧重点和结果就会有所不同。中国父母侧重于按自己的愿望培养孩子，美国父母侧重于发现孩子的性格和天赋，更顾及孩子自身的诉求。注重培养孩子的父母，自然会担心自己的孩子输在起跑线上；而另外一种父母，把人生看作是漫长的马拉松，没有人会输在起跑线上，他们更关心的是自己的孩子能否跑好这场马拉松，而孩子的性格肯定会影响到他/她在这长长的马拉松中的表现。身在美国，被潜移默化地影响着，从女儿很小的时候，我就开始关注她的性格。

　　女儿第一次让我觉得难以置信，是我看到了她处理事情时的淡定从容。她那时只有十个月大，我们带她去跟我的表嫂，也就是女儿的表舅妈，还有一些朋友在公园野餐。这个小人儿，坐在毯子上，那双光着的肉滚滚的小脚丫很是可爱，我的表嫂伸出手挠着它们，女儿咧嘴笑了笑，用手轻轻推开了舅妈的手。舅妈有意逗她，一次次地把手伸到她的小脚丫上，女儿一次次推开舅妈的手，脸上始终保持着微笑。这样反反复复了五、六次，舅妈再次把手伸向那只小脚丫时，女儿似乎灵机一动，拽起毯子的一角，踏踏实实地盖住了自己的脚丫。舅妈这次没有得逞，笑说这个小人儿真够聪明的。我很是惊讶于她表现出的跟她的年龄不相符的淡定，可以一次次微笑着拒绝和排除"侵扰"，没靠小孩子惯用的哭闹也达到了自己的目的。因为从容，就没有乱了方寸，反倒可以多些智慧，急中生智。

遇到事情，遇到紧急情况，女儿处理起来挺冷静。女儿三岁的时候，有次正专心地在路边玩耍，我有意躲了起来，猫在旁边的汽车后观察她的反应。女儿又玩了一会儿，突然发现妈咪不见了，她朝四处张望着，连喊了几声妈咪，没有人应声，正在我猜测她下一步会做什么的时候，只见她拔腿跑了起来，我在后面追她，靠着一辆辆汽车做掩护，她始终没发现我。小人儿一口气跑到了家门口，对着房门一声声叫着妈咪，她以为我自己先回来了，发现我并没回来时，她就守在了家门口。女儿做出的判断和决定好像是最合理的，小孩子也可以这么遇惊不乱，从容镇定。真希望她能保持住这种品性，漫长的马拉松中会遇到各种各样的问题和风险，会让人抓狂，会让人不知所措，她若能有一份从容淡定，更多的问题可以顺利地解决，她的一生也会多了许多平安。

　　女儿一岁多点的时候又让我开了次眼界。那次是几个朋友来我们家吃晚饭，有个朋友给她买了个装在大玻璃球里的音乐火车，她自然是爱不释手。但她玩这个东西的时候一定要有大人盯着或托住玻璃球，我们开始吃饭的时候，就把这个大玻璃球放到了小人儿够不到的地方。女儿先来拉我的手，让我帮她弄下来。我说你一个人玩不得，掉到地上会摔碎的。女儿没说什么，转身走开了。过了一小会儿又转悠回来，这次是去求她爸，自然又被拒绝了。她一次次离开饭桌，又一次次回来，目的没变，但她每次会求一个不同的人，直到把饭桌边的所有的人都求遍了。当饭桌边的人都拒绝帮这个忙后，她好像彻底死心了，闷着头去玩其它的玩具了。大人们乐不可支地看着这个小人儿的表演，看着她每次去找一个不同的人，期望不同的人会有不同的反应，试着用不同的办法去实现自己的愿望。可是那个大玻璃球还在高不可及的地方，她找了所有的人用尽了各种办法还是得不到它的时候，她不哭不闹地选择了放手，并且很快把她的兴趣转移到她能够得着的玩具上。

　　当愿望无法实现的时候，女儿似乎很少沮丧，就是沮丧和抱怨，也不会持续太长的时间。她学会游泳后，在我们加入的那个健身俱乐部，要通过游泳测试才能自己到深水区游泳。小孩子们一般被圈在浅水区，站在水中，腰部以上都在外边，个头高点的，大半截身子都在外面。而深水区有5英尺深，小孩子进去后是够不着底儿的，这里有危险，有挑战，但也只有在这里才能真正游起来。女儿七、八岁的时候惦记上了深水区，为了跨过这个门槛，她自己开始做些准备，还让我们给她买了各种辅助工具，可以帮助她在泳池中漂浮和换气。全副武装后，她可以在深水中游很长时间，所以去测试前她信心满满。等考官交代完要求和规则后母女俩都傻眼了，测试时不能用任何的辅助工具，身体的任何部分不能触碰到两边的游泳池壁或护围，不能有任何的停顿，要一口气游完五、六十米后才算过关。我看了看这又长又深的泳道，知道女儿肯定没戏。女儿犹豫了一下，还是下水了。

第一次游出去不到十米，女儿靠到了护围上。从水里出来后，她说她要再试一次。我说考官已经走了，以后再说吧。女儿再次展现出要得到那个玻璃球的性格，央求我再找个考官来。反正俱乐部游泳区的工作人员大部分都能做这个测试，他们还身兼下水救人的任务，万一哪个人出现意外，他们得马上跳进水里去救人。我知道女儿今天肯定过不了关，还是又找来一个考官。女儿进泳池前做了次深呼吸，又跳进了水里。开始时的动作和架势明显好过第一次，也比第一次多游出不少，但游到快一半时还是碰壁犯规了。女儿有些沮丧，在游泳池边呆坐了一会儿，决定再试一次。这次我拦了她，告诉她以后还有很多机会，下次来游泳时她可以再试。女儿没再坚持，去浅水区练习了。

在游泳池快要关门我们即将离开的时候，女儿还是不想放弃，提出今天最后再试一次。我想了想，还是答应了她，又搜罗来第三个考官。这是个很漂亮的年轻女士，浑身散发着朝气，我女儿被她感染了，气焰更加高涨，这次好像是卯足了劲儿。女儿游过一半的时候，我看到了希望，跟着考官一起大声鼓励着坚持向前的女儿。她开始逼近终点，就差两、三米远的时候，她大概实在游不动了，停了下来。考官和我都非常遗憾，女儿倒挺平静，坦然接受了这一天中的第三次失败。她还是没有实现愿望，但毕竟是越游越远，越来越接近自己的目标。

之后每天去夏令营的时候，女儿都会游泳。我从来不问她有没有进步，知道她在这事上会比我更上心。再次带她去俱乐部游泳时，一进去她就急着找考官来给她测试。看她满脸自信，这次是志在必得了。没游多远，她的身体突然翻转过来，我以为又泡汤了，没想到她还在继续往前游，只是自行把自由泳改成了仰泳。在这几十米的泳道里她来回转换着泳姿，我看得眼花缭乱，又担心她的这番表演影响了测试，搞出这么多的花样很容易碰到哪里。她真的又停了下来，不过这次是停在了终点上。她开心地朝我笑着，得意地比划出一个 V 字。考官把她的大名记录在册，以后她就可以在深水区自由地畅游了。考官还说过了关的孩子有个塑料手环，但戴不戴都可以，女儿马上表示她要戴这个手环，这可是胜利的标记呀。那天女儿一次次地扬手看看自己手腕上的这个标记，有几次还故意问我：你看这是什么？

一个不到十岁的孩子也可以这样执著，靠着自己的努力最终实现了自己的愿望。而之前一次次遭遇失败的时候，她可以坦然面对，拿得起，放得下。我惊讶于她的能量，性格铸就的能量，无论是坚持的时候，还是放下的时候，都需要有足够的能量去要求自己。我不记得我们在这方面特别培养过她，这份执著和恬淡更可能是与生俱来的，我当然也希望她能永远具备这样的品格。

孩子的有些性格还是会受到大人的影响。女儿的胆子很大，敢于尝试，这跟她爸爸的放手有很大的关系。她自带一些男孩子的性格，又被她爸彻底开发了出来。在游乐场上，只要身高和年龄允许，没有什么她不敢试的。遇上能爬的树或墙或其它有高度的东西，她总是能爬到尽可能高的地方，其他一起爬的基本上是男孩。真摔下来，有的男孩会哭鼻子，她倒从来不会为这种事情掉眼泪，还会反过来安慰下我们。自行车是一学就会，而且马上很大胆地上路了。我是那个永远在后面叫停的人，总喜欢说这个危险不能做，那个可以做，但要小心小心再小心。女儿早已摸清了我的脾性，怕我碍手碍脚，去有些地方的时候就想着怎么甩掉我，只让她爸跟着去。而我也在一点点地强壮我的心思，大部分时候可以做到睁一只眼闭一只眼了。女儿的勇气和胆量一次次地得以释放，至少没被遏制。

女儿的各类尝试并不是每次都被放行。她会因为她性格中的胆大、好奇，渴望着去试试不同的东西，但就是她爸，也会限制她去做很多的事情。美国的各类游乐场所都有很明确的规定，这个年龄段的孩子哪些能玩哪些不能玩，都会标得一清二楚；电影也是限级的，而且很严格。只要大人把好关，久而久之，孩子们也就接受了各种标准，这也帮女儿尽可能把胆大和勇于尝试作为好的性格继续发展。

很多的性格都会呈现出好的一面，和不好的一面。女儿因为好奇，眼睛几乎没有闲着的时候，总是喜欢东看看西瞧瞧，观察很细致，看完之后还会动手去验证一下。她触碰到的世界要比一般人的丰富了许多，她看到了很多人看不到的东西，收获着很多人体验不到的喜悦，但也要承担着很多人可以避免的风险，细致有时也会走向琐碎的一面。女儿很少人云亦云，主意很大，从小就喜欢自己拿主意，个性很强，她更容易成为一个特立独行的人，更容易形成自己独立的人格和意识，容易保守住好的东西，但若有了不好的习惯和毛病，改起来就费劲了许多。女儿的大部分性格好像是天生的，我想这是很多人重视发现孩子的性格的一个很重要的原因。对于好的品格，家长老师会尽可能肯定和保护；对于不好的地方，要尽可能在孩子还小的时候就加以遏制和淡化，孩子越大就越难以修正。当某种性格行为既可带着孩子往东走也可往西走的时候，父母更应该成为那个好的引导者。

女儿从出生到十岁，呈现出的最显著的性格是快乐、乐观。无忧无虑地快乐着，没心没肺地快乐着。她天性快乐，后天的成长环境又助长了她的快乐。学校里没有繁重的课业，父母从未给她设立过难以企及或她非常抵触的目标，她可以看到笑脸，听到鼓励，可以尽兴地玩耍，可以有花样百出的尝试，可以在美妙的大自然和知识的海洋中遨游……她可以尽情挥洒她的快乐，我们也尽可能在她的每一天里塞满快乐。希望她成年以后，让她用一个词形容她的童年少年时光，她会选择快乐。也希望快乐不仅能伴随她的成长，还能完全融入她的身心意念，让快乐这种天性，成为她一生的一种本能和习惯。她躲不过成长的烦恼，走向社会后的责任和挫折，当快乐成为了本能和习惯后，她就更有可能乐观地面对一切挑战。

女儿的有些性格是在变化中的，也不定在什么时候，又展现出一种新的品格。十年已经很长了，可我用了十年的时间，还是没有完全地了解她。我只是更加地熟悉了她，在她一点点地了解这个世界的时候，我在一点点地了解她。这个世界有美好的一面，也有让人遗憾的一面，女儿也不是一个完美的孩子，有优点，也有缺点。我为她优秀的一面欣喜，也会包容和接受她的不足和缺陷。会有遗憾，会有沮丧的时候，但终究还是毫无保留始终如一地爱着她。我知道她所面对的世界也不可能永远风和日丽，愿她具有包容的品格，当她看到这个世界她不想看到的一面时，她还能拥抱这个世界。

2

与性格同等重要的，大概就是发现孩子的天赋和兴趣了。性格在孩子很小的时候就可以显露出来，我们中国人说三岁看老还是挺有道理的。天赋的显现会晚一些，如果没有合适的条件和机会，有的人的某种天赋可能一辈子都不会绽放出来。我们能为孩子做的，就是寻找和创造这些发现天赋的机会。

最早显露出的天赋一般在才艺和体育上，最早能帮着发现孩子天赋的地方大概是在各类的兴趣班里。美国孩子也上兴趣班，只是在数量上一般会比这边的华裔家庭的孩子少一些，在选择上哪个兴趣班时多半会征求孩子的意见，如果孩子完全没有兴趣，很少有美国父母逼着孩子去尝试。从中国来的父母在这点上多是大包大揽，而且不遗余力，有些事半功倍的例子，但也常听到这样的父母诉说逼迫孩子的辛苦和不见成效的遗憾。

女儿三、四岁前上的那些兴趣班都是以玩为主，我也没指望从这些玩耍中看出她的天赋。五岁以后，我希望能有针对性地上些兴趣班了，并且按照一个中国妈妈的意愿为她挑选出一些主攻方向。可女儿的主意很大，又有一个美国爸爸，在这点上完全尊重女儿的意见。我想让女儿学的一些乐器都没入她的法眼，在二对一的对垒中，我只好放弃。女儿实际上挺有音乐天分，受了她爸的影响，她的脑海里贮存了大量的歌词乐曲，熟知不同风格的演唱者和乐队，对各种乐器在音乐中的呈现也很敏感，她没有好好地学任何一种乐器，这一直是我心中的遗憾。

美国的兴趣班真是花样百出，县政府组织的兴趣班就有几十种，涵盖了各种文体项目，还有表演、摄影、园艺、烹调、缝纫、编织、电脑设计等各种五花八门的课程。在这繁杂的名单中，女儿和我总算达成了一些一致，挑了芭蕾舞、滑冰、游泳和绘画。

按照芭蕾舞班的要求，我们给女儿买了全部行头，打扮起来，已经能在她身上看到了芭蕾的优美和灵动。可真的开始上课了，她的一招一式马上把那股仙气搅得无影无踪。在一帮学芭蕾的孩子中，她绝对是来瞎混的，有时候我看她这芭蕾跳得跟跳大神儿似的。一轮十几堂课结束前，其他的父母们多会为孩子选高一级的芭蕾班，女儿没表示出任何的愿望，我也不好意思鼓励她继续在这滥竽充数了。我对她在舞蹈上的期望降低了许多。后来又给她报了个Cheer-leading课，很多美国女孩喜欢这种班，就是啦啦队的表演。女儿对这个的兴趣明显高于芭蕾舞，课程结束时的汇报演出中总算没拖后腿，但也没有任何亮点。倒是我替她放弃了舞蹈后，时不时看她在音乐中手舞足蹈，跳得还很像回事。

女儿对滑冰和游泳的兴趣就大了许多。她胆子大，也很皮实，滑冰时不怕摔跤，一次次摔在冰上，总是很快爬了起来，继续往前滑。其实她也就是在冰上走步，只有借助于辅助器械时，她才能飞快地滑起来。在滑冰场上常常能看到滑得很好的孩子，特别是选了一对一上课的孩子，在冰上已经可以自由地跳跃、旋转，还能很连贯很舒展地串联起一个个动作，看得我眼花缭乱心生羡慕。旁边的女儿倒是心无旁骛，也挺努力，但就是没多少长进，像一只小企鹅在那里一摇三晃，很是可爱，可这样的水平只能自娱自乐。女儿倒不介意，连上了四个滑冰初级班，还准备第五次留级的时候，她爸出来叫停了。与其让她去滑冰班瞎折腾，还不如让她在冰场上尽情地玩耍。冰上有轻盈的飞燕，也有一群像女儿这样的没有滑冰天赋的笨笨的企鹅，她不需要展翅飞翔，只要开心就好。

女儿在游泳上倒是有不错的表现。上了几个游泳班，掌握了基本的游泳要领。刚有了这点本事的时候，她对游泳很是痴迷，每天都惦记着去游泳。游泳馆游泳设施在美国遍地开花，还有很多室外游泳池。有这么便利的条件，很多孩子很小的时候就开始学游泳了。得天独厚的条件，成就了很多游泳天才，也让美国一直雄霸世界泳坛。我从未把女儿想象成一个游泳天才，但有段时间她表现出的狂热，让我以为她在游泳上还能有所建树。有次她发烧了，还要去上晚上的游泳课，那天她在夏令营游了一下午，已经没少游了。她说游泳课上教练会教不同的东西，她不能错过。在她的死磨硬缠之下，我只好带着她又去了游泳馆。课上了一半，她因为生病累趴在水里，教练和我好不容易才劝走了她。那一刻我想起那些描写世界冠军们成长经历的文章，都是带病带伤坚持训练，女儿那会儿表现出的拼劲和吃苦精神，跟他们有得一拼了。可惜的是她在游泳上一直没有表现出那种出类拔萃的潜质，她会游泳，但成不了游泳选手，只靠吃苦成不了世界冠军。

女儿去学芭蕾时愿望都没多少，对滑冰和游泳她显然投入了不少的热情，也很有恒心和毅力，特别是在游泳上，付出了很多，但始终无法突破瓶颈，这让我更加意识到，没有天分，再怎么努力也是出不来的。

在这几个兴趣项目中，女儿具备了天赋的肯定是绘画了。

女儿很小的时候就喜欢画画，让她挑兴趣班的时候，她很自然地挑了绘画，具体是那种绘画她并不挑剔，一反她挑三拣四的习惯。这里有各种绘画班，水彩画、油画、工笔画、卡通画等等，一应俱全。我找了个离家最近的，是个比较综合的绘画班。

第一天去上课我就感觉到一些不同。女儿去上大部分兴趣班时，基本上是个随大流的，跟在后面滥竽充数。上游泳课时还算主动，时不时缠住教练要求单独指导，但她始终不是那个让教练特别青睐的学生。而在绘画班上，从第一堂课开始她就可以一枝独秀了。数她的疑问最多，数她的动静最大，老师布置完任务没多长时间，其他几个孩子还在开始阶段，她已经嚷嚷画好了。老师很快对她区别对待，让她画一些跟其他孩子不一样的东西，难度高了不少，效果当然也不一样，画出来的东西越来越像那么一回事。她后来又接连上了几个不同种类的绘画班，各种画法都做了尝试，还自己在网上学了更多的本事。我最喜欢她的水彩画，一个个明媚的画面，细致、饱满、绚烂。她展示得最多的是随性的涂鸦，只要有支笔有张纸，随时随地都可以画上几笔，而且几笔就可以勾勒出一个形象，或一个画面，传神到位。

女儿还把绘画天地扩展到学校和任何允许她画画的地方。我们去开家长会时，老师指着墙上、黑板上的装饰画，告诉我们这都是我们女儿的画作。女儿用她的天赋为班级做了小小的贡献，为他们的教室添加了生动和美丽的元素。本来女儿还有点担心老师会向我们告状，怪她到处乱画，没想到还得到了表扬。女儿的数学老师还把让女儿画画当作对她的奖励。女儿跟我一样不喜欢数学，数学课上总是不好好做题。老师想出了这一招，告诉我女儿，她把算术题做好后，允许她在旁边或背面画画。老师说有次他把题发给大家，走回女儿这里时，发现她在画画，没像其他孩子那样闷头做题。老师不干了，重复了一下先后顺序，女儿说她已经把题都做好了。老师不相信，女儿把纸翻过来给老师看，果然都做完了。老师一检查，竟然都做对了。老师专门保留了这次的作业，跟我们见面时，展示给我们看。她爸马上如法炮制，在家让她做算术题时，由着她时不时地在旁边画上几笔。女儿的很多算数作业跟别人的长得不一样，除了多出来许多插图，她手下的那些阿拉伯数字还长出了鼻子眼睛胳膊腿儿，有时候还带了表情，很是生动。

女儿后来在写作上又出现了一个爆发口。先生有时候下班回家，家里静悄悄的，以为没人，上楼一看，一大一小都在家，正把着桌子的两头奋笔疾书，沉迷其中不亦乐乎。我曾经以为女儿喜欢写作是受了我的影响，其实她很小的时候就喜欢写点小东西，我对她最大的影响是靠身教催发出了她在这方面的天赋。我从未在这个方面刻意为之，所以这个影响是自然而然形成的，水到渠成，没有任何人为的强迫，她反倒自觉自愿坚持不懈地写了很多东西。

在绘画和写作之前女儿表现出的最大的兴趣是阅读。进了Costco这样的综合商店，她总会在图书区流连忘返，也喜欢光顾书店和图书馆。小孩子读的都是绘本，兼有文字和绘画，也就在写作和绘画上给了她最初的启蒙。她觉得亲切熟悉的东西，她才更有愿望去亲近它们，也更有可能产生效仿的愿望，自己也开始写点画点什么。

天赋是上天赋予的特别的能力，相信每个孩子都有自己的天赋，只是天赋不同而已。一旦跟自己的天赋相遇，孩子很容易上手，也很容易在这方面绽放出不一样的光彩。孩子本身并不觉得这有什么了不得，他们只是在快乐地享受他们想做的事情。有次我们去坐地铁，看见地铁站旁边多出了一些油画，像是在办画展。走近一看还是女儿呆的学校的画展。我问女儿这里有没有你的作品，女儿把我们带到一幅画前，说这幅画是她画的，我们在那上面果然看到了她的名字。我很是欢喜，问她怎么没把这事儿告诉我们，女儿一脸的无所谓，不就是一幅画吗？她妈怎么会这么欢天喜地？有了天分更容易出成果，出了成果也更有可能以平常之心对待自己的成果。做成这件事不用费九牛二虎之力，只是信手拈来，也就不把这太当回事了。

孩子有时候具备了某种天赋，但她若是没有多少兴趣，可能也会不了了之。女儿几个月大的时候，我们带她去参加我的一个亲戚的孩子的钢琴比赛。回来的路上先生很认真地跟我说，除非女儿自己想学钢琴，我们一定不能逼她学。他说他发现去参加钢琴比赛的基本上是中国人，估计不少孩子是被父母逼着学的钢琴，要不在人种上不会这么单一。先生眼盲，把韩国人日本人都能当成中国人，不过确实是以亚洲人为主。我在美国的中国朋友的孩子基本上会弹钢琴，其中不少孩子确实是被父母，特别是被妈妈逼着学的，而我这个中国妈妈也确实正惦记着让女儿学钢琴，就是不逼她，也得想法设法实现我的愿望。可先生反对，女儿不积极，我又不是一个虎妈，让女儿学钢琴就一直停留在愿望阶段。

女儿八、九岁的时候，有次带她去参加一个中国朋友的新年派对，这种时候我一般只负责跟朋友们聊天，女儿归她爸管。回家以后先生告诉我，女儿玩了会儿人家的钢琴，还很完整地弹了首圣诞歌曲，让他挺惊讶。能让先生吃惊的事情不是太多，但我那天玩累了，只听了一耳朵，没太当回事。过了一个多月，到了中国的春节，又是一个大Party，换了一个地方，但也有钢琴。女儿一进去就摸到了钢琴边，其他孩子在一边疯玩，她开始专注地弹起了钢琴，用一只手弹完了一支曲子。这次轮到我惊讶了，我问她能不能用两只手弹支曲子。女儿二话没说，马上用两只手弹了另外的一支曲子。节奏慢了点，但很流畅，没有任何的停顿和失误。这支曲子惊醒了我那沉睡多年的美梦，我想我们得让女儿正儿八经地学钢琴了。跟先生一说，他竟然没有反对，还一拍即合。他亲眼看到亲耳听到过女儿弹琴，就是碰巧乱敲出了几支曲子，也还是能看出她有这方面的天赋。先生以前反对在家摆个钢琴，这会儿也改主意了，还主动上网搜罗买琴的信息。我们俩正琢磨着买个什么样的钢琴、把琴放哪儿好，女儿小大人似地跟我们说，我擅长弹钢琴，但我对弹琴没多大兴趣，你们就不用给我买琴了。我这次是热情似火，连她爸也被我忽悠得烧了起来，她的表态又把我们的熊熊火焰浇灭了，我只好把这事又搁置下来。

我很好奇女儿怎么学会弹钢琴的。学校里没有钢琴课，又从没有人教过她，她说她看别人弹琴看出了个大概，网上也会教人怎么弹琴。不光是弹钢琴，女儿在网上还学到了不少的东西。我们一直没有限制她上网，每天给她一定的上网时间，只是她的小平板被她爸做了处理，屏蔽掉少儿不宜的东西。网络媒体鱼目混杂，有些不好的东西，一旦被孩子接触到，会受到很不良的影响，在这方面我们会严加管制。但在这个互联网时代，不让孩子上网，等于封闭了孩子了解世界的一扇大门。让孩子适当地上网，可以扩大她的知识面，帮她更理性和感性地了解外面的世界，而且，她的某个天赋，可能就是被网上的某个视频激发出来的。

女儿在四年级结束的时候，老师让每个学生给其他同学写张纸条，用一句话或一个词儿概括每位同学让他们印象最深的地方。我翻了下每个孩子对女儿的总结，大概有一半的孩子说她很会画画，还有一半的字条上是风趣、快乐之类的词儿。没想到这帮九岁、十岁的孩子，正好总结出了女儿最明显的性格特征和到目前为止表现出的最引人注目的天赋。性格和天赋往往可以成为一个人的标签，这可能是她最独特的地方，也是能够吸引感染其他人的地方。

天赋也会影响到一个孩子将来对职业的选择，性格则会影响到一个人的生活质量和在工作中的表现，但在女儿十岁时就预测她的将来或安排她的将来还为时过早。我一度以为女儿会偏文科，女儿却说她对科学更感兴趣。有次有个朋友的儿子来我们家玩，他正在耶鲁大学读硕士，是个理科生。两个差了十多岁的孩子竟然聊得很投机，聊的都是些我不懂也不感兴趣的科学问题。那个男孩问我女儿对什么最感兴趣，她马上说是科学。我当时以为她跟人家正聊科学问题，就随口报了个科学。可是回过头去想想，她喜欢绘画和写作，但她从来没说过她想当画家或作家，她在网上浏览的很多东西，她跟她爸和她在学校的老师探讨的很多问题，她因为好奇动手摆弄的东西，确实跟科学有关。有个老师告诉我们女儿的科学知识很丰富，有次问的问题把老师难住了，好在美国的老师一般能承认自己的不足，还反过来请教我女儿，这个小学生也就毫不客气地教了把她的老师。

我不再去预测女儿的将来，也不想按照我的预测或意愿安排她的将来。对一个十岁的孩子来说，生活才刚刚开始，小荷才露尖尖角，不知道她还有哪些天赋和兴趣点还没有显露出来，不如让她顺其自然地往前走，总有一天，她会知道她最想做什么，她最适合做什么。

3

我不是没有过纠结，是否干涉女儿的成长，是我一直纠结的一个问题。譬如女儿在钢琴上显露了天分，但她并不想在钢琴上有更高的造诣，我是否应该逼下她呢？如果我逼她苦学钢琴，借着她的那点天赋，有可能弹出华彩乐章，但也可能是另外的结果，她对钢琴的那点兴趣被渐渐吞噬，家里有了一架钢琴，她却从不想去碰它。

周围大部分中国父母在为孩子劳心劳力的时候，我很难做到无动于衷，也会想着去多推几把自己的孩子。跟国内的朋友们比起来我就更惭愧更得纠结了。可是每次纠结之后我总是没有具体行动，一是我天生没有做推妈的本事，二是于心不忍，不想让孩子提前成年。一次次纠结，终究还是下不了狠心。拔苗助长，必定会有疼痛，还是让孩子自然地长大吧。童年和少年时光并不是那么长，转眼间就已长大，没有必要再去克扣童年和少年时才能拥有的快乐。与其左右孩子的成长，不如陪她一起成长。

陪着女儿慢慢往前走的时候，我们看到了一路的风景，也让女儿走出的每一步都留下了清晰的脚印。我还在女儿那里看到了曾经的自己，看到了自己是如何长大的。有时候我看到的是两个人的脚步两个人的成长。她的一些脾性、习惯，她的一些想法，她玩的一些小伎俩，跟儿时的我这么的相似。我跟着她回到了自己的童年。我们有过同样的欢喜，也面临过同样的问题，只是中间相隔了几十年。我会告诉她怎样做会更好，但也知道，她还是会像当年的我那样傻傻地犯很多的错误。有些弯路她只有自己走过后，她才能给自己找到更好的定位和方向。

为人父母，总还是希望自己的孩子少走些弯路，少犯些错误。既然简单的说教达不到很好的效果，那我就先努力自己做好吧。希望孩子成为什么样的人，先自己做这样的人；希望孩子不要犯的错误，自己也该避免犯这些错误。也许是基因的作用和耳濡目染的影响，从女儿身上我可以看到先生和我自己的很多优点和缺点。已经经历过很多事情后，我可能更清楚哪些优点要尽可能保持，哪些缺点要尽可能遏制。不去拔苗助长，给孩子成长的自由，但一定不能全身而退。这棵幼苗要慢慢长大，要时时地为她浇水、施肥，增长她的知识，培养她的品格。知识和技能的灌输还可以慢一些，品格的培养，是从孩子很小很小的时候就要开始的日复一日的滋润和浇灌。

总觉得父母在品格上更能影响到自己的孩子，也会在乎孩子的品格，只是每个父母对孩子的期许会不一样，重点和顺序也不一样。对于自己的女儿，我对她的期许和底线是，她可以不那么优秀，但一定不能没有教养；她可以没有一番让人艳羡的事业，但一定要自食其力，勤垦地做好自己能做好的事情。这个期望看似不高，但要做到做好也并不那么容易，真的需要长年累月的灌溉、呵护和修剪。而且要有教养，要能自食其力，不可能没有知识和技能，我们对女儿从未停止过知识上的浇灌。她喜欢阅读，那就尽可能让她读到不同种类的图书。她喜欢出去玩，喜欢去各种各样的博物馆，喜欢参加各类活动，我们就尽可能多带她出去走走看看，她玩得开心，又学到了一些东西，算是寓教于乐。她并不是什么都不去学，她只是没被局限于一种模式中。我们并不知道什么是对她最合适的，只能多做尝试，与其设计自己的孩子，不如多了解自己的孩子，再助她一臂之力。

陪着孩子成长，是父母的第二次成长。女儿亲身演绎了我当年的成长，让我知道自己是怎样从一个小女孩长大成人的。更重要的是，女儿在一点一点地改变着我。我没有改变女儿的成长轨道，可是女儿在不知不觉中改变了我。

因为女儿，我多了责任心，多了耐心，也多了理解和宽容，多了感恩之心。如果一个人在乎自己的孩子，并且亲手带大了自己的孩子，一定会因为养孩子多出很多的责任心和耐心，也会对其他的父母和孩子多出理解和宽容。没孩子的时候，在公众场合，我听到小孩子哭闹心里就会嘀咕，这个孩子的爸妈怎么就不管管孩子。有了孩子后才知道，有时候小孩子哭闹起来，大人使出浑身解数也哄不好。现在再遇到这种情况，看到孩子父母满脸的焦虑和歉疚，我会很真心地跟他们说声没事的，小孩子都这样。因为养孩子也更加知道了父母的辛苦，养儿方知父母恩。感恩干父母的付出和成长中遇到的每一个微笑每一把扶持，从一个不会说话不会走路的小不点儿长大成人，从一棵小苗到枝繁叶茂，这一路要领受多少人的恩泽和帮助。

因为女儿我也增长了知识和见识。她接触到的很多东西是我原来不知道的，特别是美国文化里的很多精华。我是完全成年后才来的美国，在另外一种文化中有一个很大的断层，有段路我从来没有走过，自然就会漏掉很多东西。跟在女儿后面，我捡起很多的珠玑。小孩子的吸收能力更强，女儿捡到的宝物比我更多，但那些珠玑对我来说已经是很丰富的馈赠了。

女儿也改变了我看世界的角度和解决问题的办法。用孩子的眼看这个世界，这个世界纯净美好了许多。按孩子的心意去对待问题和他人，去做事情，会简单许多，少了计较和算计，多了善意和宽容。

女儿学滑冰的时候，有一期被分到史密斯小姐的班上。那是一个小班，一共就四个女孩。孩子们上课的时候，爸爸或妈妈就站在一边看她们练习。一个叫奥莉维亚的女孩的妈妈时不时地跟我聊会儿天。有次这位妈妈跟我说，上次上完课，奥莉维亚的心情很不好，因为史密斯小姐把大部分的心思花在其中一个女孩的身上，不太管其他三个孩子。奥莉维亚没学到多少东西，没什么进步，很是沮丧。她说她观察了一会儿，奥莉维亚说得确实没错。我以前光顾着看女儿有没有摔着碰着，完全忽视了教练有没有好好教她，被这位妈妈一说，我才把注意力转到这上面。那天一共就来了三个女孩，史密斯小姐确实很照顾其中的一个女孩。这个女孩在滑冰上应该是有天赋的，滑得已经有模有样了，大概老师都会喜欢这样的学生。奥莉维亚主动出击了几次，大概是跟在老师后面问了些问题，史密斯小姐在她身上也还是花了一些心思。而我女儿绝对是个打酱油的，而且总是落在人家后面，还把这距离越拉越长，史密斯小姐基本上不管她了。奥莉维亚的妈妈又跟我嘀咕道：你女儿没有抱怨吗？她应该更沮丧呀。女儿好像并没觉得沮丧，我倒是沮丧起来，还有些生气。那天下课后，我跟在奥莉维亚的妈妈后面要来了投诉的电话和邮箱。开车回家的路上，我把我对史密斯小姐的观察和看法跟女儿说了下，还告诉女儿我准备去抱怨下这位教练。女儿马上反对起来，她说了一堆史密斯小姐的好话，说她从史密斯小姐那儿学会了滑冰，她滑得不好是她自己的原因，不能怪老师，说来说去就是想让我打消念头。我冷静地想了想，女儿说得也有道理，再加上我这辈子还从没投诉过谁，为什么不能再善良一次，也成全女儿的善意呢？我告诉女儿我就不去给史密斯小姐的老板写邮件或打电话了，但我希望女儿下次上课时能主动一些，多去请教下史密斯小姐，女儿满口答应下来。到家的时候，我对史密斯小姐的怨气基本上消了，跟着女儿高兴起来。要是真去投诉的话，我会把这事再次回放和放大，肯定会生更多的气。再去上滑冰课的时候，见到奥莉维亚的妈妈，我有些不好意思，本来是要跟她一起去投诉的，我就这么不了了之了。奥莉维亚的妈妈也有些不好意思，说她没去投诉史密斯小姐，奥莉维亚又报了史密斯小姐下一期的滑冰课。这第二个消息让我很意外，脸上一定露出了惊讶的表情。这位妈妈解释说，这是奥莉维亚的决定，她还是想选史密斯小姐的课，那就随她吧。

两个女孩就这样解决了这个问题，也帮助她们的妈妈解决了这个问题。我们可能是吃亏的一方，但这何尝不是一个好的解决办法呢？

希望女儿成为一个不怕吃亏的人，还是让她学得精明一些，是一个我很难给出答案的问题，也是我在任何地方都找不到标准答案的问题。没有任何一本书是为你写的，没有任何一种教子方法是专门为你和你的孩子预备的，而且，一个还在成长中的孩子不定什么时候会翻出新的花样，性格会变化，兴趣会变化，周围的环境会变化，天赋是与生俱来的，但一个十岁的孩子不太可能已经显露出了她所有的天赋，当所有的一切都是未知数的时候，你很难用一个现成的模式打造孩子的未来。可是当我看到这个世界上有些现成的目标，正闪耀着夺目的光芒，那么多的父母正拼命拉着孩子或拼命推着孩子朝着那些目标奋力前行的时候，我很难只做一个旁观者。我想让女儿慢慢长大，不想让她在未成年的时候就登上了她人生的巅峰。我不想让女儿在小小年纪就活得那么累，一路奔波，实现了目标，却错过了路边最美的风景。可我也不想因为我的错过，让女儿少走了一步，走慢了一步，一趟车没有赶上，就拉开了永远无法缩短或逾越的距离。

对于女儿的成长，我还是会时不时地纠结一下，完全否定另外一种教子方式我就不会纠结了。肯定还会纠结下去，唯一确定的是我对她的爱。女儿起跑时就比很多孩子慢了，跑得又不比人家快，又没有推爸推妈在旁边死拉硬拽，十年来，她几乎没有出类拔萃过，没有给过我们可以让我们显摆的成绩。她是一个普通的孩子，可能长大后也是一个普通的人，做着一份普通的工作，过着平淡的日子，可我还是很爱她。我爱她不是因为她很优秀，只是因为她是我的女儿。唯一多出的一份期望，就是希望她能快乐，有很多很多的快乐，并且一生快乐。这个快乐一定是从内心而来的，才能源源不断，才能感染到身边的每一个人，甚至她不认识的人。如果要我把快乐和成功连系在一起，那我希望她能做她喜欢做，又有能力做好的事情，凭着自己的天赋和努力做成做好一些事情，给自己带来快乐，也给别人带去快乐，越多的人能从她那里感受到快乐和希望，她也就越成功吧。

4

女儿叫Amerina，这是我给她起的一个很特别的名字。她有着中美两个国家的血缘，我把美国America和中国China融合到了一起，就出来这样一个美好的名字。

这个名字萦绕着我对中国和美国的热爱，寄予着我对这两个国家美好的祝福，不仅是祝福这两个国家都国泰民安，繁荣昌盛，也愿这两个我热爱的国家能和睦相处。不可能没有误会和冲突，两个人之间都无法避免误会和摩擦，何况是两个泱泱大国。在女儿的名字里，我看到的不是冲突，是融合。如果我们多一些理解、包容和相互尊重，我们为友好相处多做一些努力，相信这两个国家之间会有更多的融合，并且可以携手共进，共创未来。

我当然希望我的女儿不仅仅拥有这个名字，在将来，真的希望她能为中美友好做些事情，可是在她小的时候，未成年的时候，更多的还是希望她能在两种文化中慢慢长大，因为耳濡目染，亲密接触，她能对这两种文化，对美国和中国，都心生依恋，心存感激，自然而然地连系起不可分割的情感纽带。

女儿对美国的热爱，几乎不需要我去专门培养。这里是她的家园，她生于此长于此，有太多的机会让她熟悉了解这片土地，也有太多的理由让她热爱这里。

美国很注重这方面的熏陶。记得女儿两岁多为她选幼儿园时，进了第一家，碰上一帮两、三岁的孩子正对着美国国旗宣誓，他们把右手放在心口上，庄严地背诵"忠诚誓言"（Pledge of Allegiance），表达对祖国的忠诚。美国的爱国主义教育和忠诚培养真的是从娃娃抓起。女儿进了幼儿园后，很快就会背诵这段誓言了。虽然这段话不是那么长，可女儿说话晚，那时候话还说不利索，这个誓言大概是女儿完整流利地说出的第一段话了。女儿在幼儿园里每天都会重复这个誓言，进了小学后还是每天都要做同样的事情。她从来没有烦过，反倒越来越多地投入了真正的感情。

对美国的热爱肯定滋生于更丰沃的土壤中。好莱坞的电影里很容易看到主旋律的东西，三观都很正；阅读的书里也不乏对历史人物和英雄人物的颂扬；在学校里她学会了不少的爱国歌曲，过节的时候孩子们还会登台演唱；很多活动前要一起唱国歌；学校也会定期组织学生们去历史名迹实地考察，重温历史……耳熟能详稔熟于心后，自豪和骄傲自然会生发出来，并且源源不断。

而中国在离她很遥远的地方，不去刻意地滋养，她很难跟中国亲近起来。我一再跟她说，她是美国人，但她有一半的中国血统，她跟中国有着密不可分的血缘关系。我尽可能带着她去认识中国。好在我们居住的华盛顿特区时不时就能有个跟中国有关的活动，可以带她去参加。现在的人又可以接触到那么丰富的资源，无论是网上视频，还是图片绘本，都可以让她看到中国的锦绣山河、神奇瑰宝，生动形象。她带着好奇心走进去，对中国一点点熟悉起来。

我们也常带她去参加中国人的聚会。她从小就习惯于生活在中国人中间，耳畔回荡的是带着不同地方口音的中文。她很喜欢听中文歌曲，不会说中文，却能唱些中文歌曲。最先会唱的是"我爱北京天安门"，还突发奇想，说要站在天安门城楼上教大家唱这首歌。因为这首歌和这个愿望，她对天安门总是念念不忘。有次我回中国，问她想要什么礼物，她说想要个天安门，不能是图片，要一个立体的。我想一定得满足她的愿望，其实她想要的任何跟中国有关的礼物我都会买给她。我跑了很多商店，终于买到一个拼版组合，可以用上百个小模板拼出一个栩栩如生的天安门。回到美国后，竟然在我们家附近的一家美国店里看到了同样的产品，没有天安门的，但有天坛的。现在我们家摆了个天安门，还有个天坛。

我还带女儿回了几趟中国，让她亲身感受这个国家的存在和美好。幸运的是，每次回去，她都能有很多很有意思的经历，遇到很多非常热情的人。很多的关爱和呵护，来自于那些偶然相遇的陌生人。虽然言语不通，女儿也能感受到那份风和日暖的温情和发自内心的对她的喜欢。她融化在一张张笑脸中，又用甜美的微笑回应着人们的热情，情感上的互动逾越了语言上的交流。在这片跟她血脉相连的土地上，浓郁的亲情总是如影相随，让她很自然地成为这里的一份子。远道而来，初次相见，却没有任何的疏离和抗拒。女儿在不经意间已经对这里的风景风情有了依恋，小小年纪就开始念旧了，回美国后会时不时念叨一下，再次去中国的时候，她总要提出去几个她已经熟悉了的地方看看，走走，或住住。

终于满足了女儿的心愿，带她去了天安门。去的时候，离她第一次听说天安门已经过去了好多年，她已经忘记了她要在那教唱"我爱北京天安门"的愿望，但她对天安门一直是念念不忘的。到了中国，问她想去哪儿，她马上说要去趟天安门。女儿徜徉在天安门广场上，她说这个广场没有我描述的那么大，也就没有她想象的那么大，但已经足够大了，是她见过的最大最壮阔的广场。我突然意识到，女儿从我这里听来的中国，都是被我浓抹重彩过的，饱蘸上情感的墨汁，加重了所有的色彩和浓度，怕她记不住，怕她不去向往那儿。

如果能说汉语，能有语言上的交流，肯定会更加圆满。让孩子学好中文，是在美国的很多华裔家庭特别要做的一件事，大多数第一代移民在这件事上更是不遗余力，在给孩子报的兴趣班里，一般会有中文学校的汉语课。

女儿开始说话时，我们对她进行的是双语培训，指望她同时学会英文和中文。无奈女儿在这方面没有天赋，在两种语言的夹击下，她止步不前，到了该说话的年龄几乎蹦不出几句话来，我们只好停下了中文。女儿总算会用英文说话了，又从幼儿园开始学了点西班牙语，好像可以再学一种语言了，我们又惦记着让她学中文了，但每次都是只开了个头。她并不抗拒学中文，有的时候还会主动要求，但她不想去中文学校，我教她的时候她又调皮捣乱，故意把一些中文词儿和英文单词组合到一起，倒是挺有创意，可是用这种办法肯定学不会中文。

我很希望女儿会说中文，但从来没有逼过她。身边有不少的例子，为了让孩子学中文，大人逼，孩子闹，逼也能逼出些成果，毕竟不是孩子自愿的，反而会有逆反心理。我越是想让女儿学中文，越是不能逼迫她，我想让她自己决定去做这件事，她在这件事上有了自己的意愿和热情，才有可能坚持下去，做完做好这件事。

我曾教过的一个学生就让我看到了我所期望的结果。她也是一个混血儿，美国爸爸中国妈妈。我认识她的时候她刚上大四，中文非常好，可以用中文跟她聊一些深层次的话题。我问她是不是很小的时候就开始学中文了，她说她从小就接触了一些跟中国有关的知识，她妈妈也会带她去中国，但从来没逼她学中文。上大学后，她自己决定选学中文。她有很强烈的愿望，加上从小积累起来的对中国的了解，她学得很快。

这个女孩还不是一个特例，我身边不乏这样的故事，包括那些完全没有中国背景的美国人，当他们自己决定学中文以后，往往学得很快，而且后劲十足。

但愿女儿有一天也能有这样的开始。在她没有真正开始学中文的时候，我只能尽可能培养她对中文的兴趣。带她去看《功夫熊猫》，当她被美轮美奂的画面和功夫了得的熊猫们迷得神魂颠倒的时候，我适时地告诉她，你要是会中文的话，就可以去这个人间仙境跟功夫熊猫一起玩了。小小的孩子并不怀疑这个假设的真实性，还跃跃欲试起来，幻想着有一天能跟熊猫们用中文交流。她去中国的时候，喜欢上了《熊出没》，天天追剧。她借助于画面连蒙带猜，基本上看懂了个大概，有时候还会笑得前仰后合。但也有不少地方看不明白，她就问我那些话的意思，我帮她翻译后，总要抛给她那句话，你要是会中文的话，就可以很尽兴地看那些你喜欢的中国卡通和中国剧了。我在电脑上打字的时候，她经常好奇地凑过来，看着一个个一行行的汉字蹦出来，她觉得很神奇，满眼的痴迷。我又告诉她，你要是会中文的话，你也可以玩这个呀。

因为这些触动，女儿对中文始终抱有好奇心和向往，始终有个念想。这个念想就像一粒种子，遇到合适的土壤，它就可以根植其中，开花结果。

相对于我的等，她爸倒更有可能去逼她做某些事情。说到中美两国培养孩子的方式，很多人会认为中国盛产虎妈。有次坐飞机，跟身边的美国人聊天，她听说我是个中国人，马上说，那你一定是虎妈了。而很多中国人会认为美国父母喜欢放养，给孩子很多的自由。对于这两个观点，我们家正好是个反例。

先生认为我连点虎妈的影儿都没有，有时候他倒希望我能做下虎妈，给女儿多设些规矩，多提些要求，并且严格执行，至少别破坏了他设的规矩。我在大事上还算不糊涂，有些不该做的事情绝对不会允许女儿去做。我也没有溺养过她，她做错了事，我会严加批评，但在很多我认为可上可下的事情上，我就会很通融，也很少去逼女儿做她不想做的事情。

先生倒很有虎爸的风范，他自己也认为他是一个虎爸，时不时在女儿那里露下峥嵘。有段时间女儿在数学上很不给力，上数学课时常常走神，跟当年的我很像，只是比我还过了些，我只敢坐在自己的座位上开小差，女儿还敢站起来走动一下，溜到窗户边，看一眼天上的云彩外面的风景。美国的老师也是喜欢告状的，一个电话打到了她爸那儿。先生回家后教训了女儿，还马上为她制订了补救数学计划。我说小孩子有些偏科很正常，总有喜欢的和不喜欢的，我数学不好，这几十年不是活得也还可以嘛。先生反问我，你觉得数学不好是件好事吗？我想了想，真心觉得没学好数学，还被数学拖了后腿不是件好事，我也确实不想让女儿重蹈我的覆辙，还是让先生贯彻执行他的数学计划吧。先生请女儿的老师多给她布置些数学作业，让她带回家来，他可以指导督促她完成。美国的小学很少布置家庭作业，一般要求他们在课堂上就完成大部分的作业，老师说可以让我女儿带回家她在课堂上没有完成或完成得不好的作业。女儿可不想背一堆作业回家，明白课堂表现不好后会有这种后果，马上改邪归正。其实女儿跟我一样，并不是学不好数学，只是不好好学，她的老师也说她愿意做的时候可以比谁都做得好。老师认为既然她可以在课堂上完成作业了，就要肯定她的进步，若是还给她加些额外的家庭作业，就是对她的惩罚了。先生倒不怕在这事上惩罚下女儿，又不好总是去打搅她的老师要求更多的作业，干脆自己在外面买了些练习册，几乎天天盯着女儿做些数学题。女儿十分不情愿，想出各种对抗的办法，无奈在威严的虎爸这儿都成了落花流水。女儿也从开始时的小动作不断到每天都能静下来做些数学题，做错了的话，还得重返工。虎爸还时不时加些道具，让算术题形象起来动起来，让女儿觉得做数学题还是很好玩的一件事。后来虎爸又给她加了其它方面的练习题，就是在暑假的时候也没停下来，女儿竟然也顺从了。看来虎爸是借着做数学题，改变了女儿的学习态度。当学生的时候就得有个学生的样儿，就是不想做题，也得老老实实地坐在那儿，认认真真地把题做完。

在初级教育中，美国的家长和老师好像很重视全面发展，每一科都要过关，还要有好的课堂行为和学习态度，这也是美国的虎爸虎妈们施展虎威最多的地方。

其实很多美国父母对孩子的教育是很严格的，特别是在孩子的品行教育上。他们也有养孩子的烦恼，也有各种担忧，为了教育好孩子，美国父母也会看育儿书养儿书，去听如何培养孩子的讲座。美国有不少为父母举办的免费讲座，也会请一些成功培养了孩子的父母来分享经验。只是他们定义的成功跟不少中国父母向往的成功有所不同，很多书籍和讲座的重点是如何做父母和培养孩子如何做人，而不是如何培养出个天才。从那些分享和我亲眼看到的一些美国父母的行为上，我常常能感受到他们对待孩子的严格和认真，发现美国也有很多的虎妈虎爸。中美教育中肯定不光有差异，你崇尚的方式另外一个国家的人可能也在践行，你否定的东西别人也不一定奉若神明。也许期望的结果和具体的方式有所不同，但都出自于对孩子的爱。我从我们家的美国虎爸和我的几个在中国的虎妈闺蜜那儿，感受最多的是他们对孩子全身心的爱，毫无保留的付出。他们的心里溢满了对孩子的疼爱怜惜，却还能板起脸来扮演好一只只威严的老虎。

应该说爱孩子是全人类共同的情感，不光是中国人和美国人的情感。

美国是个移民国家，在这里可以接触到从世界各地来的不同种族的人，有着不同的生活习惯和文化背景，我发现所有种族的人的一个最共同的东西就是对孩子的爱。在各种游乐场、活动中心、博物馆等只要是孩子们喜欢去的地方，总是簇拥着各种肤色的孩子和紧随其后的父母。当孩子们玩得不亦乐乎的时候，站在一边的父母都是一脸的陶醉和幸福。在炎热的夏天，坐在各种游乐设施里的孩子还有可能碰上阴凉之处，或者在快速的旋转中感受到丝丝凉意，而那些站在太阳底下已经很长时间的父母们，一个个面红耳赤汗流浃背，却还会乐不可支地站在那儿，忙着拍照，又从一个游乐点跟到下一个游乐点。每次去校车点接女儿，也能看到不同种族的人们守在那儿。几乎所有的人都是一个姿势一个表情，傻傻地站在那儿翘首以盼。当孩子们出现在他们的面前，他们常常表现出一种比孩子还要孩子气的兴奋，脸上绽放的是同样灿烂的笑容。

我看不到自己脸上的表情，但我知道我会有怎样的表情，肯定是跟周围的人们一样的表情。

5

在美国，常常听到这句话：你能给你爱着的人的最好的东西，就是时间。特别是对一个未成年的孩子，她最依赖的，可能就是父母的陪伴。

女儿十岁了，最让我们感到欣慰的，是在这十年里，没有任何一天让她缺失过父爱母爱，十年里我们一直陪伴着她。先生或我因为出差等原因短暂地离开过几次，绝大部分的时间里，她在早上醒来的时候，可以同时看到爸妈的笑脸。我们亲手把女儿带大，从十四个月的母乳喂养，到手把手地教会她各种生活技能；从呀呀学语蹒跚学步，到看着她独自一个人出门上学。女儿就在这年年岁岁日复一日的抚育呵护中渐渐长大。

最让我们感念的馈赠，也来自于这长情的陪伴。因为一直陪在女儿的身边，我们没有错过她的每一个变化，每一段成长。能留下的美好的回忆，能温暖我们后半生的，都是从一天天的陪伴中一点一滴积攒下来的。

养过孩子可能更会明白什么是陪伴。陪伴是欢笑也是眼泪，是收获也是失去，是心满意足也是挥之不去的惆怅。陪伴是甜蜜的相拥相守，是瓜熟蒂落后的甘甜，是良辰美景中的诗情画意，是只有你一个人可以拥有可以独享的天伦之乐。陪伴也是牵肠挂肚的挂念，是风雨无阻的坚持，是无数次的失败后还不能放弃的努力，是你在精疲力尽的时候还能挤出的最后一点力气。陪伴更是耐心和付出，一个孩子从被孕育到一天天长大，陪伴他/她的是磨杵成针的耐心，和呕心沥血无怨无悔的付出。

陪伴并不只是一方的付出，陪伴是互相的，在陪伴中可以得到无数的感动和不曾期望的满足。女儿很小的时候，我天天陪着她睡觉，母女俩偎依在一起，那个软软的小身体，散发着温热的奶香，丝丝缠绕着我。从未体验过的安宁充满了我的心肺，那一刻，我的心跳和呼吸可以在恬静中完全静止下来。

有时候我怕压着她，有意往旁边挪一挪。可是每一次，我挪出去一点，她很快就会靠过来，还是紧贴着我。有时候我会离开一下，走时看她闭着眼睛，香甜地睡着。我只是短暂的离开，也总是轻手轻脚，应该不会弄醒她。可每次我回来时她都睁着眼睛，望着房门，好像在等我回来。我躺下后，她马上就会靠过来，我看见那张小脸上浮动着心满意足的笑意。一个很小很小的婴儿，就可以用她的方式表述着她深深的依恋，而我从这份依恋中感受到的是最沉实最甜蜜的做母亲的幸福。福至心灵的感动，可以化解一切的苦涩，可以让你再无所求，又可以让你无比的强大，给你勇气和力量为你的孩子做任何的事情。

如果不是先生反对，我可能会跟很多中国妈妈一样，尽可能延长陪孩子睡觉的时间，在她好几岁甚至十多岁的时候，还想陪着她一起入睡一起醒来。有个朋友说得很对，搂孩子睡觉是会上瘾的，不是孩子离不开大人，是大人离不开孩子。

女儿再大一些的时候，她可以用更多的方式向陪伴她的人表达她的喜悦。她可以主动去亲吻和拥抱她最亲近的人；工作了一天后回到家里，可以看到一个小人儿痴痴地等在那里，天真无邪的欢喜，可以让我的疲累马上烟消云散。最温暖的画面里，总是有着她的身影。记得女儿一岁多的时候，是个秋日的午后，女儿用两只小胖手，捧了个大大的水蜜桃，她捧到我的面前我的嘴边，我每吃一口，她就笑逐颜开，开心地欢闹一番，抖动着她整个的身体，来挥洒她的兴奋和喜悦。水蜜桃甜在我的嘴里，女儿的笑声如蜜桃般甜腻融化在我的心里。秋日最饱满的阳光透过窗户倾泻进来，层层密密地包裹住那个活蹦乱跳的小人儿，金灿灿的一片中，跳跃着经久不息的欢愉。

等女儿再大一点，有了更多的本事，表达爱的方式也就更加丰富。她可以为我们画一幅画，或者唱一首歌，也可以亲手为我们做个小礼物。会写字以后，她会给我们写些小纸条，告诉我们她有多爱我们，她在我们这儿也从不吝惜那些甜言蜜语。

很多人从养孩子开始真正明白什么是爱，如何去爱。你原来可以这样无怨无悔地去爱一个人，又因为爱，些许细微之事，就可以给你这么多的感动，让你完全沉浸在浓情蜜意中。所有的孩子，在他们还未来到这个世界的时候，在他们还不谙世事不知何为回报的时候，就已经开始回报于他们的父母了。

这回报是源源不断的。女儿在从婴儿到幼儿过渡的时候，几乎一天一个变化，让陪伴她的人，惊喜地看到一个个生命和成长中的神妙之处。等她开始走路开始跑起来，她的世界越来越大，我们的世界也越来越大。有很多地方，我们是因为她才去的；有很多活动，我们是因为她才去参加的。去了以后，才发现我们也很喜欢那里，在那些地方也有为我们预备的惊喜。因为陪伴孩子，我们走过了更多的路，看到了更多的风景，有了更多的乐趣，也更多地感受到了生活的美好。很多的经历，并不只是像烟花那样绚烂一时，还可以长久地留存在回忆中。岁月可以老去，记忆不会褪色，翻开任何一页，还跟从前一样鲜活。

女儿十岁的时候，我能想到的给她的最好的礼物，是在下面的八年里，继续好好地陪伴她，陪她从一个小女孩，长大成人。所有的陪伴不是为了留住她，只是为了有一天，她可以更好地独立。

很多年以前，那时候我还在北京，认识了一个美国朋友。她是常春藤大学出来的博士，却把大部分的精力花在了她的女儿和家庭上，她自己也很享受这样的生活。她告诉我，很多美国人认为，孩子是上帝给父母的一个十八年的礼物，要好好珍惜这份祝福。这是最好的礼物，但你只能拥有十八年。我那时候还是单身，不太明白她的意思。现在我也有孩子，又在美国生活了十多年，越来越认可这个理念，并且在重复着那个朋友当年做的事情，我也在孩子身上投入了很多的时间和精力。在她离家上大学前，我会尽可能多地陪伴她。当她不再需要那么多的陪伴，当有些陪伴成了羁绊的时候，我会放开我的手，让她自己去飞翔。这份最美的礼物，在我收到的时候我就应该知道，我只能拥有十八年。当我知道我只能跟她相伴十八年的时候，我会更加珍惜我能够陪伴她的每一天。我不会再去推卸为人父母的责任；我不会再怪她走路走得太慢，因为好奇总是东看西瞧，让我多花很多时间去等她；当她捣乱制造麻烦的时候，我会少发些脾气，我会有更多的耐心去教导她帮助她；我也会在她每一天的成长中，感受更多的喜悦，享受跟她在一起的快乐。当我知道时间是有限的时候，我会更认真地对待在渐渐减少的每一天。

女儿出生的时候，我觉得十八年太漫长了，这个什么都不会的小不点儿什么时候才能长大？可是转眼间已经过去了十年，如同白驹过隙，时间已经过半，我要为她离开家做准备了。现在的我更希望女儿能长得慢一些，我能有更多的时间和机会去陪伴她。

记得有一天，我送两岁多的女儿去托儿所。她始终恋恋不舍地看着我，又不得不跟我道别，看着我离去。

出了门，我看见女儿透过窗户望着我，还有其他几个小孩子，也凑到了窗户边，兴高采烈地朝我挥着手，还不时蹦跳几下。只有女儿一动不动地站在那儿，眼神始终追随着我。我心里抽动了一下，知道自己不能停下来，不能再走回去。我微笑着朝那帮孩子，和自己的女儿挥了挥手，转身离去。走出了十多米远，我又转过头去，看见女儿还站在窗户边，其他孩子都散了，只有她一个人站在那儿，可怜巴巴地望着我。

知道有一天，站在窗户里的那个人会换成我，看着女儿渐渐远去。她终究会长大成人，终究要离家远行，无论有多么的不舍，无论有多少的牵挂，我只能站在那儿。不是生离死别，但我能感觉到深深的痛。我有千万个理由放不下心来，如果有可能，那些重复了无数次的叮嘱，我会再说一遍，一次次地再说一遍。可是，当她回过头来，若她停下脚步，回过头来，我只会微笑着望着她，轻轻地向她挥下手，让她继续前行。

美国婆婆中国媳妇

在中国文化中，婆媳之道是门不小的学问，也为很多影视文学作品提供了取之不尽的素材。而在美国，婆媳之间一般不会有那么大的纠葛，婆婆和媳妇之间的互动也不会那么频繁，少了一份密切，也就多了一些融洽。

第一次见到婆婆，是在跟先生认识不久之后的那个圣诞节。先生，那时候还是男朋友，想带我去他姐姐瑞贝卡家过圣诞，他说他妈妈也会来。

男女恋爱时，如果一方带着另一方去见自己的家人，那说明这一方对待这份感情的态度已很认真。而另一方若是接受了这个邀请，也表明了同样的态度。这跟中国的上门大同小异。因为有这层寓意，我在上门前多少有些紧张。

不知道婆婆在见我之前有过怎样的心思。我们先到的，婆婆紧随其后。她进了门后，很快又出去了。先生和我坐在里面的厅里，还没跟她打个照面。我正纳闷，她又回来了，手上拎着花花绿绿的礼品袋。原来是给儿孙们准备了不少的圣诞礼物，要两、三趟才能运完。

先生为我们做了简单的介绍，我们随意地打了招呼。因为简单和随意，我们不像是第一次见面。婆婆坐下后跟我们边吃边聊。没有刻意问我什么，就随着我们在她来之前聊的话题继续聊下去。瑞贝卡家的大狗瑞秋坐到了婆婆的椅子边，很期待地望着正在吃东西的婆婆。婆婆的女婿金笑道，瑞秋知道你吃东西时掉下来的最多。这句话的意思该是上了年纪的人手脚嘴巴不太灵便，但金显然不是恶意的，婆婆马上就笑纳了，得意地说，所以瑞秋最喜欢我。后来发现先生的家人朋友都很幽默，聚在一起时，喜欢开各种玩笑。婆婆常常是儿孙们开涮的首要目标，她总是兵来将挡，或者照单全收。

过了不久，是婆婆的生日。先生请他妈妈吃饭，也带上了我。这次就我们三个人，我以为婆婆会多问我些问题，对我多些了解和把握。但她还是蜻蜓点水点到为止，只问到我家里还有什么人，更像是礼节性的开场，并不在乎结果。她也问到我生日是哪一天，不是想知道我的年龄，只是那个具体的某月某日的日子。后来我过生日时收到了婆婆给我的生日礼物，才知道她想知道我的生日，只是要在我过生日时表示下她的心意。婆婆从最开始的时候就是这样，不多问我什么，不说不该说的话。我是否是个合适的儿媳，不是她要去想的事情。儿子喜欢就好，她并不想左右儿子的想法和决定。

那时候婆婆已过了七十岁，还没退休。她在州政府做着一份普通的工作，每天自己开车去上班，朝九晚五，乐此不疲。我那时候正好赋闲在家，工作的事还没着落。为这事我当时有些心虚，怕婆婆认为我懒惰，或者能力不够。不过婆婆没抱怨什么，也没给我提什么建议，更没有表现出任何的不悦。

那天她唯一的一次抱怨，是针对自己的儿子的。我们各自坐下后，婆婆跟我先生说，你怎么没给珺拉下椅子，就自己先坐下了？先生赶紧当着他妈妈的面向我赔了不是。虽说这是一个小小的礼节，但婆婆不说，我都没注意到。婆婆抱怨的是儿子没给我这个准儿媳拉椅子，而不是没给她这个做母亲的拉椅子。她已经为我们三个人的关系做了定位。在她儿子那里，我排在第一位，我该是她儿子首先要照顾和关心的人。

很多年来，婆婆一直保守着当初的态度。特别是先生和我结婚以后，她很自然地接受了这样的排序，尊重儿子对儿媳的尊重。哪怕是很小的事情，她也会坚守这个原则。

有一次她来我们家做客。我事先为她准备好了一双拖鞋。虽然是木板地，我想七十多岁的婆婆不穿鞋走在上面，还是凉了些，也有些滑。婆婆来了以后，换上这副拖鞋。穿了一会儿，大概觉得不自在，就问我能不能不穿了？我当然说没问题。我先生进来后看见他妈妈没穿那双拖鞋，就说了句，珺为你准备了拖鞋，你怎么没穿？婆婆马上理直气壮地说，珺说我可以不穿，我问过珺了，你们家她说了算，她说没问题就没问题。婆婆把媳妇在家里的权威看作是理所当然的，做儿子的也就幸运地避免了会让他难以应付的婆媳之战。

先生每次接到他妈妈的邀请，或者婆婆需要我们帮个忙，他总是会说，我得先问问珺的意见。既然婆婆心里早就有了那个定力，先生这样的态度，也就不会让他妈妈感到不舒服了。

每次先生来征求我的同意时，我都是满口答应。一是婆婆从未提过无理的请求；二是婆婆的大度让我做不出小鸡肚肠的事情；另外，我对婆婆心存感激，毕竟是她生养了我的先生，并不是有很多的机会可以回报于她，可以满足她的愿望。

这么多年里，婆婆唯一的一次正式的请求，是在2012年的总统大选前，那是我第一次可以投票选总统。婆婆是个坚定的共和党支持者，先生则比较随意。先生总认为共和党民主党大同小异，两个党的候选人他都投过，因人而定，而婆婆从来只做不二的选择。当时奥巴马和罗姆尼的支持率不相上下，两党的铁杆支持者也就多了份"决一死战"的热忱。大选前一天，婆婆给先生打来电话，要求他和我第二天一定要去投票。除了把票投给共和党的总统候选人，还有州长等位置，也要选共和党人。她还嘱咐先生一定要告诉我，要记清这些人的名字，不要投错了。我本来还没决定是否去投票，加上我们所处的马里兰州是民主党的天下，我们就是投给共和党人，也都打水漂了。但这是婆婆第一次这么郑重其事地请求我，第二天我和先生挤出时间去了投票点，把所有的选票都投给了共和党人。不过民主党在马里兰州不出所料地大获全胜。先生和我在婆婆的率领下铁杆支持了一把共和党人，面对这么一个完败的结局，心里多少有些不舒服。再给婆婆打电话时，本以为会一起发发牢骚，没想到婆婆倒是很看得开，心情并没像我想象的那样沮丧。也许这是很多美国人的作派，选举前可以极力反对，既然人家被选上了，那只有接受和服从。后来再投什么票的时候，婆婆就不需要特别来拜托我了，因为婆婆和我在这方面很有共同语言，观点和想法挺一致，见面时或电话上聊得很投机，有时候我觉得我们这婆媳关系都快成了闺蜜关系了。

婆婆是个心宽之人，有一件事倒是让婆婆有些放不下，就是我女儿学中文的事情。女儿开始学话时，我们进行的是双语教育，先生跟她讲英文，我跟她讲中文。偏偏我女儿没有语言天赋，我们两种语言轮番上阵，她招架不住，干脆什么语都不说。无奈之下，我们停了汉语，只跟她说英文，起码总得会说话吧。我想等一定时候再教她中文。不过我是个懒妈，她爸自己还不行，也指望不上，女儿学汉语的事儿也就一拖再拖，几年过去了还没进展。婆婆每次见到我，总要问上一句，你什么时候教她学中文呢？你们得让她学中文。婆婆的口气是委婉的，但她很少这样一次次地提及一件事情，这便算是有些急切的催促了。

我从未问过婆婆为什么这么在乎我女儿的中文学习。是一份心意，还是一份期许？不管出于什么原因，我都是喜悦的。一个美国婆婆，追着自己的中国儿媳教她的孙女学中文，从哪个角度去想，都是件美好的事情。我也真的希望女儿有一天能说一口漂亮的中文，婆婆可能一句也听不懂，但她会欢喜的。

婆婆是德国血统。虽然祖先是几百年前来的美国，但基本上没跟其它的族裔混合过。所以婆婆的脸上还带着明显的日耳曼人的特征，性格中也带着德国人的认真和严谨。她的随和开朗，还有积极的生活态度，则是很多美国人身上共有的特征。

婆婆一共生养了七个孩子，我先生排行老六。能把这么多孩子拉扯大已经够辛苦的了，婆婆竟然一直没停下工作，直到七十五岁时才退休。退休后她也没闲着，重回学校，学的还是政治学。我跟她开玩笑说，您还有机会当美国总统呢。美国的社区大学里不乏白发苍颜的老者，他们读书是免费的，但他们来此并不是因为这个原因，而是为自己的兴趣爱好。婆婆跟年轻的大学生们一样，风雨无阻地去上课，认真地做好课前准备，上课时一丝不苟地做笔记。为了写好她的作业，她常去图书馆查资料，还时不时地跟我们讨论下相关的话题。婆婆充分享受着读书的乐趣，这是她晚年生活中的一抹亮丽的彩霞。

婆婆二十出头时结的婚。我相信她有过一段不错的婚姻，从她年轻时的照片上，可以看到她当年幸福。后来她的婚姻出了问题，没有外遇也没有很大的变故，只是两个人无法再一起走下去。但他们还是坚持又走了一段，直到最小的两个孩子十五、六岁时，他们离了婚。很多美国的父母同样顾及孩子的感受，也是尽可能给孩子一个完整的家，减轻父母离婚对他们的伤害。

先生的姐姐们跟她们的父亲还有来往。有时她们会说到自己的父亲。如果婆婆也在场，她不做任何的评论，只是静静地听着，不说好也不说不好。只有一次，婆婆跟我的先生提及他的父亲。那天先生跟我注册结婚，婆婆听到这个喜讯时，说完祝福的话，就说到了自己曾经的丈夫。作为妻子，那个男人身上有些她不喜欢的表现。不是不能原谅他，也早已没有了抱怨的意义。她只是希望自己的儿子，不要有这些缺点，尽可能做一个好的丈夫，有一个美满的婚姻。

我和婆婆的相处一直是愉悦的，但我们之间从未有过无所顾忌的亲近。我们不会去说悄悄话，辈分不同，文化也有差异。每次我们去婆婆那里，她不会去做额外的准备，不会像很多中国婆婆那样辛苦操劳，张罗一桌的饭菜。婆婆本来就不擅烹调，她不会让自己勉为其难。在她那里，如果渴了饿了，千万不能客气，最好自己打开冰箱找些吃的喝的。并不是婆婆把我当外人，她对自己的儿孙也是同样的态度。唯一的例外，是每年她会召集住得不很远的儿孙们一起吃次螃蟹。马里兰的蓝螃蟹很有名，每年夏天婆婆会去店里买一大桶做好的螃蟹，还有其它的美食招待我们。这是婆婆每年都要搞的一次家庭团聚。

　　中国文化里的隔代亲在婆婆这里也是看不到的。她会为我女儿买各类礼物，但很少会花时间跟孩子一起玩耍。每次见面时，她会陪她的孙女玩上一会儿，但很快就会转去跟大人们聊天了。跟我的父母对我女儿的心肝宝贝爱不释手的疼爱相比，婆婆的表现好象有些冷淡了。美国的父母也几乎没有帮儿女们带孩子的。如果住得近，儿女们有事，可以暂时把孙儿孙女放在他们那里。也有父母会上门来帮个忙，照顾下孩子。但这种情况多半会出现在移民来的其它族裔的家庭中。为孙儿辈大包大揽掏心掏肺的中国式的祖父母是很少见的。我的婆婆也不例外。她有自己独立的生活方式，不会为她的儿孙做任何的改变，她更愿意做好力所能及的事情。

　　婆婆有这些做法，并不是说她不爱她的孩子，她只是喜欢用她的方式表达她的感情。

　　逢年过节，大小孩子的生日，婆婆都会精心准备礼物。譬如过圣诞节，先生和我各自会收到从婆婆那里来的起码十多件的礼物，我女儿收到的礼物会更多。礼物不分大小，婆婆都会精心包装，包装纸外还会贴上装饰性的绢花。包得太漂亮，我有时候都不忍拆开。挑选这么多的礼物，再加上包礼物，婆婆要花不少的时间和心思，而我们还只是她七个儿女中的一家。

　　婆婆挑礼物时，也会猜想下接受礼物的人喜欢什么样的东西。开始时她问我几次，你喜欢什么颜色，喜欢什么样的东西？我总是说什么都好，这大概给婆婆出了难题。后来我发现，我这次送了婆婆什么东西，她下次送我的礼物中会有同类的东西，只是颜色款式会有变化。我送给她一条丝巾，她便有可能送给我一条围巾。我给她买条项链，她便有可能送给我一套首饰。她大概是认为我既然挑选了这一类的礼物，我应该对这一类的东西有特别的兴趣。

生养过七个孩子的婆婆在给我女儿挑礼物时则很有经验。她知道我女儿喜欢读书，每次都少不了她那个年龄段要读的书籍。她买的一些玩具对我很有引导作用，如拼版、彩泥之类的东西，我都是收到婆婆的礼物后，才发现女儿到了玩这些东西的年龄。

婆婆家的大门也总是为她的儿女们敞开着。哪家房子交接时没有住处，婆婆会让他们搬去她那里。有次先生最小的姐姐姐夫在婆婆那里住了将近一年。先生当年找工作时，也一直住在婆婆那里。若是哪个儿孙身体有恙，或者工作和婚姻上出了问题，婆婆也会牵肠挂肚。但她很少唠叨，也不会给她的儿女们施加压力。她大概心里明白，唠叨和压力都是于事无补的。按照中国人的理解，做长辈的不去唠叨晚辈，不给他们压力，好像对他们的关心和爱护也打了折扣。

婆婆跟我们是亲近的，但不是密不可分的。我倒是喜欢跟婆婆之间的那一小段若即若离恰到好处的距离。当一个人有所保留的时候，就不期望对方无保留地付出。婆婆总是自己照顾好自己，很少占用我们的时间和精力。我们对婆婆的关心，更多的是因为爱与敬重，而不是出于一种迫不得已必须偿还的压力。

在美国文化里，父母有养育子女的义务，儿女却没有赡养父母的责任。养老保险和各类的服务及设施，让老人们不会老无所依。但绝大多数的美国人不会对自己的父母不管不顾。我这个中国媳妇，更是会认为爱与情感是一个老人最渴望得到的。我喜欢选择中国人的方式对婆婆尽些孝道。我很快就摸清了她的喜好，给她买礼物时尽量合她的心意，同时又能变出些花样，给她意外的惊喜。她的生日和母亲节，尽可能陪她度过。我会时不时地提醒先生给她妈妈打个电话，也会邀请婆婆跟我们一起出去游玩。婆婆来我们家时，我会准备丰盛的饭菜。忙完吃的，我会看好孩子，让先生和婆婆，有时还有先生其他的家人，可以尽兴地聊天。其实这都是些不足为道的小事，婆婆每次却都是感激不尽。也许这些平常的心思和美意，这些中国式的细心周到，并不是她的每个儿女都会为她想到做到。

有婆婆的包容和我的孝道，我们婆媳之间可以很融洽地相处。而孝和包容，恰是中美两种文化中源远流长经年不衰的精华。

两个生日一天过

遇到 Tom，是在 1997 年深秋的北京。我在办理去美国做文化交流的签证时认识了他。那时候他是美国驻华使馆新闻文化处的二秘，跟中国的媒体打交道。这是他的第一个外交任期。

去见他之前我们先通了个电话。他的声音很浑厚，我想他该是个中年人，也有些严肃。去使馆时我很紧张，不知会遇见个什么样的人。他的秘书把我带进会客室，让我在这里等他。我忐忑不安地坐在那里，身后很快响起了由远而近的脚步声。我转过身去，看见一个高大挺拔的小伙子朝我走来，年轻，帅气，跟我原来对他的想象有很大的出入。

他先做了自我介绍，告诉我他叫 Tom Cooney，因为我当时在央视电影频道工作，他会审理我的签证申请。

他拉出椅子坐了下来，很认真地翻看着我的材料。偶尔问我个问题。在看到我的生日时，他笑着告诉我，我们的生日很接近，你是 4 月 11 日，我是 4 月 12 日。

第一次的见面很愉快，Tom 的态度始终是随和善意的。

两个生日这么接近的人，大概在性格上会有些很相似的地方。我们还都喜欢文学，都在从事新闻文化方面的工作，又多了很多的共同语言。我本来只是来办签证的，没有想到会因为这件事交上一个朋友。而且我们一经成为朋友，就是那种很投缘很谈得来的朋友。

Tom 在审核我的申请时对我已经有所了解，我也开始了解他是一个怎样的人。见了两、三次面后，我很快知道了他的很多"底细"。跟很多美国人一样，Tom 的身上也混合了不同族裔的血缘。他的父亲的祖辈是十九世纪从爱尔兰来的，母亲则是法国血统。Tom 出生在美国的底特律。他的爸爸妈妈哥哥姐姐都非常喜欢中国菜，家里最开心的事情之一就是一起去当地的中国餐馆吃饭。可他小的时候并不喜欢中国菜，无奈少数得服从多数，所以他跟"中国"最初的相遇并不愉快。Tom给我讲过一个很好笑的故事。每次他们一家人去当地一家叫Yee's Palace的中国餐馆吃饭时，当Tom的家人兴致勃勃地品尝传统的美式中国菜时，Tom总要为自己点个美国大汉堡。后来他从书籍中慢慢地发现了中国的神奇，开始向往这片古老的土地。当年并不喜欢中国菜的他学会了中国话，这是他的热爱中餐的家人做梦也没有想到的。他还来到了北京，而他的喜爱中国菜的家人们依然生活在美国。当然他从大学时代就开始喜欢吃中国菜了。他来到中国后，发现正宗的中国菜更合他的口味。跟很多外国人一样，他最喜爱中国的素馅水饺和宫爆鸡丁之类的川菜。Tom跟中国的亲密接触远不止一饱口福。他的女朋友Deborah是个华裔美国人，在美国出生长大，父母的祖籍是上海和香港。他们相识于香港，两个人正在热恋中。

我很快认识了Tom的女朋友和其他的一些朋友。他的女朋友Deborah很温柔娴静，脸上总是带着明媚的笑意。两个人的甜蜜常会感染到身边的朋友们。我也把Tom带进了我的朋友圈子。那是年轻人的生活，还没有家庭的牵累，闲暇的时光都是跟朋友们一起度过的，喜欢到处赶场。交往的方式也是年轻人特有的，随意随性，没有多少目的，也不期望这样的友情天长地久，只是尽情享受青春的飞扬恣意。不同的文化在这样的交往中很少有冲突，不同的气息在年轻人的世界里可以很容易地融合在一起。

Tom还上过我们的电视节目，向中国观众介绍美国的电影和文化。他来到我工作的地方时，还轻易地俘获了不少的粉丝。不是他刻意为之，是他外在的和内在的魅力铸就了一个很大的磁场。潇洒的风度和阳光的气质总是给人很好的第一印象。稍微多接触一下，又可以感觉到他身上有很多与众不同的东西。毕业于康奈尔大学的Tom从小就喜欢阅读，博览群书。而且二十多岁的他已经去过很多国家，亲眼看过世界，亲身感受过不同的文化。他也会说西班牙语，在哥斯达黎加和智利生活过。他在伦敦的酒吧里做过酒保，在纽约的摇滚乐队弹过吉他。从高中到大学，他还从事过一些蓝领工作。他在底特律的汽车厂和纽约的农场打过工，也打理过仓库，当过收银员。知识和阅历是一个人最丰富的底蕴。他喜欢音乐和体育，弹得一手好吉他，读书时是康乃尔大学橄榄球球队的队员，还会自酿啤酒。在他的外交公寓里，当我们去采访他时，他还为我们表演了一段摇滚吉他，这段演奏被我们的编导放进了那期节目中。多才多艺和浓郁的生活气息让他的形象更加的健康完美。可是当他的粉丝忍不住赞美他时，他会因为不好意思羞红了脸。一个很优秀的人却没有趾高气扬的自得。他也没有咄咄逼人的锋芒，始终是谦逊平和的。跟他在一起时，总能体验到眼界大开又轻松愉快的美好。在认识Tom之前我跟几个美国人有过短暂的相遇，但没有深入的交往。Tom是我的第一个美国朋友。他在不经意间消除了我对美国的很多误解，让我对这个即将去访问和学习的国家和那里的人民有了好感和期待。

我准备启程去美国前，Tom给了我许多有益的建议。到了美国后，开始在异国的土地上生活，我真切地感受到Tom的那些提醒的细致周到。Tom还把他在美国的朋友介绍给我，希望我在这里的生活更充实一些。我们互相通着电子邮件。我把在美国的见闻和感受告诉他。我所感受的美国，有时候对他这个美国人来说也是新鲜的。Tom则告诉我他在北京的生活。他对这个古老又年轻的城市依旧满怀热情，认识了更多的中国朋友，发现了更多可爱的去处。当然世界上没有十全十美的城市，北京也有不可爱的地方。譬如老外们去买东西时，有些人会有意抬高价钱。开始时他会上当，后来他找到了一个好的办法。如果他想买什么东西，他会等在一边，听别的中国人跟他们砍价，由此知道真正的价钱，然后他再去买。这一招儿还帮他练了中文听力，一举两得。北京的交通堵塞和环境污染也让他头疼，但这些不会影响他对北京的感情。

我在美国的时候正好赶上我过生日，而Tom是在北京过的生日。非常有趣的是，因为中美两地时差的缘故，原来相差一天的Tom和我赶在了同一天过生日。也就是说，在生日这一天，我这个中国人必须是在美国，Tom这个美国人必须是在中国，我们的生日才能这样重叠在一起。Tom和我都为这样的巧合而兴奋。这个奇妙的安排中，也有着很多美好的祝福。

我回到北京时没能很快见到Tom，那时候克林顿总统首次访问中国，这也是时隔很多年后，美国总统再次访华。Tom在这次访问中担任着很重要的角色。他要负责接待从美国来的大批的记者，保证他们在克林顿总统到访的几个城市的工作能够顺利地进行，在技术上和信息上的需求能够得到充分的满足。Tom本来就是个很敬业的人。在新闻文化处，他常常是第一个来上班，又是最后一个离开办公室，中午也常常顾不上休息，有的时候坐在出租车里还在办公。在这个非常时刻他更是停下了日常生活中的所有事情，全力以赴，把全部的时间和精力都放在克林顿总统访华上，有时候因为工作整夜都不能睡觉。他认为这也是一个难得的让美国人了解当代中国的机会。因为克林顿总统带来了一个上千人的团队，包括几百名记者，还有商务人员，随从和国会代表团。Tom有一个美好的愿望，哪怕一个记者只写一篇介绍中国的文章，那也可以覆盖全美，为大部分的美国人打开一个看中国的窗口，给他们更清晰的信息，让他们对中国的发展变化有一个更新的认识。Tom尽可能带美国来的记者们多走走多看看，尽职尽责地解答他们的各种问题，帮助他们更好地了解中国，再通过他们的笔他们的口，让更多的美国人更好地了解中国。

忙完这一切后，Tom邀约我见了面。半年多未见，叙旧时竟然多出了很多的话题。聊到克林顿总统访华和访华期间他所做的一切，Tom的喜悦溢于言表。不是为他个人的成绩，是为他和他的同事们的努力，促进了中美关系的发展，而且是向一个好的方向迈进了一大步。从美国回来的我，对美国也有了很多切实的体验。美国有这样那样的反华势力，但绝大多数的美国人跟Tom一样，对中国抱着友好的态度。中美关系各项政策的制定者和执行者们，大多数也跟Tom一样，努力在中美之间架起一座友谊的桥梁，而不是扩大纷争，让纷争扰乱了共同前进的步伐。他们清醒地看到了这两个大国的强强合作，可以造福于两个国家和两国的人民。

虽然来自两个相互猜疑的国家的人们也可以成为朋友，但那是有遗憾和无奈的，我还是希望我们的国家也能友好地相处。所以当Tom讲到他所付出的努力有了收获时，我也是特别的高兴，为Tom，也为我们分别属于的两个国家。

我在美国生活了几个月，而Tom对中国也有了更多的认识和感受。我们每次见面聊天时，多了一个新的内容，Tom喜欢用我的眼看美国，我喜欢用他的眼看中国。Tom总是惊讶于我对美国的发现，可以在几个月里看到想到这么多的东西，而且是非常准确的概括和点评。我想这是因为在自己的土地上自己的文化中生活得久了，有时候会有些迟钝。而外来的人会比较敏感，更容易看到这里的细枝末节和特别的地方。当Tom和我互换眼睛去看自己的祖国时，我们对自己的国家和文化有了更多更丰富的认识。而当我们发自内心地赞美彼此国家的美好时，来自两个不同国家的朋友间的友情也就更加的深厚。但朋友间的聊天毕竟不同于官方的会谈。其实Tom很愿意听我说说美国有哪些我不喜欢的地方，他也会开诚布公，把他想到的美国的不足之处诉我。譬如他不喜欢美国的枪支政策，是严格控制枪支的拥护者。而他在中国也遇到过一些不开心的事情，他不会在我这里刻意地隐瞒。但是在说到不好的地方时我们都会很顾及对方的感受，只是就事论事，不会一味地抱怨和指责。Tom和我最初就有的相处之道，不仅影响着我们两个的友情，还一直影响到我后来跟很多不同文化背景的人们的交往。尊重对方的文化顾及对方的感受，可以打开这个世界上每一个人的心灵之窗。

Tom在中国时还完成了他的终身大事。1998年6月，他和Deborah去圆明园野餐时，他给了Deborah一个意外的惊喜，把订婚戒指戴在了她的手上。他们的恋爱开始于1996年的香港，第一次约会是在中国的春节。于是他们决定在1999年的春节举行婚礼。他们的结婚戒指上刻着中文的"春节"和1999，还决定把每年的农历新年定为他们的结婚纪念日。在他的生活中，一些很重要的事情已经跟中国有了更密切的连系。

在Tom即将离开北京，去南美洲的智利开始他的下一轮任期前，他还跟我去了趟山东，到我的故乡曲阜感受中国最古老的文化。我们的山东之行是在我们生日之后的那个周末。我赶到北京火车站时，Tom已经在那里等我，见到我时他开心不已地告诉我，他今年过生日时收到了很多陌生人的祝福。起因是我写了一篇介绍Tom以及我们的友谊的文章，叫《两个生日一天过》，给了《北京晚报》。编辑很有心，发在1999年4月11日的《北京晚报》上。那一天是我的生日。而那一天的头版是朱镕基总理访问美国的新闻，还配有朱镕基总理夫妇和克林顿总统夫妇在白宫的合影。第二天就是Tom的生日，一些读者用不同的方式为他送去了生日的祝福，也感谢他为中美友谊和交流所做的努力和贡献。中国读者的情谊让Tom很感动。

Tom很喜欢火车上的硬卧车厢，在火车上睡了一大觉，天亮时到了曲阜。到了曲阜后，我的父母又为我们过了次生日。我们按照中国人的风俗吃了面条，又照着美国人的习惯吃了蛋糕。

我带Tom游览了曲阜的名胜古迹。浓密的树荫下，掩映着幽静的石子路和远古的流风余韵。空气中飘荡着淡淡的花香，古朴威严的亭台楼阁旁，正是满园春色。我们一起探奇访古，歇息的时候，却是在聊我们成长时的趣事。因为是在我的故乡，童年和少年时光总是若隐若现，一经聊起，便会清晰无比。串连起那些片段的，是Tom自己的故事。两个人的成长有着不同的背景，各自的故事对对方来说都有着奇异的色彩。可是探究其间纵横交错着的情感脉络，从青涩到成熟，又有很多相似的地方。那几天春光明媚风和日丽，一片蓝天辉映着Tom的那双蓝眼睛。不同颜色的眼睛看到的世界，却可以是同样的色彩。不同土地上的人们，原来有着同样的成长体验，一样的困惑和犹疑，一样的期许和欣喜。

游过曲阜后我们还一起去爬了泰山。这一路我做导游的时候并不多，Tom倒是给我指点出不少的宝地宝物，还告诉我一些很有趣的典故和传说。他在来之前细细看过介绍曲阜和泰山的文章和书籍，知道了很多我不知道的东西。我很高兴能有这样的游伴，但也有些惭愧，毕竟这里是我从小长大的地方。Tom对任何要去旅游或生活的地方都抱有很强的好奇心，渴望增添新的阅历。而我从不事先做功课，走哪算哪，看见多少算多少，要不就指望着一起去玩的人告诉我点什么。这是生日只差一天的我们有所不同的地方。

在北京分别后，跟Tom的重逢是在美国的马里兰。Tom完成了在智利的任期后，回到华盛顿的国务院总部工作。我那时候已经移民美国，在纽约州读书和工作，刚刚从人生的一个低谷中走出来。

在低谷中沉浮时，Tom总是给我很多的鼓励和安慰。他那时候还在智利，每次发邮件时，他总会告诉我我身上具备的那些优秀的品质，让我不要失去对自己的信心，不要放弃对未来的希望。他还跟他在纽约州的朋友们联系，介绍我们认识。他知道温暖的友情对我意味着什么。在这点上我们很相似，都渴望和看重友情，不能没有朋友。

在马里兰重逢时我的生活已重新步入正轨。虽然伤痛还未抚平，前面的道路也并不清晰，但是朋友相见时都是快乐的时光。Tom和Deborah已经有了他们的第一个孩子Brennan，是一个很漂亮可爱的混血男孩。他有个中文名字，叫"伟山"。这也是他的全名的中间部分。这代表着他跟中国的渊源，也纪念他的出生地智利的安第斯山脉。

他们带我去一个叫Wheaton Regional Park的公园游玩。很喜欢那里的敞篷小火车，载着我们在荫凉的树林中和小桥流水间穿行。火车穿过隧道时，车上的人们一起发出开心痛快的尖叫。那时候我只是喜欢这样的无忧无虑，没有想到几年后这里会是我带女儿常来的地方。

毕业以后我也来到了华盛顿特区。走出这一步，Tom的支持起了很大的作用。每次遇上要做重要的决定，我需要朋友们的意见时，Tom总是给我一个很明确的建议，而不是模棱两可的回复。这本是外交官最擅长的本事。他会很认真地帮朋友去确定一个目标，同时还会尽可能帮朋友去实现这个目标。没有Tom的帮助，我或许不会走出这一步。而这一步完全改变了我的生活，像是我生命中的一个很明显的分水岭。我在这里收获了一份美好的爱情，开始了我一直梦寐以求的生活。当然我来华盛顿之前并不知道会有这样的恩遇，庆幸的是我走对了这一步，对Tom我也永远心存感激。

那是2005年，新年到来之前发生的一件大事是东南亚的海啸。见到Tom时，我提到美国在这次海啸后全国降半旗，还是在新年的时候，很有人情味。Tom说这最初是他的一个想法，他觉得美国应该这样做，向那些死难和失去家园的人们致哀。他的想法得到了其他一些人的赞同，又很快传递到白宫。而布什总统采纳了这个建议。我听到这个消息很惊讶，虽然这很符合Tom的心地和风格，但一个Tom这样的国务院的中层工作人员的提议就这么快这么容易地变成了国家的最高行为，还是让我感到有些惊讶。

离开华盛顿之前，Tom和Deborah有了他们的第二个孩子Alanna。依照他们的传统，Alanna的中间名字是汉语拼音的"丽樱"，也是跟她的出生地有关，纪念华盛顿每年春天盛开的美丽的樱花。

我留在了华盛顿，Tom则准备去美国驻上海领事馆任职。重回中国前，我帮他改了他的中文名字。他原来叫古天穆，这是他刚学中文时他的中文老师给起的。他姓Cooney，中文老师在给美国学生起名字时，一般会找一个发音比较相似的姓氏，Tom就姓了古。但那时他是一个单身的小伙子，现在他有一个华裔太太，Deborah姓俞，Tom就娶妻随妻，把他的中文姓氏改成了俞。在美国时Deborah跟着他姓Cooney，在中国时他就跟着Deborah姓俞。我把他原来名字中的"穆"字改成了"和睦"的"睦"。作为一个外交官，最高的成就应该是促使不同的国家和睦相处，这也是Tom的愿望和一直为之努力的目标。而"天睦"喻意着上天赐予的和睦，那该是最高的境界和最美好的祝福了。

Tom非常喜欢他的这个新名字，他说这个名字正好适合他，就该是他的名字。到了中国后，很多人夸他有个好名字。Tom很得意，总是乐此不疲地告诉人家他是如何变成"俞天睦"的，自然也会提到我。我听说了这些，也跟着得意了一把。Tom说他用了我给他起的名字，我们便从朋友变成了家人。

Tom和Deborah在上海时有了他们的第三个孩子。他们的三个孩子分别出生在不同的大陆，南美洲，北美洲，和亚洲。所以现在Tom常跟Deborah开玩笑说，他拒绝去任何新的洲工作，以免弄出第四个孩子。为了给他的小儿子起一个好的中文名字，Tom向家人朋友们征求意见。最后选中的是Deborah的父亲，孩子的外公想出的名字，伟洋。伟大的太平洋，连系着两个伟大的国家，中国和美国。而上海毗邻太平洋，这是他们家的传统，孩子的出生地要在名字里。碰巧的是Deborah的父亲的童年是在上海度过的。很多事情兜成了一个圆圈。Deborah的父母在她出生前移民到美国，Deborah又随着Tom和他们家的小上海人回到了原点。他们还惊喜地发现，他们的三个孩子：伟山、伟洋和丽樱，碰巧用他们的中文名字组成了一幅天堂美景，有山有水，还有美丽的花儿。

伟洋四个多月大的时候"接见"了2009年去上海访问的美国总统奥巴马。他们的合影上，奥巴马总统向伟洋俯下身去，伟洋却生气地瞪着总统。Tom后来告诉我其中的原委。原来是见总统前，Deborah和三个孩子都等了两个多小时，伟洋又饿又累，很不高兴。总统出现时，大家都笑脸相迎，唯有伟洋摆了张臭脸。这个与众不同的小男孩吸引了奥巴马总统的目光。他专门在伟洋的身边停下来，问他叫什么名字，试图逗笑他。但伟洋"架子"很大，最后也没给总统这个面子。

之后美国当时的国务卿希拉里·克林顿2010年访问上海时，伟洋跟她也见了面，这次友好了许多。Tom抱着伟洋跟希拉里有一张很可爱的合影。伟洋的小衣服上写着"未来的国务卿"，这张照片也就成了现任国务卿和未来的国务卿的合影。我倒希望这不仅仅是美国人的幽默，如果真能变成现实，美国就有了一个出生在中国上海的国务卿。

Tom在上海任期内成就的最重要的事情，是参展上海世界博览会。作为美国驻上海领事馆的公共事务总监，他是促成美国参加上海世博会的功臣之一。美国已不热衷于参加世博会，而Tom认为世博会首次在中国举行，如果美国不参展的话，对美国和中国来说都是一个很大的遗憾，他要尽最大努力促成这件事情。当时这几乎是个不可能实现的愿望。因为美国早已修改了法律，禁止政府出资建展馆。他们只剩下十一个月的时间，没有一分钱的政府拨款，需要到处筹钱。Tom和他的几十个同伴逆流而上，在艰难中起步。他们开始从一些对提升中美关系持积极态度的公司企业那里筹款。幸运的是，希拉里·克林顿成为美国国务卿后，马上意识到美国参加上海世博会的重要性。在她的强力支持下，美国馆的建造获得了新生。Tom除了承担领事馆的工作外，还出任世博会美国馆的副总代表。他特别感到骄傲的是，他们这个团队始终坚守着"我们能够做到"的精神，坚持不懈地建成并开放了美国馆，获得了巨大的成功。美国没有缺席上海世博会，还吸引了七百多万的访客，远远高于他们所期望的一百万人次。格莱美获奖者和一些名流去助阵时，参观者更是挤爆了美国馆。

相比于Tom在上海的风生水起，我在华盛顿过着安宁平静的生活，嫁为人妻，生了孩子。我和Tom的生活中又有了更多的巧合。我的女儿跟Tom的女儿出生在华盛顿附近的同一家医院，我女儿的生日跟Tom的太太Deborah的生日又是只相差一天。而我们住的地方离Tom和Deborah曾带我去过的Wheaton Regional Park很近。这是我女儿最喜欢的一个公园，我们常带她去那里玩。一样的敞篷火车，一样的风景，穿过隧道时会有一样快乐的尖叫。

2011年我去上海时又见到了Tom。那时候他已经忙完了世博会，可以稍微放松一下。在他们的家中，Tom向我展示了世博会的一些画册，每一张图片背后都有一个感人的故事，那里也凝聚着他的很多心血。说起当时的艰难和压力，Tom只是轻描淡写地一笔带过。他念念不忘的是从美国来的一百六十多名学生大使，他们鼎力撑起了美国馆的开馆和展出。这些年轻人有着不同的肤色，身上流淌着世界不同民族的血液。Tom很为这样的组合高兴和骄傲。他说这些不同种族有着不同文化背景的志愿者们，正好恰如其分地代表了美国。Tom也很高兴他能有机会带领培训他们，在他的眼里，这些志愿者中的很多人，将成为新一代中美关系中的领导者。

我去上海时，Deborah在外旅行。她跟她的几个闺蜜有一个特殊的活动，没带家属。Tom就一个人在家带孩子。三个孩子的生活起居，他也可以料理得井井有条。我在那里看到的，是一个典型的美国奶爸的形象。我猜想面对很多大事可以游刃有余的 Tom 也有很威武严肃的一面，隆重庄严的场面里，也会威风凛凛。作为朋友我看到的更多的是他的另一面，就像眼前这个背景下的 Tom，他是一个温柔的慈父，和一个知心的朋友。一直很喜欢 Tom 身上的那种责任心。对他的国家，对他所做的工作，对家庭对朋友，他都尽心尽力地去担当。

再次的重逢是在美国的华盛顿，2013年的夏天。Tom 即将去美国驻香港领事馆任副总领事，在华盛顿有两个多星期的停留。我们刚搬了新家。Tom 在繁忙中挤出一个周六，带着家人来我们的新居跟我们团聚。

孩子们在一起玩耍，大人们就在旁边闲聊。还是有很多要说的话，因为我们总是天各一方，能相聚的机会并不多。让人欣慰的是，这份友情却可以这样细水长流，没有因为时间和距离的阻隔而搁浅。无拘无束畅谈时，彼此的表情和举止还是这么的熟悉。能有这样的亲切，不该是离得太远，好像我们还生活在同一座城市。可是我们说起话来少有间歇，生怕有些话来不及说。这样的急切又让我们知道我们已经分开了很久，也很少会有这样坐下来一起聊天的时候。Tom 提及我们已经有了十六年的友情，我这才回头掐算，满打满算的十六年。年轻的时候并不期望能跟身边的朋友保持天长地久的友情，可是当我们不再年轻，知道我们的友情已经天长地久的时候，我们感慨于流年似水，更感动于似水流年没有带走我们的友情。天长地久以后，才能真正感受到这份友情的弥足珍贵。

我准备了一顿丰盛的午餐，在 Tom 的祖国，我在尽地主之谊。

吃过午饭，我们一起出去散步。七月底的华盛顿，并没受到酷暑的侵袭。那一天凉爽温和，蓝天白云下吹拂着清澈的微风。一对年轻的夫妇推着一个婴儿车从我们的面前走过，微笑着打了招呼，平和中是简单的幸福。一只小鸟飞过，在我先生的头上栖落了片刻，引得我们一阵欢笑。柔软宽阔的绿草坪上，孩子们开始嬉笑追逐，后来我们这些大人们也按捺不住，跟着孩子们奔跑起来。而跟着我们奔跑的，是开心的呼吸和欢笑。幸福和快乐原本就是这样的简单。回想我和 Tom 十几年里的交往，也是这么的简单平和。我们能保持这么久的友情，大概也是因为两个人的简单直率。一直有这样的愿望，希望中国和美国也能有这么简单和睦的友谊。当然两个人成为朋友要比两个国家成为朋友容易了许多，可是有这样的愿望，成为朋友就有了很大的可能。在我们的身边欢笑的孩子们，都是中国和美国的融合。Tom的太太是个华裔，我嫁了个美国人，我们两家的孩子的身上，中国和美国的血脉早已难舍难分。

2014年的春天，Tom在中国的香港，我在美国的华盛顿，我们的生日又重叠在同一天。这一天，我们在同一个时间庆祝我们的生日。我们一起庆祝的，还有我们已经跨过十七个年头的友谊。

香港之后，Tom又去了阿根廷，而我还生活在华盛顿特区，不变的还有我们的友情。

二十年前，第一次见到Tom，他告诉我，我们的生日只差一天。后来我们知道，我们可以在同一天过生日。而且，在我们的生命中，这不是唯一的巧合，也不仅仅是个巧合。这样的巧合里还有深深的祝福，为一个中国人和一个美国人的友情，为中国和美国，两个美好的国家。

Hargett 奖学金

　　每一年，美国的各类学校和机构，为世界各地的莘莘学子们提供着名目繁多的奖学金。可是翻遍所有有关的资料，也不会有人找到 Hargett 奖学金，因为这笔奖学金的创造者 Hargett 教授从未想过用自己的名字去命名，他甚至认为这是一件很普通的事情，用不着留下任何的记录。可它确确实实存在着，它改变了很多中国学生一生的命运，也为很多美国学生了解中国架起了一座桥梁。

　　我是在美国做访问学者时结识 Hargett 教授的。他是美国纽约州立大学奥尔巴尼分校东亚系的教授。除了主持学校和系里的诸多事务外，他还是一位深受学生爱戴的汉语老师。我曾去听过他的课，本来是多少有些枯燥的语言课，却被他讲得声情并茂，妙趣横生。他时常跟学生开个玩笑，很多难点就是在一片笑声中被破解的。练习发声时，他常常手舞足蹈，全身投入，细微的差别，可以被他很形象生动地演绎出来。这辈子不知听过多少课了，那是我第一次产生这样的感觉：原来老师也可以这样讲课呀！也许这是课堂教育的最佳境界吧。老师与学生做到最充分的交流，学生不是在压力之下，而是在怡然的气氛中轻松地学到东西。台上的 Hargett 教授和台下的几十名学生一直都是欢声笑语，可是学生们什么都没少学，连我这个中国人都从那堂课里学到了不少汉语知识。

　　像 Hargett 这样的资深教授，一般不太愿意去教大学一年级的中文课。他的研究方向也不在语言学上，他是宋词研究的专家。在我认识他之前，就读到过介绍他的文章。他跟著名作家於梨华共事多年，他们共同接待过一些来自中国的作家。有位作家在他的随笔中提到跟 Hargett 教授在宋词上的推敲。Hargett 教授的高谈妙语，让这位对宋词也颇有研究的中国作家大为叹服。

Hargett教授在中国古典文学的研究上著述颇丰，他对中国历史和文化也颇有见地，可他依然很喜爱最初级的汉语教学。带着一帮大孩子，从拼音开始，在一个个困难和惊喜之后，听他们说出一口漂亮的汉语。Hargett教授很享受这样的过程。作为美国人，他认为他更了解美国学生可能遇到的荆棘和坚冰，他想帮助他们少走一些弯路。同时，他的教学方式和情感投入也在感染着他的学生。在很多年里，他的中文课是这所大学的一个品牌。因为Hargett教授，很多学生选学了中文，并且坚持下来。

Hargett教授讲课的魅力源于他对教师这个职业的热爱，源于他对中国文化的挚爱。这个黄头发蓝眼睛的美国人，对中国一直一往情深。他对中国的感情最初是受了父亲的影响。Hargett教授的父亲当年作为陈纳德将军手下飞虎队的一员来过中国，在抗日战争时期他和他的战友们无私地援助过中国。做为桥梁工程师，他还梦想着为这个饱受战乱之苦的国家多建几座桥梁。几十年过后，Hargett教授实现了父亲的夙愿，只不过这不是我们视力所及的桥梁，而是架设于中美两国之间的友谊的桥梁。

为中国学生联系奖学金并不是Hargett教授的责任和义务，特别是设立读MBA（工商管理硕士）的奖学金，本身既有相当的难度，又与Hargett教授的专业无关。从二十世纪九十年代开始，Hargett教授却迎难而上。MBA那时候几乎是最热门的专业，想读这个学位的人趋之若鹜，可是攻读MBA的费用也令人咋舌，而且绝大多数的美国大学不为MBA设立奖学金，所以对那个年代来自中国大陆的学生来说，去美国攻读MBA多少是一种奢望。有些学生是在来美国很多年，先工作攒下一笔钱后再去读MBA。Hargett教授看到了这种状况，他希望能有更多的中国学生及早读到MBA。他抽出自己的时间，联系了一些公司、团体或富有的个人，经诸多努力终于筹到了第一批钱款，为中国学生设立了每年每个人达两万美元的奖学金，资助他们来奥尔巴尼攻读MBA。几年下来，许许多多的中国学生受益于此。后来，Hargett教授又为美国学生来中国学汉语设立了奖学金，为他们到北京、上海等地的一些著名学府学习汉语提供机会。这些美国学生通过这样的学习，加深了对中国的了解，增进了对中国的感情。

Hargett教授的真诚还不仅仅体现在为这些学生创造了难得的机会，他还细致周到地关心着这些学生的生活，当然受助于他的还远远不止那些享受到"Hargett奖学金"的人。我去奥尔巴尼在他那里做访问学者时就没少麻烦他。我到美国的第二天见到了他，他开来一辆面包车，把我的大小行李拉到学校给我安排的住处。进了屋，二话没说就帮我收拾东西，趴在地上帮我接电话线。他发现有个电灯不亮，又跑出去买来好几个电灯泡。还带我到商店买来各种日用品和食品。而这仅仅是开始，这以后更是没少打扰他。大到学校里的各类事情，小到寄信买邮票，很多时候我还没有开口，他已经帮我把问题解决了。为了方便我写作，他还把自己的电脑借给我用。他似乎也深知我远离故土的心情，找来一些中文书籍给我看。而那些拿着Hargett奖学金来到奥尔巴尼的中国学生们，除了受恩于Hargett教授为他们提供的一个宝贵的机会，还在其它很多事情上得到了Hargett教授的帮助。Hargett教授亲自教会他们中的很多人开车，碰上刚去那里的一些人没地方住，他也总是热情地把他们先安排在自己家里。对他的美国学生他也是这么热情，每次他的学生要来中国学汉语之前，他都要自掏腰包请这些学生和他们的家长吃顿饭，讲一讲中国的风俗习惯和发展变化。从联系学校到安排经费，更是由他一手操办。就在他帮助了那么多人的时候，他还开着那辆已经开了很多年，看起来有些破旧的面包车。他的女儿读大学，他只能给女儿选一个学费较低的公立学校。

我结束访问项目回到北京后，倒是有了些机会回报Hargett教授的帮助。其实这些回报跟他并无直接的关系。每一次都是因为他的学生来北京学习，他拜托我关照下他们。而Hargett教授来北京时，总会在百忙中抽出时间，请那些还在北京的美国学生吃顿饭，关心下他们的学习和生活。

为很多学生提供奖学金本来已是丰厚的恩泽，Hargett教授没有任何的责任和义务再去关照他们获得奖学金后的生活，但他一直为此倾心倾力。许多事情都不是举手之劳，要花费很多的时间和精力。特别是对这些学生来说，留学是一个全新的开始。来到一个陌生的环境，他们可能需要更多额外的帮助。事无巨细，无头无绪的时候，他们常常会去求助于Hargett教授。因为这个为他们提供奖学金的教授，几乎是他们在这个新的地方知道的唯一的一个人。对诸多的请求，Hargett教授总是有求必应。更多的时候，是他主动提出帮助。

我再次回到美国的时候，遇到了我有生以来最大的挫折。我办好了移民，辞掉了在北京的工作，准备来美国跟我的丈夫团聚。机票也已订好，在还有十几天就要动身的时候，我突然得知那个我渴盼着与之团聚的男人的身边已经有了另外一个女人。那像是一场噩梦，或是一部与我无关的电影，当我确认这场噩梦这部悲剧确确实实发生在我自己身上时，我体验到的是从未有过的绝望无助。

绝望无助的时候，我给Hargett教授和另外两个朋友发了电子邮件，告诉他们我遭遇的变故和我的前途未卜的未来。Hargett教授很快回了封长信。安慰之外，是让我看到前面的希望。还有一个郑重的许诺，他会和我的朋友们一起，帮我度过这个难关。

我一直保留着Hargett教授和其他的朋友们那个时候的回信。当我的生活支离破碎的时候，是那些坚韧厚重的友情，给了我面对不幸重新开始的勇气。

Hargett教授的帮助，并不只是在言语上。他建议我不要更改行程，按原计划来美国。他知道我的机票是买到康涅狄格州的哈特福德，那个本该是我的幸福的终点站的地方，已没有了我的落脚之处。所以他建议我来纽约州的奥尔巴尼。我曾在这里做过访问学者，有他和其他的朋友们。而他会去哈特福德机场接我，接我来奥尔巴尼。Hargett教授还为此找到他的学生Jamie。这个美国女孩曾得到Hargett奖学金，去北京大学学汉语。在北京时我们成了朋友。Jamie和她的父母得知我遇到的不幸后，马上表示让我来美国后先住到他们家里。

Hargett教授和Jamie一家给我的，不仅仅是一个落脚点。雪中送炭，是身处寒境身心俱寒的人才能体会到的温暖。

哈特福德机场。疲惫迷茫的我推着行李走出来时，看见Hargett教授已在那里等着我。他给了我一个温暖而有力的拥抱，对我说，欢迎你回到美国。

那一天阴云密布，一如我当时的心情。我们刚上路，雪就下了下来，并且越下越大。因为是周末，加上下大雪，高速路上空荡荡的，很多时候只有我们这一辆车行驶在路上。稠密的雪花毫不喘息地扑打在快速行驶的汽车上，我的眼前是白茫茫的一片，前面的道路，还有人生的道路都是模糊不清的。

坐在我身边的Hargett教授稳稳地开着车，时不时地抛出个轻松的话题。我礼貌性地回应一下，还是转移了一些忧伤。而且，有这些朋友，我知道自己不在一条绝路上，虽然此时的风雪铺天盖地。我曾经的老板，受学生爱戴也是我所敬重的Hargett教授，对于此时此境的我，是一个很亲近的朋友，可以信赖和依靠。

Hargett教授在建议我来奥尔巴尼之前，就一定知道他将为此付出的心力。我尽可能不去麻烦他，但重新开始又要办理离婚的我，还是没少去烦扰他。而他始终没有忘却他对一个朋友一个需要他帮助的人的承诺。在我人生的低谷，他是那个给我最多恩惠的人。

在我还只顾上应付眼前的麻烦的时候，Hargett教授跟我谈了一次话。他很认真地说，我们东亚系需要一名半职的中文老师，我建议你来试一试。

中文老师？我从来没做过，我行吗？我犹疑地望着Hargett教授。

你是学中文的，中文很好。当然不能说你中文好就可以成为一个好的中文老师，但这是一个机会，去试试吧。Hargett教授投给我的是没有犹疑的信任。

我会去试的。我小声说到。

这样很好。我知道离婚带给你的伤害，但过去的已经过去了，你应该开始新的生活。Hargett教授鼓励道。

我明白了他的好意。他不希望离婚毁掉我的生活，他希望我能找回失去的自我。我依旧被离婚的事纠缠着，突然的变故让我对何去何从有些无所适从，可是我何尝不想开始一份正常的充满希望的生活呢？还记得那天春光明媚，目光和心灵所及的地方都是那么生机盎然。阳光毫无顾忌地亲吻着大地，成片的绿叶也在恣意挥洒放纵着它们的勃勃生气。微风轻轻吹过，从我的心头掠过的，是久违了的脱胎换骨般的轻松。

很多时候，在我们给别人建议的时候，只是花些微的时间和心思，而Hargett教授给我的这些建议，都要让他付出很多的心血。

他给了我机会，还要把我带上讲台，让一个在这方面完全没有经验的人，可以承担起这份信任。很庆幸有他这样的良师，精心的点拨，让我豁然开朗。我也一直在模仿他的教学模式，虽没有他的才能和知识层面，达不到他才能有的境界，但是这样的模仿也让我事半功倍。而我获得的不错的教学效果和学生们的喜爱，都源于Hargett教授最初对我的培训和启发，还有跟他一样的对这份工作的真诚和热爱。

在我重新振作起来以后，我又申请了传播系的硕士项目。不仅获得了录取，而且得到了一份珍贵的礼物----Hargett奖学金。从MBA和美国学生的汉语学习开始，Hargett奖学金的范围已经扩大到了传媒等其它领域，这使我有幸成为Hargett奖学金的获得者之一。

但是这条求学之路并不平坦，甚至可以说是荆棘密布。特别是在开始阶段，好几次我走到了读不下去的地步，这让我再次尝到了绝望的滋味。Hargett教授总是适时地鼓励我，让我坚持下去。他喜欢说"不怕慢，就怕站"，这也是他常用来鼓励那些学汉语的美国学生的一句话。在学业上他也没少给我指导和帮助。虽然步履维艰，但我总算坚持了下来。我的成绩也从全班倒数第一上升到正数第一。走过沙漠，真的看见了一片绿洲。我不仅仅是学到了知识，还获得了挑战自己和在逆境中坚持不懈的勇气。我不知道这是否也是Hargett教授在为莘莘学子们提供奖学金时的一个愿望。

毕业的时候，我意外地收到校长的来信，作为优秀毕业生，我荣幸地被选为毕业典礼的旗手。

毕业典礼上，旗手们走在队伍的最前列。万众瞩目之时，我站在舞台的中央。而Hargett教授却似沧海一粟淹没在一片人海中。我知道他在那片人潮中，却看不见他，找不到他。他身边的人们也只是把欢呼送给了舞台上的收获者。人们都在赞美花朵的鲜艳果实的丰硕，很少有人会注意到播种者的艰辛付出。也许Hargett教授从未期待过给自己的赞誉。没有沽名钓誉的私心，他才可以这样年复一年地为他人付出。而这些人中，绝大多数人原本跟他素不相识。

毕业以后，我离开了奥尔巴尼。很多年里，跟Hargett教授只见过一面。那一次他从奥尔巴尼开车去北卡罗来纳，途经马里兰时，在我们家停留了一个晚上。这个时候的我已经有了一个幸福的家庭。在我心灰意冷的时候，Hargett教授就对我说过，你会遇到一个好男人，他会给你一个幸福的婚姻。现在他当年的祝福已经变成了现实。再想起过去的那段失败的婚姻，庆幸已经远远大于伤痛。伤痛可以忘却，而患难时的倾心相助却是我可以受用一生的恩泽和福分。其实人的一生中，大概只有屈指可数的几次真正的改变，而Hargett教授肯定是那一个改变了我的生命和生活的人。他带我走出绝境，并且留下了一个坚实的脚印。对于这份天高地厚的恩德，我感激不尽，也总想回报于他。这不是我一个人的愿望。有一个曾在奥尔巴尼读MBA的朋友对我说过，他和那些得到奖学金的中国同学都认为，应该用Hargett教授的名字来命名这一笔奖学金，他们也渴望能有机会回报Hargett教授。可是我们一直没有回报他的机会。Hargett教授在决定做这一切的时候，也并未期望于我们的回报。大概在他看来，我们能够学有所成，就是对他的回报了。

这份美好存在于一个越来越功利的年代，也就更加的弥足珍贵。有太多的人，在与人交往或为别人付出时，带着这样那样的目的性，算计着自己的得失和今后的回报。但还是有很多像Hargett教授这样的人，施不望报。在被他们感动的同时，我们也会被他们的行为所感染，希望成为像他们那样的人。

也许Hargett奖学金并不只是为我们的学业预备，它还给予我们更多更重要的东西，那就是教会我们如何做人如何真诚地帮助别人。这种帮助没有什么功利的色彩，它是一种更个性化也更真实的感情流露。Hargett奖学金帮助很多人更多地保存了心中的善良，而一个人心存善良和真诚，才有可能拥有真正丰厚的生命。

凯　伦

　　凯伦是我在纽约州立大学读书时的同学。开学第一天，开过迎新会，大家就四处散开，去自己的教室上课。

　　纽约州立大学奥尔巴尼分校的教学楼都长得很像，走在里面就更分不出彼此了。我那时候谁也不认识，又不好意思开口打听，一个人去找要上课的教室，但很快就转晕了。我正着急，看到一个金发碧眼高挑挺拔的女士从我面前走过。我赶紧叫住她，向她问路。她笑着回了句，我也要去那里上课，跟我来吧。接着她又告诉我，她叫凯伦。

　　我很高兴，碰巧遇到的是我的同学。刚才迎新会上好像没见到她，她的装扮也很职业化，不太像个学生。后来我才知道，凯伦在纽约州政府工作，现在决定用业余时间读个硕士学位。

　　凯伦和我一起进的教室，就坐在了一起。我离开学校好多年了，已经不太习惯于做学生，又是在美国，英语关还没过，坐在那里更是有些胆战心惊。偏偏教授是个法国人，对英语不好的人来说，纯正的英语更容易听懂一些，而教授的英语带着浓重的法国口音，我更是听得不知所云。大概我常常一脸茫然，凯伦就时不时地小声跟我解释几句，把教授的法式英语转成美式英语。有时候她会把一些重要的东西写在纸上，我再抄到我的笔记本上。凯伦的发音很清晰，还是很有磁性的女中音，听起来很好听。她的笔迹也很容易辨认，清清楚楚。因为有凯伦的帮助，我没在一开始就拉下一大截，磕磕绊绊地勉强跟上了老师的脚步。

　　我们一起修了这门必修课。第一学期我们都是小试身手，只修了一门课。到了第二学期，我正式进入研究生的项目，选了三门课。凯伦还是只修一门课，工作是她的重点，她没有太多的时间用在读书上，也并不急于毕业。我们没修同样的课，但一直保持联络。我这时候的英语已经有了长进，但第一次要做presentation（课堂报告）时，还是很紧张。美国人从小就很重视演讲能力的培养，到读研究生时已是身经百战了。而我在中国读书时没见识过这个，现在让我站在台上，用英语侃侃而谈，我在离上台还很远的时候就开始哆嗦了。可这是美国课堂的重要环节，躲是躲不掉的。我向凯伦求救，她满口答应过来帮我。我先把要说的东西写好，凯伦帮我修改润色，然后她来面对面地指导。那天她下班后没有回家，专门来学校帮我做准备。研究生的课程一般会安排在晚上，等我下课后，已经是晚上九、十点钟，凯伦还在那里等我。其他的同学散去后，凯伦陪我在空旷的教室里一遍遍地练习。从发音、手势、眼神、姿态，到整体的把握，凯伦不放过任何的细节。重要的地方，她会给我做示范。我看她不断大口喝着咖啡，知道她上了一天的班，又等了我一个晚上，肯定很累了，就想早点收场。但凯伦很认真，一定让我多练几遍，也不肯放过任何小小的纰漏。严格的同时，她不忘赞美我。挑毛病时，也是美国人的做法，先肯定再建议做些改进。在凯伦的训练、包装和鼓励之下，我从底气不足到自信满满。第二天趁着这个热乎劲儿，顺利地做完了我的第一个课堂报告。有了第一次，以后再做这样的报告时就轻松了许多。而我的第一步，是凯伦帮我迈出的。

再一个学期，我们又选了同一门课。此时的我已经可以从容自若地应付学业，但上课时，看到凯伦在那里，我的底气就更足了。课间休息时，凯伦喜欢叫上我，陪她出去抽根烟。她上完班后再赶来上三个小时的课，还是蛮辛苦的。课间的这根烟绝对不能少，可以帮她提提神。这个时候也是凯伦和我最放松的时候，瞎聊一通，无所顾忌。每次虽然只有一根烟的功夫，但积少成多，我和凯伦的关系越来越近，从同学变成了闺蜜。

凯伦人高马大，有时候风风火火，其实她有很细腻的一面，心也很细，做事情很周到。她会送给我一些别出心裁的小礼物。如果我送给她什么东西，譬如一条丝巾，她下次见我时一定会戴上，美滋滋地向我显摆一下。我回中国前，她会专门送我，手上拎着一个漂亮的纸袋，里面有给我的父母家人的礼物，还有我在路上可以翻看的杂志。我过生日的时候，她会选中国餐馆请我，一定要让我吃上中国的面条。她说她知道中国人过生日时要吃面条，这样我可以长命百岁。我从来没跟她提过这个，不知道她是从哪里听来的。

凯伦还把我带进她的那个可爱的大家庭。每年春暖花开的四月，他们家都会搞一个盛大的Party，主要是一个家庭聚会，还有为数不多的最亲近的朋友。当凯伦郑重其事地邀请我时，我还是挺感动的，为她所强调的，最亲近的朋友。

　　我在Party上见到了凯伦的七大姑八大姨，她的近亲远亲，老老少少，加起来大概有几十人。凯伦热情地把我介绍给他们。我一下子记不住这么多的人，只记得他们都很友善朴实，跟他们在一起很快乐。我没想到凯伦会有这么多的亲戚，而这么多的亲戚还能有这么亲近的关系。我也没想到凯伦的哥哥姐姐是邻居，他们把房子买到一起，可以互相照应。我们在凯伦的哥哥家吃晚饭，再去隔壁她姐姐家吃甜点，大家喜笑颜开，温暖的气息驱散了四月的最后一缕寒气。在这里最受尊重的是凯伦的奶奶。她慈眉善目，已经八十多岁，腿脚不灵便，只能坐在那里。不断有人去问候她，陪她说说话。她想动一动的时候，凯伦的哥哥弟弟就连人带椅子把她抬到她想去的地方。凯伦和她的姐姐也是时不时地去照顾一下老太太，给她拿吃的，为她披上外套。

　　最受冷落的是凯伦的妈妈。她出现在那里，跟大家却若即若离，游走于快乐的人群之外。凯伦也没把我介绍给她，只是在一个没有旁人的空隙，她指了指那个女人，小声告诉我，那是她的妈妈。紧接着她又加了一句，我们是奶奶带大的。怪不得凯伦兄弟姐妹四人跟奶奶这么亲，悉心照顾她。凯伦家的亲情伦理关系和家庭气氛颠覆了我原来的看法。那时候我到美国的时间还不长，对美国的很多看法还只是来源于道听途说和主观的判断。从凯伦家那里，我开始知道美国人也很重视家庭和亲情。我们有着同样的渴盼和牵绊，收获多少也取决于付出了多少。七情六欲和喜怒哀乐原来是不分种族的，我们只是长得不同，内心深处的东西却很接近。

　　在Party上我第一次见到了凯伦的男朋友。凯伦已经无数次地提到过他，但我一直不知道他的名字，凯伦总是称他为甜心。她深爱着他，总是把他挂在嘴边。有次在课堂讨论时凯伦把他也扯了进来，惹得其他同学私下里笑她，把毫不相干的人和事硬扯在一起。我能理解凯伦，闹出这样的笑话，只是因为她太爱他，好像她生活中的一切都该跟他有关。那天凯伦的甜心到得晚了些。他一出现，凯伦更加地欢天喜地。她本来就是一个简单开心的人，因为他在那里，凯伦的欢喜又丰满了许多。但在欢喜之间又时不时地露出些小女生的紧张羞涩。凯伦和他在一起已经有了不短的时间，没有想到她还能有这种相爱之初的娇羞。

甜心到得晚走得早，几乎没吃什么东西。凯伦赶紧找出一个大大的饭盒，为他挑一些他爱吃的东西，让他带回去吃。

我看着凯伦垂下长长的眼睫毛，全副心思都在满桌的饭菜上，很用心地挑拣，又细细密密地码在饭盒里。那一刻我最大的愿望，就是那个被凯伦深爱着的男人能早一点向凯伦求婚。可是这个愿望迟迟没有实现。

私下里我从不打探凯伦跟她的甜心的关系和进一步发展的可能。我也不问她家里出过怎样的变故，我可以看出她跟她妈妈之间有明显的裂痕，被祖父母带大在美国也并不多见。我总觉得那都是她的隐私，问多了会不好。我认定我们还是有文化差异的，如果换作我的一个中国闺蜜，我会直截了当很多。我对凯伦有所保留本是出于我的好意或顾忌，可是这样的生分也是一种遗憾，让我跟凯伦之间一直留有一段距离。距离很小，却让我们很难做到亲密无间。

不过凯伦和我在向彼此暴露我们自己的软弱时常常无所顾忌。每个人的心里都会有些阴影和无奈。凯伦看着自己的祖母渐渐老去，怕有一天会失去她，也怕她忍受过多的孤独。凯伦也难以忘怀她的一个外甥女，她姐姐的一个孩子，在只有四、五岁的时候得了重病，全家人尽了最大的努力，也没能留住那个小女孩的生命。凯伦的工作和生活中也有一些让她难以承受的压力。有一次她告诉我，有的时候她的心口会有钝痛的感觉，压得她喘不过气来。她问我会不会也有类似的感觉，我马上给了她一个肯定的答复。更想安慰她，让她知道，我和她，每一个人都会遇到同样的情况。也许表现出来的症状不一样，但那种疼痛是相似的，每一个人的生活中都会有这样的无能为力。凯伦有些释然，阳光很快又回到她的脸上。她并不喜欢沉溺于哀怨中，几句简单的安慰，就可以扫去她心头的乌云。

那一学期我和凯伦还一起搭档做了个课堂项目。这种项目在课程中占的比重比较大，一般由两、三个人合作完成。搭档们要一起定方向、做研究、提交论文，最后要一起做课堂报告。美国教授一般会让学生们自己找搭档，这样合作起来更默契一些。教授提完要求，我望向凯伦，凯伦也正望着我，我们会心地一笑，知道在彼此的心里都把对方看成是最合适的搭档。

因为要一起完成这个项目，凯伦和我见面的次数就更多了。有的周末我们会躲在我的办公室里，一起推进我们的项目。凯伦做事很认真，我们读过的每一篇论文，她都要把要点总结出来，并且写在纸上。有了新的想法和新的进展，她也会这样一笔一划地写下来。她还喜欢分门别类，再用不同的记号标出。我比她更感性一些，想法也不少，其实很多想法我只是随口一说，但凯伦都会认真对待，像对待一个重要人物的发言那样把它们记下来。开始的时候我觉得这样做太麻烦，太浪费时间，后来累计的东西多了，才发现幸亏有凯伦的严谨，我们才能把那么多琐碎的方方面面的东西汇合到一起。无数的细流经过梳理后朝着一个方向奔涌时，就出现了一条脉络清晰的洪流。而我们最终要在论文中和在课堂上呈现出来的，就是这样的一条洪流。

越接近于我们的目标，我们越是急迫。有一次凯伦和我一口气在那里坐了三、四个小时，都有些疲累了。凯伦跟我说，陪我出去抽根烟？我说，要不你去抽烟，我在这睡个小小的午觉，十分钟就行。凯伦出去后，我缩蜷在沙发上，很快就睡了过去。大概是太累了，睡得还挺沉。我睁开眼时，发现已过了半个多小时。正纳闷凯伦怎么还没有回来，看见她蹑手蹑脚地走了进来。我问她，怎么这根烟抽了这么长的时间？她笑笑说，我想让你多睡一会儿。

要做课堂报告时，凯伦比我还紧张。那天我趴了车，朝教学楼走去时，看见有辆停着的汽车的车门开着。走近一看，竟然是凯伦坐在那里，正埋头准备我们的课堂报告。虽然已到了傍晚，太阳还明晃晃地散发着充足的热量。凯伦的脸涨得通红，好像还不只是天气热的缘故。我们一起往教室走时，凯伦跟我讲了她紧张的原因，她说我们会得同样的分数，她若是做不好，就会拉低我的分数。我告诉她，这也是让我紧张的原因，我们不如一起放下这个负担。

课堂报告做得不错，我们配合得很好，这是我们优于其他同学的地方。虽然这不能在分数的考量上起关键的作用，但凯伦和我都珍惜这样的配合。我们没有拿到我们想要的分数，是有些失落，但我们很快就放下了这个遗憾，快乐地庆祝我们合作成功。许多年后，我早已不在乎当年教授给我们的分数，却一直珍视我跟凯伦的那次合作。我们一起努力过，一起创造了一段美好的回忆。

我比凯伦提前进入了毕业的阶段。最后一个学期，我在当时的纽约州总检察长艾略特·斯皮策的新闻办公室实习。他当时已决定竞选下一届的纽约州州长，是美国政坛上炙手可热的明日之星。而我的那个实习的机会很可能为我创造一个在他那里工作的位置。吃上这块天上掉下来的馅饼让我很是得意了一番。我在那里的工作开展得也不错，这让我更是踌躇满志。但是喜悦和庆幸之后，一个接一个的问题也浮现出来。我开始不喜欢那里的工作氛围，也很快发现，光环背后有那么多的阴影，越往里面走，越能看到口是心非的虚伪。我从欢天喜地落到了进退两难的境地。我知道斯皮策很快就会成为纽约州州长，还很有可能在未来进军华盛顿，拥有更高的权利，而我的老板也在为我申请留下来的正式工作，这样的前景有着诱人的光彩。但我也明确地知道，我在这里并不快乐，很多次我想着离开那里，但那份虚荣又阻止了我的行动。

我把我的徘徊告诉了凯伦。凯伦的办公室离我的不远，有时候我会去凯伦那里串门，中午休息时我们还可以一起吃饭。这本来是我想得到这份工作的原因之一。凯伦知道了我的纠结，很严肃地对我说，你要做你喜欢做的事情，这是最重要的。而且，最好不要为某一个人工作，他在台上时，你可以跟着风光，若他哪天不做了，他手下的人也都丢了工作。凯伦的这个很务实的想法影响了我的决定。很难让她明确地表态，她已经用她的方式为我的离去投了一票。

最后一天去上班，结束了所有的实习工作后，凯伦专门来送我。请我吃了午饭，又选了不同的背景，给我拍了很多的照片。她说毕竟在这里停留过，要留下些纪念。那一天晴空万里，我的心情也渐渐明朗起来。我惊讶于那些建筑的宏伟壮观，它们就在我的身边，可我一直忽视了它们的存在。那一段时间里，我的目光和心思都聚集在那些让我的心情越来越糟糕的事情上，而凯伦想让我看到的，是另一番天地。那天她特别的活跃，开了很多玩笑，逗得我哈哈大笑。她要我知道，我放弃的不是希望，我是在跟沮丧和无谓的失落告别。

我离开纽约州后，斯皮策不出所料地高票当选纽约州州长。我并未感到遗憾，对那时候的我来说，内心的喜乐安宁要比那些外在的东西重要很多。又过了两年，斯皮策因为召妓丑闻黯然下台。我不喜欢他做的很多事情，但一直以为他是一个不错的丈夫和父亲，没有想到他会栽在这样的事情上。不管是出于什么样的原因，他不得不结束了他旺盛的政治生命。正如凯伦所说的，他手下的大批人马，包括我实习的那个办公室的原同事都得重新找工作。而我那时在华盛顿特区有了工作和家庭，幸运地躲开了这个变故。我很感激凯伦当年的阻拦，让我没有在一个错误的地方停留太长的时间。

我参加毕业典礼的时候，凯伦自然是我的亲友团的成员。她早早地来到礼堂等我，一个大大的拥抱之后，她就忙着为我拍照，记录下这个欢欣雀跃的时刻。这时候的我们已经非常默契，亲如姐妹，凯伦更像是我的家人。上午参加完我的毕业典礼，下午朋友们为我搞了个毕业Party，凯伦竟然带来了上午为我拍的那些照片，她已经加快把它们洗印了出来。她还买了个专门为毕业典礼定制的特别的相框盒，把那些照片一一放了进去，翻给我和其他的朋友看。那些没去现场的朋友，可以在看相片时分享我的喜悦。凯伦挑礼物时总是很用心，她送给我的东西总是这么的与众不同。

我离开纽约州之前，把我为准备学位大考所做的笔记都留给了凯伦，希望也能帮她顺利地通过考试。凯伦比我年长几岁，这一刻我俨然成了她的师姐，帮她出谋划策，跟她一起斟酌她剩下的学业，给她提些有用的建议。一直以来都是凯伦在帮我，我很高兴终于有了这样的机会，也可以帮上凯伦了。我还把我的毕业礼袍给了凯伦，祝愿她早日穿上这个礼袍。

两年以后，凯伦穿着这个袍子走进了毕业的殿堂。那时我女儿快要出生了，我在家待产，没能赶去参加凯伦的毕业典礼。她给我发来她在典礼上拍的照片，同一件礼袍，一样的欢喜，我的激动和喜悦融化在凯伦灿烂的笑容中。

我不断邀请凯伦来华盛顿小聚，她也总是问我什么时候能重回奥尔巴尼。有一次我都安排好了行程，因为我先生得了重感冒又临时取消了计划。我和凯伦也就一直没再见面。可是凯伦在我这里始终是鲜活的，她不是生活在我的回忆中，她始终就在我的眼前，伸手就可以触及。我可以看到她的一颦一笑，她那一丝不苟打理过的头发，我可以清晰地分辨出每一根发丝。我们也时不时地在社交网页上互动一下，不断为我们的牵系添加些新的内容和佐料。看到凯伦我就会回到我们共同的学生时代，我们好像还在校园里驻足，时光可以在那一刻永远地停留。每年的四月，凯伦家还会举办盛大的Party，凯伦说她的家人还记得我。时光终究无法停留，在每一年的轮回中流逝。凯伦亲爱的祖母已经过世，而那两年我在Party上见过的那帮小孩子，都已长大成人。

没有多少人记得我的生日，凯伦是那为数不多的人中的一个。每年过生日，都会收到她寄来的贺卡，上面也一定会落满温情的话语。遇到我的生活中有了新的收获，她都会寄给我一份礼物。她挑的东西还是那么的与众不同，放进去的心思，总是会出其不意地感动我。我在逛街的时候，看到让我眼前一亮的小东西，我会想到凯伦。我认定凯伦会喜欢的物件，我会买下来，在一个特殊的日子寄给她。这样的亲腻，是闺蜜间的情谊，买礼物和收礼物的人都能感受到其中的甜蜜。

有一年我过生日，当凯伦的贺卡如期而至时，我发现凯伦的地址有了变化。拆开信封，除了甜蜜的问候，她还告诉我，发生了很多的事情，她卖掉了房子，她要让我知道她的新地址，她说她不想失去我。凯伦好像能猜出我看到这里时的反应，马上又写道：不要为我耽心，我过得不错。可我还是耽心她，也很难过，为凯伦，也为我什么也帮不上她。人们卖房子，多半是为迁居其它的地方，或者是想换个更好的房子，但凯伦显然是因为其它的原因，而且十有八九是个不好的原因。我还记得当年凯伦向我描述她是怎样找到那个房子的，她因为激动和欢喜红光满面。可是那个可爱的小房子已经不属于凯伦了。

这一次，我还是重复了以前的做法，没去追问凯伦到底发生了什么，只在心里默默地祝福她。不好的事情，就让它永远地过去，每一次提及，或许又是一次新的伤害。我也越来越学会接受生活中的不圆满。不是所有的愿望都能实现，从好朋友那里听到的，并不都是好消息。可是，无论生活中发生了什么，无论我们遭遇怎样的变故，我们都还是好朋友。青春可以不再，友情却可以常青。

读书时，总是盼着早一点毕业，有时会觉得度日如年。毕业以后，又怀念做学生的单纯。那段时光中最让我怀念的，是凯伦，还有跟她在一起的青春飞扬的日子。那段从学生时代而来的友情，依然绵长深情地陪伴着我们。我从来没觉得跟凯伦已经分开了很久，好像昨天才刚刚见过面，或者我们正安排着明天的相聚。

杰瑞家的火车

很多次，我试图回忆起我跟杰瑞和乔伊是如何认识的，却总是无法还原我们相识的第一幕。我能想到最远的，是我们一起坐在教堂的长椅上，乔伊拉着我的手，用温暖的目光看着我。那时候我的生活并不顺心，有些疲于奔命，我无心也无暇去期许明天，乔伊却很坚定地告诉我，生活是美好的，我们要乐观快乐地活着。

也许，那就是我跟乔伊和杰瑞的初次见面。

杰瑞和乔伊那时候已经七十多岁，他们的婚姻也已过了几十年。杰瑞曾经是那一带有名的牙医，看起来有些严肃，一旦笑起来，却马上展露出孩子气的俏皮欢快。他说起话来也很风趣，完全不同于他给人的第一印象。跟他年龄相当的乔伊却比他显得年轻许多。白皙的皮肤上没有任何老年斑，皱纹也不多，一口洁白的牙齿也完全是自己的。湛蓝的眼睛，竟然没有一丝浑浊，长长的岁月已走过，却依旧闪烁着童真的光芒。

杰瑞和乔伊都是唱诗班的成员，周日做礼拜时，常常可以看到他们在台上唱圣诗。杰瑞和乔伊都唱得很投入，乔伊的表情更丰富一些，声音也更敞亮。在那些声音中，总是可以很清晰地分辨出她的声音。至少我总是相信，那个最美妙的高音，一定是乔伊唱出来的。就是在台下，乔伊也时不时地哼唱几句，婉转啼鸣间，有如百灵鸟从我们身边飞过。跟她在一起，总是明媚快乐的。

乔伊和杰瑞很快就把我带到他们家，是在星期日的主日敬拜之后，他们邀请我去他们家吃午餐，被邀请的有一、二十人。后来我很快发现，这一次的邀请只是无数次中的一次。这是他们家的一个传统，至少从乔伊的父辈就开始了。乔伊的父亲是个牧师，他们家在周日做完礼拜后，多半会请一些人来家里吃饭。乔伊的母亲从小就告诉她，要为客人们准备最好的美食，让他们在这里感受到被重视的美意和家的温馨。乔伊从母亲那里继承了一手好厨艺，还有这个满怀仁爱的传统。

这是一个典型的基督徒家庭，在美国有很多这样的家庭，一代代人，都是在教堂长大的。喜欢跟他们在一起，他们中的大多数人，谦卑，纯净，善良，热情，简单，在他们的家里，可以感受到浓浓的喜乐，也很放松。第一次去杰瑞和乔伊那里，就可以把那里当成自己的家。大门一开，大家陆陆续续地到来，随意地走动、聊天，或者只是找个沙发坐下休息，翻翻杂志。电视一般都是开着的，可以挑选自己喜欢的节目。渴了，可以打开冰箱，给自己倒杯饮料。杰瑞和乔伊有四个孩子，三儿一女。当时两个儿子和女儿都住在纽约上州，他们跟父母去同一个教堂，做完礼拜后，也会带着家人来父母家吃饭。但大部分人跟杰瑞和乔伊非亲非故。这些人中的大部分人，来自别的国家，或者其它的城市，是这个地方的外来者，包括我自己，初来乍到，正是需要被接受的时候。我猜想他们中的很多人，跟我一样，都在杰瑞和乔伊这里找到了回家的感觉。

乔伊在去教堂做礼拜前就会把最主要的一道菜放进烤箱。常常是一块硕大的烤牛肉，回来后正好烤得差不多了，她再准备其它的几个菜，海鲜蔬菜沙拉之类的菜，不需要慢慢烹调，这样客人们不用等太长的时间。有时候有的客人或她的儿媳妇也会带菜来，但这都是锦上添花，乔伊一个人准备好的，足够喂饱所有的人。而且乔伊的厨艺极好，是我吃到过的最好的西餐。后来吃过很多餐馆，也在很多人家吃过大餐，那味道，总是比不过乔伊做的。乔伊的妈妈在天上也该是欣慰的，乔伊做给大家的，是最好的美食。

杰瑞总是负责饭后的清扫，而乔伊做饭的时候，他会带新来的客人四处走走。很多客人喜欢杰瑞家的Family Tree，那是杰瑞和乔伊庆祝金婚的时候，他们的孩子送给他们的。上面挂满了他们家几代人的照片。年轻时的杰瑞和乔伊，神采飞扬，英俊和美貌，不输于那些好莱坞的明星。只是这样的光彩已远去，如今的他们渐渐老去，特别是杰瑞，头发已经稀疏，背也驼了，跟照片里的他判若两人，让人不得不叹息岁月无情。杰瑞和乔伊似乎淡然于这样的变化，他们依旧幸福着他们的幸福。也许，他们比年轻时更加相爱，双眼相望时，里面是暖暖的爱意和欣赏，和年轻时难有的默契。杰瑞还可以用已经浑浊了的眼睛，爱慕地看着乔伊。我突然明了，少女的烂漫还未在乔伊的脸上褪去，是因为一直有爱情的滋润。已经老去了的他们，才能让人相信，爱情可以天长地久。

杰瑞还会邀请客人们去看他的火车模型。隔壁的房子也是他们家的，火车就在那里。穿过一个简易的走廊，只消两分钟，就可以进入那个房子。我还记得第一次去看火车的情形。杰瑞带着我和其他的几个客人，进了隔壁的大房子。楼下有些空旷，没有什么特别的地方。杰瑞带着我们往楼上走，他越来越兴奋，有些手舞足蹈，像个按耐不住激动的小男孩，发现了惊人的秘密，现在要带大家去见证那个奇观。我们上到二楼，当那个奇观铺展在我们面前时，我才明白杰瑞为什么会这么兴奋。所有的人都眼前一亮，跟着杰瑞兴奋起来。这是一个犹如酒店大堂般宽敞的房间，本来应该有好几个房间，但所有的墙壁遮拦都被打通，整合出足够的空间，用来摆放几十张拼在一起的桌子。一个恢宏庞大的火车王国就坐落在那些桌子上。除了延绵不断的火车轨道，还有山河、桥梁、隧道、绿树、草坪、城市、公园……大大小小的火车就穿行期间。杰瑞喜形于色地带着大家在他的火车王国中畅游，不亦乐乎地向我们讲述着那个从他的孩提时代开始的故事，里面充满了艰辛和执著，还有梦想实现后的欣慰和喜悦。

游完杰瑞的火车王国，吃完乔伊准备的丰盛的午餐，客人们还可以在那里继续享受午后的闲暇。这时候大家多半会分组行动。男人们喜欢聚在隔壁房子的楼下，围坐在一起玩纸牌。女人们更愿意坐在厨房边的大客厅里聊天。而大大小小的孩子们，包括杰瑞和乔伊的孙子，可以在两个连在一起的房子里跑上跑下。如果是下雪天，或者外面有积雪，孩子们会跑出去打雪仗，有些大人也会跟他们一起玩。天气转暖后，杰瑞有时候会跟他的两个儿子接上水管，自己洗车。客人的汽车若是也停在他们家门前，他们会捎带着洗了。乔伊忙了半天，这时候本该有些疲累了，但她的兴致依然很高，依然可以热情地招呼大家，不让任何人受到冷落。

乔伊是幸福的，在那祥和的背景下看她微笑着走过，你会认为，她的生活几乎是完美的。她有一个美满的婚姻，生活也相当的富足，衣食无忧。她好像拥有了太多的幸福，既然幸福已经因为太满而溢了出来，分些给别人好像成了理所当然的事情。可是跟乔伊再走得近一些，会看到她的生活中也有许多的缺憾。她和杰瑞的女儿阿曼达是弱智。他们三个人站在一起时，没人会相信阿曼达是乔伊和杰瑞的女儿，还是唯一的女儿。阿曼达只能简单地照顾自己，大部分女人都能做到的结婚生子，对她来说却是高不可及的生活。阿曼达应该是乔伊心中永远无法抹去的苦痛。乔伊的大儿子的婚姻出了问题，刚刚等来一份新的爱情，作为军医，又被派往伊拉克。有次乔伊带我和另外一个客人去厨房边的书房，说是可以一起给她的大儿子打个电话，一起问候他。我以为乔伊的大儿子还在华盛顿，电话通过之后，才知道这个电话是打往伊拉克的。美国那时候出兵伊拉克，乔伊知道，她的儿子是个军人，应该服从于这样的派遣。但作为母亲，她的内心是挣扎的。战争总是跟死亡连在一起，乔伊跟所有的母亲一样，担忧儿子是否能活着回来。放下电话后，她坐在那儿，沉默了片刻，脸上写满了忧虑牵挂。那是我第一次，也是唯一的一次，看到乔伊身上的软弱。可是当她站起来，走出书房，走进外面的人群时，笑意和坚定又回到了她的脸上。她的腰板还是挺得很直，保持着挺胸抬头的姿势，很难想象，她的身体并不是那么好，她常常受到背痛的侵扰。乔伊不仅仅是个幸福的女人，她还是善良和美好的。在自己幸福的时候，渴望每一个人都幸福。在自己遇到磨难的时候，依旧可以用快乐去感染身边的人。

从上一年的冬天到来年的春天，那段时间我常会去乔伊家。纽约州的冬天很冷，乔伊家总是很温暖。每一次去，都会遇上新的客人。每一次，杰瑞都会带客人们去看他的火车。看得多了，惊艳便归于平淡。几次重复后，我对那些火车也就失去了兴趣。杰瑞的兴致却从未减退，每一次他都可以兴高采烈乐在其中。后来我去了另外的一家教会，周末不再去乔伊家。再后来我离开了纽约州，那些火车也就完全地驶离了我的视线。

因为忙碌和搬迁，我跟乔伊一家断了联系。等到我的生活安定下来，我想找到乔伊的电话或电邮时，却怎么也找不到了。我知道当年他们款待我时，并未期望某一天我能给他们什么回报。可是我的心里还是有些歉然，至少，我应该送去一声问候，或者说一声谢谢。我也想过，我就是能找到他们，他们大概也记不起我是谁了。他们请过太多的人，也帮过太多的人，很难记住每一个人。但我相信，每一个去过他们家的人，会永远记住他们，还有杰瑞的火车。

在我们完全失去了联系，今生可能再也没有重逢的机会时，杰瑞的火车又时不时地出现在我的眼前。每一次出现时，都是亲切无比的，可以牵动起我初次见到它们时的惊喜和热情。圣诞节前后，美国的很多地方会有火车模型的展览。每一年我们会带孩子去看火车，那些山川楼宇和穿梭其间的火车都似曾相识，看火车的人们发出的惊叹和欢乐也是熟悉的，我甚至可以看到，杰瑞就站在那里，正乐此不疲地向人们解说着什么。我也站在那里，在过去和现在的重叠中，在火车的轰鸣声中，怀念着杰瑞和乔伊，怀念着他们的纯真、善良和美好。

天使离去后

我从未见过卡罗尔太太，还是决定跟先生一起去参加她的葬礼。她患上癌症，七十出头离开了人世。

卡罗尔是先生年少时的街坊。她的一儿一女跟先生的年龄差不多，一帮孩子是一起长大的。先生成年后离开了家，我的婆婆、卡罗尔和她的丈夫还住在那条街上。

她是个很善良的人，脸上总是带着微笑，先生回忆道，她会做很好吃的巧克力松脆饼，做好后，她就叫我们这些在外面玩耍的孩子去吃。

先生给卡罗尔的儿子打了个电话，问候和安慰。陆陆续续又打了别的电话，也有一些电话进来，都跟卡罗尔有关。这些年少时的伙伴已各奔东西，因为卡罗尔的去世他们很迅速地又连结在一起，诉说哀悼和怀念，并且相约去参加卡罗尔的葬礼。

卡罗尔一定是个美好的人，我猜想，要不她走了以后，不会有这么多的怀念。

葬礼是从教堂开始的。卡罗尔是个虔诚的基督徒，几十年都来这家教堂做礼拜。先生和我到得晚了些，追思仪式已经开始。牧师正在回忆卡罗尔的一生，台下的二百多人在静静地聆听。所有的人都着正装，以黑色为主，也夹杂着其它的颜色。整场的色彩和气氛是静穆的，却并不压抑。

牧师讲完以后，陆陆续续上来一些人，有卡罗尔的家人、朋友、同事，和她照顾过的病人。卡罗尔生前是个护士，这是她一生所从事过的唯一的职业。她在这个世界留下的，都是些平凡普通的足印。那些站在台上的人们诉说着的，也是一些平凡普通的点滴琐事，就如先生提及的巧克力松脆饼。卡罗尔倾其一生想做的，也只是踏踏实实地做好那些琐事。她应该是做好了这一切。在人们饱含深情地回忆中，她是一个好妻子，好母亲，尽职尽责的护士，还有一些相伴一生的朋友。她也总是把她的快乐带给她的街坊邻居和身边跟她相处的人。能做好这一切，已经是一个丰盈的人生。满是爱心和祝福，别人给她的祝福，她带给别人的祝福。人们感动于卡罗尔做过的那些不足为道的琐事，是因为那些琐事因爱而起。我在一个从未见过的人的葬礼上，突然间感悟，人的一生可以就这样走过，她离去时，得到的是人们发自内心的敬重和怀念。来到这里为她送行的二百多人，不为她的权力和财富，只为她的美好。人们在回忆她的时候，感受到的是生活和生命的愉悦美好。她默默无闻人微权轻，可是她爱着的人和爱着她的人都记住了她，并且会在以后的日子里继续怀念她。

教堂里的追思活动结束后，大家要开车去往墓地。离开教堂时，我们碰上我的婆婆。寒暄了几句，就各自上了自己的汽车。我们的车上都被贴上了专门的标识，注明我们是来送葬的。

开始时我还不明白为什么要在车上贴这条标识，上路以后才发现，这条长长的送葬的车队在马路上可以畅通无阻。最前面是警车开道，遇到红灯不用停。车队经过时，两旁的汽车就是在绿灯时也要停下来，让我们先行。这样的规格，我原来以为只为举足轻重的高官权贵。先生说，在美国，所有的送葬的车队都可以受到这样的礼遇，这是对死者的尊重。这里没有贵贱高下，所有的生命都是平等的，他们逝去时，会得到同样的尊重。

墓地已准备好。卡罗尔的灵柩在中央，送葬的人们一层层地围在四周。站在我们前面的人扭头看见我们，惊喜地微笑了一下。先生赶紧介绍说，这是他的弟弟马修。马修几年前从马里兰州搬到了新墨西哥州，这两、三年没回来过，而我跟先生从相识到结婚刚过一年，还从未跟他见过面。这次他专门从外州赶来参加卡罗尔的葬礼。在这一片人群中，很多人跟他一样，远道而来。

牧师开始做最后的告别。他说，我们该为卡罗尔高兴，她已化作天使，马上就要去天父那里。我们一起为卡罗尔祷告，我虔诚地相信，就在那一刻，卡罗尔去了天堂。

卡罗尔的灵柩被轻轻地放进挖好的墓穴中。新鲜的泥土一层层地扬起，慢慢覆盖了灵柩。泥土之上，又很快落满了美丽的鲜花。

因为相信，卡罗尔去了天堂，离开墓地时，人们并没有太多的忧伤，只有一个人的脸上带着明显的伤痛。他是卡罗尔的儿子，一个四十岁左右的中年人，有些疲惫和憔悴。他手上拿了本翻旧了的《圣经》，他告诉我们，这是他妈妈一直在用的《圣经》。他低下头，温柔地抚摸着那本《圣经》。那个刚刚离去的人，她的手指也曾无数次地触摸过这本《圣经》。

毕竟是来送葬的，每个人的心里都有沉重的东西。接下来的冥宴上，人们心照不宣地不去谈卡罗尔，简单的食物和随意的交谈，更像是一场跟告别生命无关的聚会。很多人已是多年未见，见面时有很多要说的话。先生不断地跟他的亲朋故友打着招呼，同时把我介绍给那些我还未见过的人。冥宴是在教堂的侧厅举行的，先生还带着我四处看了看。他小的时候，父母会在星期天带上他和他的姐弟来这里。卡罗尔一家也来这里做礼拜。

那时候卡罗尔太太还年轻。先生不经意的一句话，还是带出了一份怀念。可以尽可能地不提及她的名字，可是所有的人今天来到这里，跟卡罗尔有关。

两个月后，先生和我回去看我婆婆。我们带她去饭馆吃饭。车子经过卡罗尔生前居住的房子时，婆婆说，鲍勃已经搬走了，搬去跟他女儿同住。他说他不能再在这儿住下去，他太想卡罗尔了。

鲍勃叔叔是卡罗尔的丈夫。几十年的夫妻，鲍勃一直陪伴卡罗尔走完最后的一段路程。卡罗尔离世前住在专门为即将去世的人们设置的疗养院中。鲍勃一直在这里做义工，只是这一次在这里送走的，是他最心爱的人。葬礼上我见过鲍勃，他平静地招呼着大家，没有眼泪和啜泣。现在去想，那一天他一定在隐忍着他的感情和悲伤。

曲终人散后，他独自回到他们曾经的居所。这栋房子里的每一样物品每一缕气息，大概都会勾起他对亡妻的回忆。他终于不能承受这样的思念之痛，选择离开。

卡罗尔是个幸福的女人，她最爱的那个人，还在深深地爱着她；她爱过的人们，还在怀念着她。

陪伴孤独

它叫孤独，是我的干姐姐明姐的猫儿子。

有一次我在纽约州奥尔巴尼的一个图书馆做演讲，明姐是听众之一。讲座之后我们闲聊，越聊越投缘。很快我们就成了好朋友，还以干姐妹相待。

认识明姐后才发现我们住在同一条街上。明姐邀请我去她家吃饭，还告诉我我会见到她的猫儿子，一只叫孤独的很神奇的猫。明姐兴致勃勃地讲了一堆这位神猫的精彩故事，它因为太聪明太有本事被大家称为猫博士。我只是听听而已，只记住这只美国猫不仅懂英文还懂中文。我比较喜欢狗，对猫没有多少兴趣。

到了明姐那儿，明姐把我"引荐"给孤独。孤独正舒服地侧卧在它的猫窝里，我伸出手，轻轻抚摸着它那一身黄白相间的绵长松软的猫毛。它闭着眼睛，没有什么反应。明姐的其他的朋友也到了，大家都聚拢过来，像是来拜见猫大人。可是任凭我们这些人大呼小叫，它就是不睁眼。明姐的女儿佳佳说，孤独是假寐，它极傲气，不屑于搭理我们。

受到孤独的冷落，我倒不觉得失望，毕竟只是一只猫。

有一天我出去散步，突然蹿出一只猫来，围着我转了两圈，舔着脸喵喵地叫着，然后亲昵地蹭着我的裤脚。正好佳佳打那走过，看见了我和那只猫。这是孤独，我妈妈的那只猫。佳佳告诉我。我这才想起明姐的猫儿子。上次去明姐家，孤独一直闭着眼，还侧卧着，没看清它的尊容，我也没记住它。

这会儿看到的孤独相貌堂堂，神气活现。两只眼睛炯炯有神，顾盼神飞。这次它判若两猫，一点都不傲气，还很亲和，在我脚下翻来滚去，千娇百态，极尽所能地要宝讨巧。我还真没见过这么可爱的猫咪。

你看它在向你献媚呢，孤独很喜欢你。佳佳又说。

得到气傲心高的孤独的青睐，我还算淡定，没有受宠若惊。只想着这裤腿上蹭上这么多的猫毛，我回去还得费劲清理。

　　明姐听说了孤独在我这里的表现，告诉我，动物喜欢的人都很有福气。我听着很开心，跟孤独亲近了一些，好像它真的能给我带来福气。

　　之后我再在那一带散步，时常能碰上孤独。明姐说那几个街区是孤独的领地，每天它都要出来微服私访。每次它都是很突然地出现在我的面前，跟我嬉闹一番。如果有其他的人出现，或者有什么动静，它会倏地一下消失掉，来无影去无踪。要不是我的裤脚上又落上了猫毛，我都不知道孤独刚才出现过。我不再计较孤独在我的裤腿上蹭下的那些猫毛，出去散步，越来越想见到孤独。

　　认识明姐也就半年多，我毕了业，要离开奥尔巴尼，去华盛顿特区找工作。临走前，我要退掉我租的公寓，有一个多星期的空当，需要住在朋友家。明姐让我住她那儿。她要回上海探亲，她的女儿佳佳在纽约市读书，她先生那段时间正好也不在家。她说我可以在那里随便折腾，而且她这里离我的公寓很近，走都能走到，也方便我慢慢收拾。

　　那一个多星期，我会跟孤独住在一起，朝夕相处。

　　我在明姐离开的前一晚搬进她家。明姐简单地交待了一下孤独的生活习惯。它每天早上五点多起床，然后出去遛弯。七点多的时候回来，它会在楼下叫门。我要去给它开门。回家后，它会先去厨房用早餐。每天下午它还会出去一趟，其它的时间大都在家里，有时会去地下室自娱自乐。生活简单而有规律。

　　我放它出去，它要是不回来怎么办？我有些耽心。

　　它会回来的。明姐很肯定地说。

　　第二天早上五点，明姐起来赶飞机，孤独也出门了。

　　明姐很放心地回中国了，并不耽心我能不能照顾好孤独。她知道孤独可以照顾好它自己，不会出什么差错。

　　我又睡了一觉。七点多的时候，迷迷糊糊地听到猫叫。我一骨碌爬起来，跑到窗户那一看，孤独正坐在楼下，望着窗户里的我。我敲了下窗户，又用手指了指后门。孤独马上站起来，朝后门走去。进了家门，孤独径直走进厨房，在它的饭盆前坐下，静静地看着我。我按照明姐的指示开了一个猫罐头，倒进孤独的饭盆。孤独悄无声息地吃起来，吃得既香甜又斯文。吃过之后，它又把饭盆舔得干干净净。我没想到接手孤独这么容易这么顺利，它真是一只很乖巧很聪明的猫。

孤独晚上都是跟明姐一起睡。我和孤独单独在家的头一个晚上，孤独跳上了我的床。可我不想搂着它睡，虽然已经很喜欢它了，还是怕它那猫爪子挠我一把，抓花了我的脸，我就不能出去见人了。我嚷嚷着让孤独自己睡，它很听话地下了床，摇着尾巴出了我的房间。我带上了门，猜想孤独会睡在它跟明姐睡觉的大床上。晚上我去洗手间，一开门，孤独一下子滚落进来。原来它就睡在我的门外，紧贴着我的房门，温暖地守护着我。但它并不强迫我做我还不想做的事，等我从洗手间回来，它已经善解人意地退了出来，还是守在我的门口。

那一个多星期对我来说是短暂而漫长的。一次次的告别，跟这个生活了三年多的城市，还有在这里的朋友们。为了告别的聚会，欢笑中总是涌动着苦涩。我是在跟一个个的依靠告别，慢慢地就只剩下我一个人，孤独地面对我自己的未来。常常是黄昏，合家团圆的时候，我一个人坐在长沙发上。光线越来越暗，却不想拧亮手边的台灯。孤独这时候总是陪在我的身边。它坐在我的腿上，或者拱到我的怀里撒娇。有时它会跟我保持一点小小的距离，坐在沙发的另一头，目不转睛地看着我。它不会说话，眼睛里却有丰富的话语。我知道它在安慰我，告诉我我并不孤独，它就在我身边陪着我。它的眼睛熠熠地发着光，那是黑暗里最后的一线光明。我总是在那缕光亮被黑暗彻底淹没之前，站起身来，打开房间里的灯，让自己的心情平复下来。每一次，我重新振作起来，孤独就会消失得无影无踪。它有那样的本事，若是它想躲起来，我是不可能找到它的。

我把最后的一件东西从我的公寓搬到了明姐这儿。打扫干净后，把钥匙交还给房东。收拾完那边的房子，才知道这三年里我攒下了这么多的东西。明姐家被我搞得很乱，地上铺满了我的七零八碎。一辆汽车带不走这么多的东西，可我总想带走更多的东西。自己用惯了的东西，有时也可以演变成一种底气。因为东西太多太乱，总是理不清头绪，我做着做着就会灰心丧气，还有深深的无助和孤独。这一刻我总会联想到即将的远行和前面的道路，孤独中还会有胆怯。虽然在那边有朋友接应，可以住在朋友家，但工作还没落定，一切都是未知的。这样的胆怯让我想放下所有的盼望，很想往回走，却发现早已没有了退路。

我站在那里，屋子里是令人窒息的静谧。后来我听到了一些声响，是孤独在旁边弄出的动静。它一会儿抖擞着一身猫毛，一会儿在一堆东西间翻来跳去，转移着我的注意力。它弄出的各种噪音打乱了我急速下滑的心绪，那些噪音，像是生命脉搏的有力的跳动。它不停地翻腾跳跃，好像很快乐地享受着这些简单的重复。它的萌态总是会在最后逗笑我。在我接着收拾时，它会停下来，坐在一边，像是在监督我，也像是在鼓励我。

我还会出去散步。孤独不再突然地出现在我的面前，但它会在家门口等着我。每次我开车回来，若是孤独那时候也在外面，快到家时，我会沿街搜寻着它的踪影，盼望着见到它。每一次的搜寻都是徒劳的，可是我的车一停下来，或者一开车门，孤独就会神乎其神地一下蹿到我的眼前，或是坐在路边，等着我下车。而我刚才仔细地看过，孤独出现的地方，明明什么都没有。它总是以这样的方式出现，要给我更多的惊喜。我们一起回家。我会告诉孤独我出去做了些什么，它摇晃着脑袋和尾巴，听我絮絮地唠叨着。我知道，它能听懂我说的每一句话。

明姐的先生詹姆斯在我离开奥尔巴尼的前一天赶回家来，只是跟我交接一下。他要知道我明天大概什么时候离开，他可以回来照看孤独。为了不打扰我，他那晚暂时住在外面。詹姆斯是个美国人，我们用英文交流。我们说话时，孤独坐在它的饭盆前吃饭，时不时回头看我们一眼，有些心不在焉。

詹姆斯走了以后，孤独也出去散步。傍晚它回来时，在楼下叫我。我去敲了下窗户，它却一动不动。我敲了好几遍窗户，也不断地给它打手势，让它去后门，它还是不动弹。我只好跑下楼去，叫它回来。孤独看见我出现在楼下，站起身来，慢慢地朝我走来。快走到我跟前时，它突然呲牙咧嘴地跳起来，张牙舞爪着，朝我大声地吼叫。它甚至伸出爪子，气急败坏地抓住了我的裙摆。我吓坏了，不知道刚才发生了什么，让孤独变得如此疯狂。惊慌失措中，我朝孤独大吼了一声。它在我的咆哮之后安静下来，不知所措地看着我。我小心翼翼地绕过它，开了后门。孤独跟着我上了楼，但也小心翼翼地跟我保持着一小段距离，不像以前那样，总是跟在我的脚后。

那个晚上我们一直保持着一定的距离。本来我想过，这一个多星期里都是孤独在跟我相依为命，夜夜守护着我，最后一个晚上，我不会关房门，它再跳到我的床上，我不会赶它走，就让它睡在我的身边。但孤独的一番闹腾改变了我的想法。我早早地关了门，躲在我的房间里。半夜的时候，我听到猫叫。看看表，才三点多。我还是开了门，孤独看了看我，然后朝家门走去。我有些奇怪，生活向来很有规律的孤独，为什么想在深更半夜出门。我想说不行，但又怕它再次发疯，只好开了房门，让它出去。

我走的那天早上，孤独没有按时回来。整个上午都没回来。我一次次地出去找它，一条街一条街地寻过去，不断叫着它的名字，可它始终没像从前那样，突然出现在我的面前。直到我离去，孤独也没回来。因为这个意外，我走的时候，满脑子都是对孤独的牵挂，完全顾不上其它的离愁别绪了。

我一路都在惦念着孤独，撕心裂肺地想念它。天开始下雨，而且越下越大。我不知道孤独现在在哪儿，很想看见它，然后跟它一起回家。

在一个休息站我停下车来，给詹姆斯打电话，问他孤独是否已回来。詹姆斯说我刚走，孤独就回来了。

我猜想孤独早就回来了。它躲在那里，看着我离去。

詹姆斯告诉我，孤独有了些变化。它以前回到家，都是先去厨房。这次它回来，先去我住过的那个房间转了一圈，然后再去厨房。

孤独后来一直保持着这个新的习惯。我在回放我跟孤独在一起的日子时，才明白了孤独为什么会在我走的前一天对我大发脾气。它也懂英文，听到我跟詹姆斯的对话，知道我第二天要走了。它想留住我，它为我对它的离弃而生气难过。

这只叫孤独的猫，也是害怕孤独的。它大概希望那些它喜欢的人，都能留在它的身边。

我走后不久，孤独被查出患了鼻腔癌。它那时已十五岁半，鉴于它的高龄，兽医建议放弃治疗。明姐不想放弃，却也没什么好办法，只能尽力照顾好它，让它多活一天是一天。

我的境况渐渐好起来。也许真的是孤独给我带来的福气，我结了婚，有了孩子，还有一份工作。因为幸福和忙碌，我已经好久没尝过孤独的滋味，也渐渐地淡忘了那只叫孤独的猫。只是每次跟明姐通电话时，我会问起孤独，还会顺便带一句，什么时候回去看看孤独。

　　孤独竟然苟延残喘了两年多。这期间明姐的生活中发生了一件很不幸的事。她的先生詹姆斯得了很罕见的克雅氏病，从发现到离世只有短短的十九天。这十九天里明姐一直在医院里陪伴詹姆斯。他们本来只是去医生那里检查一下，想知道哪里出了问题。没想到会是不治之症，又来势凶猛，并且急速恶化。

　　当悲痛欲绝的明姐回到家里时，孤独一如既往地和明姐打了招呼，就伸头往明姐身后看，寻找另一个人。它看着明姐和詹姆斯一起走的，它想不明白，明姐怎么一个人回来了。在以后的几天里它不理睬明姐，好像在怨恨明姐弄丢了詹姆斯。直到它越来越多地看到了明姐的异常，它原谅了明姐，并且竭尽所能地帮助明姐走出绝境。

　　那段时间明姐五内如焚心力交瘁。很多个早上，她不想再起来，就想这样一直躺下去，永远不再醒来。在她想放弃一切，甚至放弃生命时，孤独不肯放弃，它一遍遍地撕扯她，唤醒她。在孤独永不放弃的坚持下，明姐一次次地爬了起来，直到走出了抑郁和悲哀。

　　那是十二月初的一个夜晚。难忍的胸闷让我在惊悸中醒来。我感觉一浪高过一浪的洪水淹没了我的心跳和喘息。我的头脑很清醒，身体和心脏却似乎停止了运转。我打开灯，看见天花板在旋转。我努力爬起来，却又因为晕眩倒在床上。这样的晕悸衰竭我从未经历过，好像是在一步步地走向死亡。

　　我看了下闹钟，那时候是黎明前的四点钟。

　　一番挣扎后，我感觉好了一些。但一直躺在床上，那天没去上班。我想来想去，不知是出了什么状况。那样的感觉，肯定来自于死亡的边缘。

　　上午十点多的时候，我的手机响了，上面显示的是明姐的号码。我接了电话，先听到的是明姐的哭泣。她哭着告诉我，孤独走了，死于心力衰竭。

　　后半夜，明姐说，孤独不行了，我还是把它抱进汽车，带它去宠物医院。我开着车，听见孤独在后车座上挣扎了几下，就再也没有动静了。我知道它永远地走了。

那时候是几点钟？我问。

四点。明姐说。

这竟然是那个我百思不得其解的谜底。我一直以为，只有跟至亲的人，才会有这样的告别。只有至亲的人离去时，我才能有这样的感应。孤独离去时，我在千里之外，亲身感受到了它最后的挣扎。

孤独走了，却又活龙活现地蹿到我的面前。我看见它坐在那里，善解人意地看着我。或者，它突然出现在我的汽车边，陪着孤独的我回家。有了它的陪伴，我不再感到孤独。现在的我最想看到的，是孤独迈着四平八稳的步子，仰着脖子，威风凛凛地走来，趾高气扬地离开。没有见到它最后的衰老，它在我的回忆中始终是生气勃勃的。

我们不曾面对面地告别，也就避免了一些伤心和哀痛。我终于明了，我离开奥尔巴尼的那一天，孤独就已经知道，那是我们最后的道别。它躲在一边，看着我离去，独自承受着离别的悲伤。

它叫孤独，却不想让那些它陪伴的人感到孤独。在我们最孤独的时候，它不离不弃地守着我们，是孤独一次次地化解了我们心中的孤独。当我们不再孤独或者走出孤独之后，这只叫孤独的猫，也就放心地走了。

因为孤独，我们才变得坚强。

在爱因斯坦的办公室里听孔孟之道

如果不是我的朋友Fred介绍，我不太可能找到科学巨人爱因斯坦当年在普林斯顿大学工作的办公室。爱因斯坦曾在普林斯顿大学工作了二十多年，度过了他一生中最后的时光。我知道他的办公室一定掩映在这座美丽无比又无比崇尚科学的大学城里，但真想去瞻仰一番并不容易，因为没有任何标记提示我们这间办公室的所在之处。幸好Fred在这里学习、工作过八年，对这里的一草一木了如指掌，才能带我找到那间简朴的办公室。

普林斯顿有太多值得一看的地方，甚至可以说普林斯顿的每一个角落都能留住你的目光和脚步。精致典雅的建筑群，庄严肃穆的大教堂，娴雅幽静的街道，汇集了世界古代艺术文明精华的艺术博物馆，还有繁星点点美不胜收的花草树木，让人惊讶于傲然屹立于世界科学研究前沿的普林斯顿，还有如此美丽的校园。也许自然科学孕育和滋生于人文情怀中，才能达到登峰造极的高度。普林斯顿还与一个伟大的科学家连结在一起。上个世纪三十年代，当纳粹的铁蹄开始践踏欧洲大陆的时候，爱因斯坦告别欧洲来到美国，在普林斯顿安家落户，并且在这里生活了二十多年，直至去世。在这里，爱因斯坦给美国总统罗斯福写信，建议美国抢在德国之前研制原子弹，开启了原子弹研究和制造的进程。可是当他得知美国的原子弹在日本的两个城市爆炸时，作为原子弹之父，他深感震惊和懊悔。战后，从普林斯顿开始，他奔走相告，积极参与反对核战争的和平运动。

以爱因斯坦的盛名，我想在普林斯顿一定能看到爱因斯坦纪念馆，或者是一座永久的雕像，可是竟然没有。不是普林斯顿不想这样做，只是因为爱因斯坦生前就说，他死后不要词藻华丽的悼词，不要纪念碑，也不要墓地。这个二十世纪最伟大的自然科学家，他的相对论被认为是人类思想的最高精髓，但为了尊重他个人的意愿，在他死后没有发讣告，没有举行葬礼，他的遗体被交给医学界做病理解剖，最后的骨灰撒在一个无人知晓的地方。在普林斯顿留下的唯一与爱因斯坦有关的物质形式上的东西，就是他当年工作的办公室了。有意思的是，爱因斯坦的办公室在原来的数学系里，现在这幢教学楼归东亚系了。他的办公室并没有被单独陈列，门口甚至没有标明爱因斯坦曾在这里工作过。只是在与爱因斯坦办公室相隔十几米的会议室的窗户上，用彩色的喷漆喷满了爱因斯坦发明的公式，后来的人们用这种颇含蓄的方式纪念着不喜张扬的一代伟人。

我们去那里的时候，爱因斯坦的办公室里正有几个师生在上课。美国教授正在给他的几个不同肤色的研究生讲授中国的孔孟学说。这对我这个中国人来说是意外的惊喜。1922年11月，爱因斯坦在乘船去日本的途中，曾在上海有过短暂的停留。当时深受外国列强凌辱的中华民族曾让爱因斯坦发出沉重的叹息，本想与中国有一定合作的他不得不与这个古老的文明古国失之交臂。九一八事变后，他向各国一再呼吁采取联合措施，用经济制裁制止日本对华侵略。在那个年代，热爱中国的爱因斯坦的几个跟中国有关的愿望都没有实现。若他地下有知，今日中国的发展和强大该会为他了却那些遗憾。而他当年的办公室今天成了传扬中国文化的地方，这也该会让他感到欣慰了。

Fred说，她在普林斯顿的时候，爱因斯坦已步入老迈。有时候可以看到他一个人静静地坐在校园里的长椅上，低头沉思，或者只是在休息。没有人去打搅他，人们会放慢脚步，怀着景仰的心情，轻轻地从他身边走过。

他是一个不想为声名所累的人，那些敬重他的人，也就尽可能地为他维护一份安宁。普林斯顿也从未用爱因斯坦的盛名来为自己贴金抹彩。也许，这个美丽的校园更想为他保留住的，是他在普林斯顿留下的为数不少的趣事。他曾在这里像个孩子似的找不到回家的路，不得不打电话问路；他把一张1500美元的支票当书签用，丢了也不知道；他帮一个小女孩做算术题，以换取甜饼吃……他在这里渐渐老去，却总是童心未泯。

现在，他已离去了几十年，依然不断有人来到普林斯顿，寻觅他的踪迹，用安静的方式，纪念着一代伟人。灿烂的光芒在一片安宁中静静地闪烁，如那些玻璃窗上的彩绘的公式，用特殊的语言，记下特殊的记忆。

萍水相逢

喜欢走在路上或行在旅途中时，那些萍水相逢的感动。

如果不是在熙熙攘攘络绎不绝的地方，走在路上，迎面而来的陌生人会亲热地打声招呼，或者送来一个微笑。我在同时同地，也会有同样的绽露。平淡而温暖。

太多这样的相遇，忘记了那一张张的面孔，只记住他们友好的笑意。我让他们记住的，大概也是一缕同样的阳光。不同的种族，男女老幼，当笑意浮现在嘴角脸颊时，是一样的灿烂。

也遇到过更热情的表示。去南方的一个小城探访朋友。那天的天气很好，我想出去走走。没带运动鞋，就穿着皮鞋在马路边行走。或许那里不是散步的地方，没遇上任何的行人，只有一辆辆的汽车从我身边驶过。突然有辆车在我身旁停了下来。里面是两个年轻的女孩，关心地看着我。车窗摇下后，一个女孩问我：是不是迷路了？我们可以送你回去。大概我的穿着不像在外遛弯的，她们以为我走丢了。

我告诉她们我在散步，谢了她们的好意。女孩留下一个微笑，和一句祝福的话，开车离去。

每次再想起那座城市，那个城市的轮廓和街景已经越来越模糊，可是那两个萍水相逢的女孩的关切的眼神和温润的笑颜，在很多年之后，还是会清晰无比地浮现在我的眼前。

在飞机上、火车上或长途汽车上，更容易发生萍水相逢的故事。如果是两个都没有旅伴的人坐在了一起，会很自然地有所互动。尽管多数时候我会保持着东方人的矜持，但坐在我身边的人多半会主动跟我聊天，气氛也会越来越轻松。美国人没有多少防范之心，喜欢坦诚的交流。当我们聊到畅所欲言无拘无束时，我们更像是结伴出游的同伴或相识已久的朋友。到达目的地后，我们会道声珍重，会说声很高兴认识你，然后各奔东西。这是真正的萍水相逢，在未来的生活里，可能再也不会有重逢的机会。当然有时候也会留下彼此的联系电话。有次我乘飞机碰上一个老太太，听说我来此地做访问学者，执意让我通知她我做学术报告的时间地点，她要赶来捧场。作为女性，单独旅行时也会碰上另有想法的男士，希望能有进一步的交往。但我一直没敢尝试萍水相逢的爱情。结婚以后，手指上有了婚戒，再没遇到过这样的情况。多数美国人并不热衷于婚外的恋情。

记忆中最温馨的一次萍水相逢，发生在弗罗里达的奥兰多。先生和我带着女儿去游迪斯尼。那天是去 Magic Kingdom，为了看晚上十点钟开始的焰火表演，离开时已经有些晚了。不过大巴上还是坐满了人。星罗棋布的酒店和几个主题公园间从早到晚往返着免费的大巴，方便了游客。开始时大家还安静。我坐在那里，回味着刚才看到的焰火的璀璨，还有女儿当时的兴奋。大人们可以悄悄地回味，小孩子却忍不住了。有个四岁左右的小女孩，仰起小脸，兴致勃勃地向她爸妈描述着她在迪斯尼的经历。那个年龄的孩子，还不能大段地表述，七零八碎的片断，却是迪斯尼的精华。从一个孩子的嘴里一惊一乍地出来，带着童真的快乐和明媚。她的父母被她逗得笑逐颜开。开始时是自家大人孩子的交流，很快旁边的人就加入进来。你一言我一语，尽情勾勒着那些公园里最给人惊喜最让人留连的地方。光说还不够劲，大家纷纷掏出自己的手机或相机，向其他的人展示彼时彼景中录下或拍下的精彩画面。说的人和听的人都兴高采烈。我女儿早已安捺不住，跑到对面，跟那排椅子上坐着的一家人，特别是那两个小孩一起看录像，欢天喜地。因为是在行驶中的大巴上，站在椅子边的女儿时不时地摇晃一下。她身旁的一位慈眉善目的老先生注意到了这一点。一有颠簸，或者遇到拐弯的地方，他就伸手拦在我女儿的身旁，以防她要跌倒时，可以马上扶住她。他的手臂又始终跟我女儿的身体保持着小小的距离，既能保护了她，又尽可能不碰到她。我这个做妈妈的，对他的细心周到，心里满是感激。喜气洋洋的气氛中增添了一股脉脉温情的暖流。

迪斯尼世界这样的地方，本来以为是为孩子们预备的。去过以后才发现，那里对成年人来说也可以惊喜连连。未泯的童心和热情，可以在那里重新绽放。或许是心情很好，人们的脸上洋溢着风和日丽的友好和轻松。精彩之外的温馨，该是这个萍水相逢的城市馈赠给游客的额外的喜悦。而这种可以让人回味的温馨和喜悦，又是那些萍水相逢的人们共同谱就的。

还有一次让我难忘的萍水相逢，是在普林斯顿。那是我第一次去普林斯顿。我的两个朋友从北京来美国访问，很想去趟普林斯顿大学。我开车带她们去了那里。因为没有普林斯顿大学的停车证，我们只能在校园外找停车位，可是该有的位置都被别的汽车占上了。转悠了半个多小时，我总算在离学校已经不近的地方把车停了下来。还是有些不放心，把车停稳后，我便下车打探这里是否能趴车。

我们就是这个时候遇见盖伊的。他是一个五十多岁的美国人，高高的个子，穿得整齐又休闲。我把我的顾虑告诉了他，他说我的车能在这里停两个小时，之后就要移开。我说我要带朋友去参观普林斯顿大学，我也不确定两个小时够不够用。盖伊热情地建议我把车停到校园旁边的停车场，他说他正好要去那一带吃午饭，可以先把我们带去那个停车场。

于是盖伊上了我的汽车。在他的指点下，我们很快找到那个有不少车位而且毗邻校园的停车场。为了万无一失，盖伊让我们先在车里等着，他要去旁边的商店里问问在这里能停多长时间。我的两个朋友很感动，让我邀请盖伊跟我们一起吃午饭。盖伊回来后，把确定的停车时间告诉了我们，也爽快地接受了我们共进午餐的邀请。

盖伊带我们去了一家环境幽雅又价廉物美的美国餐馆。在去餐馆的路上，盖伊就开始向我们介绍普林斯顿的历史和典故。遇到过马路时，他一直小心呵护着我们。在美国餐馆一般是自己点自己吃的东西，盖伊细心地告诉我们这家餐馆的特色，但是付钱的时候，盖伊要自己付自己的那份钱。在我们的一再坚持下，他才接受了我们的好意。

我们边吃边聊，气氛轻松随意，笑声不断。盖伊真诚地表达着他对中国的喜爱，同时他非常认真地回答我的朋友们提出的问题，尽可能多地介绍美国的风土人情。共同的话题，共同的情感，让我们很快熟悉亲近起来。我们还得知盖伊是个画家，居住在芝加哥，这次是来普林斯顿探访妹妹的。

吃过饭后，盖伊主动提出给我们当导游，这真是帮了我的大忙，从未来过普林斯顿的我正愁找不着北呢。热心的盖伊细致地讲解着，周围的景物豁然明晰了，我们对每个建筑物都有了具体真切的了解。浏览之余，盖伊还不忘充当摄影师的角色，帮我们拍下了一张张值得我们永远留存的照片。因为有了盖伊的帮助，我们有了许多意想不到的收获，那些古老的景观中又有了一份新意，一份在寻常心境下无法勘破的机缘。

到了该说再见的时候，我们依依惜别。几个小时前，我们还素不相识，此时却有些难舍难分。细心的盖伊还问了我们下一站要去什么地方，并且详细地告诉我行车路线。我的车子启动的时候，盖伊站在马路中间，挡住别的汽车，让我的汽车先开过去。车子开走了，我从后视镜中看到高高的盖伊正朝我们挥手道别。

知道此生再也不会遇到盖伊，在后视镜中看到的，是最后的一面。可是那一次的萍水相逢，让我和我的朋友们终生难忘。

如果是在同一座城市，萍水相逢的人倒真有可能成为很好的朋友。美国人习惯于搬来搬去，当命运的抛物线把人们抛到了同一个地方，先来此处或久居此地的人会热情地帮助那些后来者。不管他们来自于美国的哪一个州，或是世界的哪一个角落。我就是在很偶然的情况下认识了一些萍水相逢的美国人，后来我们建立了深厚的友谊。但随着我们其中的一方再次迁移，我跟其中的一些人又失去了联系，同时又在新的地方认识了新的朋友。这些萍水相逢的朋友们，让我更多更快地了解了美国，适应了在美国的生活。

不论是那些后来跟我成了朋友的人，还是那些只有一面之交的匆匆过客，都让我心存感激。因为他们在那里，那些非亲非故的地方，便有了家的气息。特别是初来乍到时，在那一个微笑一声问候中，会有被接纳的温暖。还有那些不设防的交谈，认真的倾听，热情的回应，真诚的帮助，让人相信人与人之间的交往，可以是这么的简单愉悦。

家之所在，快乐之所在

每一栋房子里，每一座城市中，会有不一样的故事，但可以有相似的快乐。最大的快乐，是在平凡的日子里，可以领受到生活的丰盛和甜美。

这样的快乐，就在我们居住的地方，在我们走过的地方，在我们目之所及的地方。

过普通的日子，追求简单的快乐。

有一份单纯的心境，就不会迷失在物质的丛林，无论是一个人，还是一个国家。追求源自于生命中的最简单的快乐，才有可能感受到生活中最丰盈的快乐。

朴素的东西，却可以长久。没有浓墨重彩，也就不会在岁月的长河中斑驳褪色。最初的颜色，在长久的消磨后，还有着可以沉淀下来的光彩。

奥尔巴尼

外国人来到美国，总会有第一个居留的城市，生活了几年后，可能会离开那里，但对那座城市那个地方已经有了犹如对故乡的感情。

奥尔巴尼（Albany）是我在美国的故乡。

奥尔巴尼是纽约州的州府，她在美国工业革命时期曾喧嚣辉煌过，特殊的地理位置让她举足轻重，天时地利成就了她的繁荣，我到那儿的时候，她早已黯淡下来，洗尽铅华，归于平淡。

这里远离尘嚣，很少看到浮华的痕迹，那份平淡清静与我想象中的美国总有那么一段距离，在北京过惯了都市生活的我有些淡淡的失望，但我在这里很快感受到一种沉实的东西，这里的人文环境和生活方式让我安静下来，是从心开始的安静。

初次来到美国的我，如一个婴儿，交流和出行都是问题。原来掌握的那点英语，很难应付一个真实的环境，很多的话写在纸上我都明白，可是在你来我往的对话中我常常迷失其中。本来学的就是哑巴英语，这时候因为紧张就更加词不达意。每一次落入这样的窘境，我面前的那个人总是微笑着看着我，用轻柔的语调再说一遍，或者用更简单的表达再说一遍，也耐心地听我磕磕巴巴地继续说下去。慢慢地，这样的对话流畅起来，我开始用英语说话了。

同时学会的是走路。在美国的大部分地方，不开车或不搭车，大部分地方是去不了的，就跟婴儿不会走路一样。第一次去奥尔巴尼的时候，我自己没有车，又不好总是麻烦别人，研究好了公车路线，试着开始自己走路。到了车站，我寻思着该如何搭车，看起来应该是有些茫然和无助，身旁的一个中年女士主动问我，是不是要乘车？我点点头，还告诉她，我在美国从没坐过公共汽车。她马上说，没关系，我会教你。她果真教我该乘哪辆车，如何买票，如何拉铃叫停车。快到我想去的地方时，她提前告诉我做好下车的准备，还仔细地告诉我下车后该怎么走，回去时在哪儿等车。车停下来的时候，开车的司机也帮忙指点着我，车上其他的人就耐心地等着。

那一天好开心，不仅是因为开始走路了，更是因为遇到的这些人。

我在奥尔巴尼的生活是从这些平常的小事开始的，留在回忆中的，也多是这些平常的小事。很多时候，正在犹疑时，还没有开口求人，身边的人会主动问一句，你需要帮助吗？遇到小麻烦时，譬如有什么东西不会用，有什么事情搞不清，向人求助时，也总是能得到热情友好的帮助。

第一次来美国，我在奥尔巴尼呆了半年，离开的时候，我对这里已经有了感情。

几年后我移民美国，奥尔巴尼并不是我要去的城市。临行前半个多月的时候，我给航空公司打电话，确定下我的机票。接电话的女士查看后，跟我说，我看到了你的名字，你要飞纽约州的奥尔巴尼。我很奇怪，我订的是去康涅狄格州的机票，虽然我会在某一天回到奥尔巴尼，去看望那里的朋友。那位女士又查看了一遍，找到了我订的机票，只是两个名字的汉语拼音是完全一样的，有一个跟我同名的人那天会飞奥尔巴尼。挂电话之前，那位女士开玩笑说，你那天也可以去奥尔巴尼呀。本来只是一句玩笑话，没想到戏言成真。就在这半个多月里，我的生活中发生了很不幸的事情，突然的变故，让我在那一天真的回到了奥尔巴尼。我不知道这是不是我跟奥尔巴尼命中注定的缘分。在我最失意落寞的时候，奥尔巴尼，这个犹如故乡般的小城，向我伸开了温暖的怀抱。

故乡能给予一个人最美好最珍贵的东西，就是一个家了。奥尔巴尼给了我一个家，虽然只是一个租住的房子，最重要的是，我在这座叫奥尔巴尼的城市里，有了父母，有了兄弟姐妹，和很多的亲戚。我们都没有血缘关系，但对于我，他们犹如家人般亲切。我们在一起度过了许多美好的时光，在情感上也如家人般密不可分。我知道，他们就是我的家人。

格瑞葛和安是我的美国父母，我跟他们相识是因为格瑞葛的父亲克林顿·米特勒，虽然我从未见过米特勒先生。他是一位医学博士，二战中的1944年，他随援华美军到了昆明，曾担任美国陆军172医院的副院长。他爱上了昆明，和那片土地上的人民。他在那里用刚刚问世的柯达彩色胶卷拍摄了一百多张照片，并用一封封家书记录下当年在昆明的生活。他在1964年去世，把这些照片和家书留给了他的儿子格瑞葛。格瑞葛一直有一个心愿，想去昆明看看父亲曾经工作和战斗的地方，并且把这些珍贵的照片带回昆明。2004年，格瑞葛终于带着这些照片来到了昆明。这是有关昆明的第一批彩色照片，展览时盛况空前。六十年后，照片上的一些人还在世，或者他们的家人认出了照片上的亲人，展览馆内很多人百感交集，格瑞葛更是百感交集。我遇到格瑞葛和安就是在那个阶段，热爱着中国的格瑞葛和安自然觉得我这个中国人很亲切，我们很快亲近起来，我成了他们的中国女儿。

安让我看到的是另外一种魅力。她是电视制作人和主持人，年复一年持之以恒地贡献出一期期精彩的电视节目。在我离开奥尔巴尼以后，还可以在网上看到她做的电视节目，有个周播栏目已经做到了一千期。每一期都会有不同的嘉宾，唯一不变的是安和她的热忱。我自己做过电视，知道上千期栏目的份量和难度，能这样坚持下来，需要太多的毅力和激情。

格瑞葛和安的行动和热忱总是能感染到我，但我在他们那儿更多地感受到的是父母般的关爱。离开了镜头和闪光灯的他们，只是和蔼可亲的父母。安做得一手好菜，去他们那儿，像大多数回家的孩子那样，总能吃到丰盛的美味佳肴，也总会在吃饭的时候聊些家常琐事。吃过饭后可以去后院散步玩耍。格瑞葛和安亲自动手，一点点地把后院打造成一个姹紫嫣红生机勃勃的大花园，还有小桥流水，跟后面的树林连到了一起，曲径幽通。他们的大黑狗就在花香鸟语间来回奔跑着，常跑到我跟前撒下欢，或者温柔地倒卧在我的脚下，等着我去拍它。

格瑞葛和安还作为我的父母参加了我的毕业典礼。那天我还在梳洗打扮，他们已经早早地等在了我的公寓楼前。他们不要我自己开车去，要接上我，像一家人那样陪着我去参加毕业典礼。见到他们，觉得他们更加光彩照人，满脸的荣光，像所有的父母在这一天表现出了格外的欣喜。到了毕业典礼举行的礼堂，格瑞葛和安忙前忙后，更加兴奋。安这时候从主持人转成了摄像师，还要兼做化妆师和服装师。在她装扮我的时候，格瑞葛就帮我们拍照，或者笑眯眯地幸福地看着我们。很多在美国的留学生，毕业的时候，父母无法赶来参加，我很幸运，有父母在我的身边，见证这难忘的一刻，分享我的喜悦。他们不仅仅是来分享喜悦的，他们是来增添喜悦的。

我离开奥尔巴尼之前，去跟格瑞葛和安道别。安忙着做饭的时候，格瑞葛去查试了我的汽车，要确保我长途开车的安全。吃饭的时候，他们絮絮叨叨地叮嘱着我，对我前面的生活，有祝福，也有牵挂。有些事情，教导我该怎么做的时候，格瑞葛和安还会因为不同的意见争执起来。不是争吵，是很可爱的拌嘴。我喜欢他们在我的面前拌嘴，有如所有的父母，拌嘴的时候，不会避讳他们的儿女。吵吵闹闹中，有别样的温馨，家的温馨。我常常怀念的，就是那些片刻，有拌嘴的声音，和爽朗的笑声。

我在奥尔巴尼还有了很多的兄弟姐妹。从来没有另外一座城市，在很短的时间里让我跟那么多的人亲近起来。有不少的朋友是在我最艰难的时候遇上的，更让我觉出那些情谊的弥足珍贵。很多的中国人，而且是两岸三地的中国人，从万里之外来到美国，自然而然地走到了一起，彼此温暖，彼此帮助。我们从中国的不同区域而来，我们有完全共同的特征和情感，又带来了不同的地域文化，我在这个异国的中国大家庭里，感受着手足之情，也更完整更全面地了解了中国。

也遇到一些很好的美国朋友，并且一点点亲近起来。他们中的不少人出生在奥尔巴尼，还继续生活在这里。喜欢跟着他们去他们在当地的家庭聚会，跟着他们称呼他们的亲戚，于是也有了七大姑八大姨，还有很多的表兄妹，我也成了很多小孩子的姑姑或姨妈。

还有很多的感动，来自于素不相识的人们。跟朋友在雪地里互相照相，有一辆车从我们身边经过，又倒了回来，有个美国人下了车，问我们，要不要帮你们照张合影？身边几乎每个朋友，都遇到过一些令他们感动的小事。对我触动最大的还是他们对别人的信任。有次跟另外一个朋友去商店买东西，那个朋友原来拿了一个皮夹，但在付款时她又不打算买了。回到家后，她发现账单上已经打上了皮夹的钱，店员不小心多收了这个皮夹的钱。第二天，我跟着朋友回到那家商店，想帮她证明她并未买这个皮夹。朋友跟商店的经理说了大概的情况，还未等我这个证明人开口，经理已经诚心诚意地把钱退给我的朋友了，还连连陪着不是。走出商店，朋友一个劲儿地说，怎么就这么简单？他怎么就这么相信我说的话？我在经历了这一幕后，也不得不叹服美国人对他人的信任，我们总是说"口说无凭"，可在这里，偏偏就可以"口说为凭"。

奥尔巴尼最温暖的是人情，最美的是风景。我在奥尔巴尼生活了三年多，完整地度过了春夏秋冬。四季的流转中，行云流水般蜿蜒着旖旎的自然风光。从奥尔巴尼开始，我固执地认为，美国最美的风光，不在那些风景名胜中，而在寻常百姓天天生活于此的街头巷尾中。一座普通的城市，一条寻常的街道，那鳞次栉比的树枝上摇曳的色彩也能让你长久驻足。积雪融化时，鹅黄嫩绿春花烂漫。在奥尔巴尼的春天，我见到了各种各样深浅不一的绿色，仅仅一种色彩，就能有这么丰盛的呈现。到了秋天，层林尽染遍地铺金，绚烂秋色更是美不胜收。不需要专门去哪里看红叶，开车或走路，目光所及的地方，到处是繁茂的树木，所有的树木都可以撑起一片灿烂的金色。当大片的树木簇拥在一起的时候，远远地望去，那是可以与喷薄朝霞和落日余晖媲美的壮美景色。

最早的时候，奥尔巴尼居住着很多从荷兰来的移民。一些老房子还是荷兰式的，冬暖夏凉，有独特的外观，有时候走过一整条街，都不会看到重样的房子。荷兰人还为奥尔巴尼带来了故乡的郁金香。每年春天郁金香盛开的时候，我和朋友们都会去华盛顿公园参加郁金香节。五颜六色的郁金香绽放在春风中，婀娜多姿。像这样的节日，不再需要任何的妆点，花团锦簇的郁金香，已经让人目不暇接了。

奥尔巴尼的天际线，伸展在辽阔的水域中。奥尔巴尼座落在著名的哈德逊河的西岸。第一次从奥尔巴尼坐火车去纽约市，几乎一路都可以看到哈德逊河的风景。并不波澜壮阔，只是安静地流淌着，岸边的景色也是逍遥自在的，有如奥尔巴尼的风格。喜欢这样的从容怡然，一路看过去，心思也恬淡起来。进了纽约市，很快滑落进密实的钢筋水泥中，惊艳于那铺天盖地的繁华，可是心思也飘忽起来，无法安静下来。

那个时候，我怀念着奥尔巴尼的安宁。

可是，我还是离开了奥尔巴尼。

对很多人来说，故乡就是那样的一个地方，你生在那儿，却注定要离开那里。奥尔巴尼的冬天很漫长，雪景很美丽，可是生活在天寒地冻中，就更多了些落寞孤寂。对于身在奥尔巴尼的我来说，奥尔巴尼还不是我的故乡。我喜欢上了这里，是因为这里的安静；我离开这里，也是因为这里的安静。有的时候，会觉得这里太安静了。跟那些离开了安静的故乡出去闯世界的人们一样，我离开了奥尔巴尼。

离开奥尔巴尼以后，再也没见到过比那里更美的风景，也许那样的美景只能出现在我的想象和怀念中。再遇到的人，也少了奥尔巴尼人的从容和敦厚，连我自己都很快有了改变，或者说又变回了从前的自己。走路时的速度会快起来，开车的时候也多了急躁，无论是对别人还是对自己。遇到让人不悦的人或事，我会想，在奥尔巴尼的话，不会是这个样子的。其实在奥尔巴尼未必不是这个样子，只是我为奥尔巴尼保留下来的记忆，都是美好温暖的，因为离开奥尔巴尼以后，我已经把那里看作是故乡一样的地方。

奥尔巴尼一直陪伴着我，如影相随。故乡是那个可以带走的地方，会时不时地想起她，会怀念她，会觉得她是最好的，山清水秀，民风淳朴，可是让我再回去生活，我又会迟疑起来。离开了，就很难再回到那里。

即使不再回去，我们每一个人的身上都会留下故乡的痕迹。现在的我，每一次遇上其他的人在那互相拍照，我都会主动问一句，要不要帮你们照张合影？别人遇上麻烦，或有疑问，我也会自然而然地走到他身边，问他是否需要帮助。哪怕只是为别人拉一下门，或者在别人多拿了东西上下车不方便时搭一把手。当别人说了什么，我该有些疑心的时候，我还是选择相信他，怀着善意而不是怀疑去解决问题，或者帮助需要帮助的人们。我的这些习惯，是从奥尔巴尼开始的。

凝眸华盛顿

我在华盛顿特区已经生活了十二年，除了自己的出生地，这里已经成了我栖留最长的地方。早已熟悉了这里的风景，这里有太多可以讲述和将会载入史册的故事，这里几乎每天都在发生着可以引起整个世界关注的大事小事，可是让我停下脚步的，常常只是不经意的一瞥。都是一些朴素的华美，平实中可以有浓郁的生活的气息，不起眼的枝叶下也很有可能包裹着沉甸甸的果实。简单的一瞥后，也可以让人凝眸许久。

这样的经历和感受，开始于我第一次来华盛顿。那一次我只在这里停留了一天，是个匆匆的游客。跟朋友约好，从南北两个不同的城市一起来到华盛顿，在这里会合，然后去其它的城市。华盛顿正好介于美国的南北之间。

因为只有一天的停留，对华盛顿只是匆匆的几瞥。但我们在国会大厦呆了不短的时间，应该说那一天中一半的时间是在国会山度过的。

国会大厦是美国政府的象征，在去华盛顿之前，我一直以为那里戒备森严，那种地方肯定不会让外人随便进入。可是国会大厦给了寻常百姓，包括来自世界各地的普通游客自由出入的机会。游客可以免费参观国会大厦，还有免费的导游。进门的时候有个安检，但无需出示什么证件，也无需存包，工作人员也都彬彬有礼，和蔼可亲。

进入国会大厦，最先感觉到的却是一种艺术的氛围。栩栩如生的雕像，溢彩流光的绘画，把美国历史立体地展现在人们面前，无拘无束，却又极富感染力。导游从头说起，他的语言很生动，讲解得也很认真，我们后来发现在这里随意走动更有意思，所以干脆当了个散兵。周围不乏信马由缰者，而且这里面的导游有不少，如果走到哪个景点想听听详细的讲解，可以随时加入到其他的队伍中。当然自己在里面乱窜难免有找不着北的时候，这时候只好跟那些在这里上班的公务员打探一番，他们本来没有义务给这些游客指路，可所有被问路的人都是耐心地指点了一番。行走在轻松友善的气氛中，常常让我忘了自己身在何处。

进了国会大厦，最想参观的还是美国的参众两院。这两个地方也对游客开放，后面的好几排座椅都是专门留给游客的。遇上议员们开会或进行辩论的时候，游客们也被允许坐在里面旁听，如此的开放已经给人不真实的感觉了。走出参众两院，我还刻意浏览了一下悬挂在走廊墙壁上的各类照片，这里有世界历史上永恒的瞬间，有美国历史上庄严的一刻，也有丽塔·海沃丝的性感照片，这样的搭配好像很不合章法，也许这就是美国风格吧。

国会大厦是我对华盛顿的第一印象。很难忘记在那里的诸多感受。也许要记住的，不是那些承载着历史的塑像；也不是那些具有非凡艺术价值的油画，不是金碧辉煌的长廊、独具匠心的建筑；也不是牵动着整个世界局势的美国参众两院。要记住的，是那份朴实平和、轻松怡然，是滋生于此又繁衍于此的平民意识。那里更像是朋友的宅院，可以自由徜徉。

几年之后，我再次来到华盛顿，这次是开始了在这里的生活，在这里住了下来。华盛顿是一个政治中心，如果想做跟政治有关的事情，华盛顿肯定是世界上最好的舞台之一，还可以永远保持忙碌。我喜欢上这里，跟政治无关，我喜欢的不是她的喧嚣，而是她的恬静沉实。

喜欢这里的天气，冬天不是很冷，夏天不会很热。几乎没有什么天灾，也会有暴雨和风雪，但还属于自然现象，并不是大的自然灾害。喜欢有山有水的地方。华盛顿的周遭没有高山，一些高度适中被绿荫覆盖的山丘，正好为居住在这里的人们提供了周末野足的去处。波托马克河(Potomac River) 在这里流过，让这座城市灵动起来，又流淌着一份恬淡无为的安宁。还有大大小小星罗棋布的湖泊池塘簇拥在这里。这样的城市，是一个让人向往和留恋的生活之地。可以居家过日子，可以很好地保持住自己的闲情逸致。

栖留在华盛顿后，反倒不去参观国会大厦之类的地方了，就像北京人很少去天安门一样。对于生活在这里的寻常百姓，更吸引他们的可能是在冰天雪地的时候，可以带着孩子在国会大厦前尽情尽兴地溜冰滑雪。我曾以为911之后国会大厦不再对公众开放，其实这个传统并没有被改变，只是现在的游客需要先在网上预约。在这里生活了十二年，无数次的凝眸之后，我对华盛顿的感受，竟然也跟初次造访时留下的第一印象并无大的差别。

无论是人口还是面积，华盛顿特区都不算大。因为这里是美国联邦政府的所在地，白天时的人口会多出来很多。清晨的时候，很多政府工作人员、国际机构或其它组织的雇员，开车或坐地铁，从两边的马里兰州和弗吉尼亚州涌进来，傍晚的时候又陆陆续续地离开。地铁从华盛顿市中心延伸到了马里兰和弗吉尼亚，中国人喜欢把华盛顿特区称为大华府，包括了华盛顿市、马里兰南部和弗吉尼亚北部，也就是地铁可以到达的地方。就是把这三大板块聚集到一起，华盛顿最多也只能算做是一个中等城市。但是这座城市所承载和释放出来的丰饶，是很多大都市无法企及的。一座城市最大的自信来自于内在的定力和丰盛。这里没有任何金碧辉煌之处，坐着游轮从波托马克河上慢慢驶过，目光所及的华盛顿的风光都是朴素无华的。衣不重彩，斫雕为朴，她的风采已经不需要形式上的显露和张扬。

华盛顿有大大小小上百个博物馆，具有相当规模的博物馆至少有几十个，基本上是免费的，还便于参观游览。有时候出了一个博物馆，没走几步，又遇上另外一个。大多数博物馆在外观上并不起眼，进去以后会有很多实实在在的收获，每个博物馆都有自己独特的魅力。我最喜欢的是美国国家历史博物馆(National Museum of American History)。这个博物馆形象生动地还原了美国历史，有声有色有血有肉，那样的栩栩如生，可以让参观者颠倒了时空，犹如走在历史的长河中，身临其境，感同身受，而不仅仅是以一个后来者的身份旁观历史。在那里面流连，会有敬畏，会沉淀出新的感悟，又时时能感觉到亲切。

有一次从国家历史博物馆出来，正好赶上国殇日(Memorial Day)游行。国殇日也叫阵亡将士纪念日，在每年五月的最后一个星期一。跟我们一起观看游行的是几个越战老兵，他们长途跋涉，骑着摩托车从加州过来，横跨美国，在国殇日前抵达华盛顿，只为纪念那些再也不能回到故乡的战友。那些人的名字，就刻在离我们不远的越战纪念碑上，上面总共有五万七千多个名字。华丽的仪仗队从我们的面前走过，但游行队伍中得到最多掌声的是那些二战老兵。当载着二战老兵的敞篷车在人们敬重的目光中骄傲地驶过的时候，我心里突然特别的难过，为我身边的那几位越战老兵。我扭头看了他们一眼，朝他们微微一笑，他们也朝我微微一笑，很温和的微笑，没有任何的异样。他们跟周围观看游行的其他的人也没什么两样，如果不是在游行开始前我们聊过天，我不会知道他们是越战老兵，他们背负着沉重的情感而来。一个不在那段历史中的人和几个从那段历史中走过来的人，就在这样一个特别的时刻交会在一起，彼此报以心领神会的一笑。

除了国殇日，每逢重大节日，华盛顿都会有庆祝或纪念游行，而且是国家级的游行表演，都有相当的水准，精彩纷呈。每年四月初繁茂的樱花遮盖住华盛顿的时候，游客们在观赏樱花的同时，还能欣赏到海陆仪仗队的精彩表演。那是华盛顿最灿烂的时刻之一，春光明媚，鲜花盛开，美不胜收。

华盛顿还有五花八门的其它种类的游行，不是反对什么就是支持什么。规模一般不会太大，大多聚集在事先定好的街区中，有警察帮着维持下秩序。其实大部分时候不需要警察，来游行的人会自觉维护好秩序。他们举着一些牌子，上面有跟这次游行有关的文字或图案。时不时有人领着一起喊口号，有时候也会群情激奋，但出了这些游行的街区，在路边走过的人们很可能都不知道这些人在为什么游行。那些游行的人也不会在那呆太长的时间，口号喊过几遍之后，收起举着的牌子，井然有序地离开。生活在华盛顿，对这样的场面已见多不怪。

华盛顿是一个政治中心，也是一个文化中心。这里可以看到名目繁多的演出和展览，而且荟萃的是世界文化的精华。还有丰富多彩的文化活动，有大有小，也是呈现了不同文化的魅力。在这里可以每年选择一些不同的演出和活动，也可以有保留节目。

我们家的保留节目是体现了美国本土特色的演出。每年圣诞之前，我们会去肯尼迪中心听一场圣诞音乐会。开始时只有先生和我，后来有了女儿。一年年过去后，女儿也从看热闹过渡到了看门道。有一个环节我们特别喜欢，每年他们都会留出几首传统圣诞歌曲，上下三层的观众全场起立，跟台上的演唱者齐声合唱。那一刻的感动和喜悦，是台上台下几乎每个人共同汇聚而成的，伴随着歌声喷薄而出，激越绵长。

华盛顿有着丰富的内涵，但她始终是内敛的，风轻云淡，跟她的人口数和面积好像非常的匹配。也许有暗流涌动，甚至波涛汹涌的时候，但华盛顿始终给人一种波澜不惊的感觉，这里的人也始终保持着一份淡定，安静地生活在这里。特朗普就任美国总统的那一天，我去市内凑热闹，身边的几个从纽约市赶来的纽约客一遍遍地感叹，华盛顿怎么这么安静，跟纽约相比，这里真安静啊。因为就职典礼，那天几乎所有的政府部门关门停工，减少了人流量，但那天从全国各地甚至世界各地涌进来很多观看或参加典礼的人，其实比平时更热闹些。那天满大街的名人，但我始终没有看到围观和骚乱。对于不去观看典礼的当地人，他们更是在安静地过着平常的日子。如同每一次这里有重大活动，生活在这里的人，有着得天独厚的便利，也可以保持住恬淡无为的平静。

华盛顿最浓郁的还是生活的气息。在华盛顿标志性建筑华盛顿纪念碑 (Washington Monument) 周围的国家大草坪上，散落着在那野餐和休息的人群。在纪念碑和国会大厦之间总能找到一些餐饮车，可以在那买上一份餐饮，带到草坪上去吃，或者边走边吃。在华盛顿纪念碑的另一端，有一个彩虹池塘 (Rainbow Pool)。之所以被命名为彩虹池塘，是因为从124个喷口喷出的喷泉交织在一起的时候，如同彩虹飞架，美轮美奂。这里也是美国的二战纪念地，池塘和喷泉四周围着几十个高高的镂刻着不同图案的花岗岩圆柱，代表着二战时为美国参战的四十八个州、七个联邦领地和华盛顿特区。走累了的游客会在池塘边坐下来，小憩片刻。天气炎热的时候，总有人脱掉了鞋袜，把光着的双脚放进了水里。有的人就在这样的惬意中捧着一本书，静静地阅读。这里风恬水静，但也有热闹的时候，大草坪上挤满了人群，多数时候跟政治无关。像每年会在这里举办Smithsonian民间文化节，连续好几天，来自全世界的文化爱好者，来这里展示他们的手工作品，演奏来自不同文化的音乐作品，或现场烹调不同文化的美食。在白宫和国会大厦之间的宾夕法尼亚大道上，每年还会有烟火气极浓的国家烧烤节，来自全美各地的烧烤厨师齐聚这里，还有一些著名的乐队前来助兴。而宾夕法尼亚大道连接着许多名胜景观，一次出行，可以在这里同时大饱口福、耳福和眼福。这样的机会遍及整座城市。有很多的音乐节，可以坐在草地上，喝着啤酒，吃着小吃，一边享受日光浴，一边欣赏格莱美音乐家的现场表演。享受日光浴的地方，在这里遍地都是。在开国总统乔治?华盛顿的故居Mount Vernon，每年还会有户外节，人们自带一些小毯子，铺在草坪上，可坐可躺，在音乐的伴奏下，舒展在良辰美景中，跟亲密的人窃窃私语，或跟亲朋好友们开怀畅聊。若是开车从乔治·华盛顿公园路上驶过，一路都是清新悦目的自然风景。每过一段还会遇上一个瞭望台，可以把车停在那儿，站在高处眺望华盛顿的旖旎风光。坐地铁的话，可以看到很多流动的风景。每年独立日的焰火之夜，或者遇上一些重大的活动，地铁里总是人潮涌动。人们自动地排好队，当地铁里满员的时候，后面的人会自觉地停下来，不再挤进去。在华盛顿的地铁里不会被挤得喘不过气来。平常的时候，地铁里也有很多的低头族。有看手机或听音乐的，也有阅读的。美国每年出版很多的口袋书，便于携带，也方便了在地铁里读纸质书。有人会用坐地铁的时间办公，处理手头上的工作；也有人会在这里睡上一觉，特别是在下班的路上，或许前一个晚上没有睡好，或许一天紧张的工作后太疲累。地铁有时会出故障，所有的人不得不走出去，默不作声地站在站台上，耐心地等下一班地铁。这就是华盛顿的生活吧，有勃勃生气，也有劳顿辛苦，共同呈现在一个个并不喧哗的画面中。地铁里有平民百姓，也有政府要员，在涌动的人群中，所有的人都默默无闻，也都从容淡然。

这样的一些生活场景，总是会吸引住我的目光，留住我匆忙的脚步，让我安静地凝眸片刻，如同看见落在树叶上的一颗水滴，折射出了七彩的光芒。

因为朴素，才成就了华美。也许只有这样的淡泊，才能承载一座丰厚的城市。

卖房记

1

先生和我定下我们要买的房子后，决定先卖了我们现有的房子。我在美国没买过房子，新房子定了合同，是个期房，还没正式过户。所以我在美国先体验的是卖房子的经历。

这是先生买下的第二栋房子。先生在二十三岁时买下了他的第一栋房子，而且没有父母或其他人的任何资助。先生从小就喜欢电脑，在电脑方面很有天分，电脑的就业市场又一直不错，他在上大学的同时，还在一家电脑公司上班。这份薪水除了负担了他的大学学费，还有些节余。大学毕业后他找到一份更好的工作，加上原来的剩余，马上买下了他的第一栋房子。当然他付的只是首付，再用工资慢慢地还贷款。房子在宾西法尼亚州的一个相对偏僻的地方，虽说是个独立房，还有很大的院子，但房价并不贵，一个刚毕业的大学生竟然也可以负担得起。能有自己的房子是很多美国人一生中最重要的梦想之一，只是这个梦想并不是那么难实现。不过大学刚毕业就可以自己买房的还是少数，大多数人需要有几年的积累。

先生后来把工作换到了华盛顿特区，他卖掉了他的第一栋房子，三十岁前在马里兰州买下了他的第二栋房子，也就是我们现在要卖的房子。这是个连体房，上下三层，二百多平米，有十年房龄，当时的房价是十四万九千美元。

先生和我也曾考虑过不卖这栋房子，找人来租。但我们很快就打消了这个念头。美国实行的房产税等政策并不鼓励一个家庭拥有多套住房，我认识的大部分美国人都是只有一套住房。坐拥两套房子或者更多房子的中国人倒有一些。地主当好了还是能挣上些钱，但这个地主也不是那么好当的。特别是只有一套出租房，不值得请人来打理，房子有任何问题房东都得亲自出马。万一碰上个不好的房客就更麻烦，即使他不交房租或交不起房租或有其它的不当行为，也不能直接让他走人，还得先去法庭递上状子。当然遇上这种情况法官肯定判房客走人。美国人做起事来有时候很慢，从提交诉讼到判决下来，半年时间可能已经过去了，这半年多的房租也就打水漂了。这种倒霉事大部分房主不会摊上，但房子本身出问题的可能性几乎是百分之百。甭管大问题小问题，房东都有责任去修理房子或解决问题。先生和我都是懒人，多一事不如少一事，能有自己的一套房子已经足够了。

决定卖房子后，第一件事情是找经纪人，也就是中介。其实自己也能卖了房子，但大部分人还是会找个经纪人。房主一般要把房屋最后成交价的百分之三付给经纪人，但这些年美国的房市并不好，而考个房屋经纪人的执照并不太难，有很多人兼职做经纪人，人多粥少，代理费自然上不去，有些经纪人只要百分之二的代理费，也有一些华人代理人只要百分之一点五。但买家的经纪人一般还是要付到百分之三，至少百分之二点五。

很多卖房子的人找经纪人还是靠朋友推荐，或者通过客户的网上评价来挑人。朋友的朋友向我们推荐了詹妮。我们见了一面。詹妮有备而来，给我们提供了我们这个社区这几年的卖房资料。虽说这些资料在网上都能查到，但被詹妮整理出来，方便了我们的查阅，也使我们更容易估算出我们这栋房子的大体价位。詹妮的认真给我们留下了很好的印象，我们没再去比较其他的人，马上决定请詹妮做我们的经纪人。

定下经纪人后，我们开始进行卖房子的准备。其实这个准备在两年前就开始了，那时候我们已经有了中意的新的去处。大部分美国人在卖房前都会整修下房子，只是换多换少换哪里有所不同。先生认为要换就早点换，我们自己还可以在卖房子前多享用几天。

很多人认为厨房和主卧室的卫生间是一栋房子的重点，不少卖家 会在这两个地方下些功夫。我们于是先从厨房入手。朋友向我们推荐了一家中国同胞开的装修公司。他们的主要业务在厨房和卫生间的橱柜及台面上。请他们来量了尺寸，我们又去他们的公司挑了材料颜色和样式。价格估算下来，我们觉得不错。中国人开的公司，甭管是做什么的，价位一般会低于这里的平均价，质量也基本上能有保障。有的还能做得很好，价廉物美。但总的来说还是参差不齐，这样就影响到总体上的口碑。美国人摸不清哪家好哪家不好，还是更认美国人开的公司。我的朋友的朋友据说很挑剔，货比十家才挑上了这家公司。先生和我就跟在后面捡了个便宜。选柜子的材料时，我们最喜欢橡木的，但时下已不流行。枫木等材料现在最受欢迎。考虑到我们是为卖房子改造厨房，选用最流行的材料更保险一些，我们就选了枫木。台面选的也是时下流行的黑色系的大理石。

这家公司的效率很高，签好合同后马上就下了订货单，十天后上门施工，用两天时间更换了我们的厨房和厨房旁边的卫生间。而一般美国人的公司要用五个工作日才能做完这些事情。先生对他们的做工和价位都很满意。那家公司的老板跟我说，你老公娶了个中国老婆，能给他省不少钱呢。这种好话我肯定不会贪污，马上转述给先生，还加了一句，没有我这个中国老婆，你哪能找到这么价廉物美的服务？

厨房加卫生间的柜子和台面换好后，我们又置换了冰箱和洗碗机。厨房里的各种电器最好是同一种颜色的。一、两年前我们换过炉子烤箱微波炉，都是黑色的，台面又选了黑色，我们就决定还是以黑色为主，把冰箱和洗碗机也换成黑色的。我们的洗碗机才用了一年多，只是颜色不合适。这么新的洗碗机扔掉太可惜，我就去问我们的邻居，看他们要不要。邻居是一年前搬来的，他们买这栋房子的时候，前面的房主也是新换了很多东西，偏偏没动厨房，洗碗机也用得很旧了。他们听说我们可以把洗碗机给他们，高兴坏了。

厨房焕然一新后，我们又换了屋顶，刷了外墙，撤换了房子边棱上的木头。这次我们分别挑了两家美国公司来完成外部的整修。置换木头时我们有两个选择。一是普通的木头，价格相对便宜，但两、三年后就有可能出现问题。还有一种是新材料，风吹雨打日晒下，至少十年不会有问题，但价格会高上去。当然刷上漆后，在外面看不出不同。先生和我商量了一下。两、三年后我们肯定已经卖掉了这栋房子，就是有问题也不用我们去解决了。选第一种材料，我们可以少花钱。不过这个念头只是一闪而过，我们还是决定用第二种材料。还是卖给人家质量更有保证的房子吧。

我们最后换的是一楼和三楼的地毯。两、三年前我们把二楼换成了木地板，是一家香港人开的装修地板的公司帮我们换的，方方面面我们都很满意。这次要换地毯，肯定还是找他们。我们先去他们的公司选出我们中意的一些地毯材料，很快他们的老板就来我们家量尺寸估算价格。大部分的公司，特别是中国人开的公司，老板都会亲自出马做前期，工人负责后期的施工。甭管是谁开的公司，雇的工人多半是南美洲人。老板量过尺寸后，又向我们展示了我们感兴趣的几种地毯的小样，以挑出跟我们的房子搭调的颜色和花纹。先生和我很快挑出了我们喜欢的，一问价格也是最高的，看来我们的眼光还不错，相中的是最好的。老板听说我们是为卖房子换地毯，倒说没有必要选这么好的，劝我们降一个档次，少花些钱。先生犹豫了一下，还是决定用质量最好看起来也是最好的地毯。虽说是为别人预备的，他还是希望新的房主能够住得开心。

因为早有准备，詹妮来我们家看房子时，我们的房子已基本就位。很多卖家是先确定经纪人，经纪人来看下房子，建议房主做哪些改动。詹妮认为我们的房子的位置、条件和状况都很不错，我们又置换了很多东西，完全可以到此为止。每一个地段的同类房子都有个平均价，要价高了不好卖，要价不高的话，装修费回不来。所以花钱更换很多的东西，卖家吃亏的可能性也会增大。

其实先生和我都不是会精打细算的人。詹妮跟我们商量房子的报价时，我们想都没想我们已经为卖房子花了多少装修费。詹妮估计这个房子现在的价格在二十九万九左右，相对于先生买房时的价格，这已经翻了一番了。虽说达不到房市高峰时的近四十万的价钱，但这已经高于我们所期望的。先生说二十七、八万能卖掉就已经很好了。詹妮却说，能多卖还是多卖点。

詹妮很快带专业的摄影师为我们的房子拍了照片，从里到外拍了几十张，准备挑出一、二十张效果最好的，等卖房子的时候打广告用。

当时是二零一二年的十月，我们已基本做好了准备，马上上市也可以。但我们新买的房子才刚刚开始打地基，第二年的春天才能盖好。我们现在把这个房子卖掉，自己就没地方住了。所以决定先等上几个月，在来年的一、二月份开始卖房。冬季不是卖房子的好时候，但这个时间对我们的交接是最合适的。

转眼到了二零一三年，我们去看了下正在盖的新房子，得知交房日期在四月十一日，要想赶在新家落成之前卖掉这栋房子，我们得马上着手卖房事宜了。

我赶紧给詹妮打了电话。她很快来我们家视察了一番，对我们的准备工作非常满意。但作为一个房屋经纪人，她还是挑出了一些小毛病。楼梯边有一些小裂缝，墙上的漆也有被刮蹭的地方，这些瑕疵没有逃过她的火眼金睛。她请人来帮我们做了处理，修饰了一番。因为我们的精益求精，这栋房子实在看不出已有二十五年的房龄，里里外外看着都很新很干净。我还想到要在房子里多摆些花瓶插花等装饰，起到画龙点睛的作用。除了我们原有的，詹妮还很热心地从她家里搬来几件装饰物，摆在我们要卖的房子里。

房子一切准备就绪。面对我们的劳动成果，心血之作，我们越看越喜欢，也突然觉得有些不舍。我跟先生说，这么好的房子，都不舍得卖了。先生也说，早知道就不换房子了。但他马上又说，还是新家好，这一步总是要走的。

詹妮要准备广告单了。她研究了一番我们这一带正在市场上和近期出手的房子的条件和要价，建议我们把房价提高到三十一万九，这比我们两个多月前商定的价钱又多出来两万美元。本来一月份不是卖房子的好时间，房价也会跟着降价。偏偏二零一三年出现逆转，美国房市在经历了好几年的低迷后走出低谷，从二零一二年秋季开始持续走高，在卖房的淡季房价没降反升。加上这时候的贷款利率又是几十年里最低的，房价在不断上涨，利率在短期内肯定会回升，这让很多人急于尽快买房。而市场上的房子并不多，我们这时候出售占上了天时地利。当然照现在的增长趋势，再等上一、两个月，还会有更多的增幅。帮我们买房子的经纪人力劝我们再等一等，他说，三、四月份的时候上市，估计可以多挣出两万美元。先生没有接受这个建议。他挺知足，觉得现在的房价已经超出了他的期望，自己觉得高兴的结果，就是最好的结果。

事过之后，到了三、四月份，我们发现另外一位经纪人的预测相当准确，我们的房子又长上去至少两万。但是那时候我们已经卖掉了房子，我们把卖房的部分收入放进了新房子的首付中，这样贷款数目少了一些，要借贷的房款降到一个最合适的数目，这帮我们拿到了最好的贷款利率。随后利率开始不断攀升，如果我们当时错过了这个最好的时机，会在贷款利息上多花出不少的钱。也许这就是生活，有所得必有所失，有所失也必有所得。该有所行动的时候，不能因为期望和贪慕更多的东西而犹疑和滞缓。舍得放弃的时候，也许会有意外的收获。

2

一月底的那个星期四，我们的房子正式上市。

很多人会选星期四一大早把房子放到市场上。得益于互联网的便利，房子一开卖，那些职业的经纪人马上就可以看到。如果符合他们的客户的要求，他们就会在那个周末带客户来看房子。房子在市场上的时间越短对卖方越有利。经纪人们之所以选星期四，是想只用两天的时间，引起潜在的客户的注意。两天的时间也基本上可以覆盖当地想买房的人群。

除了等经纪人们带客户看房，卖房子时一定要安排Open House，也就是向公众展示要卖的房子。一次Open House的时间是三个小时，一般在周六或周日的下午，经纪人会守在现场，任何人都可以来看房，也不需要预约。这样可以把零零散散的客户集中在一个固定的时间段，也可以吸引更多的还没找经纪人的潜在客户。我们本来打算在房子上市后的下个星期六Open House，詹妮临时改变了主意，她说房市正热，我们应该在上市后的那个星期天就Open House。

正式上市前詹妮派人在我们的前院钉上一个专用的木桩，卖方的广告牌就挂在上面，上面有詹妮和她的公司的联系电话。有些人还会在木桩上加一个盒子，里面放些房子的宣传单。我们的房门上也挂上了一个专门的钥匙盒，里面是房门的钥匙。带着客户来看房的经纪人只要一刷卡，盒子就会自动打开，然后用里面的钥匙打开房门，进去看房。卖房子前我一直以为别人来看房时，房主会呆在家里。有次问起先生，我们该如何接待那些来看房子的人。先生说，我们什么都不用做，我们跟他们不会碰面的，他们来之前我们就离开了，他们的经纪人会陪他们看房。

虽然先生卖过一次房子，我对他的说法还是有些质疑。我看过一部电影，我说，那上面可是房主带着人看房子的。房主的小女儿捅了漏子，结果把来看房的人给吓跑了。

你怎么能信电影上演的？先生笑道，然后补充说，来看房的人一般不喜欢有人在家里，自己看更随意一些。

他们要是有问题去问谁呀？

去问我们的经纪人，买房和卖房的人多半不会直接打交道。

我又想到了另外的一个问题，问道：我们的东西都在家里，人都不在，这样少了东西怎么办？

放心吧，他们只是来看房，不会碰我们的东西。先生很肯定地说。

我还是半信半疑，又咨询了詹妮，得到的是同样的答复。她说房主在家里有碍手脚，看房的人总会拘谨一些，不能随心所欲。另外，经纪人也会避免让房主直接回答客户的问题。譬如一个一、二十年的房子，总会出过这样那样的问题，客户问起来，不说就是撒谎，说了就会在客户心里投下阴影，即便那些出过问题的地方早就修好了。而经纪人可以很轻松地用一个不知道就把问题挡了回去。至于房子里的东西是否安全，詹妮也觉得不必耽心。她说客户都是由经纪人带着来的，而经纪人刷卡开钥匙盒时，他的信息已经留了下来。

正式上市后，客户不定什么时候就会来，每天都要让房子保持整洁。我每天早上像星级酒店的服务员那样把房子打扫得一丝不乱一尘不染。床要铺好，地上，特别是卫生间里不能有污迹，落下的头发丝也被我一一捡起扔进垃圾桶。家里有小孩子，很难保持整洁，每天这么折腾一番还挺麻烦。这么干了两天，我就开始想，这卖房子得速战速决，要是打持久战，体力和心力都要耗费不少。

开卖后的周四周五都没有人来，但我的清洁工作没敢省掉。在自己家里还得小心翼翼着，怕弄乱了什么。虽然没人来看房，但游戏已经开始，我们的心情并不轻松。好在网上已经有了回馈，七个人表示喜欢这栋房子，两个不喜欢，喜欢的居多。还有几个经纪人为他们的客户预约周六周日来看房。我们已经决定在周日下午Open House，这些人要赶在Open House之前看房，多少说明他们对这个房子还是很有兴趣的。我们的房子是正南正北的，如果有太阳，白天的时候，特别是在冬天，屋子里的阳光很充足，应该能给房子加分。幸运的是，周四周五都下了小雪，但这个周末连着两天都是晴天，又占上了天时地利。

星期六我们没敢睡懒觉，第一拨儿客人会在十点钟来这里，我们必须在他们到来之前撤出。起床后我又是一番收拾，出门前开了房子里所有的灯，这是詹妮嘱咐过的。另外美国有不同气味的精油，用蜡烛加热后，香气可以弥漫整个房子。这是我的主意，总觉得气味会影响到人的感觉。我们用了这种办法后，果然收到了很不错的效果。早上起床后我就点燃了蜡烛，精油的香味慢慢地飘出。出门前吹灭了蜡烛，房子里却已经有了足够的香气。我们选的是Cranberry（蔓越莓）气味的精油，馨香却并不浓烈，一缕甜丝丝的味道沁人心脾，漂动着家的温馨暖意。

这一天大部分的时间我们都花在了商场里，不是为买东西，纯粹是去消磨时间。去饭馆时也是尽可能地拉长吃饭的时间。其间先生的手机里有过几个短信，通报我们已经有几家人进入过我们的房子。磨蹭到下午五点钟，约好的几家要看房的应该都已经看过了，我们也就开车回家。

开门后还能嗅到清甜的香气，比早上出门时淡了一些，但那味道和感觉还在。屋子里几乎没有任何的变化，跟我们离开时一样的整洁，只是我专门放在门口的一个小垃圾篓里已落满了一次性的塑料鞋罩。詹妮给了我们一些这样的鞋罩，让我们放在门口，客户来看房时，要先把鞋罩套在鞋子上才能进去，这样可以保持房子的清洁。这是对房主的尊重，也会让来看房的人心里舒服。他们中的一家人会是新的房主，谁不希望接手一个干净整洁的房子呢？

早上出门时我没来得及洗澡，第二天又要早早地出门，回家后我就钻进了楼上的卫生间。正洗着澡，先生和女儿来敲门，说是又有人来看房子，已经进了家门。他们帮我锁上了门，让我躲在里面继续洗，先别出来。这时候已经是晚上六点多，没人预约这个时间来看房。后来知道这个客户和她的经纪人因为有事临时改了时间，而我们没收到改时间的通知。他们大概也不知道房主在家里，双方都有些尴尬。他们匆匆看了下房子，因为我在洗澡，主卫生间还没看成。遭遇了这样的一次"袭击"，我才发现房主在家时来看房确有不便之处。

星期六晚上詹妮打电话给我们，说是当天来看房的客户中已经有人表示对这个房子很有兴趣，只是能给出的价钱低于我们的要求，怕我们不会接受。詹妮鼓励他们还是先下定单。

第二天下午是Open House。 Open House一般会在下午一点到四点，但有两拨儿客户要求在Open House之前来看房，一个在上午十点半，另一个在十一点半。我们事先已有打算，准备去朋友家躲上一天。

我们刚到朋友家，詹妮就打来电话，心急火燎地告诉我，出了意外，十一点半的那拨儿客人来看房时，打开钥匙盒，里面是空的，十点半来看房的人走时没把钥匙放回钥匙盒。第二拨儿客人没看成房，好在他们给詹妮打了个电话，把情况告诉了她。詹妮马上查了记录，查到最后一个进入房屋的经纪人的电话。电话打了过去，他却一口咬定他已经把钥匙放了回去。没有钥匙，詹妮也进不了我们家，而Open House的时间马上就要到了，她要赶紧去做准备。詹妮说她会跟那个经纪人继续交涉，但首先要保证的是Open House能如期进行。当天的天气很好，我们的广告也打了出去，很多人会来看房，错过这个机会太可惜，现在唯一的办法就是让我先生赶快赶回去，用我们手上的钥匙打开房门。

我们的房子在马里兰州，而我们人在弗吉尼亚州，虽然都属于华盛顿特区，开回去还是要一个小时。我稍微有些犹豫，怕先生辛苦。先生却意识到了事态的严重性，说他马上回去。

先生赶到的时候，詹妮也拿到了钥匙。她挂上给我的电话后，又给那个经纪人打了电话，警告他她会追查此事。他的记录都在这儿，这个帐他是赖不掉的。过了一会儿，那人给詹妮打了电话，说他在自己的裤兜里找到了钥匙，已经把钥匙放了回去。詹妮也没见上这个人，只是说这人有口音，不是土生土长的美国人，光看名字像是个印度人，但很难确定。

一番折腾，好在有惊无险，没有影响到我们 Open House。晚上我们跟詹妮通电话时，詹妮说她对今天的活动很满意。来了二、三十拨儿客人，而且主要集中在三点到四点。这些人扎堆儿而来，人显得很多，无形中给想买房的人施加了压力，要想买就得快点出手。詹妮对我们的准备工作赞不绝口。家具的巧妙搭配，光线的明亮温暖，各种装饰的画龙点睛，再加上房子本身的建筑格局，从细节到整体，从气息到气场都无懈可击。很多客人进来后都惊喜连连，毫不掩饰他们对这房子的喜爱。一个老太太说光看墙上的贴画就知道女主人对这房子有多热爱，有这样的感情和照顾，这房子肯定会在一个很好的状态中。她很想买下这栋房子，只是钱不够，最多能出到二十六、七万。詹妮对这个老太太的印象很好，但这钱差得太多，也就不能考虑她了。还有一个中年女士一进门就大呼小叫。她说刚去看了另外一套房子，里面乱糟糟的，还有不好的气味，让她不能好好地呼吸，一直憋了口气。一进这个房子眼前一亮，味道也很好，她憋着的那口气总算舒舒服服地呼了出来。这位女士把整栋房子看完后仍然不改初衷，一再表示她很喜欢这个房子，她一定要买下来。她的经纪人也向詹妮表示，她有经济实力付出我们想要的价位。詹妮对这个客户抱了很大的希望。但定单不是口头上的表示，是一份很详尽的文件。里面要有客户的详细的财政资料，包括年薪、存款、可以拿到什么样的贷款以及贷款的数额等，还有用做定金的银行支票。特别重要的是，客户和他们的经纪人还要商量决定他们能出多少钱买这个房子。房市好的时候，卖房子的人往往能收到好几个定单，我听说过有一处房子收到了近五十个定单。而房子只有一个，房主会接受哪一份定单，多半会取决于客户自身的财政条件和他们能给出的价钱。买家的原则则是尽可能少出钱，但又要保证自己买到想买的房子。

我原来以为 Open House 一过，当天就能收到定单呢。詹妮说我们得给人家做定单的时间，就是有定单进来，也得到第二天了。

第二天，也就是星期一，先生和我都有些按耐不住，这会儿盼的已经不是有人来看房子，而是实实在在的定单了。詹妮早上九点钟发给我们一个短信，说是已经有人表示要下定单，这更吊足了我们的胃口。我那天正好不用去学校上课，先生也干脆在家休一天假，我们把女儿打发去学校后，就在家大眼瞪小眼地等买家的定单。

虽然心里惦记着那份定单，先生却说，越抱希望的事儿越难成，等我们能把这事放下了，买家才会出现。先生躺在沙发上发表着他的高见。

照你这么说，我们今天是见不到定单了？我问道，又弱弱地补充了一句：我也没抱太大的希望。

还得再等等，先生说，还得等更多的人来看过房子后，才能有定单进来。

詹妮不是说，已经有人要下定单了吗？

光说不行，见到定单才能算数。

那你上个房子卖了多长时间？

好几个月呢。

那个房子的位置不好，想买的人不会太多。说到这里，我也不是很确定，又问了一句：那房子上市后的头几天里，也有好多人去看房子吗？

那倒没有，前几天都没什么动静，后来也是零星有人来看房。卖这个房子应该不用好几个月，一、两个月倒有可能。

听先生这么一展望，我的情绪低落下来。这么说我还得继续当清洁工，每天都得把这房子收拾得一尘不染一丝不乱。为了保持形象，我们还得小心翼翼地过上一、两个月。昨天那位女士抱怨的那套乱糟糟气味不好的房子，很可能是那栋跟我们隔了一条街的房子。这个房子在市场上已经挂了三个多月了，还没脱手。房主跟我们一样，还住在里面。估计拖的时间长了，没多少打扫清理的心气儿了。我们两家的房子现在都在市场上，算是竞争对手，虽然我们现在得到比他们多的赞誉，我倒没觉得有什么可得意的。想到他们现在承受的压力和疲惫，反倒有些同情他们，也不知不觉地想象着，有一天我们可能得面对跟他们类似的处境。如果两个月后我们的房子还没卖出去呢？我不想继续展望了，那会搞得自己很头痛。

中午的时候詹妮还没任何动静，就好像我们早上收到的那个短信是空穴来风。

给詹妮打个电话吧。我跟先生说。

先别打了，先生却说，詹妮收到了定单，一定会通知我们。她没跟我们联系，说明她那边还没有什么进展。

还得等更多的人看过房子后，才会有定单进来。先生又补充了一句。

不是说有好几家感兴趣吗？我有些不甘心。

或许是我们的定价要高了。我一开始就觉得高了，有些客户出不了这个价，就放弃了。

那他们至少应该报个价，双方折衷一下，不就成了？我嘴上这样说，心里却打着小鼓。我们邻居两年前卖房子，房子在市场上放了两、三个月都没卖出去，后来降了一万块钱后才有了买家。如果为了这一、两万块钱得抗上两、三个月，还不如早早地降价呢。

那我们该降多少？一万还是两万？我问。

这个得跟詹妮商量一下，听听她的想法。先生比我沉得住气，而且他的做事方式是美国式的，既然我们请詹妮做经纪人，就得充分尊重她的意见。

整个下午是在安静中度过的。先生和我都调整了心态和状态，不再那么心急火燎地等定单了。反正我们不会死较劲，能够接受降价，对各种可能出现的情况都有心理准备。就是短时间内没有任何定单，天也不会塌下来，我们还可以好好地过日子。卖房子只是生活中的一件事情，没有必要为一件事情打乱整个生活的安宁，能这样想的时候我们自己也安静了下来。

傍晚五点左右，詹妮打来电话，说是我们已经有了第一个定单，报价是二十九万，没有达到我们所期望的数目，但这是第一次的报价，还有商量的余地。有了定单就有了定心丸。这倒应了先生早上说的那句话，我们能把这事放下了，买家也就出现了。

詹妮不太确定这份定单是谁出的。她查了下 Open House 时的登记名单，没有这个人，星期六来看房的客户中也没这个人。

那会是谁呢？我突然想起星期天早上来的那家，会不会是拿走钥匙的那

169

一家？

詹妮一查，果然是同一个名字。

难道他们是故意拿走钥匙的？我猜测道，他们看上了这个房子，不想让别人进来看了，他们知道马上要 Open House，会有不少人来看房。

看来就是这么回事，詹妮肯定了我的猜测，怪不得那个经纪人拖着不还钥匙。

这个定单在我心里打了些折扣，不过不管怎么说，总是有了一个定单。

这样我们可以有两个定单了，看看哪家出的高。詹妮又说。

两个定单？还有一个定单吗？我问。

原来詹妮短信上提到的定单不是这一个。詹妮的同事的客户昨天 Open House 时来看过房，很喜欢。早上詹妮去上班时遇上那个同事，说是已经开始做定单了，只是还没收到。

至少能有两个定单，我心里更踏实了。

我把进展讲给先生听，还有我对那个客户拿走钥匙的猜测。

先生波澜不惊着，既不为定单欢喜雀跃，也不为钥匙事件生气。我一听他们拿走了钥匙，就想到这一点了。先生淡淡地说。

你早就想到了？你怎么没告诉我？我又被惊了一下。

先生朝我笑了笑，没做解释。看我这一惊一咋的，告诉我也于事无补，只会多一些耽心着急。他当时就有了这个判断后，二话没说，立马采取行动，火速赶回家送钥匙。

这家太差劲了，怎么能这样做事？我马上给詹妮打电话，现在就回掉他们。他们出再高的价钱，我们也不能卖给他们。我气鼓鼓地拿起了电话。

别打别打，先生拦住了我，我才不管拿钥匙的事呢，他们只是想买上这个房子。他们出的价钱合适，就卖给他们。

先生很务实，也挺宽容。我也不敢太感情用事。每次先生和我有分歧，我如果坚持我的想法，先生一般会让我。但最后的结果出来，我的选择往往是错的或差的。几次失手后，我收敛了许多，在大事上开始尊重他的意见。但我在感情上还是不太接受这家客户，就盼着另外一家报出更好的价钱。

晚上九点多，詹妮又打来电话，告诉我们第二个定单也进来了。她说她收到第一个定单后，立刻告诉了她的同事。那家还在为报多少价钱犹豫不决，一听说我们已经有了其它的定单，赶紧做了决定，当天也下了定单。而且他们在报价上压过了第一家，报出的是二十九万九。这个买家也是三口之家，夫妻二人都是注册会计师，财政状况很好。他们是詹妮的同事的客户，我们对他们更有可能知根知底。加上他们报的价格我们也觉得不错，在这两家中我们毫不犹豫地选了第二家。

詹妮说明天傍晚等我们都下班后，她会把两份定单带来我们家，让我们最后定夺。卖方收到定单后，需要在四十八小时内给出回复。如果没有异义，我们明天就可以草签协议了。

先生和我像是坐了一天的过山车，这会儿终于可以安静下来了。那个晚上我们都踏踏实实地睡了个好觉。

3

第二天我去上班，跟同事聊起我们家卖房子的进展。有几个同事说现在房市正热，我们家的房子也热，对我们很有利，我们应该多要些钱。我马上忘了昨天早上还想着降价的事儿，给先生打了个电话，问他的意见。

先生倒挺知足，说二十九万九已经不错了，翻了一倍多，超出了我们的预期。他还强调了一句：最后的结果要让双方都满意，卖房子和买房子的人都高兴。

我回到家后，詹妮很快也到了。她带来的不是两个，而是三个定单。星期六来看房的那家最终也下了定单，报价是二十八万五，这是他们能够付出的最高数额。他们也是很喜欢这个房子，我们却不得不回绝他们。拿走钥匙的那一家，也被我们舍弃了。我第一次看到正式的定单，厚厚的一沓，确实要花些时间准备。这时候我对拿钥匙的那家也就没有了怒气，反倒有些感激。

那位中年女士的定单迟迟没有进来，詹妮 Open House 之后对她抱的希望最大。好在我们已经有了下家，也就不惦记她了。

我们几乎不用做任何的取舍斟酌，就选定了詹妮的同事的客户。据詹妮的同事说，这对夫妻已经在这一带看了半年多的房子，上市的房子并不多，上次好不容易等上一个合适的，却没抢到手，他们很是沮丧，这次不想再错过了。

詹妮带来的草拟的合同上，他们的报价已从昨天的二十九万九跳到了三十万零五千，而且他们还提出了一个附加的要求，如果我们再收到高过他们的报价，他们也愿意报出更高的价格。

这对夫妻也有一个女儿，刚刚一岁。詹妮说，他们看着很和善，小女孩也很可爱。那天他们带着女儿一起来的这里，一家人一见这房子满心欢喜，毫不掩饰他们的喜爱之情。

有些买家在看到自己喜欢的房子时，会故意装做不太感兴趣，希望借此压低些价钱。我还是更喜欢这种直接表露心意的人，不会因为人家想买就乱要钱。我特别希望能把这个房子传给一家特别喜欢它的人，而且，我也挺在乎他们的品性。我们是在卖房子，不是找人租房子，本来不用考虑他们是什么样的人，但我还是希望买家也是良善之人。听到他们还有一个女儿，跟我们完全一样，我在感情上也就更贴近这家人了。

詹妮问我们是否还要求对方再加些钱，先生和我都说算了。

这个买家大概是怕夜长梦多，希望能在二月底正式过户。用二十多天办完贷款和所有的交接，在时间上会很紧张。当然紧凑一点也未必不是好事，尘埃落定，买卖双方都能早点踏实下来。但我们的新房子在二月底肯定还没完工。有些人在卖房搬迁时遇上这种时间差，会临时租个地方，或暂住在亲戚朋友家。多搬一次家是件很麻烦的事情，再加上孩子上学等问题，麻烦事会有一大堆。我们之前已经有过这方面的考虑，为了避免这些麻烦，我们宁愿在房价上往下调，也一定要求对方接受我们住到四月底。

我们跟詹妮商量了一下，提出了一个折衷的方案：房子可以在二月底过户，但我们要求反租两个月，每月付给对方三千美元的房租，另加三千美元的押金，四月底正式搬出。这个提案要写在合同里。

詹妮说她当天晚上就会做好合同。如果对方能接受，明天就可以在合同上签字了。

第二天一大早詹妮就打来电话，说是昨天很晚的时候又进来一个买家，就是我们原来最抱希望的那位中年女士。她的报价是三十一万九千五百，正如这位女士在 Open House 时说的，她一定要买下这个房子，她的报价是最高的，甚至高过了我们的要价。詹妮又说，她昨晚已经跟她的同事通过气儿，我们昨晚定的那个买家已经接受我们的条件。詹妮让我们尽快在这两家中做出选择。

先生没想太多，他说既然已经答应了那家，就不要改主意了。

我心里还是折腾了一番。新的定单的报价要高出不少，过户日期也晚于上一家，我们基本上不用反租这个房子，又省下了一笔租金。而且主动权现在在我们手上，已经有了四个定单，有些卖家在这种情况下会要求四家竞标，又会标出更高的报价。但这样做我又有些于心不忍。如果我们定好的那一家最终没有拿到这个房子，心里一定会非常的难过，只差最后一步了，却是空欢喜一场，这样的落差更让人无法接受。我又想到了他们的女儿，那个刚刚一岁的小女孩。他们大概是在孩子出生以后，想给孩子一个更好的成长环境，开始出来看房。我们也有一个女儿，跟他们有同样的心愿。选房子的时候，多是为女儿考虑。另外，他们找房子找了半年多了，一定经历过不少的失望。而且这次我们已经答应给他们了，最大的失望莫过于得到以后又失去。

我犹豫了一下，跟先生说，我也同意不改主意了，还是给原定的那一家，但我们多住两个月，只付押金，不另付租金。

先生觉得这个要求合情合理，我们把我们的意见告诉了詹妮。

詹妮想了一下，说：还是把定价提到三十一万吧，他们能拿到三十一万的贷款。

先生和我都没有反对。这一家的财政状况确实很不错。因为是第一次买房，他们可以享受政府的优惠政策，拿到利息最低的贷款，首付也很少。他们在银行还有十几万的存款，可以付出比三十一万更高的价位。而且他们说过，如果有人给出更高的价钱，他们愿意付更多的钱，超过其他的买家。但我也认同先生的想法，最好的结果是双方都欢喜，应该适可而止，没有必要得寸进尺。

詹妮重新为我们调整了合同。好在现在可以用电子版，用电脑就可以签字，节省了时间和精力。詹妮把我们签好名字的合同传给了对方的经纪人，等待他们的回复。

我那天没课，不用去学校，先生去上班女儿去上学后，我去超市买菜。开车回来，看到我们家门口的那个牌子有了变化。走的时候还是"正在卖房"，回来时变成了"合同签定中"。我赶紧给先生打了个电话，他说对方爽快地接受了三十一万的报价和我们多住两个月的条件，他们也在合同上签了字。詹妮让他换上了这个牌子。我和先生都为进展这么神速而高兴，从上市到草签合同只有短短的五、六天。

进入这个阶段后，我们原则上不再接受其他的客户来看房。后来还有人提出来看房，我们没让他们来。但我们现在签的还不是正式的合同，要等对方拿到贷款、办好所有的交接后才能过户。正式合同签定前，双方都可以反悔，只是要付毁约金。如果对方的财政出了问题，或者贷款没办下来，我们就得重新卖房，另找买家。这时候我才意识到，挑选买家时，不一定选那个出钱最高的，要挑最合适的，这样可以减少风险。能遇上合适的，如果在感情上也认可这一家，那就很完美了。

贷款公司很快派人来我们这儿察看房子，估测这个房子是否值三十一万。贷款公司多把的这道关，相对限制了房屋的成交价，房子的价格比较合理，房市就不会过热，泡沫就不容易出现。他们来看房时，我们正好都不在家。走之前我还跟之前那样，把房子收拾打理好，只是心情上很不同，轻松了许多。

买家的贷款很顺利地获得了通过。

美国有很多贷款公司还要加一个白蚁检查。如果有白蚁，会影响到房子的质量和寿命，要进行处理，消除掉这个隐患。好在我们没有这方面的问题。

通过贷款后，买家一般会请专业的检测人员来做房屋检查。买新房子时可以略过这一步骤。

这种房检非常细致，屋里屋外，从屋顶到地下室，跟房子有关的所有部分都面面俱到。房检报告出来后，卖家要按要求更换或修复有问题的地方。有的卖家会收到一个长长的单子，特别是那种房龄偏高又不太维护的房子，更换和修复要花到几万美元。如果不能一一兑现，买方会要求降低房价。买卖双方一般都会做些让步，找到一个折衷方案。对买家来说，这一步是提要求或压低房价的很好的机会。

卖房子的人这时候会比较紧张，先生和我也不例外。在一个二、三十年的房子上找出些问题还是挺容易的。那天我们又躲了出去，在外面等了几个小时。

第二天我们收到房检报告，只是几个很小的问题，譬如厨房里靠近地面的插座不能用普通的电源接口，要换成防水防漏电的电源；有个洗手间的下水管道不是很流畅，需要疏通一下……这个结果让我们松了口气。看来房子的状况确实还不错，先生向来注意房子的维护，我们卖房子前也没少换东西。还有，我们的买家不挑剔，没想在这一环节上跟我们计较。在房检之后，如果有问题，买家一般会要求由专业的修理人员来做处理，我们的买家没提这个要求。先生就自己动手，花了大半天的时间，解决了所有的问题。先生的人工是免费的，买电源开关、疏通工具等物件，总共才花了一百多块钱。如果请人来做，大概要花几百块钱，还要等人家的时间。

我们虽然还没见过买家，但彼此间已经有了默契。双方都能让一步，少算计对方，买卖双方的关系就会很融洽。

因为每一步都走得不错，房子可以如期过户。

过户的前一个晚上，我久久不能入睡。房子卖得这么顺，结果也让我们很满意，房子即将出手时，心里本该很兴奋，可这一刻，萦绕于心的，只有深深的留恋和不舍。前面每天想的是如何把房子卖出去，真的卖出去了，要离开的时候，却难以跟这里告别。突然意识到，我在这个房子里，度过的，是一生中最美好的日子。我在这里跟先生恋爱结婚，接着有了我们的女儿，上帝给我的两个最美好的礼物，都是在这里收到的。女儿在这里开始蹒跚学步，很快就可以奔跑了，两只小脚跑遍了这里的每一条街每一个阡陌小径。虽然都只是一些寻常的街道和风景，但那鳞次栉比的树枝上闪耀的色彩照亮了她童年的世界。

每个季节会有不同的风采，我还是更喜欢春天。春天会随着我们门前的迎春花一起盛开。满眼的嫩黄，是刚刚破壳而出的生命。天气再暖和一些，那株盛大的玫瑰也会绽放。前窗下，几十朵红玫瑰娇艳欲滴，这也是春天才会有的清新绚丽。都是我喜欢的花儿。最让我惊喜的是，在我们的门前可以看到如繁星般点缀摇曳的紫丁香。这是我最喜欢的花儿，来美国后一直没再见过，没有想到会在自家的门前偶然相遇。这些花并不是先生栽下的，是这栋房子的第一家主人留下的，先生也都喜欢，就保留了它们。这样的巧合，像是冥冥之中的缘份。我跟那家人从未见过面，却因为喜欢着同样的花儿，有了一份勿需相见就会有的亲近。

花丛和草坪的前面，是一片茂密的树林，枝繁叶茂。会有不同的动物来造访。见过许多次梅花鹿。大概是一家三口，两个大的带着一只小鹿，在树林中悠闲地徜徉。定格下来，可以看到一张和美安详的画面。也会有另类的访客。女儿说她看到过狐狸，有次指给我们看，我们觉得更像是只大猫，在这个人口密度还挺高的地方，大猫的可能性也更大一些。女儿却认定是只狐狸。如果真的是只狐狸，在女儿眼里，也是一只不具伤害性的可爱的动物。每年春天，还会有只可爱的小乌龟出现。有时是在我们门前，有时是在树丛边。见到我们，会停下脚步，伸出小脑袋，跟我们打个招呼。常出没在树丛中的，是一些活泼好动的小松鼠，几乎没有停下的时候，总是在蹦来蹦去或爬上爬下。还有一群小鸟，常年栖息在这里。五颜六色的鸟儿，非常漂亮，也喜欢快乐地歌唱。无数个早上，我们是在婉转美妙的鸟鸣声中醒来。冬天，树叶落尽的时候，我们可以看到树林对面的那些房子。圣诞前后，很多人家会在门前装点圣诞彩灯。灯火闪烁，跟天上的星星相映成辉。我们站在门前眺望，一片安宁的美景尽收眼底。

曾经抱怨过这个房子的种种不是。学区不太令人满意，上班不怎么方便，房子也过了二十年，房龄见长，不定会出现什么状况。于是盼望着搬到心仪的地段，希望是一个崭新的房子，配上我们喜欢的户型。终于如愿以偿了，可以跟我们想离弃的房子说声再见。挥手之时，却有些不知所措，难以道别。蓦然回首，看到的，是生命中一段无法替代的最绚烂也最平静的岁月。这么美丽的馈赠，停下脚步，往回看时，才发现了它的丰盈和绵长。

已经不仅仅是一座房子。

第二天早上，我跟先生说起我的感受。他笑了笑，问我，我们也都喜欢我们的新家，不是吗？

我不能否认，也就没说什么。人总是要往前走的。我们的目光和心思，会有游离，却始终是面向前方的。当太阳重新升起，昨夜的星辰，也只能在光影的背后闪烁。只是，那些回忆，可以平淡，也可以炽烈。

房子正式过户前，买家还要再来看一遍，主要检查房检之后列在清单上的物件是否更换或修复。新主人接手之前，我最后一次为这个曾经的家梳洗打扮。这一次，不再是无可奈何的应付，指尖划过的地方，都是依依不舍的留恋。

我还在一些家具上留了字条，问我们的买家是否需要它们。不少的家具在新家派不上用场，有些人喜欢放到网上去卖，我和先生商量了一下，觉得没必要卖了，可以送给需要它们的人。当年先生搬进这栋房子时，很多家具就是素不相识的正在搬家的邻居送给他的。他用了很多年，跟我结婚后才陆陆续续地换上新的家具。

最后一次房检很顺利，也没花多少时间。那几处需要更新的地方，虽然都是先生这个业余修理工打理的，新主人也都很认可。让我略感意外的，是他们留下了几乎所有可以留给他们的家具。或许它们已经跟这个房子浑然一体，他们喜欢这些家具还留在这里。

因为没有任何的分歧，最后的签字水到渠成。是我先生所盼望的双方都称心满意。两家的经纪人也都很高兴，皆大欢喜。

过户合同一签，我们算是住在了别人的家里。新的主人按当初的协定没让我们付房租。但我们是准备付押金的，房屋若受损，这笔钱可用做赔偿。租用别人的房子一般要交押金，他们却没让我们付。有这样的一份信任，我们对这个房子更是爱惜。先生和我时不时地提醒还不太懂事的女儿，我们现在是住在别人家里，要好好保护。

一栋房子连接起两家原本陌生的人，我们常有互动。新主人的一些信函陆陆续续抵达他们的新家，包括一些很重要的文件。我专门腾出一个抽屉，收存这些信件。攒到一定数量，就请我们的经纪人转交给他们。我还为他们准备了一份详尽的单子，列上这一带可以带孩子去玩的地方，还有对我女儿上过的幼儿园和小学的介绍评估，以备他们的女儿今后所用。对这份心意，新的女主人很是感激。

虽然他们从未催促我们尽快搬出，但那份焦急是不言而在的。他们同时在付两份钱，新家的贷款和公寓的租金。而且，房子已经买下，谁不想早日乔迁新居？我们尽可能往前赶，也幸好我们买的房子如期竣工，我们比约定日期提前一个多星期搬了出去。

搬完家的第二天，先生和我跑回去做最后的清理，也跟新房主约好了来拿钥匙最后交接的时间。在他们到来之前，房子被我们干干净净地收拾出来，可以窗明几净地迎接新主人的到来。

新主人大概急于跟朋友们分享喜悦，除了他们一家三口，他们住在这一带的一些朋友也尾随而来。宾客盈门，好不热闹。

我终于见到了他们的女儿，那个一岁出头的小女孩。圆圆的眼睛，兴奋地打量着她自己的家。或许，她会在这里长大成人。而现在，她刚刚学会走路。妈妈把她放在地上，她急不可耐地迈出了小碎步。步子还是蹒跚的，但肯定是快乐的，她的眼睛里盈荡出更多的欢喜。

刹那间，我把她看作是自己的女儿。几年前，就是在同一个地方，我看见女儿小心翼翼却坚定地迈出了一小步，接着是第二步、第三步……两个小女孩的脚步，为这栋房子的两代主人做了最好的衔接。

很多的快乐，是可以复制和延续的。

那对夫妻对这栋房子没做任何的检查，好像想都没想过我们在这两个月里，特别是在搬家的时候是否弄坏了什么东西。先生执意带着新的男主人楼上楼下走了一圈，细细地指给他看房子的结构、机关，哪些地方有可能出问题，若出问题该如何应付。我和女主人则聊起了家常。她说若我们还有信件寄到这里，她会帮我们收好，再转交给我们。还一再表示，他们欢迎我们随时回来看看。我接受了这份心意。我们的女儿在这里度过了她的童年，总会带她回来，寻觅儿时的踪迹。

最后，我带他们去了原来的邻居家，介绍他们认识。谈笑风生间，我们好像相识已久，早已没有了买家和卖家的关系和隔阂。

那时是四月中下旬，是春花开得最绚烂的时候。杏雨梨云，春深似海。很为这栋房子的新主人高兴，能在这个春意正浓又是风和日丽的日子里，开始他们新的生活。这栋房子曾给我们带来许多可以受用一生的福气，也愿这里，成为他们的祝福。

离去时，不像是跟曾经的家园告别，倒像是刚刚造访过朋友的家，意犹未尽地踏上了回家的归途。带走的，是在这里度过的美好的岁月，并且可以永远地珍藏在心里。留在心底的，都是最美好的回忆。

乔迁之喜

一直很喜欢那个广告。暖意融融的画面，配上温暖的声音：跟你的好朋友结婚，买个自己的房子，这是我们的梦想。

没有具体所指，并不是商家的广告，就更加的温馨沉实，让人更加地向往。对幸福的涵义会有很多的诠释，这该是很有份量的一条。

拥有自己的房子，依旧是美国梦的很重要的组成部分。

如果能跟自己所爱的人，住在自己心仪的房子里，那这个梦就更圆满了。

1

女儿快两岁的时候，先生和我冒出了换房的念头。学区是个很重要的诱因。本来我们以为能绕过这个坎儿。我们所居住的县，在美国三千多个县中排在七、八位，教育不会差到哪去。先生那时候还想着以后让女儿去私立学校，也可以不计较学区的好坏。可是，慢慢地，不断地，有不同的朋友时不时地给我们吹吹风，我们也就跟着动摇起来。原本就是两个俗人，自然无法免俗。先生和我，一个美国人和一个中国人，在这点上倒是没有差异，手拉着手一起跳进了俗套。

还有一个原因。我们住在马里兰，而我有些想搬回结婚前住过的弗吉尼亚。我在这一带的朋友大多住在弗吉尼亚北部，相隔不算远，一个小时左右的车程。如果有可能，还是希望离得更近一些，走动起来更方便。

我们开始出去看房子，直奔弗吉尼亚而去。

先生并不是毫无保留地看上了那里。不是觉得不好，是他在马里兰出生长大，还有不少的亲戚朋友依旧住在这里。他上班的地方也在马里兰。好在他工作的地点可以在内部调换到弗吉尼亚，而且这两个地方都在华盛顿的周遭，相隔并不远，在地点上不是一个大的变动。

选择何种类型的房子，我和先生的意见倒是完全一致。我们都很在乎房子的位置，希望能离地铁和主要的交通干线近些。我们也都倾向于买连体房，而不是独门独院的大房子。两千平方尺左右的连体房很适合一个三口之家，而且我们家一年中至少有三百天不是在开暖气就是在用空调，这种大小的房子可以让我们在用电上没有顾虑。连体房的院子一般不大，对我们来说又少了锄草的负担。房子不是买来给别人看的，适合自己的就是最好的。好在华盛顿这一带交通便利的房子中，连体房占了很大的比例，我们在选择上已经有了占地之利。

还有，先生和我都想买新房子，我们搜索的范围又小了很多。因为是买新房，自己去找就可以了，不一定要找房屋经纪人。我们上网搜了搜，加上朋友推荐，很快锁定了三个正在盖房卖房的小区。

样板房都是光彩照人的，进去走一遭，不想买房的也能冒出快点儿买下来的念头。可是把各种条件各类因素综合起来一权衡，又总能找出几个不太满意的地方。毕竟不是买件衣服买个包，对我们来说这是最大的一笔投资，还得三思而行。轻易能下手能得到的东西，也就不可能被称之为梦想了。

刚看了三处房子，我的热情就降落了不少，倒是可以很理性地面对买房这件事了。先生本来就不是十分的积极，见我蠢蠢欲动，就带着孩子陪我出来看房。看我的热乎劲儿过了，又没看到十分满意的房子，他就适时地提出再等上两、三年。先生喜欢做通盘考虑，他说我们买个新房子，很可能会把现在的房子卖掉。离我们的房子不远的地方正在建一条高速路，整个一个大工地，不利于卖房。高速路两年后一旦建成，不仅外观恢复正常，而且多了一大便利条件，房价也会跟着升上去。我听他说的也有道理，只是觉得两、三年有些遥遥无期。

之后的两年里，我没再动过换房子的念头，当年的三分钟热度基本上冷了下来。只看过几处房子，我发现买个房子也挺麻烦，反正也有房子住，不如就在这呆着了。在我偃旗息鼓之后，先生偶尔还会念叨下换房之事。眼见那条高速公路在漫长的修建后终于有了眉目，女儿也越来越接近上学的年龄，先生提到换个房子的频率也跟着高了起来。恰巧这时一对朋友来我们家串门，提到离他们家不远的地方要建一大片连体房。那个地方我很熟悉，极好的地段，以前是一片树林，里面散落了几个老房子，没想到那里会开发出一个新的居民区。

第二天我们就跑去看个究竟。

原来的那片树林不见了，已经开始盖房子，基本上还是一大片空地。站在这片几乎什么都没有的空荡之处，我们还是能掂量出这块地皮的份量。这里属于费尔法克斯县，是美国数一数二的县，中小学教育也是顶尖的，学区很好。这里可以看到地铁，七、八分钟就可以走进地铁站，方便了我们坐地铁进华盛顿市区工作或游玩。这一带最主要的两条高速路也离这儿很近，交通十分方便。无论是学区还是出行，这个地方完全满足了我们的愿望。

房子的位置无可挑剔，下面要看的就是房子的结构、价位和社区规划了。我们赶紧进了售房中心，接待我们的是一位叫Lynn的四十岁左右的女士。小区的布局模型已经出来，一进门就可以看到。宣传册也已印了出来，上面有三种户型的内部结构图。

先生最关心两个地方。一是地面要完全平的，不能有阶梯。有些房子在客厅里或厅和厨房的连接处还加上一、两道台阶，先生很不喜欢这一点，说他哪天端个盘子从厨房往厅里走，忘了脚下还有机关，摔他一跤。我笑他多此一虑，但还是要迁就他的感觉。他还要求房子里一定要有壁炉，冬天的时候，点着壁炉里的柴火，坐在炉火边看书，是一大享受。Lynn告诉他三种户型的地面都是平的，壁炉也可以加上，只要多付四千块钱。而且壁炉都是烧煤气的，一按开关就行，不需要买劈柴和清理了。

我对房子的构造也有两个要求。房子一定要有阳台，能坐在阳台上消磨些时光，对我来说是种享受。如果这个阳台能面向一片湖泊，一条小河或蓝蓝的海水，那就如天堂里的风景了。只是在一个人多地少的半闹市区，很难实现这样的愿望，我也就不去奢望了。但阳台一定要有。我还希望能多加一间卧室。现在有三间卧室，如果能多出一间客房就更好了。Lynn给我的答复也是肯定的。除了阳台，一楼门边的厅堂可以改造成一间卧室，同时加上衣帽间和全套的卫生间。

几分钟的功夫，先生和我都是喜笑颜开。我们想要的，在这里都有；我们不想要的，正好这里没有。能遇上这样的房子，我们不该有什么遗憾了。房子的价格也是我们能承受的。当时三种户型的起价分别为五十多万，六十多万和七十多万，要价还算合理。Lynn还指着大片的模板，给我们看小区整体的规划。总共二百多套房子，配上了五个大小不一形状各异的花园。小区旁边还要建一个健身馆，小区和地铁之间会开辟出一个商业区。不是那种大型的购物中心，没有这么大的地方，只是一些规模不太大的特色店铺，我觉得这样反而恰到好处。小区的整体规划很到位，到底是美国最大的房地产开发商之一，计划很周详很宏大，出手不凡。

三种户型的样板房还没建好，Lynn说轮廓和构造已经出来了，问我们要不要去看。我们挑了中号和大号的房子。

还是真正的草坯房。屋顶还没封，楼梯没护栏，我们就颤颤悠悠地从一楼爬上了三楼。外墙也没盖好，Lynn一再嘱咐我们看好孩子，别让她掉了下去。虽然这房子还简陋至极，进来走一遭还是很有收获的。平面的东西一下立体起来，我们对房子的感觉也更具体丰富了。问女儿喜不喜欢这里，她马上说喜欢。又问她想不想搬到这儿来，她高兴地点了点头。

不知女儿怎么会看上了这个还未竣工的衣不蔽体的房子。这么说，我们三个都看上了这里，甚至可以算作一见钟情。这样的开始，已经超出了我们的所求所想。那个沉睡多时的买房梦，刚一醒来，就进入了最亢奋的状态。

先生要比我冷静多了。跟Lynn道别时，他只是表示感谢，光看表情，都看不出他是否看上了这里的房子。回家的路上，我问他的意见。他说房子不错，但还不是出手的时候。房价相对高了些，还有降价的可能。有个朋友住在离这儿一英里多的地方，同样大小的新房子，却低了十万美元。当然这是地铁房，房价定得高一些也还说得过去。最重要的是，房产商现在开卖的房子，在这片小区里不是上乘的房子。开发商先盖前半部分，这部分的房子离地铁过于近了。之后这些房子和地铁站之间又会建商业区，肯定会比较嘈杂。先生认为后半部分的房子动静相宜，既离地铁和商业区不远，又相对安静。美国这里卖房子，不是整片小区的房子一起卖，而是一排排或一栋栋地卖。这一排的大部分房子卖出去了，才会出售下一排的。每排房子何时上市，开发商已排出了大体的时间。先生眼里的最合适的房子，大概要到一年多以后才会开卖。

一听说还要等上一年多，我很是沮丧。正在兴头上，更是没耐心等待了。我脑子里满是中国人买房的想法，遇上好房子，得赶紧去抢，没准儿晚上半步就抢不到了。先生笑说这是在美国，房屋市场不会那么疯狂，我们一定会在这里买上一栋我们喜欢的房子。

我们家的大事都让先生做主，他说还要等一等，我只好让自己的心气儿平顺下来。两年多前，幸亏听了他的意见，没有匆忙出手。今天看过这里的房子，才觉出两年的等待是值得的。毕竟是在买房子，一定要等到十分满意的。

当时是2011年的夏天，我们开始了又一轮的等待，只是这次的等待是有目标的。

同一年的十一月，那对朋友告诉我们，三种户型的样板房都已盖好，我们可以过来看看。

时隔几个月，那个地方多出了几排房子，但大部分还是空地。

大中小三种户型的样板房各具特色，比我们上次看过的草坯房又好出太多。朋友喜欢那套小号的房子，很紧凑，也很精致，像个婀娜的女子，有着无限的风情。但我们觉得面积还是小了些。而且这小号的是上下四层，倒是苗条了，但对于房子来说，最小的面积却被分成了四块，每一层就显得拥挤紧张了一些。中号和大号的都是三层的，每一层都有足够的空间。上次我们看未完成的房子时，觉得中号的也小了些，这次全部东西都出来了，再配上赏心悦目的家具，面积好像一下大出了许多。对于我们这个三口之家，胖瘦正好合适。房子的结构也相当大气。第二层上的厨房，餐厅和客厅是完全打通的，没有任何的阻隔，非常敞阔，没浪费任何的空间。窗户也很多，有一面墙上几乎全是窗户，还都是从上落到下的大窗户，屋子里的光线自然很充足。房子的高度比一般的房子高出了差不多一英尺，气势就更出来了。

这样的布局和细节，在我的心目中已经是完美的了。先生的兴致也很高，好像这中号的已完全出落出来，已没有了初次相见时的青涩。两个朋友也说我们自己住的话，中号的最适宜。大号的更壮一些，但面积上也没大出太多，起价上却多出了差不多十万美元，有些不合算。中号的样板房在色彩上更胜一筹。大号的是蓝色系的，偏冷艳。中号的以米黄色和棕绿色为主，是可以居家过日子的暖色。当时已入冬天，一层层飘出的暖意，让人觉得很温馨舒暖。当然我们自家的房子可以由着自己来定颜色，只是那一刻，走在那个拿捏得恰到好处的房子里，一个家的整体感觉出来了，我们的目光和心思也就被它吸引去了。女儿竟然也是更钟情于这中号的，赖在楼上的一间卧室里，不肯离开。能打动一个孩子的，其实也是那一份惬意和欢愉，并不是房子的结构和大小。

有了这个意向，我们的选择目标更集中了。先生原来圈定了三排房子，一排大号的，两排中号的，他觉得这三排房子的位置最好。现在我们基本划掉了那排大号的。我们看上的那两排房子，差不多要到2012年的冬天才能上市，在这片小区里几乎是最后上市的房子。那对朋友说，等等也好，美国这里的房地产商盖房子，一般把好的留在后面。看过样板房后，我对这片房子的感觉更好了，但这次我没嚷嚷赶紧出手，已经接受了这样的等待。好酒是慢慢酿出来的，需要漫长时间的等待和磨杵成针的耐心。以前是等一份感情，等一个可以让自己安静下来踏踏实实过日子的婚姻。现在是在等一个房子，可以在这个房子里，跟那个终于等来的人，一起建造我们的家园。

这次造访之后，我们很长时间没再去那里。开发商已经建好了网站，随时更新动态和进展。哪排房子开始卖了，哪些房子已经卖了出去，当时的房价，在那上面都一目了然。

进入冬季后，房屋市场也跟着进入淡季。在我看来这么炙手可热的房子，也放慢了成交的脚步，要多花些时间才能被卖出。脚步慢了，房产商就开始往下调房价。房价降了，又降了一些。我时不时地向先生发布下最新动态。他不像我那样天天要上网查看一下，几乎从没到那个网站转悠过。他总是说，既然我们要买的房子一年以后才能开卖，现在去网上溜达也不会有什么结果。

房价又降了呀。我可经不住这样的诱惑，又动起了现在就买的念头。

冬天降价是正常的。先生还是无动于衷，又补充道，一般冬天的房价最低，春天开始往上升，春天和秋天都是卖房子的好时候。

那冬天就是买房子的好时候了。

光看价格，可以这么说。不过我们要买的是期房，得看人家什么时候卖，就不能考虑季节了。先生一棍子又把我那个刚冒出的小念想给打死了。

到了春天，房价果然开始回升，冬天掉下去的那些钱又都回来了，房子成交的速度也明显加快了。这架势又让我抗不住了，跟先生说，我们不能光坐在家里等，得赶紧去现场看看。

先生没反对，说，好几个月没去那儿了，是该去看看进展了。

这次就先生和我两个人，挑了个非周末的日子。

还是Lynn接待的我们。因为没有女儿在旁边捣乱，看房的人比周末也少了些，Lynn和我们可以坐下来，具体估算一套房子的总价。除了底价，要加的东西，譬如先生要的壁炉，我要的阳台和额外的卧室，都要另外加钱。但这些附加部分的要价并不算高。我们请人加个阳台的话，差不多七、八千，这里要五千多。花了两个多小时，Lynn帮我们从头到尾过了一遍，把整套房子的价格算了出来，连附加和更换过的东西，是六十九万多。这个价格比我预计的还低了一点。

先生挑出估算的这个房子，是中国人最喜欢的正南正北的房子，面对一个大花园，还带一个飘窗，视野很开阔。这排房子正好在市场上，总共四个房子，已经卖出去两套，还剩两套。Lynn强调说，这是今天的报价，明天可能就不是这个价了。Lynn还不是在吓唬我们，催促我们买下这个房子。过了两天，这个房子的价格果然又升了一万美元。

先生又问了些其它的问题，甚至问到这房子什么时候交工，是否会影响到女儿转学。看他这正经劲儿，这次像是要动真格的了。是呀，为什么不买下这一套呢？如果先生说行，我肯定举双手双脚赞成。

先生还是没说出那个买字。他站了起来，感谢Lynn的好意和时间。原来他刚才只是稍微犹豫了一下，拐了一个小弯，很快又回到他的正路上。

跟着先生走出售房中心，我的脸拉得很长。

这套房子不是挺好的吗？我嘟哝道。

是不错，但那个位置离地铁太近了，先生说，会有些乱，还是得等后半部分的房子。

等他们开始卖后边的这些房子，这房价不知得长上去多少呢。我说。

我们买房子是给自己住的，而且要在这住上不短的时间，多花几万块钱也值得，一定要等上最合适的。

先生一副神清气爽的样子，我心里的火气却越来越大，开始怀疑他是不是真想换房子。

你到底想不想在这里买房子？我问他。

先生咧嘴一笑，安慰我说，你放心，我们一定会在这买个房子。

先生说着站了下来，指着眼前的那片空地，说，我们可以考虑这个位置的房子。

这片空地在售房中心的另一边，是后半部分的房子了，以前没想过这个地方。

你看这里离地铁和商业区相对远了些，前面还有个小花园。先生越发认真起来。

这里有什么好的，还不如刚才那个正南正北的房子呢，前面还是个大花园，我反驳道，你既然要等，就等你看上的最后两排房子吧。

先生没吭声，眼神和心思还在眼前的那片空地上。

2

春去秋来，九月底的时候，我在网上看到先生惦记过的那两排房子中的第一排上市了。

售房中心后面的那排房子开始卖了。我随口告诉先生，并没有很当回事儿。

那我们应该去看看。先生的反应还挺积极，但也不是那么急迫。

碰巧第二天我女儿上的小学停一天课，我那天不用去学校上班，先生也可以休息一天。先生说，要不今天就去那里。

我没反对，反正得找个地方陪女儿打发时间。

我们驱车来到售房处。赶上不堵车，半个多小时就到了。Lynn一周休息两天，赶巧那天她上班，又没别的客户。先生说，我们都来了，就请Lynn帮我们估算其中的一套房子吧。

这一排共有六套房子。先生挑了中间正对花园的那套。Lynn开始帮我们估算，整个过程跟上次一样。房子当时的起价是六十三万五，比上次高出了一、两万，添加或更换的费用也往上调了些。我们在做选择时就相对保守了一些，以控制总价格不要涨出来很多。

那天女儿出奇的安静，她带了个绘画本，一直静静地坐在那里画画，自娱自乐。没受干扰的我们也就一口气算出了整套房子的价格。还是六十九万多，跟上次算的那套房子差不多，但里面的内容少了些。最后我们又看了下房子的外形和颜色。因为很多房子已经落成，除了看图片，我们可以透过窗户看一下旁边那排盖好的房子，看到一个很确切的形象。每一排房子的颜色早已搭配好，我们刚刚算过的房子是浅黄色的，而我一直想要个红砖青瓦的房子。

那你们可以换到这一个，Lynn指着那个隔了一个门的房子说，这个房子在内部结构上跟刚算过的房子完全一样，只是外墙是红色的。

这栋房子不是正对花园的中心，稍微偏了点，但我们都觉得还好。我说，那就换到这一栋吧。

这排房子刚刚上市，我们是第一家来挑的，可以由着我们挑来挪去。

Lynn说，那个正对花园的房子加了两万，这个只要加一万五。

没想到这一动，还帮我们省了五千块钱。

先生接着问了些实质性的问题：定金要交多少？多长时间内可以反悔？从签合同到过户有哪些步骤？等等。

女儿把那个画本快涂抹完了，我们该算的也算完了，想问的问题也都有了答案。先生在等了一年多以后，终于向Lynn松了口。他说，我们会好好考虑一下，尽快给你答复。

这次我却没那么积极。在这一年多的等待中，我从未真正考虑过这个位置的房子。既然我们已经等了这么长的时间，不如坚持到底，等到最后的那两排房子。

从Lynn那儿出来，女儿又欢天喜地地去样板房里折腾了一番。那天的天气很好，秋意正浓，天高气清，女儿意犹未尽，出了样板房，又想在那片空地上接着玩耍。先生和我跟在她后面，有意无意地考察了一番。这一转悠，还真觉出这排房子或许是最理想的。最后两排房子是不错，但它们离旁边那条车水马龙的公路太近。以前光想着避开地铁了，没想到这两排房子有可能更不清静。而且，买最后上市的房子要承受更多的风险。前面的房子都卖完了，如果没买上最后面的房子，那真是空欢喜白等待了。

这样看来，我们还真可以考虑下这个房子。

第二天我去上班，在开车送我去地铁站的路上，先生问我，你喜欢那个房子吗？

喜欢呀。我含糊地回应了一下。

那我们就买下它了。先生淡淡地接了一句。

我没把这话太当真。那天是星期四，我们要去上班，不可能去Lynn那儿。

反正这两天我们也去不了，要不再多考虑一下。我说。

先生却说，既然决定了，就不用再考虑了。

我还是没太当真，这买房子总得专门跑一趟吧。

下班前，跟一个同事聊天，聊到我们买房子的事情。那个同事对房地产颇有偏好，也算是半个专家了。听说我们现在想买房，马上说，现在可不是买房的好时候，这都快到十月了，转眼就是淡季，冬天以后，房价肯定会降。还有呢，明年一月联邦政府的不少部门要裁人，丢了工作的人肯定买不起房，要去华盛顿以外找工作的人，有房子的也得卖，这房价更得降了。

我听得一愣一愣的。先不管这后面一条是不是真的，冬天降价是常规，上个冬天我可是亲眼看着这房价一降再降的。如果这政府部门再用裁人来跟着凑热闹，这房价还不知得降多少呢。况且，那个房子是临时冒出来的，并不是我们当初看上的。不如等一等，等上最理想的房子，加上最便宜的价格，这才是最美的结果呀。

我揣上专家的忠告，准备回家传达给先生，让他也多一些耐心，先别匆忙做决定。没想到一进家门，先生笑嘻嘻地迎上来，喜滋滋地告诉我：我已经把你喜欢的房子买下了。

你买了那个房子？我一头雾水，你今天去Lynn那儿了？

没有，先生说，我给她打了个电话，告诉她我们决定买那个房子，请他们不要再给别人了。这个星期六我们去交定金，签合同。

你怎么动作这么快？也没跟我商量一下。我有些恼火。

我早上不是问过你的意见吗？先生莫名其妙地看着莫名其妙的我。

我以为你只是说说呢。你开着车，有一搭没一搭的，哪像在做一个这么重大的决定？我嘴上埋怨道，心里还嘀咕着，买房子这么大的事儿，怎么一下变得这么简单了？简单得有些不靠谱。

你不是一直想在那买房子吗？先生挺委屈。

我是想在那里买，但不一定是这个房子。我紧接着又追问了一句，我们还可以反悔吗？

为什么要反悔呢？先生瞪大了眼睛。

我赶紧把今天听来的专家意见传达给先生，分析了一番当前房屋市场的大环境和小环境，得出的结论是：我们还得等一等。

先生一时没反应过来。一直嚷嚷着不能再等下去的我，怎么会来这么个一百八十度的大转弯？但他只被我唬住了二十秒，很快就绝地反击，很坚决地说：我们既然看上了这个房子，就不用去管它以后是什么价钱，管它是升还是降，跟我们都没关系了。

先生的语气很坚定。他是天秤座的，可从不摇摆不定，特别是在大事上，一旦做出决定，绝对是一往无前，坚定不移。

他的坚定反倒让我动摇起来，万一等下去，又没等来个好结果，那我不得后悔死了。

看我不吭声了，先生拍拍我，安慰道：不就是买个房子嘛，决定已经做了，就可以轻松一下了，不用想太多。你就把这事交给我吧，我会让你满意的。

先生大包大揽，我也不敢把这么大的责任给抢回来，自己扛还不如让他扛。

吃过晚饭，女儿上床睡觉后，我溜到网上，把这房子的方方面面又过了一遍，尽可能多找些理由，证明先生做出了一个伟大正确的决定。转来转去，转到了街名上。这才想起昨天光问了门牌号，没注意这条街的名字。这一看如挨了一闷棍，这条街原来叫滑铁卢。怎么这么点儿背，一不小心掉进了这么个打败仗的地方。

我立马冲下楼去，逮着先生，气喘吁吁地告诉他，我们千挑万选的房子，竟然叫滑铁卢。

那又怎么样呢？先生很茫然地看着我。

那可是个打败仗的地方呀。我瞪着先生，心想他的历史知识不至于这么匮乏吧。

有打败仗的一方，就有打胜仗的一方。我们又不是法国人，我们还打了个大胜仗呢。先生还挺得意。

我一想，先生的老祖宗是德国人，这德国人在滑铁卢还真打了个胜仗。中国人没跟着掺合，至少没在那打败仗吧。

可是你知道吗，我们中国人说到滑铁卢，还有另外一个意思，这滑铁卢就是失败的代名词，说你遇上了滑铁卢，就是说你这事没做成，失败了。

没有失败哪有成功呀？再说了，这世界上叫滑铁卢的地方多了去了。加拿大有个滑铁卢大学，那可是个好大学，办得就很成功，多少人想进还进不去呢。

先生说的也没错，可我心里还是觉得有些晦气。先生可不会把这当回事儿，星期六一大早，他写好预付定金的支票，带上我和女儿，直奔售房处而去。

见到Lynn，我还是不甘心，跟她打听这街名是怎么定的，会不会我们的房子并不在滑铁卢上。我又仔细研究了他们的规划图，这房子前后可是不同的街名，为什么我们要买的房子要沾上滑铁卢，是不是也可以用另外一个名字。

Lynn这次给我的答复还是肯定的，但却是我不想听到的。这房子的街名百分之一百地叫滑铁卢。

为什么要叫滑铁卢呢？我可不喜欢这个名字。我很沮丧。

Lynn笑了，她说她知道中国人都很在乎门牌号，我还是她遇上的第一个连街名也在乎的中国人。

先生没说什么，却把写好的支票交给了Lynn。

Lynn还是问了我一句，那你还想买这个房子吗？

我也没有更好的主意，只好不情不愿地说，那就买吧。

Lynn又笑了一下，开始跟我们签合同。

我原来以为这合同还不就几页纸，最后签一个大名就算完了。没想到Lynn摆在我们面前的是厚厚的一摞纸，没有一百页，起码也有好几十页。事无巨细，面面俱到，有些是我能想到的，大部分是我想都不会去想的。但开发商不会留下任何的漏洞和模棱两可的地方，在开始时双方就要做出明确的承诺，以保证在整个过程中不出纠纷，也保证房子能顺利地建成。

Lynn没有把这一摞纸直接丢给我们，而是一页页地跟我们过了一遍，遇到重要的地方，她会着重解读一下，问我们有没有问题。先生和我基本上没叫停过，一路绿灯。人家整出这么个合同，肯定是被无数专家论证过，又在具体操作中千锤百炼过，已经相当的成熟。先生和我在这种事情上都是懒人，懒得多想多问，浪费口舌和时间，充分地信任人家，也相信人家是值得信任的。

每过一个环节，如果我们没有疑义，就在后面签上我们的名字。因为环节繁多，我们也就没少签名，快赶上名人要签的名了。整个合同签下来，我们十分配合，用最快的速度，还是花了将近三个小时。

女儿早就等得不耐烦了，我得一边陪她玩，一边签名，所以到了后半部分，我已无暇顾及签字的缘由，反正先生签了我就跟着签上。全部合同都签完后，我长长地舒了口气。有些精疲力尽，已经顾不上为买下一个房子欢喜雀跃了。那一刻最高兴的是，这名总算签完了，可以赶紧出去找吃的了。

我们这合同一签，网上再点到这个房子，显示房子已经售出。

但这远不是最终的结果。我们签定的还只是一个建房合同，能不能最终拥有这个房子，还要看我们能否付出首付，办下贷款，并且能按月偿还贷款。有些人会因为丢了工作，或出了其它的意外，财务上或其它方面出了问题，前功尽弃，房子建好后，却无法过户。

所以是否开始建这个房子，开发商也是相当的慎重，要先评估买家的实力，基本保证买家能负担起这个房子时，才开始动工。如果买家过不了这一关，双方可以中止建房合同，买家也不需要赔款，只是签合同时给的定金很难要回来了。但这个定金并不是很高，我们付的是一万美元。付多少钱取决于房子和一些附加成份的价格。对于一个七十万左右的房子来说，交一万美元的定金，合情合理，买家也没有承担太大的风险。

紧接着的一步，是选定房子里所有的物件配备。我们在估算价格和签建房合同时已经做了选择，但我们还有更改的机会。合同签过后大约两个星期，Lynn专门定下一天，带我和先生去材料间挑选。上次我们只是看的图片，这里却有几乎所有的实物样品，可以亲眼亲手做鉴定比较，这样挑出来的东西，也就更合我们的心意。

每样东西都过了一遍后，我们做了些修改。原来选用的是开发商定下的无需再加钱的橱柜，但一看实物，颜色不如照片上看到的好看，用手一摸，质地也一般，略显单薄。我们就换成了我们中意的枫木橱柜，看着很大气，颜色也适中，跟我们挑的大理石台面很搭调。在这一项上我们又多加了几千块钱。但大部分开发商定下的最低标准的材料已经很不错了，我们无需升级，只要在几种颜色和图案中选出自己喜欢的。整个房子，特别是每一层的色调要一致。先生和我的眼光很接近，我喜欢的他也喜欢，他看上的我也没觉得不好。Lynn时不时地给我们一些建议，她的意见跟我们的也并不相左，三个人的喜好几乎是一样的，难得在口味上这么相似。有些东西是听了Lynn的建议做的升级，但先生和我也是相当认可的。后来搬进新家，请朋友来，那些选择没少获得赞赏。

所有的东西都选定后，Lynn让我们都拍下照片，房子盖好后，可以一一验明正身。我们也签了字，确定这些更改。多花出来一、两万块钱，因为不包括在前面所签的合同里，要尽快写个支票交上这些附加的钱。这次更改只涉及室内的装修和配件，一些构造上的东西，如阳台，壁炉，第四间卧室等，都要按建房合同里的协议执行，不能再做修改。

同时进行的，是对先生和我的购房能力的评估，主要是查我们的财务状况。这件事一般由买家选定的银行或为银行服务的贷款公司来做。通过后，他们会向开发商提交保证书。一些大的房产商同时可做贷款。在签建房合同时，售房人员对买家已经有了相当的了解，碰到财务和其它方面没问题的，他们会开出优惠条件，想办法让这些客户选择他们来做贷款，肥水不流外人田。我们本来已考虑过一家贷款公司，Lynn也向我们伸出了橄榄枝。我们一比较，最后决定请开发商来做贷款。房子过户时要交一万八千美元的过户费，如果用他们的贷款，他们可以给我们免去一万元，我们只需交八千。而且，建房子的和贷款的是同一家，更易于协调，心也齐，对买家来说肯定是最佳的选择。

即使是同一家，评估还是免不了的。签建房合同时，我们手上有多少钱，每年大约能挣多少钱，都是我们自己说的，是不是真的，有没有漏洞，还要拿出真凭实据。

我们很是忙活了一番。先生和我的工资证明，银行的存款证明，前几年报的税表等，都要一一准备好。给我们办贷款的部门还要查我们的信用分数。在美国每个人都有一个信用记录，叫FICO，满分是850分。这信用是日积月累积攒下来的，任何不良行为都会损害一个人的诚信。一个在诚信上出过问题的人，找工作、买房贷款等都会有或大或小的麻烦。财务信用在这个分数中占很大的比重，少交了一笔钱，或者欠了信用卡公司的钱，会让自己的信用分数降下来不少。信用好的人才能拿到最好的贷款。中国人在这方面的问题不大，一查我的分数，几乎是满分。先生的分数比我的低些，但也接近八百分，在美国人中间算是很高的了。不少美国人刷信用卡时刷得挺来劲，每月付钱的时候却手下留情，没有全部付上，欠信用卡公司的钱越来越多，信用分数跟着越降越低。先生在这点上很明白，从不欠钱，但他偶尔马大哈，有些要付的钱，他没注意付款日期，迟付了几天。我猜想这会影响到他的分数。

先生和我顺利地通过了评估。保证信一出，建造我们的房子也就正式进入议事日程。幸运的是，我们那排房子卖得挺快，在我们之后，很快又卖出去四套，整排房子可以同时动工，没有拖延建房时间。

房子开建后，开发商会让买家回来三次，实地考察。前两次是在封顶和封外墙之前，买家可以审核明确建筑的内部构造，要加的东西是否加上，电源都在哪儿，线路是怎么走的，哪些地方可以加工改造，哪些墙上不能钉加东西，等等。第三次见面是在交房前一个星期左右，已基本完工，买家要进来检查一下。如果有问题，开发商必须在交房前一一解决。

这三次实地看房是签在建房合约里的，在整个过程中，买家随时都可以回来看看。有些人想看着自己的房子是如何一点点地建起来的；还有些人是不放心，要把每一步都记录下来，以防万一出情况，能有实证。先生和我都是不操心的人，住得又不是那么近，还有很多其它的事情，反正房子已经开始建了，也就懒得管太多了。我们一、两个月才过来一趟，有时还是因为有别的安排，顺路过来转上一圈。

进入2013年后，我们的房子迅速出落出来。先是有了地基，又很快有了整体的模样，平地立了起来。我们不是常来看它，每次看到它，都会有一个很大的变化。

我们要开始考虑过户的事情了。最开始跟我们说的是三月份过户，后来又推到了四月。眼见工期已过半，他们应该可以给我们一个相对准确的过户日期了。

那天来看房，也去了趟售房中心。Lynn那天没上班，是个年轻的男士接待的我们。我报了我们的房号，问他大约什么时候过户。他说，应该是四月十一号。他怕有误，让我们稍等一下，又进去查了进度表，回来后很明确地告诉我们：没错，如果不出意外，你们那个房子会在四月十一号过户。

真的吗？那天可是我的生日呀。我脱口而出，惊喜万分。

太棒了，那我们不能出意外，得保证这个房子在那天过户，这可是个最好的生日礼物。那个小伙子跟我一样兴奋。

先生也来凑热闹，说，那我今年就不用费劲去想给你买什么生日礼物了。

因为签定合同和动工的日期不同，这个小区里，二百多个房子，过户日期基本不一样，就是同一排房子的过户日期也不同，大概只有这个房子，可以在我生日那天正式过户。

我们不早不晚，正好买上了这个房子。

后来我去中国大使馆参加活动，收到一个带中国农历的台历，顺手翻了一下，想知道我的农历生日会在哪一天。看到那个日子，我惊了一下，怎么会这么巧？在这一年里，我的阳历生日和阴历生日是同一天。这可勾起了我的好奇心，我又找到本万年历，想查查从出生到现在，有过几次这样的重合。这一年年地翻下去，竟然翻到我出生的那一年，才遇上这样的重叠。其间有过只差一天的时候，但还是擦肩而过。这就是说，从出生到现在，几十年里，这是我的阳历生日和阴历生日的首次重逢。

而我会在这一天，拥有这个房子。

激动之余，我没忘了表扬下先生。在买房的过程中，他没被我放出的那些幺蛾子给挡住，也没被滑铁卢吓住，坚持买下了这个房子，要不我怎么能遇上这个跟自己这么同气连枝的房子呢？

这样的软玉温香顾盼神飞，已经没有了真实性，可它确确实实是这样的。我更愿意相信，这也是天作之合，这个房子是上天专门为我预备的。这么可遇不可求的巧合，只能是上帝的成全。

3

我对这个房子有了很亲密的感情，特别地盼望，能在这个特别的日子里，拥有这个房子。

为了保证房子在四月十一日正式过户，我们做好了各种准备。

我们顺利地卖掉了原来的房子，加上银行里的存款，手上有了充足的可调动的资金。我倾向于首付尽可能地多付，先生却认为我们只要付正好的钱，能拿到最好的贷款利率就行，一分钱他也不愿多付。在贷款年限上我们也有分歧。我想办十五年的，十五年的利率当时已低到百分之二点五。先生却想贷三十年的。我说这三十年太长了，我都不知道我还能不能活这么久。要是我死的时候还欠着债，我走得多不踏实呀。先生可不耽心这个，他说现在的利率这么低，要尽可能多借钱，还钱的时间要尽可能拉长，要最充分地利用有利资源。我心里还是觉得有些别扭，对待钱的态度上，这中国人和美国人还是有不少差异的。但我在钱上向来稀里糊涂，这又是在美国，没准儿先生的路子是对的，不如跟着他入乡随俗吧。

我们的房子还没建完，房价却长上去四、五万美元。这年冬天的房市没按常规出牌，没降反升。房价是有些反复，但从没低于过我们买下时的价格，最高时多出了五万。好在我们已经签了合同，没有受到影响。这又要归功于先生当时的果断了，要是由着我犹豫几下，不仅碰不上那个千载难遇的过户日期，还得多付出一笔冤枉钱。

房子过户前一个月，要做的头等大事是贷下款来。我们没再改变主意，还是让同一家开发商为我们提供贷款。我们调整了首付的数额，但大部分内容没有变化，在准备正式的贷款材料时，很多东西都是现成的，双方都少费了不少的周折。

我们刚签建房合同时，房子还没影儿，终点还太模糊，我们只好耐心等待。可是越接近终点，越少了耐心，有些急不可耐了，来看房子的频率也跟着高了上去。只是每次来，只能在外面眼巴巴地望上几眼，不能去亲近它。合同里规定了，建房期间是不能随便进去瞎转悠的。我们在那上面签了字，只能老老实实地执行。

有一次我们又约了那对朋友，一起来看房。朋友到了后，看到房门是开着的，就招呼道，进去看看。我看这房子已基本完工，不该需要什么防护了，当时又没有建筑工人在工作，为什么不进去看看呢？是一个好机会，可以跟我们的房子来一个亲密接触。先生在稍远的地方正陪女儿玩，我没叫他们，跟那对朋友一起进了房子。

女儿向来眼尖，看见我们进了房子，马上追了过来，也要进来。跑到门口了，被先生追上，把她拽到马路的另一边。他一边看着女儿，一边朝我们喊话：你们快点出来，他们不让人进去，你们得赶紧出来……

我们仨开始时没搭理他，他叫了好几遍，把我们叫毛了，我们跟做贼似的，只好溜了出来。

我们跟那对朋友一起在附近吃了午饭，道别后，先生满脸好奇地看着我，一股脑地问了我好几个跟房子有关的问题：壁炉装上没有？橱柜好不好看？天花板上的灯怎样……

我想了想，说，好像没看见柜子，壁炉？灯？我也没注意。

你不是进去看了吗？先生有些不甘心。

你在外面大呼小叫的，害得我白进去一趟。光听你喊了，我都没顾上看房子。我们刚爬上二楼，就被你叫了出来，三楼都没去。先生自投罗网，我自然要教训他一下。

先生有些失望，只好说，反正很快就要交房了，那时候再看也不迟。

我看你也有些等不及了，我半真半假地说，要不咱现在掉转车头，一起进去看看？

那可不行，房子没过户前，不能随便进去，我们可是签了字的，得说到做到。先生一本正经地说。

我扑哧笑了，告诉先生，这规矩就是管你们这些死脑筋的美国人的，刚才朋友说了，他们不想让我们进去的一个原因，是怕我们发现问题，找他们的麻烦。

那你发现了什么问题？先生笑道。

我看见一块玻璃是碎的。我进去没几分钟，又不懂房子，你要是进去多转几圈，肯定还会发现很多问题。

放心吧，他们把房子交给我们之前，会把一切处理好的。而且房子有保修，再有问题，他们会来修的。

先生不以为然。从小到大，很少被骗过，他可以把任何人任何事都想得很简单。

接近过户日期时，开发商发来邮件，跟我们确定过户的时间。日子没有更改，还是四月十一号，具体时间是下午一点。

我那天要上班，要教的第一节课中午十二点四十五分开始。同事提出代我上课，我很感激她的好意，可还是希望尽可能自己去上，于是就给开发商写信，提出把时间提前一些。

负责这件事的一位女士回了信，说是那天上午另有安排，他们可以帮我们推迟一、两天。

本来推迟一下也没什么，可甭说推一天，晚一分钟就不是我的生日了。先生赶紧郑重其事地给那位女士又发了封信，情真意切地陈述了我们想在四月十一日上午过户的理由。他说那天是太太的生日，他热切地希望房子能在那天过户，这样他可以把房子作为生日礼物送给太太。不巧的是那天中午和下午太太都要上课，所以不光要十一号，还要在十一号的上午时间。

当时已是晚上八点多，我们已经不期望当天能有回信了。人家能不能满足我们的愿望，也是一个未知数。但直觉告诉我，美国人一般会认真对待这种理由的，也会尽力成全。

不出所料，那位女士回信时告诉我们，他们已做了调整，安排我们在四月十一号的上午十点去签过户合同，并预祝我生日快乐。这封信当晚就发了回来，好像很能理解我们的心情。

过户前一个星期的时候，开发商为我们安排了在房子里的第三次见面会，也是一次房检。

我们那排房子的监工叫马克，前两次的建房会议我都没来，还是第一次见到马克。他长得高大健硕，行动起来却很灵活。他上上下下跑前跑后，遇到低处的问题，他会俯下身去，甚至躺下或趴到地上做检查，感觉比我们还上心。他还很风趣，一边工作一边开着各种玩笑。

大多是些小问题。有的墙面上有些小的刮蹭，有的门窗太紧，需要松一松。遇上有瑕疵的地方，马克会贴上个醒目的小蓝条，提醒工人这里需要修补。那块玻璃还是破的，马克保证很快会换上块新的。最大的问题是上水管道没疏通好，房子里还没水。

这倒真是个问题，我又耽心起来，问马克该怎么办。

没问题，我是说，这个问题会解决的。大大咧咧的马克很轻松地说。

只剩一个星期了，修不好的话，会不会推迟过户？那天可是我的生日，我特别希望能在十一号过户。我还是不放心，又抛出了这个理由，这也确实是我不想延期的原因。

这个理由在马克这里也很管用，他马上信誓旦旦地说：你放心，我会给你盯好的，一定让你在生日那天拿到房子钥匙。

马克又问我们：你们什么时候签过户合同？

上午十点。先生说。

马克许诺道：我早上七点就可以过来，保证不耽误你们签合同。

我这才想起我们还得过来验收，看看今天发现的问题是不是都解决了。验收合格后，才能去签合同。可七点似乎太早了，让马克这么早来上班有些过意不去，而我们要从马里兰赶过来，这得几点就起床呀。

不用这么早吧？八点是不是也来得及？我问。

那我七点就过来，你们可以晚些，八点也行。又高又壮的马克心却很细，很是善解人意。

四月十号那天，我们收到有关部门和有关人员的电子邮件或电话，确定四月十一号正式过户。

随着年岁的增长，我越来越不在乎过生日了，过或不过都无所谓。可这一年我比任何一年都盼着过生日，并且，盼着能在这个特殊的日子收到这份特别的礼物。

我本来打算那天不让女儿去上学了，这样我们可以一起过来。等她上学后再往这边赶，已经太晚了。

先生却有另外的主意。他总是很淡定，可以把重大的事情当成平常的事情来对待。每一天都是特别的，每一天也都是平常的。先生说，我们可以兵分两路，他一大早自己赶过去，跟马克会和，验收房子，反正验收时不一定要两个人都到场。我把女儿送上校车后，再坐地铁过来。他验收完房子，去地铁站接上我，我们可以一起去签过户合同。

我一听，这个安排也许是最合理的了。没耽误女儿上学，把她带过来也是个麻烦事，一个五岁多的孩子多半会来添乱。我也顾不上操心房检了，就相信马克和先生吧。大不了房子还有些问题，反正开发商会派人来修的，只要让我在四月十一号成为房主就行。

四月十一号一大早先生就出门了。我八点多的时候把女儿送上校车，赶紧去赶公共汽车，再转地铁。正是高峰期，坐地铁是最快捷的办法。快到的时候，我给先生打手机，正好他那边也完事了。一出地铁站，看见先生的车已经在那里等我。上了他的车，我们直奔签合同的办公楼而去。这时候是九点四十分，好在那个地方离地铁站不远。我们走进那间办公室时，还有几分钟可以喘口气的时间。这些地方一般会有免费的咖啡机和一些小点心，我还可以很悠然地为自己冲了杯咖啡，边喝咖啡边等办公人员出场。

十点一过，一个娴静的五十多岁的女士出现在我们的面前。一身职业装，却并不刻板严肃，脸上始终挂着亲切随和的微笑。她坐在那个大桌子的另一边，把已经准备好的一叠文档摆放在我们的面前。文字是顺向我们的，便于我们阅读。还是有一叠纸，但比上次签的那个合同薄了许多。里面多是些数字，房子的底价和总价，首付的数额，过户的费用，每月要还的贷款，房产税等，都很详细地罗列在里面。我们核对以后，就签上我们的名字。这一叠纸很快就到了最后一张，要签最后一个名字前，我请那位女士帮先生和我拍下签字的照片。这个字签过之后，我们就是那栋房子正式的主人了。先生还有些不好意思，那位女士笑着说，没关系，很多买家都请她拍这张照片，特别是女主人。

整个过程也就四十多分钟。大功告成后，我看了下手表，还不到十一点钟。美国东部的时间比北京时间晚了十二个小时，可就是在我的出生地，这个时候也还是四月十一号。

我提议去看看我们的新家。这才想起问先生，房子里有水了吗？先生说问题都解决了，窗玻璃也换上了新的。

对了，马克祝你生日快乐。先生又加了一句。

车停到了那排房子前。我走出来，站在门口，又让先生给我照了两张照片。房子跟上次见的没什么两样，但对于我们，这里不仅仅是个房子，已经是我们的家了。

我没进去看，怕耽误了上课。以后还有大把的时间，可以在这里安静地度过。

我又坐上了地铁，赶去上班。并没有按耐不住的激动和兴奋，在这个喜庆的日子里，只是静静地坐在那儿，眺望着窗外的景色，看明媚的春光，在树梢和街角流转。

还是觉出了些许的不同。以后去上班，或者带女儿进城，近了许多，也方便了许多。也知道我们将属于这里，在这些此时还陌生的街区，找到新的乐趣和欢喜。淡淡的喜悦，有如水中的涟漪，一层层地漾开。但一直没起波澜，依旧风轻云淡，时光在静静地流淌，原来还是一个平常的日子，正在简单安静地走过。也许这才是让我欣喜的地方，本该忙乱的一天，可以这样风平浪静地度过。还可以有这样的心情，悠闲地欣赏窗外的街景。

4

房子一过户，就要准备搬家了。

其实准备早就开始了。零散的东西已打好包，哪些东西要带进新家，已经一目了然。也买好了一些新的家具。二月总统节时，遇上我喜欢的那家家具店打折。本来只想去转转，没想到那天很有感觉，几十分钟里，就看上了好几件让我欲罢不能的家具，价格也很诱人。只是当时新房子还没盖好，这时候买下这么一堆家具，不知往哪儿搁。我试着去服务台问了一下，看他们有没有办法。这才知道他们有项服务，可以免费为顾客保存买好的家具三个月。顾客可以挑选送货上门的时间，只要不出三个月就不用交钱。我一算时间，三个月内我们的新房子应该过户了，这些家具可以直接送进我们的新家。因为我们要买的家具超出了他们要求的钱数，运费也免掉了。一件我原以为很麻烦的事情，就这样轻而易举地得到一个很圆满的结果。

房子本身的东西已经一应俱全，还是按照我们的心愿配备的，我们无需考虑装修和改造。但有两样东西我还是想在搬家前做好，就是刷墙和装上窗帘。先生对这两样东西都无所谓，可以全是大白墙和百叶窗。可我很在乎房子里的色彩，对于自己在乎的东西，自然兴致很高，不遗余力。

建筑开发商并不鼓励买家为新房子重新刷漆。新房子会有一个磨合期，有的墙面会出现裂痕或钉子外露等情况，需要修复，修复后就得重新刷漆。如果整个房子用一种颜色的油漆，修补起来会相对容易。这大概也是开发商在墙面的颜色上不为客户提供选择的原因，全都是米白色。如果我们刷成了其它的颜色，即使是在保修期内，墙面出了问题，他们只管修，不管刷漆。所以有些买家会等房子过了磨合期和保修期后再刷上不同颜色的油漆。但那时候人已经住在了里面，也是一大麻烦事。要挪家具，把墙上的画全摘下来，还要被油漆味薰上好几天。我想这房子也不至于出那么多的情况吧，宁愿在搬进来之前换上我们喜欢的颜色，也不愿意以后大动干戈。

最开始的时候我还想过亲自动手。我们没本事搭出个房子，在房子里涂抹油漆的本事还是有的。自己的家，总该亲手为它做点什么。像 Home Depot 这样的商店为业余油漆工准备了一切有可能用到的物件。从脚手架、大大小小的油漆滚筒和刷子，到保护用的塑料薄膜、胶带等，应有尽有。上面都有使用说明，不用请教任何人，就可以刷出漂亮的房子。但最终还是改了主意，不是怕干不好，实在是没时间。我们十一号拿到钥匙，二十号就要搬进来，千头万绪，我们两个还要上班，不可能腾出时间去刷漆了。

我知难而退，开始物色合适的油漆公司。帮我们卖房子的经纪人给我们推荐了一个俄罗斯人开的公司。她说她亲眼鉴定过他们的工作成果，精细漂亮，几乎没有任何的瑕疵。我让先生跟他们联系。先生跟他们通电话时直皱眉头，挂上电话后告诉我，那人的英语实在难懂。先生都听不懂的英语，我这耳朵就更不灵光了。既然交流都有问题，最好还是另请高明。我转向表嫂推荐的那一家，老板姓孙，都是中国人，起码在语言交流上没问题。据说他们干起活来很认真，出来的东西不是十全十美，但请过他们的人都很满意。要价也不高，算是价廉物美。

我赶紧给孙先生打了电话。他正在施工现场，我把情况简单地说了一下。他过了不一会儿给我回了个电话，报了价钱，果然是不错的价位。我又跟他交流了一下想法，他很配合，也能听出他是一个懂行的人。我当时就拍了板，跟他定下了具体的时间。他说一共需要三天，我们星期四拿到钥匙，他们星期五开始工作，星期天完成。也许只有中国同胞能这么通融，把两天周末都能搭上，在时间上很将就我们。

油漆要我们自己准备。选什么样的油漆，什么颜色的油漆，要客户来定。有几家商店的油漆可以选择。我们就去了离我们最近的 Home Depot，离新家不远的地方也有这家店，便于我们去配油漆。到了那儿，先生很放心地对我说，你来挑颜色吧，你喜欢什么就挑什么。说完他就带着女儿去别处转悠了。

我一看各种颜色的小样，至少几百种，让人眼花缭乱，怪不得先生逃之夭夭了。进门的时候我并不是很确定想要什么，本想摸着石头过河，没想到这石头太多了。我站在这一堆比天上的星星还多的石头中间，还算镇静。放眼望去，我知道得先定下一个路线。东西南北，起码得先确定下方向，再开始朝着那个方向过河。

这么多的颜色，其实也就是两大类：冷色和暖色，也有一部分是中性的。我很肯定地知道，我们该选暖色的，也可以加进一些不冷不暖的色调。我们的房子里，地板、橱柜、台面、墙上的瓷砖和大部分的家具，以棕黄色和棕褐色为主，温馨淡雅的粉色、桃色、玫瑰色、粉紫、橘黄等，不仅跟这些摆设配件很搭调，也很容易营造出恬静的氛围。我们的孩子又是一个女孩，不是男孩，房子里也就可以绰约温婉一些。

定下了这个调子，我就把这些颜色的小样放进了一个大纸袋。还挑了些棕色、黄绿色、米黄色、褐色、沙滩黄、淡栗色之类的颜色。大多是些小纸片，纸袋里可以揣进一、二百个，准备回家再做进一步的挑选。

把那些小样带回家后，我先沉淀了一下，没急着做决定。两天后，我找出一个整块的时间，静下心来，把敛回来的小样粗略地过了一遍。有些颜色极为接近，细看还是略有不同。我惊异于十多种基本的颜色，可以这样变幻无穷，调配出这么绚丽多彩的世界。每一种颜色都有一个可爱生动的名字，像是有了生命。这些美丽的色彩和名字在我的面前动了起来，带给我一种很灵动的感觉。我就跟着这感觉，在两百左右的小样中，挑出了二、三十种颜色。

多是春天和秋天的色调，这是我在挑选的过程中刚刚冒出的灵感。房子是在秋天买下的，签合同的那天，非常接近先生的生日，秋天也是先生最喜欢的季节。房子要在春天我过生日时过户，春天是我最喜欢的季节。春天的清新灿烂和秋天的沉实明艳，可以在我们的房子里相映生辉，又融为一体。

粗选出一些颜色后，趁着去房检，我们把这些小卡片带进新房子，现场调试。室内装配的颜色和光线的强弱，都会影响到颜色的选择。我们还跑进旁边的样板房，看看人家是如何搭配颜色的，现买现卖，活学活用。

我们最后选中了九种颜色。四间卧室和四个卫生间，分别用了不同的颜色，再加上一个主色调。楼道和几个厅堂用的都是主色调，这是从样板房那里学来的。因为这种颜色要串连起整个房子的脉络风格，我在做决定时，非常慎重。我挑出了几种颜色，有粉色系的，也有桃色系的，比在新房子的几面墙上，权衡再三。让先生帮着拿主意，他觉得那个桃黄色最好，粉色中加了黄色，更中性一些。深浅略有不同的三种颜色中，又挑了中间的。深的略微重了一些，浅的过于淡了，不深不浅的恰到好处。这一款颜色叫"浪漫的早晨"，我很中意这个名字。早晨是新的一天的开始，饱含着新的希望。既然是浪漫的，一定也是温馨和甜蜜的。

主色调定下后，其它几种颜色也跟着明确下来。女儿的卧室还是用了粉色，这是她自己挑的颜色，还是亮粉，比其它颜色更明亮。本来桃色中也夹杂了粉色，这种叫"甜甜的蜜糖"的粉红色，并不突兀，又别具一格。隔壁那个房间，我就定下了粉紫色。紫色是我们一家人的最爱，粉紫既有紫色的底蕴，又跟毗邻的粉红搭调。名字也很好，叫"生日蜡烛"。房子是在我的生日过户，选这一款颜色，是悄悄留下的欢喜。跟这两个房间配套的那个洗手间，我很大胆地挑了鲜艳的紫红色，叫"春日盛开的鲜花"。在没有窗户的卫生间里，着色可以更深更靓丽一些，这样才能出来效果。

房子的这一边春光明媚，另一边就是"秋日絮语"了，这是主卧室的色调。比起春日的俏丽，这一款颜色深邃厚重了一些，也带了些恍惚慵懒的暖意。秋天黄澄澄的艳阳下，是一片黄澄澄的谷粒，静静地流淌涌动着收获的喜悦。

四月十一号拿到钥匙后，我去上班，先生去了 Home Depot，配好了九种油漆。第二天上午，孙先生带着刷漆的人赶了过来。是两对中年夫妻，都是江浙人，慈眉善目，温文尔雅。刷漆毕竟算是粗活，他们好像过于儒雅了，还有两位女士，我有些疑虑，特别是高难处的地方，他们是否能刷好。他们倒没露出任何难色，我就不去多想了。跟他们讲好我们的想法，哪儿要刷，刷什么颜色的，他们马上就开始工作了。我和先生出去了一趟，也为他们买好了午饭。我们回来送饭时，看见主卧室的两面墙上已经刷上了新漆，简直是娇艳欲滴。看那纸片上的颜色，绝没这么鲜亮，这"秋日絮语"怎么变成了夏日骄阳？到底不是专家，把握不好分寸，完全走了样。这好好的房子，不知要被我糟蹋成什么样子。

这颜色，是不是挑错了？我向先生嘀咕道，也是给他打个预防针。

没关系，没关系。先生还算镇定，眼睛只是扫了一下那面大花墙，就不去多看了。

我看着每个房间里摆着的那个油漆桶，还有正在干活的四个油漆工，骑虎难下。已经开始了，总不能现在叫停吧？

要是这房子给刷坏了，你不会怪我吧？我心虚地看着先生。是我嚷着要刷漆的，颜色基本上也是我定夺的，责任肯定在我身上。我很老实地摆出认错的样子，把个大尾巴夹得紧紧的。

先生还是说，没关系，脸上却有些异样。他拉着我逃离了现场。

第二天中午，我们先去饭馆订了午饭，过来给他们送饭，顺便看看进展如何。一路上我心里都在打鼓，可又不得不去。进屋后，看到有一半的墙面已经换上新颜，颜色并不是那么突兀了，看着顺眼了许多。我夹着的大尾巴松了一些，底气也回来一些。

第三天快收工的时候，我们一家又过来了。这次来之前我没那么紧张，昨天看过以后，我知道就是不好，至少不会太糟糕。

进了房门，只有两位男士在，正在收尾。一层层地走上来，一间间地看过去，心里的欢喜越来越多。所有的墙面都刷过后，整体的效果就出来了，竟然有种蓬荜生辉的感觉。九种颜色，很和谐地欢聚一堂。平淡的地方不失亮色，明艳的地方并不张扬。整个房子比刷漆前亮堂了许多，还多了些喜气和暖意。不知是被这墙衬的，还是相由心生，先生和女儿的脸上也都光彩熠熠。

孙先生在旁边说，刚开始刷的时候，我们还有些耽心，越刷越觉得你们还挺会挑颜色。

我自然很兴奋，夹了两天的那个大尾巴砰地落到了地上，又唰地翘过了我的头顶。

你老婆的眼光还真不错。我得意洋洋地跟先生说。

先生故意打岔道，是很不错，要不怎么会挑上这么好的老公。

什么呀，我白了先生一眼，我是说这颜色，刷过以后，漂亮了不少吧？

是很漂亮。先生承认道。

后来，朋友们来祝贺乔迁之喜时，没少美言我们家的墙面，先生总是乐哈哈地向人家倒出他最初的惊吓。

你们不知道，先生添油加醋地说，刚刷出第一面墙时，那颜色亮得晃眼，我没法睁眼，也不敢多看，心里嘀咕，这下完了，可又不敢说，这都是太太的主意呀，不能说不好。后来全刷完了，看着还挺不错的。大概是刚开始刷的时候，旁边都是大白墙，突然冒出个不一样的，特别刺眼。

先生这才敢道出真相。我的尾巴越翘越高，早就忘了当初的怂样，摆出一幅胸有成竹早知结果的样子。所有的赞美，甭管是真的还是客气话，我都照单全收。管他是真的假的，房子按照我们的意愿换上了新装，住在里面的三个人都喜欢这身新衣，这就是完美的结局了。

比起刷漆时的一波三折，挂窗帘要顺利了许多。我们一开始就定下了朋友推荐的一家台湾人开的窗帘店。这家店已经开了许多年，非常专业。也是有几百种选择，好在店主很有经验，帮我们出谋划策。我们正好已定下了油漆的颜色，选窗帘的花色时，有了一个参照物。窗帘的设计和布局，我"偷"了样板房的创意，都是从屋顶直落地板的长窗帘。全部拉上时，整个一面墙都掩映在窗帘下。厨房里的一扇小些的窗户上，只在窗户的上头配小半截的窗帘，起装饰的作用，这小半截的窗帘的花色要跟对面的四个大窗帘完全一样，这样可以遥相呼应。

所有的窗帘都是在北卡州专门定做的，再运回来，自然要花上一段时间。我本来希望能在搬进来之前挂上窗帘，房子的窗户又多又大，没有窗帘遮挡一下，外面可以看得一清二楚。可制作窗帘需要确切的窗户尺寸，还不能提前动工。我看时间太紧，不想强迫人家，就是没窗帘，晚上可以少开灯，先将就一下。店主却很上心，算了下时间，还是有可能赶上我们的进度。她说既然有可能性，我们就要全力争取。一拿到房门的钥匙，他们就赶来量了尺寸，定下挂窗帘的滚木和套环的颜色，加上已经选好的几种花布，工厂就可以动工了，真是争分夺秒。

店主看过房子后，还建议我们在一扇向西的玻璃房门上固定上一层纱帘，既能透光又保护了隐私，西晒时还可以保护会晒到的木地板。另外，洗手间里的一个小窗户，和那个只有小半截窗帘的厨房里的窗户，最好加上百叶帘。我第二天去新家一看，发现她说的很有道理，只是还得再来量尺寸。给店主打电话，她说尺寸她昨天都顺带量好了。加了些东西，还是她的建议，却没让我们另外加钱。

我们要在之后的那个周六搬家，周五的时候，店主带着两个助手和刚刚收到的窗帘赶到我们的新家，开始挂窗帘。百叶帘是他们到了以后才收到的，店主运筹帷幄，两个百叶帘是直接快递到我们家的，才赶上了时间。我本来以为挂窗帘用不了多少时间，又来了三个人，还不一个小时就搞定了。店主却说要三、四个小时。滚木都要现场锯出合适的长度，再套上木环，才能把窗帘挂上。有的窗帘是两层，还要加窗帘盒和滑轨。大大小小十七个窗户，他们果真花了四个小时才装扮出来。每个环节都滴水不漏，丝丝入扣，完全保证了质量。

我不太喜欢华丽的绸布和雍容的附加部分，样式都是简单明了的，选的也多是淡雅的印花棉布，或丝棉混纺的布料。足够的厚度，却不显臃肿，垂感也很好，清雅飘逸。两个百叶帘，也都是用漂亮的上好木料制作的。店主并没因为免费送给我们，去选廉价的塑料百叶窗。更让我感激的，是他们赶在我们搬家之前，为我们装上了所有的窗帘。

还有另外的一个收获。他们在挂窗帘时，我们两个多月前定下的那批家具，也按我们的要求，送到了新家。

搬家公司早就定好了。幸运的是，那天是个大晴天，不冷不热，好像就该是个搬家的日子。搬家没有不辛苦的，但心里已是满满的喜悦，也就忽略了辛苦。

5

乔迁新居后，先生和我最担心的是女儿能否适应新的学校。很好的学区，应该是很好的学校，但女儿是否喜欢，就是另外一码事了。

上哪个学校，都是按住的地方分配好的。房子过户前，先生和我去了趟女儿即将入学的那家小学。学校的行政人员看了下我们买房的合同，问了我们女儿大约会在哪天报到，给了我们几页纸，上面是些简单的介绍和信息，转学手续就算办完了。因为太过简单，我怕漏了什么，问那位接待我们的女士，我们还要做些什么。

她很认真地想了想，说，你女儿第一天来上学，你可以过来看看，别跟她上校车，你自己开车过来。

我们星期六搬好家，隔了两天，星期一一大早，就得打发女儿去新的学校上学。

学校正常的开学时间是每年的九月初，当时已是四月底，班上早就有了各种朋友圈子，女儿快到学年结束的时候才来，不知能不能融进这个集体。对一个还不到六岁的孩子来说，这是一个不小的挑战。

吃过早饭，先生带女儿去校车点等校车。校车点离我们家很近，走一、两分钟就到了。他们一出门，我就开上车，去了女儿的学校。

停好车后，我站在入口处等女儿。一辆辆校车鱼贯而入，一拨拨孩子从四面八方涌过来，最大的也就十一、二岁，都还是小学生。我等了半天，也没看见女儿，不知是看漏了，还是女儿根本就没上了校车。我赶紧掏出手机，给先生打电话。刚拨通，就看见女儿兴高采烈地朝这边走来，身边还跟了个小女孩，两个人边走边聊，看着还挺亲热。女儿也看见了我，先把我介绍给那个小女孩，又告诉我，这是她在校车上刚交的新朋友。

这么短的时间就交到了朋友，是个好兆头。

我把女儿领进了接待室，见到上次见过的那位女士。她说女儿的班级都安排好了，带着我们去了女儿的教室。教室门前，一排排的书包挂在墙上。有一格空着，上面写的是女儿的名字。女儿很高兴地把书包挂在上面，跟我道了声再见，就进了教室，坐在给她安排好的座位上。班主任老师出来跟我聊了几句，也没特别嘱咐什么，就说给孩子准备一个文具盒，里面放些铅笔和彩笔，其它的事情就不用管了。

我走的时候，女儿正在跟她旁边的那个小朋友说着什么。四个孩子围坐在一个小桌子边，女儿俨然早就是这个小组中的一员了。

到了放学的时间，我早早地等在了校车点。女儿蹦蹦跳跳地下了校车，一看就知道她在学校过得很开心。往家里走的时候，她就开始兴致勃勃地叨叨她在学校的新伙伴，也很喜欢她的老师。我心里悬着的那块石头落了地。女儿很感性，遇上她喜欢的地方、她喜欢的人，她的积极性很高；遇上她不喜欢的，她可以变着法子抵触到底。

学校对待半路转学进来的学生还是很负责任的。进门很容易，就是我看到的那几个简单的步骤。进来后他们还会跟进很多的后续工作。他们会给每个孩子做评估，如果这个孩子身上有薄弱的地方，学校会安排额外的时间和师资，帮助孩子提高。譬如有从国外转学来的孩子，英语还不行，学校就要安排英语辅导，直到这个孩子完全过了这一关。在公立学校，这些辅导都是免费的。学校也有责任，在心理上帮助学生适应新的环境。女儿在这方面倒没让学校和老师太费心。后来跟她的班主任见面时，班主任说，小孩子来了总会有个适应期，或长或短，你女儿一下子就进来了，我很惊奇，她怎么一点磨合都不需要。

我想女儿是太喜欢这个学校了，如鱼得水。提起她的学校，她的老师和同学，她总是喜上眉梢，喜不自禁。还不忘告诉我们，她去过的学校和幼儿园里，这是她最喜欢的。

乔迁新居后，我逛街的兴趣从服装店换成了家具店装饰店。房子的空间比我们原来估计的要大些，多出了一些空当，给了我多添几件家具的很好的理由。墙上挂的画，家里的各种摆设，也是由我一手操办。很多想法是即兴而出的。去逛那家叫Michael's的装饰店时，看到那么多漂亮的花儿，虽然是假的，却很逼真，我就想到，可以在家里开辟出一个美丽的花园。

巧的是，所有的墙面烘托出的是春天和秋天的意境，都是鲜花盛开的季节；印花窗帘上，也是花团锦簇。那么，桌子上，台柜上，还有一些角落里，恰好可以"种"上更多的花。以春天为主题的地方，可以配上春天的花，秋色辉映之处，是秋天的花朵和果实，春华秋实，争奇斗艳。不同的花儿，还可以搭配不同特色的花瓶或花架。需要特别点缀的地方，可以放上大盆的引人注目的盆栽。小茶几上，就摆一个小巧玲珑的插花。不一定非要用花瓶。看到一个钢条编出的自行车，后车坐上是个又圆又大的车筐；还有一条条编出的花篮，不是用柳条，而是用瓷器，都是盛花的好器皿。有些花可以不用器皿，电视机旁，书架边，可以直接伸出一枝长杆的花来，起到画龙点睛的作用。商店里，还可以买到各种活灵活现的小动物造型。小鸟、蝴蝶、蜻蜓、甲壳虫、小乌龟、猫头鹰、兔子、猫咪、松鼠……可以让它们爬在树枝上或花盆上，也可以把它们夹在花瓣上，或是贴在墙上。这里既有了花园的美丽，又有了花园的情趣。

房子外面是个花园，房子里面也是一个花园。也许以后有了其它的创意，那可以重新打造另外的一个世界。像Michael's之类的店里，总是可以寻觅到很多价廉物美的东西，不需要太多的花费，就可以成就一个美好的蓝图。家之所以让人依恋，是因为在这里，可以长久地留存一些东西，包括最私密的念想和物件；又可以在这里，随心所欲地改变一些东西。可以有新的梦想，又可以不断实现这些梦想。

第一次去看样板房，很喜欢人家的设计搭配，心里还想过，不如就买这个样板房，什么都不用操办了。搬进自己的房子后，又觉得还是这样好，有个地方，可以让我们焕发出对生活的热爱，发挥所有的创造力，倾注所有的感情。一个可以称之为家的地方，一定要是自己的心血之作。每一样东西，大的小的，都会让我想起看到它们时的惊喜，和决定把它们带回家时的甜蜜。房子里的内容越来越丰富，却并不急于在短时间里铺设好这里的一切，更愿意像燕子衔泥那样，一点一滴地建造自己的家园。细水长流的幸福，更有可能天长地久。

女儿和我都是一开始就爱上了这里。先生有些慢热，当初决定搬到弗吉尼亚，好像也是为了成全我的愿望。虽然他并不排斥这里，我还是希望，他也真正喜欢这里。

我们的房子刚过户，还没出一个星期，先生收到公司发的邮件，通知他们必须在一个月内换到弗吉尼亚的办公室去。本来公司还让他们自己选择，也可以留在马里兰。突然又决定一刀切，这对住在马里兰的员工来说，绝对是个坏消息，上班的路途一下子长出来不少。而且华盛顿这一带堵起车来也挺严重，如果家在马里兰，却在弗吉尼亚上班，那是最糟糕的情况。马里兰的房价相对低一些，弗吉尼亚的工作机会更多，每天早上，马里兰往弗吉尼亚开的路上车满为患。下班时的高峰期，堵车的方向反了过来，不少路段成了蠕动缓慢的停车场。若是我们还住在马里兰，赶上这样的拥堵，先生每天花在路上的时间，差不多要两、三个小时。我们搬进新家后，按公司的要求，先生去弗吉尼亚的那个办公楼上班，坐地铁的话，只要一站路，开车的话也就十分钟。先生本来是为老婆女儿跑到这边买房子，没想到最大的受益者，恰恰是他自己。

有了一个这么大的转折和契机，先生对这房子的好感增加了不少。住了一段时间，他越来越觉出了这房子的可爱。先生最看重的是房子是否实用，住在这里是否方便。除了上班，我们最常去的商店超市和饭馆，都离这不远。加上看医生车检加油等等，日常生活中需要去的地方，开车一、二十分钟基本都能到了。先生最怕住在前不着村后不着店的地方，去哪儿都得长途跋涉。再加上地铁和几步之遥的高速路，迅速扩大了女儿的游乐版图。先生也就时不时地回家感叹一句，这地儿真好，去哪儿都方便。说起住在这里的好处，他列出的单子，竟然比我的还长了。

不经意间就在这里住过了一年。一年里房子未出什么大的问题，只冒出些新房子都会有的头疼脑热之类的小毛病。有几扇门窗开始发福，需要瘦身；还有几颗钉子耐不住寂寞，从天花板或墙面上伸出了小脑袋。开发商派人上门，免费解决了所有的问题。修理完后，只有几小块油漆需要自己补上，先生很轻松地就应付了。我觉得很幸运，幸亏搬进来之前就刷上了我们喜欢的油漆。

一年里我们跟街坊邻居熟络了许多。住在这里的人，多半在华盛顿市内或周遭工作，也是图这里交通方便。这样的价位，至少中产阶级的家庭才能负担得起。住进来以后才知道，这片小区里的一些房子，是十四万买进的。这些房子相对较小，但也有一百多平米，又是在一个很好的地段和学区，用这样的价钱，就可以买下一个三层的新房子，还是让我吃惊不小。原来美国很多地方有这样的政策，盖房子的时候，一定要为低收入的家庭留出一定比例的房子。当然哪天他们要往外卖房子时，也不能走市场价，还是要低价卖给低收入的家庭。房子只是其中的一部分，生活中的很多方面，低收入的人或家庭，也在享受着各类的优惠福利。这美国走的路子，不知是资本主义的还是社会主义的。或许跟什么主义都无关，只是强烈的平民色彩和平民意识。很难遇上那种自以为高人一等的人，也无需特别仰视什么人，每个人都有自己的特色，都是美好的生命，人生来也该是平等的。

喜欢住在这样的地方，无需去攀比什么，也不需要去证明什么，都是普通人家，过着平民百姓的简单朴素的生活。

女儿在这里交上了很多朋友，放学以后，或者周末，可以走到朋友家去串门。这是我们所期望的，女儿在成长时，近在咫尺的地方，能有一些跟她年龄相仿的玩伴。小孩子们都喜欢去一排排房子围住的那个大花园玩耍，无拘无束的绿草坪上，他们可以开心地蹦跑追逐，尽情挥洒年少时的快乐。孩子们嬉闹时，家长们就在旁边聊天，或站或坐，也可以一起散步。养狗的人们会来这里遛狗，还有一只可爱的大白兔常来这里凑热闹。这些动物们，在这里成了公共宠物，谁都可以去摸去抱。陪伴女儿的同时，我也有了更多的见识。追逐着女儿跑动的身影，一眼望过去，看见的，不仅仅是一个大草坪，还是一个广阔多彩的世界。这里人来人往，有些是土生土长的美国人，也有很多人跟我一样，来自世界的不同角落。喜欢这样的地方，不同文化背景的人们，可以在这里和睦相处。脚下是肥沃的土壤，不同的文化可以在这里生根发芽。开出的花儿，绽放着故土的芬芳，又用不同的风土人情，点缀丰富了别人的世界。

这里并不是十全十美，但我们在这里收获了那么多美好的东西，也就没有了再去抱怨什么的理由。一路走来，因为有那么多人的善意和成全，从买房到乔迁到建造新的家园，才可以这样顺心顺意。不断有惊喜，又留下了许多美妙的回忆。更让人欢喜的是，一个很不错的房子，还有很好的环境和位置，却没有贵得离谱。一个中产阶级的家庭，承担这样的一个房子，还没有心力交瘁，无需为付首付和还房贷愁肠百结，还有时间和心情，去享受这个房子带给我们的欢乐。并不是一个遥不可及的梦想，实现梦想和享受梦想的时候，才能有这样的轻松惬意。

因为简单，才有了更多的快乐。

车轮上的国家

美国被称作车轮上的国家，在大多数地方，没有车简直寸步难行。如果哪个土生土长的美国成年人说他不会开车，听到的人多半会惊讶万分。美国人也喜欢驾车旅行，四通八达的高速路衔接着一个又一个绚丽多彩的旅游梦。有的美国人甚至在退休之后买个房车，把余生交给了车轮上的梦想。汽车是一个流动的家园。

1

一到了美国，我就琢磨着考个驾照。

我当时居住的城市奥尔巴尼是纽约州的州府，据说纽约州和加利福尼亚州的驾照最难考，不过不论在哪个州考，都得先过笔试。只要是在上班时间，这种笔试是随到随考，都不用电话预约。我到了考试地点，简单地填了一张表，工作人员用电脑帮我照了像，存储了我的材料，这就算是挂上号了。考官是个中年女士，她和蔼地问我想用什么语言考，我这才知道这里除了英文的考卷外，还有中文等其它语言的考卷，由着我们自由挑选。中文是我的母语，要比我的英文好太多了。既然这里有中文的考卷，我当然选中文的了。考官抽出一份考卷，让我自己找张桌椅去做题，没有时间限制，她也没有监督我，埋头做其它事情去了，对来考试的人算是百分之百的信任。我大体看了眼考题，大约二十道题，全是选择题，主要是一些交通规则。因为事先我准备时用的是英文的材料，现在用中文去理解，等于绕了个弯子。特别是这份考题的中文让人有些不知所云，加上有些内容非常偏，我想没几个人知道答案，我更是一无所知，只能连蒙带猜。考官接到我的考卷后当场阅卷，几分钟后她遗憾地告诉我，我多错了一道题（及格线是答对15道题），没考过。话音刚落，她又抽出一份考卷，让我再试一遍。这真是新鲜事，我怎么也不会想到她这么快又给了我一次机会。这次我做得很认真，考官阅完卷后，笑着恭喜我考过了。我交了几十美元的手续费，这是从笔试一直到路考的全部费用，我又稍等了片刻，就拿到了我的临时驾照。

有了临时驾照，只要旁边坐上一个有正式驾照的人，就可以上路开车了。很多美国人没上过驾校，是由家人或朋友教会开车的。至于你究竟要学多长时间才能去路考，也没有人管你。我有个朋友，从摸车到路考通过，总共才用了两个小时。不过绝大部分人肯定会花比这长的时间去练车。因为是在大马路甚至高速路上学的开车，所以一般人在路考通过后都可以轻轻松松地上路了。开始我还觉得美国人太放心大胆了，楞是让这些没有任何经验的人把车开到了马路上。后来我自己亲身经历了一番，才感觉出了其中的可取之处。因为谁也不会拿自己的生命当儿戏，新学开车的人一般都万分小心，而且对学车的人来说，只有经历过实战，才能真正掌握应付各种路况的真本领。

在去参加路考之前，还要去听五个小时的安全知识课（这是纽约州的规定，美国大部分州都没有这个要求）。因为每次有人数限制，所以需要电话预约。听课的地点是固定的，教室不算大，能坐下二十多个学生。主讲教官先给我们讲了一个悲惨的故事，而且这是发生在他自己身上的一个真实的故事：在他十三、四岁的时候，一个人酒后驾车，撞死了他亲爱的妈妈。这个开场白足以提醒我们在座的所有的人，以后开车时一定要遵守安全规则，不要给别人，也给自己造成悲剧。后来我把这个故事讲给我的好朋友听，她是两、三年前在奥尔巴尼考的驾照，她说她当年也是听的这个教官的课，而他讲述的是同样的故事。我想州政府聘用他来当教官多少考虑了他的这个背景，只是难为他年复一年地讲述那个故事，不断地把内心的伤口裸露给别人看。他讲课讲得很认真，中间有三次休息，基本上讲满了五个小时。听完课后当场又要做一份考卷，就是考教官刚刚讲完的内容，有二十多道选择题，教官也是当场阅卷，通过了就发给你一个证明，没通过还得再听五小时的课。我这次做得不错，几乎是全对。教官刚对我表示了祝贺，却发现他手上除了我的一份考卷，没有我的其它材料。原来我听课之前应该先到他那儿报到，把我的临时驾照交给他。教官问我什么时候进的这间教室，他不知道我是否听够了五个小时的课。这时候坐在我身后的几个美国女孩起来给我作证，证明我从讲课开始时就坐在这里了。教官只好让我先在旁边等一下，待他给剩下的人发完合格证后，他又把我带回报到处，给我补办了手续。

　　我拿到了笔试和听课的合格证明，车也练得差不多了，于是踌躇满志地去参加路考。因为几个教我开车的朋友认定我开车已没有任何问题，所以我是志在必得。路考也是在马路上，考官很严肃地坐进我的汽车，我按照他的指令完成各类动作。除了一般的行驶外，考官还让我做了三点转和平行趴车，这属于考试内容中难度最大的（在很多州没有这两项内容）。大约十分钟后我把车开回了出发地。我自我感觉良好，可是考官却告诉我没有通过。他说我开得非常好，平行趴车做得非常漂亮，但他不能让我通过，理由是我在一个"停"的标记前没有足够的停止。他的回答让我莫名其妙，我在每一个"停"的标记前都停了同样的时间，为什么他就认为其中的一个有问题呢？而且这是考车的人特别注意的地方，我怎么会犯这么小儿科的错误？后来我才知道了个中原委，有几个朋友得知我路考没过，笑着告诉我他们第一次也没过，其中有一个朋友还在北京开了好几年的车，她第一次未获通过的理由跟我一样，而有的人什么理由也没得到，考官就是说让他再来考一次。原来考官看你开得太自信太顺畅，往往在第一次不让你通过。因为在马路上出事的，往往是那些自认为车开得不错的人。考官只是用他们自己的方式给这些人提个醒儿。

　　路考的第三天我就飞回北京了，所以我的第二次路考已经是两、三年后我重回美国时发生的事情。这次路考我可不敢像第一次那样掉以轻心了，加上两、三年里没开过车，来美国后练车的时间又很短，到了考车地点，我突然紧张起来。陪我来的朋友想办法让我放松下来，还笑着问我今天谁最可怜，我说当然是我最可怜。朋友说其实他最可怜，那天天气挺冷，我路考时，他还得站在马路边挨冻———在美国路考时，一般不会让陪着来考试的人坐在车上。这时候考官坐进了我的车里，我的朋友理所当然要下车了，考官却问我是否想让朋友留在车里，我赶紧点头称是，一是怕他挨冻，二是给自己壮胆。接着我把第一次考车失败的记录拿给考官看，但也不确定能否挣上这个同情分，因为有不少人考了三、四次，甚至有的人考到五、六次时才通过。车子启动了，没想到一开始我就犯了错误。我光顾上做秀给考官看了，譬如调整后视镜和安全带，车子拐出来时不忘打灯，扭头往后看等等，以证明我有很强的安全意识。大概我演戏演得太投入，考官在旁边说什么都没听见。他让我在前边的路口往右转，我却自顾自往左转了，急得我的朋友在后面大叫右转，右转，考官很严厉地对我的朋友说，不准说话。我心知不妙，手脚更加不灵便了。这时考官让我把车停下来，我不明白他葫芦里卖的什么药，这还没开回出发地怎么就让我停了呢？于是我自作主张继续往前开，逼得考官连说几个"停"字，等我把车停下来了，才明白他是想让我在这里做三点转，而我以前练车时都是边开边转。碰到如此不听话的考生，我猜想考官不会放我一马了。更要命的是我善始善终，到了最后关头我又犯了错误。开回去的路上有个右转弯，以前朋友们都嫌我转弯的速度太快，说照我这转弯的架式肯定考不过，所以实战时我有意放慢了速度，偏偏这个右转弯碰上上坡，因为油门睬得太轻，我的车子几乎要停在马路中间了。火眼金睛的考官自然把一切看在眼里，到了目的地，他告诉我这样转弯太危险，跟在后面的车会撞上我的车，我得回去好好练练。一听这话我的朋友和我都觉得彻底没戏了，蔫蔫地像霜打的茄子。这时候考官递给我一张从手提电脑里打出来的纸条，告诉我可以带着这张纸条自己上路了，而且他们很快会寄给我带有我的照片的正式驾照。我的朋友挥舞着双手朝我大叫，你考过了，我也转过神儿来——我竟然考过了！这个结果太意外，我恨不能抱住考官狂吻一番。突然想起我的包包里还有一个从中国带来的小挂件，于是把它送给了考官，他高兴地接受了这份小礼物。考官先生把好运给了我，我也特别希望这个吉祥物能给他带来好运。

2

因为已经有了实战经验，我独自上路时并不紧张。有个朋友提醒我，拿到驾照的前三个月最容易出事，我听了不以为然，但不幸被他言中。他这话说完没几天，我就在路上捅了篓子。

那天我开车去一个朋友家，要左拐的时候有个"停"的标记。我当然老老实实地停下，左看右看，确定主路上没车时，我开始左转。这时候主路上开来一辆车，速度还挺快，我一下子懵了，好在下意识地睬了刹车，但不是急刹车，是慢慢地停下来的。到底是新手，反应不够快。如果我能来个急刹车，两辆车可能都碰不到一起，而我的慢动作把对方的车刮了个大花脸。我的车只是在右前角上蹭掉了一些油漆，没有大碍，另外一辆车的右边却被我的车划出一个还挺长的大道子。车上是一个三十多岁的女士，她下了车，看到她的汽车破了相，很生气地问我，你为什么在"停"的标记前不停车？

对不起，我嗫嚅道，可我在"停"那里停了。我心里十分的抱歉，可也不能把白的说成黑的。

她确实停了。我身后传来一位男士的声音，我转过身，看见一位五、六十岁的男士朝我们走过来。他说他住在旁边的那栋房子里，当时正在门前的花园里，看见我停过车。他还说他已经给警察打了电话，警察应该很快就到。说完他就走了，我都没顾上对他说声谢谢。

等警察的那会儿功夫，那位女士和我互相交换了彼此的汽车保险的信息。

几分钟后，一辆警车呼啸而来。是一个年轻的警察，停下车后，并未下车。他让我们两个当事人把各自的驾照和汽车的登记卡交给他。我还没收到正式的驾照呢，就把那张小纸条递给了警察。警察大概还没遇见过这么快就犯错的新手，一脸狐疑地问我，这是什么？

这是我的驾照。我小声回答道，底气有些不足。

警察坐在车里，掏出电脑，噼里啪啦地打着什么，大概是核对两个人的信息。接着又在纸上写了些什么。没用多长时间，他把我们给他看的东西还给了我们。那位女士拿了她的东西后，转身上了她的汽车，很快开走了。

我还愣在那里。我发现我拿在手上的，多出了一张事故报告，很简单的几句话。

那我下一步该做什么？我一头雾水地看着警察，总觉得是自己做错了什么，不知道是不是还要去法庭。

你如果想修车的话，可以联系对方的保险公司。警察说完，也离开了现场。

那时候我刚到美国不久，根本搞不明白该如何应付这种事情。我也上了车，开到朋友家。见了朋友，我把情况向她复述了一遍。她说警察又没给我开罚单，我肯定不用去法庭了。如果我在"停"那儿没停，那会是我的责任。估计那个目击者在给警察打电话时，已经为我作了证，要不这事儿可说不清了。

我心里很感激那个好心人，对那位女士还是有些过意不去，自然也就没把这事报告给她的保险公司，更不会让他们去给我补那块蹭掉的油漆了。

那位女士倒是给我的保险公司打了电话，要求修车。保险公司要求我把事故的经过写下来，再附上警察的报告的复印件，一并寄给他们。既然警察没说是我的责任，他们也就一口回绝了对方的要求。保险公司都是能不掏钱绝不掏钱,，若是能有理由多要钱，也绝不含糊。因为有这次事故，我第二年的保险费就上涨了，而且持续了三年，三年里没再出其它的事故，保险费才降了回来。

这次事故没把我吓住，我还是照常开车出门。因为不开车的话，实在不方便。开得多了，经验也就多了，应急能力也跟着提高了。但我认路的能力一直停留在小学水平。我的方向感极差，开车出门，如果是去一个新的地方，不定什么时候就走丢了。方向感颇差的我还是不惧怕独自上路，因为无论丢在哪里，总能遇上好心人的帮助。他们总是耐心地告诉我丢在了哪里，如何找到我要去的地方。有一次我从华盛顿开车去纽约，一不留神拐到了另外一条高速路上，最后开进了一个陌生的城市的一个商业区里。正好有个小伙子从一家饭馆出来，我赶紧停了车跑去问路。美国人做起事来常常一板一眼，他拿过来我手上的那张地图，铺在他的汽车上，先问我目的地是哪里，这架势像是要帮我把所有的路线都理出来。我赶紧告诉他，我只要上了往北走的95号路，剩下的路怎么走我都知道了。这对他来说倒是个难题，他想了想，说还真没有一条很清晰简单的路线，我搞不清楚的话，在这个陌生的城市很容易再次走丢，不如我跟上他的车，由他把我带回我要找的那条高速路。但他是出来吃午饭的，还得回去上班，不能陪我上高速，他会在上高速前的那个路口右拐出去，我只要继续往前开，就上了95号路。

我跟上他的车，果然是七拐八拐，正在我耽心跟丢了的时候，我看见他从车里伸出左手向我打手势，指着前方，然后他的右转的车灯亮了起来。我想他这是告诉我前面就是高速路了，就没跟着他往右边并，继续前行。我们擦车而过时，他向我伸出大拇指，我朝他挥了挥手，表示感谢。没有他的帮助，我哪能这么顺当地找着了北。

时不时迷路的我为此赚回了不少让我感动的小故事。有了GPS导航仪后，这样的机会也就少了许多。但出门在外，除了迷路，总会遇上这样那样的事情。我们需要别人的帮助，别人也需要我们的帮助。有次我们一家三口出门时，正停在一个红绿灯前等绿灯，先生突然开了车门，跑了出去。原来是反方向的那条路上的一辆车出了故障，发动不起来了。先生跑过去帮他推车，紧接着又有几个人下了车，几个人齐心协力，那辆车终于开了起来。我们这边的红灯早就变成了绿灯，前面几辆车的司机都在那推车，那几辆车挡了后边的汽车，但后面没有任何人去按喇叭。

在我们需要帮助的时候，能够得到别人的帮助，还是陌生人的帮助，哪怕只是件很小的事情，也会留下丰厚的感动和回忆。

3

因为有太多的汽车和太多的出行梦，与汽车和出行有关的服务也应有尽有。每年花几十美元就可以成为旅行组织AAA的会员。如果开车出外汽车出了问题，甚至是把车钥匙锁在了汽车里之类的小问题，AAA都会派人在最短的时间内赶来解决问题。AAA还会为会员免费提供美国各个地方的地图和旅行指南。厚厚的旅行指南除了详尽地介绍你所要去的地方，还会标明当地各类旅馆、风味餐馆等的特色和联系方式，作为AAA的会员，在很多地方还可以享受打折优惠。类似于AAA这样的组织在美国有不少。

跟汽车配套的设施相当丰富，开车出门也就更加的方便。加油站到处都有，人多车多的地方，加油站也多。如果是在远程的高速路上，每开过一段路就能看到加油站的标示，一般不用担心汽车找不到吃饭的地方饿了肚子。汽车吃饱以后，车上的人也可以在那吃点喝点什么。高速路边的加油站一般连着休息站，可以在那里买到吃的喝的。城里的加油站边，也会有个小店铺，出售各种零食和饮料。在美国绝大多数的地方，都是自己给汽车加油。学会开车后，还得学会给汽车喂饭。有问题的话，加油站的人也会出来帮忙，一般情况下都是自食其力。能有本事把汽车开到路上，给汽车加个油就不在话下了。加油器边还配有刷子、清水和擦车用的纸巾，都是免费的。如果汽车的车窗脏了，加过油后，可以顺手清洗一下。

停车场也很多，而且很大。除非是在那些大城市，或市中心，停起车来费些劲，大部分地方不用担心停不了车。车位也足够宽敞，进个卡车都没问题，更不用说轿车了。这样的便利也降低了很多人的停车水平。我发现很多美国人趴车的本事不大，没机会练高难动作，水平自然不高。我在考车的时候，平行趴车做得几近完美，拿到驾照后，出门趴车，极少用到平行趴车，基本上是直不郎当地停进去，久而久之这个本事就没有了。偶尔碰上非得这样趴车，我都是好一番折腾，才能歪七扭八地把车给塞进去。

美国的路标也很明晰，一目了然，特别是高速路上，提前很多就会告诉你你要去的地方离你还有多远，快到了的时候也少不了提醒你，使你不至于到了跟前才手忙脚乱地并道。这样减少了车祸的发生，也让很多人少走了冤枉路。

4

在美国，汽车的数量快赶上人口的数量了。这么多的汽车在马路上奔跑游荡，出问题起争执的机会也多出来不少。但是相对于拥有汽车的庞大数量而言，美国发生车祸或事故的比率并不算高。

减少事故的最好的办法，大概是大家能按游戏规则出牌。交通法规就那么几条，每个国家都大同小异，谁都可以背得滚瓜烂熟。如果大多数人能老老实实地遵守，道路就顺畅了许多。遇上触犯法规的，严加惩罚，对被罚的人来说未尝不是件好事。

先生二十多岁的时候，跟他的弟弟去酒吧，多喝了两瓶啤酒。据他说只是多喝了两瓶啤酒，并没喝太多，白酒沾都没沾。回家的路上被警察拦了下来，一测酒精浓度，超过了正常指标。之后的三个月里，每个星期六他都要去上学习班。这三个月没白学，我认识他之后，发现他在这方面特别小心。去饭馆吃饭，或是去参加Party，他最多喝一小瓶啤酒，有时候还得先确定我能把车开回去，他才敢喝。我跟他说，警察还真给你好好地上了一课。他开玩笑说，是呀，我是学到些东西，下次喝过酒后，遇上警察叫停，我可不会停了。

先生嘴上这么说，在实际生活中可不敢再犯这种错误了。每个星期六都得去听课，又不是什么好事，他再也不想惹这麻烦了。而且他喝的并不是那么多，当时头脑是完全清醒的。我心想你要是再多喝点，受到的处罚就要比这重多了。

我读书时有个美国室友，从来不见她开车，出门的时候就骑个自行车，遇上刮风下雨很不方便，要想去远一些的地方就更不方便了。开始时我还以为她没钱买车，后来另外一个韩国室友告诉我，她出过事故，驾照被吊销了。具体是什么样的事故，韩国室友也不知道。先生若是喝得更多些，也很可能丢了驾照。什么时候能重新申请驾照，得看情节的严重程度。在美国的大部分地方，没车跟没腿一样，很多没腿的残疾人都是自己开车。不能开车的话，做什么都不方便，所以想开车的话，最好的办法是不去以身试法。

每次在家里开 Party，我会准备一些低度的酒水。如果是自己开车来的，一般不去碰这些酒水。有的人会喝一点点，适可而止。绝大部分人并没出过事故，也没因为喝酒被罚过，都是在自觉遵守。

除了硬性的法规，软性的礼让对道路的疏通也能起到很好的作用。

有次我开车回家，过了一个路口，两条线会并成一条线，右边的一定要并到左边来。我前面的那辆车，死活不让右边的并进来。我已经让开了距离，右边的那辆车可以并到我的前面，那个司机却死活要并到我前面的那辆车前。两个人谁也不让谁，我眼瞅着两辆车碰到了一起。虽然人没伤着，但他们这下谁也走不了了，都得停在路边，等警察过来。

这种情况并不多见，绝大多数情况下，遇上要并道或换道的车，后面的车会故意慢下来，让那辆车并进来。对后面的车来说也就慢了几秒钟，是举手之劳，对并道的车来说是解了燃眉之急，并进来后，车里的人会摆下手，表示感谢。如果不是在十字路口，停在路边等着右拐进车道时，右边车道上的车，也多半会让一下，让那个车进来。抢路的情况很少发生。给行人让道似乎是天经地义的事情。我住过的马里兰州，汽车要等行人，还被列入法律范畴。没给行人让道，就算触犯了州法。

遇到危急情况时，更需要大家都能礼让一下。有一年我们这里暴雨成灾，不少地方停电。第二天开车出门，好多路上有刮倒的树干或刮下来的树枝，两、三条线挤成了一条。开过来的车没哪辆是争先恐后的，都是你让我让你，或者自觉地排出一条车队。虽然速度慢了些，但一辆辆车也都从路障边顺利地开了过去。

到了一个很大的十字路口，从四个方向来的车都不少。因为停电，红绿灯不起作用了。但所有的车都很规矩地在那排队，按顺时针方向转圈，一边过一辆。马路中间并没站个警察指挥交通，但大家都一板一眼的，一直没出现堵塞的情况。这时候哪怕有几辆车不愿按顺序走，肯定会乱成一锅粥。

每次发生比较严重的自然灾害，就是没有了交通灯，路上依旧是井然有序的。

这本来就是一个很简单的道理。你不让别人，自己也过不去。你让了别人，帮的也是自己。

5

美国的汽车很多，但高档车并没那么多，卖得最好的是丰田和本田。如果在一个社会里，一个人的价值无需用开什么车来证明时，那更多的人会更在乎汽车的性能、价格，是否是自己喜欢的，是否适合自己。相对来说，后来移民过来的人，比土生土长的美国人，更青睐高档车。有的人会买一辆二手的宝马，而不愿用同样的价钱去买一辆崭新的本田或丰田，这样的选择，美国人一般会觉得难以理解。

有的美国人买车时也会想到买个爱国车，但这车是不是美国造的，倒也无关紧要，对自己或家庭是否合适比哪国造的重要的多。有一年我们换车，先生说这次可以考虑买个福特车，支持一把美国车。我也不反对。最后我们要在丰田佳美和福特金牛座之间作选择时，先生让我把两款车都试开了一下。我感觉佳美更顺手一些，也更顺眼，就问先生是不是非得买个美国车。他马上说，那就买佳美吧。还给自己找了个很好的理由。他说日本的丰田是在美国造的，美国的福特却是在墨西哥生产的。他还挺会偷换概念，照他这么理解，他最终买的也算是辆爱国车。

不少年轻的男士喜欢跑车，开着挺潇洒，自我感觉大概也不错。结婚后，特别是有了孩子后，就极少有人开两开门的跑车了。随着家里人口数的增长，汽车也跟着由小到大。有两个以上孩子的家庭，一般会有辆面包车，起码能装下七个人。无论是跑车还是面包车，像丰田本田之类的牌子，价位多半在两、三万美元。人们在乎的是外形或大小，并不是档次。

　　中低档车跟高档车一样，在质量上是有保证的。车行把车卖出去后，也会对所有的车一视同仁，没有高低贵贱之分。

　　我来美国后买的第一辆车是二手车。那时候刚到美国，急于买个车学车考驾照。两个朋友，一个中国人，一个美国人，抽出周六的时间陪我去买车。我也不知道要买哪种车，其中一个朋友建议道，那我们就去中央大道，那里有很多车行，我们就一家家地往下走，总能挑到你满意的。

　　他们就带我去了中央大道。遇上的第一家车行是本田的。车行里新车旧车都有，对于我这样的新手来说，最适合我的应该是一辆半新半旧的二手车。我们在里面转了一圈，我觉得一辆墨绿色的车还不错。报价牌都放在车窗前，是九千美元。美国朋友带着我们试开了一下，他觉得还顺手，就让我试试。我刚开出来，就觉得这车对我来说太大了，更适合那个人高马大的美国朋友。两个朋友都说没关系，我们接着往下找。第二家是丰田的车行。我在那一眼看上了一辆紫红色的丰田花冠。是个三年的车，因为里程数高了些，只要七千多美元。不到两万美元就可以买下一辆最新款的全新的花冠。车行已经重新喷了漆，里面也收拾得很干净，猛一看还以为是辆新车。两个朋友轮番上阵，还把车开到大马路上试了个够，评价都不错。我自己也试开了一段，开得很顺，感觉就更好了。

　　很高兴地买下了这辆车。还是用它完全学会了开车，很快就拿到了驾照，但没过多久发现了一个问题。我倒车的时候，有时会听到一个声音，像是小鸟的叫声。因为这车是在车行买的，有三个月的保修期，我就把车开回车行，请他们帮我看看。接待我的维修员检查以后，说可能是后刹车的问题，给我换了个新的刹车。当时还没出三个月，连检查带换零件，都没问我要钱。修过之后，还真听不到鸟叫了。过了一段时间，这小鸟又回来了。我只好又开回车行。这次换了一个修理员，他又给换了另外的一个部件。那会儿已过了保修期，本来让我交差不多二百美元，但他们发现这个问题在保修期内就出过，因为没修好我才回来的。他们就免掉了修车的费用。修过之后，又是过了一段时间，又会听到鸟鸣声。我慢慢地习惯了这个声音，就不去管它了。只是每次要开车出远门前，我的神经又紧张起来，只好再回车行，希望他们能把这小鸟给打发走。这样在三年的时间里，我大概回去了五、六趟。每次的维修都是免费的。那只小鸟总是走了又回来，成了一个解不开的谜。好在车行的人向我保证开车上路没有问题，那几年车子也确实没出过问题。

我搬到千里之外的另外一个城市后，不可能再去那家车行。在新的地方车检时，还是能听到鸟鸣，但做检查的人说车子的各项性能都很好，车检都过了，我好像也就没有理由跟那只小鸟过不去了。

后来换了辆新车，要把这辆车处理掉。有的人会把旧车捐给需要它的地方。我先生用过的一辆小型卡车，就给了一家教会，他们可以用它装运东西。我也想把这辆车捐出去，但这种小车装不了太多的东西，没找到需要它的地方。有个还在读书的中国学生说她的车太老了，想要我这辆车，我就决定把车送给她。后来她又改了主意。我只好把车开到丰田车行。我的新车就是在那买的。都是丰田车，本来我买新车前可以在那处理掉这辆旧车，折出来的钱可以用来买那辆新车。但车行的人很好心地告诉我，我把顺序弄反了，先买了新车，再来处理旧车，我就不如先处理旧车拿到的钱多。他建议我去旁边的那家CarMax，把车直接卖给他们，可以多赚些钱回来。

我听了他的建议，跑到那家CarMax，告诉他们我想把车卖给他们，还告诉他们这车没出过别的问题，就是倒车时有时候会听到声音，像是鸟叫声。CarMax的人说没关系，他们会检查整个车的状况。一个多小时后，那人回来了，说价钱已经估算出来，两千多美元，问我卖不卖，我当然说好了。又不放心地问了一句，你听到那个声音了吗？会不会对买这车的人不好？他说他听到了，不知道是什么原因，但车子的状况还是很好的，完全可以忽略那个声音。

那只小鸟在我这里成了永远的谜。这时候我想起了我买这辆车的那家丰田车行。每次我回去，他们都认真对待。既然这辆车没有大碍，我开车出门时它也从没给我惹过麻烦，而且那声音很小，也不刺耳，还不是每次倒车时都能听到，有些人大概根本就不去理它，是我怕车子在路上出状况，才这么神经过敏。本来车行的人几句话就可以打发我了，但他们对待这辆几千块钱的二手车总是尽力而为。顾客找了回来，他们就得想办法找出症结。免费给我换了一堆零件，也算是尽职尽责了。

一辆二手车都能有这样的待遇，买辆新车的话，质量应该更有保障了。如果只考虑汽车的安全系数，高档车和中低档车不该有那么大的差异。而汽车本来就是一种可以方便了自己的交通工具，最先要考虑的，不就是车子的安全性能吗？

而且，廉价车不一定带不来快乐，豪车也不一定能避开了麻烦。有个中国朋友讲过一个挺有意思的故事。他刚来美国时，是个穷学生，花一千多美元买了辆破车。前面的两个门还打不开，上车时要从后门进来，爬到驾驶座。听他这么一描述，可以想象美国的大马路上能有多破的车。有次他开车超速，被警察拦了下来。警察让他下车，他就开始往后爬。警察不知道他想干嘛，差点要掏枪了。就是这么破的一辆车，却方便了很多人。车里常常坐满了人。还有没车的学生，出门买个菜，或出去游玩，都指望这辆车了。这辆车为大家贡献了很多的快乐时光。这个朋友工作以后，开的车越来越好，终于换上了他想要的宝马630。他再也不带别人买菜了，怕弄脏了他的汽车。去上班时，他怕别人刮了他的车，总是把车停在离办公楼最远的地方，那里一般没车过去，可他自己得走上一大段路，倒是锻炼了身体。他开始时的自我感觉还挺好，但也没见哪个人因为这辆车对他另眼相待，他也就不再自讨没趣了。日子反倒更冷清了，他时不时地就会怀念下当年开着那辆大破车呼朋引友的热闹。

当然开什么样的车要看自己的喜好。若是自己特别喜欢，也有能力负担得起，买一辆高档车也无可厚非。

但最大的快乐不该来自于开了什么样的车，而是能拥有这种交通工具，可以开车出门，方便了许多，生活内容也丰富了许多，可以享受到这种便利带来的更多的快乐。

钻戒和婚戒

先生向我求婚以后，提出给我买个钻戒。这是美国的习俗，男女订婚时，男方一般会送给女方一枚钻戒。很多男人会在事先准备好，在求婚的时候拿出来，制造一个意外的惊喜。先生，那时候是未婚夫，还算是一个浪漫的人，但在这件事上没有浪漫一把。他拿捏不准我的手指的尺寸，特别是我喜欢的款式，于是就选了最稳妥的方式，要带我去首饰店，让我挑一个自己中意的。

幸亏他没有贸然行事，钻戒买回来很难退掉。我并不渴望这枚钻戒，虽然出生在四月，四月的生日石是钻石，似乎应该对这块小石头情有独钟。我向往婚姻，却并不向往钻石，钻石的大小质地，肯定不会等同于婚姻的长短好坏。

我想都没想，就说，我不要钻戒，我只要一个普通的婚戒，一对婚戒，一个我戴，一个你戴。

他大概没想到我接受了求婚，却拒绝了钻戒。他呆愣了片刻，又提出，那我把买钻戒的钱给你，你去买你喜欢的东西。

算了，我也没有什么特别想要的东西。我随口说到。

他能有这些心意已经很好了，不一定非要拿物质的东西去呈现。

准备结婚了，闺蜜问我，他有没有给你买钻戒？

他说要买，我没要。我说。

你怎么能不要呢？他不给你买你都得让他买。闺蜜数落着我。

不就是一块石头吗？我不以为然。

就是一钱不值也得有这么个钻戒。闺蜜坚持道。

这钻戒于是就成了我的心事了。每次跟闺蜜通电话，她都会很认真地告诉我，一定得让他花这个钱，一定得要这个钻戒。

我被说动了，到底没能免俗，跟未婚夫说，我还是想要个钻戒。

那我们今天就去买。未婚夫马上回应。

已经出了门，他又折了回去，说是忘了拿支票簿。

为什么要支票簿？我问。

万一信用卡不够用，可以写张支票。他说。

我可真没打算让他花这么多的钱。信用卡的上限一般能到一万多美元，我绝对不想让他花上万美元去买一个钻戒。在我决定嫁给他的时候，他对我的感情，已经了然于心，无需再用一枚昂贵的钻戒来做证明了。

但我没说什么，看他拿上支票簿，两个人驱车进了商场。

进了购物中心，他带我直奔那家著名的首饰店，熟门熟路，像是来踩过点。这类的店铺向来是清静的，我们是此时唯一的客户。当班的先生热情地迎上来，得知我们是来买钻戒的，他把我们带到钻戒专柜，请我坐下，我可以慢慢地挑选试戴。他和未婚夫都怂恿我先试个大一些的，我没有反对，由着他们帮我挑了一款。这一款确实很漂亮，往手指上一戴，却是浑身的不自在。我的手偏小，冒出这么个大大亮亮的东西，看着很突兀，像是一个瘦小的孩子，顶了一个硕大的帽子。我自己戴着也不舒服，多了个累赘。再一看价钱，将近一万美元，让我彻底没了兴趣。想拥有一枚钻戒，还是更想给自己留个纪念。毕竟不是戴给别人看的，越大越值得炫耀。我把那枚钻戒轻轻放回了首饰盒，自己低头寻觅着，很快被一枚小小的钻戒吸引住了。不同于它身边的大部分戒指，丰饶的光泽，足够的大，却是孤独地矗立着，这枚钻戒上有三块小碎钻，亲密地依偎在一起。那时候的我可能更中意于两块小钻石的结合，但又寻觅了一遍，在造型和款式上没有让我特别满意的。这块嵌了三块碎钻的设计，还是让我觉得最温暖。多出一块钻石，好像也多出些家的温馨。我请那位先生帮我拿出这枚戒指，轻柔地戴在左手的无名指上。那三枚小小的碎钻，很妥帖地簇拥在我的手指上，像是专门为我预备的。我看了下价钱，是几百美元，这让我更加的欢喜。大概是碎钻，在价值上就跌落了许多。可这正是我想要的，在我的心里，在我的喜悦中，它是无价的。

我马上决定就要这一枚。那位先生帮我试好了手指的号码，可以去定制戒指，未婚夫付了钱，从进店到一切妥当，也就用了二十多分钟的时间。我很快就能收到这款让我心仪的钻戒。

回去的路上，我满心欢喜。要不要钻戒让我纠结了一段时间，今天总算尘埃落定。还遇上了一款我喜欢的，价格也不高，在钻戒中已经是很便宜的了，让我心里踏实了许多。如果今天买下的是一枚昂贵的钻戒，我心里会很不安，此时此刻，肯定不会有这份轻松和喜悦。

收到钻戒时，离结婚的日子还剩一个多月。我戴上这枚订婚戒指，算是入乡随俗，也让它见证一段甜蜜的等待。还是等待，却是在等一份已经明确了的幸福。幸福已经伸手可触，又因为这样的清晰和具体，让人有些紧张惶然。

结婚之前，未婚夫和我又去买了一对婚戒。是一对朴素的圆圈，没有任何的雕饰。14K金，并不是足金，这样才有足够的硬度，可以经受住天长地久的打磨。

这样的一枚戒指，只要一百多美元。我为他买了一枚，他为我买了一枚。我们原来打算在各自的婚戒上刻上对方的名字，已经送去店里了，因为婚期提前了两个星期，又匆忙取回了还未刻好字的一对婚戒。

结婚的时候，我们为对方戴上的戒指，也就保持了最原始的简单。没有刻字，没有雕饰，风轻云淡，朴素无华。

当我们为对方戴上这枚戒指的时候，也许下了终生的诺言。那对朴素的小圆圈，已经代表了一切。就像承诺，一切尽在不言中，无需用美丽的言辞去表达。

结婚以后，那对婚戒一直戴在我们的手上。喜欢这种没有接口的圆圈，只有开始，没有结束。快乐可以循环往复，彼此的心意可以亲密无间。戒指上慢慢有了岁月的痕迹，简单朴素的日子，也在年年的轮回中，积淀出沉实的幸福。

也喜欢这样的粗粝淡然，无需保养，不怕磕碰。戴着这样的戒指，可以洗菜做饭，清扫房间。有了孩子以后，不用担心这样的戒指伤着幼嫩的肌肤。没有尖锐的棱角，戴着它，可以放心地跟孩子玩耍。它原本就是朴素的，也就不用担心普通的日子，洗尽它的铅华。

那枚钻戒，大部分的时间里，只是静静地躺在首饰盒里。结婚纪念日或情人节，我偶尔会拿出来戴上半天。这枚并不昂贵的钻戒，终究是一份特别的纪念。有了女儿后，欣喜地想到，这三块连接在一起的小碎钻，正好可以代表这个家庭中的三个成员，和我们的相依相伴。它在留存结婚前的喜悦时，又辉映出新的祝福。

我怀念初次戴上这枚钻戒的日子，羞涩，甜蜜，期许着一个男人的承诺。跟很多准新娘一样，脸上大概也闪耀着钻石般的光华。但我还是更喜欢手指上一刻不离的婚戒，和戴着婚戒的平淡的日子。结婚之前，喜事将临，欢天喜地，但还是有些许的不安。毕竟是另外的一种生活，不再是一个人，要跟一个原本陌生的男人，一起走过漫长的岁月。不知道光鲜的爱情，是否经得起岁月的磨蚀。当那个男人，在日复一日年复一年的朝夕厮守中，不断兑现着结婚时的诺言时，才确切地知道，我们可以山盟海誓，也可以天长地久。一个女人想从一个男人那里得到的，更多的是一份担当，比钻石更宝贵的承担。

很多年过去以后，两个人少了结婚时的浪漫，却有了生死相依的默契和踏实。那两个小圆圈，在我们的手指上，不再生涩，紧紧地依附在那儿，成为我们身体的一部分。婚姻更像这枚普通的婚戒，没有炫目的光彩，一清如水，却流淌在我们生命的血脉中，并且，可以，细水长流。

在厨房中写作

年少时的第一个梦想，是成为一个数学家。我的父母都是数学教授，我大概对数学有种与生俱来的好感和亲昵。人在少年时的梦想总会很大，七、八岁的我并不只想当个数学老师，那时候的我幻想着能获得诺贝尔数学奖。后来很快发现诺贝尔没设数学奖，我对此深深地遗憾过。

小学三年级的时候第一次遇上写作文，我不知道怎么写，而且爸妈怎么教导也不开窍。最后老爸没办法，替我写了一篇，我照着抄了一遍，交给老师。这是我跟写作的初次相遇，绝对没有想到以后的天长地久。那时候的我还做着当个数学家的美梦。

大概不会写作文的孩子不止我一个，语文老师想出各种办法，最有效的竟然是带着我们"剽窃"别人的东西。她找来不少的美文，剪裁出很好的句子和段落，让我们一点点地抄写、模仿。很快我就找到了感觉，不用再去看别人的东西，自己就可以行云流水了，一年之后写出的作文竟然常常被大人们传阅称羡。

从此我跟写作结下了不解之缘。但那时候还没开始做作家梦，只是喜欢写，喜欢上写作课。篇篇作文，几乎无一例外地被老师选为范文。也开始在作文比赛中获奖，并且发表了一些小作品。

与此同时，我的数学成绩总是徘徊不前。我彻底放弃了当个数学家的美梦，只求数学不要成为我的噩梦。好在父母从未反对我写作，也尊重我的意见，由着我选择了中文专业。但他们并不赞成我做一个职业作家，我自己也没这样的愿望，循规蹈矩地读书、工作。所学的和所做的跟文学和文字有关，但跟写作的关系始终是若即若离的。时不时地写些东西，又时不时地停了下来。如果说我年少时就有了当作家的梦想，这个梦想一定是深埋于心的，连我自己都没有清晰地意识到它的存在。

这个懵懂的梦想，就这样一次次地远去，又一次次地回到我的身边。总是会有一些契机，在我跟写作几乎形同陌路的时候，那个熟悉的身影会突然出现在我的面前。一经出现，总是让我感到无比的亲切，又是无比的激动。

最后一次的回归，是在美国的教堂里听牧师讲道。他说上帝给了人们不同的天赋，你如果不珍惜，长时间不用，上帝会把这个天赋收回去。我听了一惊，那时候的我，又是很长时间不写作了。我也突然意识到，这个世界上的芸芸众生，确实有着不同的天赋。不是所有的人都喜欢写作，也没有很多的人擅长数学。我虽然做过不同的事情，但做得最好的，也是我最喜欢的，确实只有写作。它早已成为我的生活的一部分，我的生命的一部分。如果失去它，我的生活和生命都将是欠缺的。

我又拿起了笔，并且接连写了几本书。好像有太多的东西，已经积压了许久。一旦开始喷发，便是源源不断的。万水千山之后，我终于回归那个年少时的梦想。内心涌动的渴望和感动，让这个梦想无比清晰起来。

我的父母还是反对我去做个职业作家，还是希望我不要放弃工作，如果有多余的时间，可以去写些东西。当我要在写作和工作两者中做选择的时候，父母都毫不犹豫地选择了后者，这也是绝大多数中国父母都会为孩子做出的决定，稳妥而保险。倒是我的先生，一个不会中文的美国人，支持我去用中文写作。谈恋爱的时候，我曾耐着性子教了他近一年的中文，他大概会写二百多个汉字，认识的方块字不会比这多多少。靠这水平他肯定看不懂我写了些什么，但有一点他是明确的：写作的时候，我是快乐的，我喜欢做这件事，享受创作的过程，也确实写出了不少的东西，于是他很肯定地告诉我，写作是上帝给你的天赋，我会支持你写下去。

但千山万水之后，我还是有了不少的改变。曾经很挑剔写作的环境，不需要奢华，但一定要安静，身边不能有人，所以喜欢把自己封闭在一个房间里，门是一定要关上的。再次拿起笔的时候，我已多了两个角色，为人妻为人母，很难再游离于生活之外，不再有大把整块的时间把自己关在小屋里，我好像也不习惯于这样的封闭了，就是在心态上，也进入了一个开放式的随遇而安的境地。我找到了一个更好的写作的去处，就是在厨房里写作。美国的厨房多半是开放式的，特别是后来盖的房子，厨房可以跟几个厅堂完全连在一起，没有阻隔。当时我们选房子，我特别看上的就是这样的格局，站在厨房里可以看见前厅的风景，也可以从前窗望见窗外的风景。这样打通后，房子是敞亮的，住在里面，心里也是敞亮的。我在敞亮中找到了写作的落脚点，就坐在大大的饭桌边写作。先在纸上写出来，再敲进电脑。我始终改不了这个习惯，用中文写作的时候，还是喜欢用纸和笔，感觉文字都是流淌出来的，我的思绪只有跟纸和笔才可以这样亲密无间。写累了，或者遇上个坎儿，我就去厨房里转悠，为一日三餐做做准备，灵感还在休息的话，我就接着往下做饭。其实做饭和写作都是创造性劳动，异曲同工，做饭时不知动了哪根弦，就能触动写作的感觉，感觉来了，我可以立马回到饭桌边写作。很多时候写作和做饭就是这样同时进行，我也可以一边做饭，一边构思，相得益彰。

当我对写作环境不再挑剔，我的战场也从厨房扩大到了房子的每一个角落，又从家里延伸到家外，做其它家务，或者出门买菜，好像任何时候都可以构思下下面要写的东西。陪女儿去上兴趣班的时候就更方便了，除了构思，还可以掏出纸和笔就地写作。每次要在外面等上差不多一个小时，这么长的时间里能写下不少的东西呢。周围可能人来人往，我可以屏蔽掉一切干扰，独享一份安静。我也习惯了以前绝对做不了的一心二用，可以一边跟女儿聊天一边写我的东西。粗糙的写作方式，反而磨砺出细致朴实的文笔。游走在生活中，不知什么东西就能碰撞出灵感，思路有可能更开阔。而且随时随地写作，也有可能更容易从写作中抽离出来，手中的笔，可以随时拿起，也可以随时放下。当然大部分时候我还是在厨房里写作，这里是最让我放松的地方，也最容易出成果，出去打游击只是一种调剂。

因为是在一个开放式的厨房里写东西，身边的家人很容易看到我的一举一动，特别是对一个还在模仿期的孩子。就在我无意识间，已经潜移默化地影响了我的女儿。我完全没有计划，也完全没有想到，有一天，饭桌的另一头多出一个小人儿来，而且是在开心地做着跟我一样的事情。我发现我女儿也在奋笔疾书的时候，她已经写了不少了。我在Costco买了很多我喜欢的大本子，行间距离不宽不窄，纸质不软不硬，在上面写字很顺手；没有封面，也就没有了羁绊；如果需要，写完后还可以一页页地撕下来，另外装订；封底倒是个硬纸板，在这种本子上写字很踏实，没有桌子也不是个问题。这个小人儿大概也发现了这种本子好用，毫不客气地用掉了好几本，并且乐此不疲地继续往下写着。

我翻了翻女儿写的东西，竟然写得有头有尾有模有样。主人公多是不同的小动物，或是她杜撰出来的卡通人物，视角都是孩子的，文笔是稚嫩的，但也是鲜活的，妙趣横生。她还常常在每页的最后留个小包袱，接下来的那页的开头抖开那个包袱。长的时候一个故事能写上一、二十页，靠着这些悬念，通篇就有了转折起伏。女儿当时七岁多，七岁时的我绝对没有这样的本事，那时候的我还不知道作文怎么写呢。当然美国的学校向来重视阅读和写作，女儿五岁上学后就时不时地写点小东西了，可这样的起步还是惊到了我，那一刹那脑子里冒出的第一个念头，就是上帝是想让我当作家，还是让我培养一个作家呢？

女儿还有一个我没有的本事，她喜欢画画，在文字边自配了很多插图，她可以用不多的笔画就勾勒出一些栩栩如生的形象，还配上不同的表情包。很快我的文字边的空白处也出现了各种的插图。女儿这样做还是出于一片好心，看这当妈的只会写不会画，她说要帮下我。只是她不会中文，大字不识一个，根本不知道我写了些什么，所以她帮着配上的插图都牛头不对马嘴，让人啼笑皆非。有不少好作家也擅长画画，在绘画上的造诣也非常高，可以同时拥有文笔和画笔，女儿好像也具备了这样的潜质。

有别于我的闷声写作，女儿有时还会大声朗读她的作品。虽然只有她爸她妈两个听众，她还是会认真对待，一本正经地站在那儿，声情并茂，先把自己给陶醉了。有时一手托着本子，一手可以比划几下；有时干脆把自己的大作放在一边，两只手都能发挥作用。还会时不时瞄一下我们的表情和反应，如果我们不给力或走神了，她会马上提出抗议。美国的不少作家口才也了得，跟读者见面时，朗读自己的作品一直是一个受欢迎的保留节目。中国的作家们好像也在往这个方向走，我在《朗读者》那个电视栏目里就听到过一些作家朗读自己的作品。女儿似乎在起步时就比我全面。但这并不是最重要的，最让我高兴的是我们发现了女儿的一大爱好。已经带她上过一些不同的兴趣班，就是想看看她会喜欢什么，会对什么感兴趣，却从来没往写作上想。不知是我的喜好影响到了她，还是我的举动唤醒了她自身的天赋，反正这个收获完全是意外的，是当初我开始在厨房里写作时没有想到的。一切都是天性使然，当我回到初心时，竟然跟女儿的一份初心这样相遇了。

难得母女有一个共同的爱好。我们时常把着桌子的两头，我在写，她也在写。对于我，那是最美好的时刻之一，不知女儿长大成人后，是否还会记得年少时常常出现的这个景象。也许她长大以后并不想当作家，不论选择了什么样的专业，从事着什么样的职业，喜欢写写画画，并且还做得不错，总是一个优势，也是一大乐趣。我不会刻意地要求她把写作当成职业或爱好，对她最大的期许，是能有一些事情让她乐在其中，可以让她倾注饱满的热情，自然而然地焕发出激情和活力，也可以让她安静下来，心无旁骛，并且可以长年累月地坚持下去。也许这些事情做起来很难，也没有多少世俗眼光中的收获，但若使她喜欢，可以倾心付出，她必定会享受这个过程，并且更有可能一次次地实现一些很难达到的目标。只有这样的事情才能更好地塑造一个人的品质和性格，而且，做事情时的心态和心情要比具体做什么事情，或把事情做大做小重要了许多。或许我在厨房中回归写作，不仅成就了我自己，也成就了我的女儿。这样的成就很难用金钱和名望去衡量，而是看自己多大程度地用到了自己的天赋，并且从中得到了多少快乐和满足，同时给他人带去了多少祝福。

曾经完全地分割开工作和生活，当我渐渐地习惯于在厨房中写作，发现工作和生活不仅可以相安无事，还很有可能相辅相成。作为母亲，孩子肯定是重中之重，需要更多地陪伴她，也想更好地培养她，跟孩子一起写作兼顾了这两点，我还可以继续做我喜欢做的事情。还认识几个妈妈，因为孩子停下了原来的工作，反而找到了新的发展方向。女儿的同学的妈妈Kim是五个孩子的母亲，她先生每天要去上班，照顾孩子和做家务主要是她的事情。五个孩子自然是一大堆的麻烦，但Kim坚持去健身房健身，我想这能帮助她保持好的精神状态和身体状态。她的身材保持得很好，很难想象她生过五个孩子。她也总是充满活力，每次见她都是一脸灿烂的笑容。后来我加入了一个健身俱乐部，第一天去那里就遇上了Kim。她说过她常去健身，遇到她并不惊讶，让我意外的是她告诉我她已经是这里的健身教练了，把爱好变成了工作。健身教练的工作时间相对灵活，她还可以兼顾家庭和孩子。那天她给了我一些很好的建议，我还上过她带的两门健身课。她上课时健身房里都是满满的，可见受欢迎度很高。做教练时的Kim更加活力四射，做着自己喜欢做的事情，还能带给其他人好的影响，她的愉悦和活力自然会迸发出来。

我还有个教练叫Heidi，她的两个孩子上的是家庭学校。美国有些父母让孩子在家里受教育，既不去公立学校也不去私立学校，在家里完成中小学的教育，然后跟其他孩子一样出去上大学。这样的教育方式我从未尝试过，很难评判效果如何，但有一点是肯定的，那就是父母要投入更多的时间付出更多的心血。走这条路的时候，父母中的一方一般不能出去工作，或者只能做些在时间上可以灵活掌控的工作。我想Heidi选择在健身俱乐部里做教练，很好地平衡了家庭和工作。她也总是很快乐，她的快乐也总是能感染到身边来健身的人们。

有些人退回家庭后，反倒焕发出潜在的天赋，发现了另外的能力，在事业和工作方面另辟蹊径。有次我从朋友Dianna那里借了几部她参与制作的纪录片，都很喜欢，还给Dianna时自然夸奖了她几句。Dianna说这都是她的老板的成果。我问到她的老板在哪里上班时，才知道她不属于任何公司。她有三个孩子，为了孩子她留在了家里，但也想抽空做些其它的事情，就试着做起了纪录片，前期准备和后期的一些制作都可以在家里或在她方便的时候完成。她的作品不多，但慢工出细活，最终出来的都是好作品。

也有的父母在家做起了生意。譬如喜欢小首饰的，买多了就成了半个行家，自己干脆卖起了首饰；有技术才能的可以在家开个小的咨询公司；还有一些人跨入房地产或保险行业；也可以开办家庭幼儿园，或者在家开班…… 美国很鼓励个人开办小型的家庭企业，只要有个办公地点，花上大约二百美元就可以注册一个公司了，还接受网上注册。很多小公司的地址就是自家的住址。如果公司开在了家里，相关的水电费、家具、通讯费用、汽车、出行费用等还可以抵税。公司在前两、三年即使没有任何赢利，没有贡献任何的税收，这些方面的费用依然可以抵税。这样的政策触发了一些人做些什么的愿望。如果你具备了某种才能，你总能找到用武之地。很多人退回家庭，以生活为重的时候，在工作和事业上也有了意外的收获。

当然我坐在厨房里写作跟开公司无关，我跟大部分人的出发点也不同。我是先开始写作的，而作家们多是呆在家里工作，作家也是"坐家"。我开始在厨房写作后，才发现这样做对自己的家庭也很好。我有了更多的时间陪伴孩子，跟女儿建立起更亲近的关系；我可以把家里家外多半的事情料理好，先生没了后顾之忧，可以更出色地做好他的工作，回到家里也更放松；而我自己也是乐在其中，皆大欢喜。我跟很多人的出发点不同，但我们殊途同归，正在收获着同样的喜悦和果实。

当我把写作定位于厨房中的写作，我实际上已经把生活放在了首位。我刚开始参加工作时我妈妈就告诉我，工作是半辈子的事情，生活是一辈子的事情。她的这个观点给了我很大的影响，并且还在影响着我的选择和决定。而美国文化也很认可这一点，家庭和工作很少遇到顺序之争。不管我对写作有多热爱，对于我，生活永远高于写作。当家人需要吃饭的时候，我肯定会放下手中的笔，把做饭放在写作的前面。我也不会废寝忘食黑白颠倒，我需要在充足的睡眠后按时起床，这样才能精神抖擞地跟孩子一起开始新的一天。我不会为了写作牺牲掉带孩子出去玩耍和社交的时间；也会留给自己足够的时间去健身、阅读、上网、购物、跟朋友见面、参加各种活动。我自己不在好的状态中，没有丰富的阅历，也很难写出好的作品。

生活是平淡的，也是实实在在的，很多的灵感和故事就来自于平常的日子。以为被生活消耗掉的时间和岁月，只是被过滤掉喧嚣，清澈地流淌在记忆深处，滋养最本真的愿望。在厨房中写作也影响到我的心态和状态。激情并不只是跳荡在特殊的场合特别的时间，原来锅碗瓢盆也可以奏出优美昂扬的曲调。而且，写作时需要激情，更需要细水长流的耐心和平和。朴素的日子里弥漫缠绕着生命和生活的气息，舒缓而密实，可以阻挡急功近利的焦躁。生活是最丰沃的土壤，铺展着一望无际的明媚和芬芳，所有的梦想都滋生于此，也应该在这里发芽开花，最终结出丰硕的果实。

居家的男人们

　　美国是个注重家庭的国家，家庭常常被排在事业的前面，男人们也不例外。很多时候在事业上打拼，只是为了更好地造福于自己的家庭。

　　也有一些男人一辈子都不结婚，或不想有一个固定的伴侣，很享受一个人的自由，但这样的男人在美国是少数，在传统价值观熏陶下长大的男人们，结婚生子是这辈子一定要做的事情，成家养家是一个男人的责任和担当。

　　有一些专门为男人们举办的讲座，特别是在基督教教会里，会有这样的培训班。不是在培养精英，是在教男人们如何做个好丈夫好父亲。一个连家庭的责任都担当不好的男人，怎么能指望他担当起对国家对社会的责任呢？很难说美国最崇尚的是精英文化还是家庭文化，对大部分普通人来说，感受最多并且身在其中的肯定是家庭文化。而家庭文化能在美国风行，跟男人们的奉献是分不开的，光有女人们的努力，撑不起这种称之为家庭的文化。

　　决定担当起家庭责任的男人们，为家庭奉献的并不只是金钱，还有很多的时间和精力。下班高峰期，美国的堵车现象也很严重。大部分急着赶路的男人们，不是去赶场，是急着往家赶，或者是去接孩子。他们的周末和假期，也基本上是跟家人一起度过的。结了婚的男人去参加派对Party，都是拖家带口。主办Party的人家邀请别人的时候，多会注明被邀请的不光是一个人，还有他的家人。男主人在Party上都会忙前忙后，被邀请来的男人们也不会总站在那儿高谈阔论，或只顾自己的吃喝，在Party上照顾自家孩子的，男人常常比女人还多。

　　居家的男人们没有十八般武艺，但基本上能应付了家里大大小小的事情。很多美国人住在独栋的房子里，会有不小的院子和草坪，除草、浇水、铲雪等体力活，多是由男人们负责。家里若是有男孩，一般十多岁的时候开始接手这些事情。等到他们成家以后，有了自己的房子，做这些事情早已驾轻就熟。房子或汽车出了问题，如果不是大问题，男人们一般自己就能解决，不需要找专门的维修人员。美国的人工贵是一个原因，人工少也是一个原因，找人来修还要等人家的时间，不可能随叫随到，有时候要等上几天，甚至更长的时间。而且，居家的男人们都有些看家本事，遇到问题，也算有了用武之地，若是靠自己解决了问题，还挺有成就感。

我跟先生结婚已过十年，十多年里，看到他亲手解决了不少的问题。除了没见他上过屋顶，房子里其它的部位和所有的设置都在他的掌控之下。自己修不好的，起码能找到问题的症结，知道找什么样的人来修。修理工工作的时候，他就站在一边看，没准还能偷学了人家的手艺。有次我们家的一个抽水马桶的水箱出了问题，第一次是找人来修的，先生看了全过程，再出问题时，他就亲自动手了，还青出于蓝胜于蓝，先生修完后，那个水箱再没出过问题。

现在是网络时代，网上有很多免费的老师，房子或汽车出了问题，还可以在网上找到解决的办法。有段时间我在下午的时候去接女儿，汽车出了车库，靠车里的那个小遥控器怎么也关不上车库门，好像被卡住了。我还得跑进车库，靠手关门，再从另外一个门出去，绕回到汽车上，平添了麻烦。先生去车库里检查了一番，没发现任何异样。我在报案时说过这种情况都发生在下午的某个时段，先生判断这有可能跟阳光的照射有关，上网一查果然如此。阳光从某个角度照进来的时候，跟车库里的控制灯发生碰撞，阻断了遥控灯的工作。先生就在网上老师的指导下，在某个地方插进去一个小纸板，轻而易举地排除了故障，先生也多长了个本事。遇到类似的问题时，先生和我对待问题的态度截然相反。我的第一反应是张口求人，先生做的第一件事都是先查看一番，动手捣饬一下，尽可能靠自己解决问题。男女有别是一个原因，文化背景不同大概也是一个原因，我认识的一些美国女性朋友的动手能力也都挺强。

像 Home Depot 这样的家居店也为自己解决问题提供了方便。在这里可以找到跟房子有关的一切原材料，还有修理时所需要的各种工具和配件。包罗万象的供给，不光可以解决房子里出现的问题，还可以帮人们建设、打造一个更好的家园。这里是居家的男人们喜欢光顾的地方，里里外外的东西应有尽有。先生每次走进去，总是两眼放光喜形于色，若是发现了某种以前没见过的东西，又可以在房子里派上用场，他会像小男孩发现了新玩具那样乐不可支，这是居家过日子的一大乐趣。

很多中国男人来美国后入乡随俗，也可以包揽下房里房外的事情，也可以亲手打造出一个梦幻家园。有次在一个Party上听说朋友陆把他家的房子改造完毕，几个人临时起兴去他们家参观一下。进去后一个个房间厅堂看下来，大家惊叫连连。这可不是小打小闹，几乎所有的墙壁和天花板都穿戴一新。特别是那个主客厅的天花板，连接了两层楼，有好几米高，竟然覆盖上了错落有致的装饰板。精美的装饰灯散落其间，从不同的角度把光打下来。置身于这样的厅堂，有种如梦似幻的感觉。而这么高难的工程，是他带着太太两个人完成的。他们的女儿在外地上大学，夫妻两人都有工作，就用周末的时间一点点地完成了全部改建工程。陆是一个上海男人，做得一手好菜，刚才Party上最受欢迎的一道菜是他做的烤排骨，我还专门向他请教了一番。上海男人会做菜并不让人惊奇，能亲手把房子打造成这般摸样真让我惊掉了下巴。陆是做电脑工作的，文质彬彬，唯一跟建筑施工沾边的，是可以用电脑做出些效果图。可是纸上谈兵还不是那么难，真刀真枪完全实现纸上的愿望可不是件容易的事情。陆却轻描淡写地说，这里有你需要的所有的材料、装备和样图，你只要想做，就能做成。

在房子里大动干戈的人还是少数，房子和汽车也不会常出问题，居家的男人们常做的事情还是带带孩子，做做家务。在一个正常的家庭里，爸爸们在孩子身上花的时间并不比妈妈们少多少。在超市里也常看到男人们在买菜。吃过一些美国男性朋友做的菜，都有不错的厨艺，美式烧烤BBQ也基本上由男人负责。在我们家里，先生的厨艺其实比我略胜一筹，还有一些我没有的本事，他烤的各种小点心在Party上总是大受欢迎，还在网上学了不同国家的一些特色饭，在美国的超市里也能买到其它风味菜肴的配料，先生还真能让我们换下口味。只是我一直没有让出厨房这个领地，我在家里总得做些贡献吧，做饭又是一个很好的表达爱的方式，加上我做的中国菜还是比他做的地道，所以在我们家的厨房里还是我唱主角他做配角。但有些事情我就彻底让权了，结婚后我从没熨过衣服，先生的手艺比我的好，就让他大包大揽了。

除了这些家常琐事，居家的男人们也会顾及家人们精神方面的诉求。每年会带家人去休假，自己也享受下天伦之乐。去哪儿休假，休几次假，每个家庭会不一样，但很少有谁家一年都不一起出动一次。美国人的家庭一般限于两代人，夫妻和孩子。也有不少人会跟父母或兄弟姐妹一起休假，也有大家庭的团聚和亲情，但排在首位的肯定是配偶和孩子。结了婚有了孩子的男人跟太太还会有单独的约会，继续享受两人世界的浪漫。当然太太们也会把同样重要的位置留给自己的丈夫。夫妻关系融洽家庭幸福和美，对孩子的成长也是至关重要的。

我在很年轻的时候，听到别人说某个男人喜欢过老婆孩子热炕头那样的生活，我就会觉得这个男人很没出息。成熟以后，想踏踏实实过日子的时候，我想嫁的竟然就是这样的男人。其实这些在乎家庭的男人，在工作中也可以很出色。成家和立业并不冲突，可以同时进行和做好。担负起养家责任的男人们，很有可能在工作中更加努力，会有更强的责任感、更积极的生活态度和工作态度。而美国文化也鼓励男人们的家庭责任感，男人们不会以顾家为耻。当工作和家庭在时间安排上发生冲突的时候，工作一定会让位于家庭。

上得厅堂，下得厨房

不同于现在的中国人，特别是生活在城市里的人们喜欢在饭馆请客，美国人更喜欢在家里宴请朋友宾客，很多人把家宴当作最高规格最盛请的款待。举行家宴的时候，男人们也可以大显身手，但更多的时候要靠女主人的运筹帷幄。

最好的女主人，一定是既能下得厨房，又能上得厅堂的女人。

美国的小时工一般只管打扫卫生，跟做饭无关，开Party前请她们过来，只能指望她们把家里收拾干净，为Party做好准备。这些事情，男女主人自己也可以兼顾。可以去饭馆订菜，客人们也有可能带菜来，但这种时候饭桌上若看不到女主人亲自做的饭菜，对这样的家宴来说就是一个很大的欠缺。我去过的几乎所有的家宴或家庭Party，无论是在美国人家还是在中国人家，都能品尝到从女主人手上出来的菜肴。遇到厨艺高的，从饭前的开胃小菜到主菜热汤再到饭后的甜点，可以做到一应俱全，而且色香味俱佳。不少美国女人都有几样传家本事，可以做些特别的菜，或者自制一些果酱，或者调出味道独特的佐料，这些秘方很多是从她们的妈妈、婆婆，或祖母或更老的一代那里传下来的，她们继承了下来，也继承了一种传统的生活方式，她们又会把这些菜谱和这种生活方式传给自己的女儿或儿媳。

在家里开Party的时候，自己会做饭，就有了一份底气，当然能招待好宾客，光有可口的饭菜还不够。客人们最先见到的，应该是女主人的笑脸。在厨房里一番忙活后，出现在客人们面前的女主人并不显疲惫，很多人是光鲜的，衣着得体，脸上带着微笑，热情地招呼着客人，水一样在厅堂和厨房间流淌着，有灵动和温润的气息。

厅堂里的女主人，应该既有涵养又有智慧。是一个好的倾听者，善解人意，让客人们宾至如归。也是一个好的引领者，适时地抛出一些话题，活跃了气氛，也能把一些原本并不相识的客人们聚合在一起。总觉得做好这样的女人需要足够的智商和情商。有趣的话题来自于丰富的知识和阅历，再加上些幽默的佐料，更是锦上添花，这些需要智商。有好的情商，就会有很强的亲和力，不会冷落了任何人，也能化解尴尬和冷场，让宾客们感觉很舒服，很温暖。这样的女人不会高高在上，也不需要别人俯下身来，可以让人感觉到平起平坐，很放松地享受一段闲暇时光。

遇到不少这样的女人，有美国人，也有中国人，可以上得厅堂，下得厨房。她们有的做着一份全职的工作，也有位居高位的，还有一些是家庭主妇，至少在某段时间里并不出去工作。可是在厨房和客厅里看不出这两类女人有多大的不同。职场里的女强人也可以在厨房里大显身手，家庭主妇们也可以在客厅里游刃有余。

玛莎? 斯图尔特(Martha Stewart)算是把这两件事同时做到极致的典范了。她本是一个家庭主妇，做家务做成了家政女王。她的家政事业涵盖烹调、园艺、装修装饰等方方面面跟居家有关的领域。一场家宴不光需要美食，女主人的周到也不光体现在跟宾客的寒暄上，她们在家宴开始前可能已经做了精心的准备。选哪套餐具，餐桌怎么布置，厅堂如何装饰，都能体现出女主人的周到和品味。很多人从玛莎? 斯图尔特那里学到了如何做好这些事情，而她也成为美国中产阶级的生活领袖。

很多美国人的家里不止一套餐具，请客的时候，餐具、桌布、餐巾或餐巾纸都是一个色系同种情调的。就是用一次性的纸盘，也可以跟Party的主题搭调，跟季节和节日也有关联。客厅里摆放的鲜花，若是从自家花园里采摘而来，女主人又有插花的手艺，一定会增添更多的情调和话题。房间里的摆设，甚至沙发上的靠垫都不是一成不变的。举办一场家宴并不需要面面俱到，而这些美丽的装点，也不一定只为家宴或派对准备。自己家里的几个人，在平常的日子里，也可以独享这些情趣。生活中有了更多的色彩和情调，人的心情也会灿烂起来。我发现很多美国人并不向往大房子，住着合适是最重要的，也不会花额外的钱去买名贵的汽车，很多土生土长的美国人开的基本上不是大牌车，但他们在自家的房子和庭院中会花不少的钱，家里布置得都很有情调，有自己的风格，也非常温馨。要让自己住在一个自己认为舒适和放松的家里，快乐地过自己想过又过得起的日子。毕竟生活是自己的，不是过给别人看的。踏踏实实过日子的时候，日子才能过得有滋有味。

我来到美国时，并没有什么特别的美国梦，只是生活了一段时间后，发现这里的人文环境和生活方式正好跟我原来就有的愿望重叠到了一起，做个上得厅堂下得厨房的女人就是我个人的美国梦吧。

从来没觉得做饭是件很辛苦的事情，做饭是创造性劳动，期间有很多的乐趣，厨房也是一个情意绵绵的地方，可以在这里释放爱，传递爱，得到爱。单身的时候，没少给自己做饭，善待自己。有时候会多做一些，送去给朋友们或邻居们，是一份小小的爱心。结婚生女后，更是在厨房里花上很多的时间和心思。想做个贤妻良母，不可能不去做饭。我能为先生和女儿做的最实实在在的事情就是亲手为他们做饭，而且日复一日年复一年，这样的爱也就越来越长久。先生和女儿的口味我早就稔熟于心，会做他们爱吃的东西，也会变化出新的花样，他们吃得高兴的时候，我自己也乐在其中，厨房里总能创造出更多的生活的乐趣。

下得厨房让我习惯于踏踏实实地过日子，上得厅堂让我先学会了爱自己，努力做好我自己。每个女人在厅堂里人群中都有自己独特的魅力，一个都不爱自己、只想效仿别人的女人很难自信起来，自己掩藏了自己的魅力。知道自己的天赋和优势在哪儿，做自己能够做好的事情，并且持之以恒地做下去，那独特的魅力就会越来越多地散发出来，点亮了自己，也照亮了别人。上得厅堂也给了我不断提升自己的空间，可以更好地充实自己，完善自己，学习更多的知识，增长见识和阅历，并且保持好的状态和乐观的生活态度。

幸运的是我的身边生活着一些这样的女人，有自己独特的品位，自己还会操持，她们传承了一种很好的生活方式，也给了我很好的影响。

这样的女人都是能吃苦的，有各种生活技能，可以一手抱着孩子一手换了汽车轮胎。这样的女人是充满活力的，不一定光顾美容院，但会常去健身房，坚持上一些健身课，或去游泳，时间不够用的话，可以一手推着婴儿车一手牵条大狗在路边跑步，照顾了孩子遛了狗，自己也锻炼了身体。这样的女人一般喜欢阅读，也对烹调、园艺、缝纫、手工制作、装修等感兴趣，并且把她们对生活的热情传递给其他的人。这样的女人也会给自己留出放松的时间，可以跟闺蜜小聚，也可以请她们的父母或朋友帮忙照看几天孩子，只跟自己的丈夫去另外一个地方休假。不过这只是短暂的旅行，大部分传统的美国妈妈们不会缺席孩子的成长，会亲手带大自己的孩子，不会推卸掉一个女人该承担的责任，但她们知道如何享受自己的生活，如何让自己活得更有滋味。

我想做这样的女人，可以上得厅堂，下得厨房。一直在努力做好这样的女人，也希望自己的女儿能长成这样的女人，会生活，会过日子，也能温暖了别人的日子。

便宜也有好货

在中国人的观念里，一分钱一分货，便宜一般没好货；但在美国购物，如果摸清了路子，买同样的东西却能少花不少钱。

为了吸引消费者，美国的商家特别喜欢印制各类的促销广告，投寄到家家户户，或随报纸和网络发行。这类广告向顾客提供了不同种类的最近一个阶段的减价商品。有时商家还会附寄优惠券，有的优惠券可以在购买这家商店的商品时当钱用，有的优惠券可以提供更多的折扣。我刚到美国时，被促销广告上的一台电脑所吸引。这种款式和性能都相当不错的电脑的售价只有三百九十多美元，加上税后也才四百多美元，而且还包括一个彩色打印机和一年的免费上网。如此的便宜总给人不真实的感觉，于是我驱车去探个虚实，没想到确有其货，而且在这家著名的电器商店百思买（Best Buy）办个购物卡后，还可以分期付款。商家每个月给我寄张帐单，十二个月付清全部钱款，不用多交一分钱的利息。我当场要了表，用几分钟填好，他们验证后，很快去仓库取来了我要的电脑，并且送到我的车上。那一刻我真觉得没花钱就抱走了一台大电脑。如果回家用着不合适，还可以来退。这台电脑用了一个月后我才收到第一张帐单。当然我每个月收帐单时，还会收到这家经销商附寄的新的促销广告。有些东西并不是我眼前要用的，但是看到价廉物美的东西，总会诱发出购买的欲望，商家刺激消费的愿望也就达到了。

我买手提电脑时也捡了个大便宜。我决定买个笔记本电脑时，先跟朋友Helena打了个招呼。Helena是个能歌善舞的漂亮女孩，还有一大爱好，就是喜欢研究各类电子产品。我买照相机、摄像机之类的玩意，都是她帮的忙。过了没多长时间，Helena说戴尔很快要有个大的折扣，差不多是每年里最大的一次折扣。她问了我都需要哪些功能，要事先帮我搭配好，才有可能抢到这个便宜货。譬如我要在电脑里存很多东西，存储空间就得要大的，电池也希望是最好的，等等。万事俱备后，只欠东风，就等戴尔启动这个折扣了。Helena一大早就起了床，加入了抢购大马队。好在网上就可以买，不用去店里排队。但抢购的人太多，网速极慢，动作慢点就抢不到了。Helena折腾了一个小时，终于帮我抢上了一个便宜的笔记本电脑。配上我需要的各项功能，这款戴尔的原价是一千五百美元，折上加折后，我只花了七百多美元，便宜了一半。收到电脑后，用起来也很满意，我当然很高兴了。Helena也是兴高采烈，最让她高兴的是，她成功地抢到了这个便宜货。

大部分人用的手机都不是原价买的。一般一个几百美元的新款手机，花上几十美元就到手了。这是手机公司提供的优惠价，只要跟他们签一个两年的合同，就能拿到这样的折扣。反正也得有个电话公司，才能用手机。美国人一般会签这种供家庭用的捆绑式的合同，花不多的钱就能拿到几个新款手机。我们挑的话费套餐，每个月一百多美元，换算成人民币，还不到一千。包括了一部座机和三部手机。手机都是无限通话，用手机上网的时间也足够长，根本用不完，还有很多其它的服务。相对于工资收入，美国人在手机上的花费并不算多。手机更新换代的速度很快，如果是选一个旧款的手机，跟电话公司签过合同后，这个手机很可能是白送的，甚至可能倒贴给你一些钱。

每年换季或过节时购买衣服，也可以验证"便宜也有好货"的道理。中国的大小商店在换季时也会有降价活动，但降价幅度远远低于美国。在美国，很多服装一降再降之后的价格都低于原来价格的50%，等到折扣打到最低点时购买衣服，特别是名牌服装，自然非常合算。因为对大部分不特别赶时髦的人来说，今年和明年的流行款式也没有太大的差别，而且穿衣戴帽本来就该百花齐放。到了感恩节圣诞节之类的节日，不仅衣服会降价，很多商品都会降价。还有不少商店在平时也会推出降价活动，打出降价广告后，这家商店的客流量会明显增多，甭管是中国人还是美国人都欣然前往。花最少的钱买到最好的东西，这大概是全球消费者共同的愿望。

美国的超市每星期都会推出几十种优惠价商品，涉及食品和生活日用品，而且优惠价商品没有任何质量问题，这只是商家的促销手段。我有次在降价时买了两盒鸡蛋，一盒有十二个，还不到一美元。快一个月了还没吃完，那天一看日期，已经过期两天了。想把剩下的鸡蛋扔掉，又觉得有些浪费，不如用白水煮熟，就知道还能不能吃了。煮好以后，剥开一看，蛋黄都在正中间，一点都没往边上偏。这是我妈妈向我传授的经验，蛋黄越在中间，这鸡蛋就越新鲜。我咬了一口，也确实很新鲜。这么新鲜的鸡蛋怎么就算过期了呢？美国的保质期都定得比较靠前，大多数时候，就是吃刚过期的东西，肯定没问题。既然食品的质量都是有保障的，而且都还在保质期内，如果你还没确定这星期要买哪些食品，不妨挑几种正在降价的尝尝，包括肉类、蔬菜、水果、饮料等。超市的优惠价商品一般相当于正常价格的50%，或更便宜。每种商品的优惠价只保持一个星期，这个星期卖十元，下个星期又恢复到二十元了。不过下个星期超市又会推出其它种类的优惠价食品，消费者也可以跟着做其它的选择，既少花了钱，又换了口味。至于可以储存的生活用品，譬如洗衣液、浴液等，倒不妨在超市推出优惠价时购买下来，以备后用。另外，多数超市都可以为顾客办理优惠卡，如果用优惠卡，购买很多商品时都可以打折。

　　有了网购以后，更容易淘到价廉物美的东西了。很多人的手边都会有个电脑，或者 iPad，iPhone 什么的，上网很方便。看到好的折扣，手指点几下就搞定了。东西跟商店里买的是一样的，去商店的话还得看有没有这个时间呢。我开始的时候很少在网上买衣服，总觉得衣服最好试一试，看是否合适，穿在自己身上是否好看。有次我的一个朋友告诉我，她的鞋子都是在网上买的。我说鞋子是最难买的，不是一定要自己亲自试穿吗？不合脚的话怎么办？她说不合适的话就去店里退掉呀，也可以直接寄回给商家。我心想，这鞋子都不怕不合适，更不用说衣服了。我这一开始就上了瘾。网上购物有极大的便利，遇上打折时，没时间去商场，能在网上买的话，就不会错过这个机会了。而且，店铺受空间的影响，没那么多摆放衣服的地方，而网上的尺码和颜色是最全的，同样的一件衣服，还分出长款和短款，客户可以根据自己的身高选择最合适的。很多女士都会有自己喜欢的品牌，对自己的尺码也了如指掌，品牌加尺码，在大小上不会有大的出入。有时候因为衣服的版型不同，是要稍大一点的还是稍小一点的，有些拿捏不准。这时候可以参考下其他顾客的评论。有的顾客会提到她多半是穿4号的衣服，但这种版型偏紧，换成6号的会更合适。这类的建议对后来买这款衣服的人会很有帮助。若是这衣服刚开始卖，还没人评论，大不了买错了尺码，反正在美国退个东西十分的方便也十分的容易。收到网上订购的东西时，里面一般会夹寄一个免费退寄的标签。如果想退什么，就把东西包一下，把标签贴在上面，给UPS之类的邮递公司打个电话，他们会派人上门来取。如果附近有这家店铺，也可以去店里退。大多数时候没人问你退货的理由，想退就退。有了这条退路，买东西时，无论是在网上还是在店里，都可以放开手脚。但卖出去的东西肯定比退回来的多得多，商家大概早就算好了这个帐，方便了别人，自己也不吃亏。有时候我去店里退东西，退一件，又买回来两、三件。自从开始网购衣服后，我在自己喜欢的专卖店的消费明显上扬，我捡了便宜，商家也捡了便宜。

顾客多花了钱，还能很高兴，这大概是商家最想看到的结果了。折扣都是些诱饵，有时候不是在帮你省钱，而是在帮你花钱，能促使更多的消费者去捡这个便宜，是商家的成功之处。

美国的折扣券满天飞，或者是直接打折。超市、商店、饭馆、快餐店、酒店等，都能有折扣，好像能花钱的地方，就能找到或等到折扣。有人还把各种折扣券装订成册向消费者兜售，消费者可以花不多的钱买上本折扣簿。在超市买完东西付款时，时常能看到前面的那个美国人手上抓了好几张花花绿绿的折扣券。曾碰到一位老太太，有张折扣券没用上，转给了后面的我，帮我省了十美元。每次在超市遇上这样的人，我就会在心里感慨一下，这美国人还真会过日子。说美国人喜欢勤俭持家吧，也不完全对，很多美国人在花钱上可是大手大脚的。会过日子是一个方面，从另外一个方面看，商品打折后，便宜带来了乐趣，很多人在这个过程中享受到了小小的快乐和满足。能捡上这种合法正当的便宜，何乐不为？

每年感恩节之后的那个黑色星期五，不是一个节日，却比过节还热闹。美国几乎是全民总动员，浩浩荡荡的捡便宜大军，半夜就开始进驻各类的购物中心或商场，不少地方还排起了长队。我每到这天也会去商场报到，但我起不早，每次去都是赶末班车，最好的折扣基本没有了。但我没有哪次是空手而归的，本来不需要的一些东西，也被抢了回来。我之所以还不够积极，除了比较懒，还知道以后会有类似的折扣，甚至会有更便宜的时候。可是没在黑色星期五的半夜赶过场，也是一个遗憾，所以我一直惦记着要在某一年了却这个遗憾。半夜去排那个长队，就是为了去凑那个热闹，可以在人山物海中，好好地感受一把抢购便宜货的乐趣。

木　箱

那是一只漆皮木箱，木箱上的油漆已经很斑驳了。这一类木箱好象只存在于我们的记忆中，我们的父母祖父母或者更老的那代人应该使用过这样的木箱。后来，随着房子越住越大，衣柜越做越漂亮，旅行箱越来越精致，这样的木箱便远离了我们的视线，也不再停留于我们心之所及的地方。

我见到这一类的木箱竟然是在美国，那是我第一次去美国，在上个世纪末。那是一只油漆已脱落的木箱。它被摆放在客厅的正中间，我和几个美国朋友围坐在那只木箱边，边喝咖啡边聊天。我们偶尔把咖啡杯或随手拿来的一本书放在这木箱上。木箱的主人斯坦芙妮是个三十多岁的美国女子，她的房间布置得很时髦，这只破旧的木箱也就显得格外不协调。我终于忍不住好奇，问斯坦芙妮给这木箱派何用场。她说可以让它当桌子用，或者仅仅就摆放在这里。但无论她搬到哪座城市，她都会带着它，因为这木箱是她父亲留给她的遗物。斯坦芙妮的父亲曾参加过二战，当年，他就带着这只木箱转战欧洲战场，直到易北河会师。斯坦芙妮边说边轻轻抚摸着这只已经破损的木箱。最后，她告诉我，这木箱是她最珍贵的东西，它将伴随她的一生。

后来，我回到北京。无独有偶，在美国外交官汤姆的外交公寓里，我也见到了一只类似的木箱。也是这样的漆皮木箱，粗笨而拙朴，只是体积比斯坦芙妮的木箱大一些。那一天，也是几个朋友围坐在木箱边，边吃皮萨边聊天。席间，有个中国朋友说起，汤姆刚到北京时，说从美国运来很重要的东西，他以为运来了一些漂亮的家俱，没想到就是这只木箱，他想不明白为什么仅仅运来了一只木箱。汤姆笑着说：这就是很重要的东西呀。我仔细看了眼那只稳稳地落在地上的木箱，这一次，我没有问汤姆这只木箱的由来，可是直觉告诉我，这只木箱里也珍藏着一个感人的故事。从构造和色彩来看，这只木箱至少经历过三代人了。北京之后，汤姆又带着这只木箱去了智利。我们再次重逢时，是在美国的马里兰。在他的家里，我又看到了那只木箱。也许，这只看起来并不贵重的木箱，将伴随汤姆走遍世界。

很多美国人的日子里，晃动着过去的影子。木箱只是一种承载，除了木箱，还有很多东西可以承载他们的历史和传统。有些东西，有些事情，在外人看来不足为重，美国人却很珍视，并且喜欢用传统的方式去对待。

每年的圣诞节，很多美国人会在家里装点一棵圣诞树。商店里有人造圣诞树，大的小的都有，看着也挺漂亮。但不少的美国人坚持买真正的圣诞树。进入十二月，在路边总是很容易找到卖圣诞树的地方。Home Depot 之类的家居店里也有真的圣诞树，价格不算高，一般几十美元，便宜的时候也就二十多美元。有些人还会跑到专门种圣诞树的地方，现挖一棵回来。我懒得折腾，倾向于买棵人造树，圣诞节过后可以搬进地下室，下面的圣诞节还可以接着用。先生却每年都乐此不疲地搬回棵两米多高的真的圣诞树，也曾亲自去挖过树。

这是传统，先生说，圣诞树一定得是真的，你嗅嗅这松香，这才是圣诞节的味道。

每年的圣诞节，他一定要坚守这个传统。我们的女儿也总是兴高采烈地配合，我知道这个传统已经传到了她的手上。每年十二月初，父女俩会一起去挑圣诞树，用车载回家，"栽"进专门为圣诞树预备的器皿，然后装点上圣诞彩灯和各种挂件。圣诞树的顶端，一定要插上一颗星星。因为是一棵有生命的树，每天要为它浇水。会有松枝落下，也需要每天清扫。这些忙碌都是快乐的，女儿从很小的时候就开始享受这种快乐，早已成年的先生，继续享受着从童年开始的快乐。

这棵有生命的圣诞树可以在我们家生长一个月。圣诞过后，还可以陪伴我们一起迎接新的一年的到来。进入一月份，陆陆续续看到很多房子的门口有棵已经有些干枯的圣诞树，会有专门的人来回收。要用真正的圣诞树，是很多家庭共同的传统。

每个家庭中，也会有自己的传统。

先生小的时候，他们一家人常会去一个叫 Ocean City 的海滨城市度假。都是在夏天，一般在那待上一个星期。等他有了家庭，特别是有了孩子后，我们也开始做同样的事情。年初的时候，我们就会把房子定好，锁定七月或八月的某一个星期。先生还喜欢订同一套公寓，面朝大海，可以听到阵阵的海浪声。窗户也很大，躺在床上，可以看到白云从蓝天上飘过。站在窗户边或阳台上，是水天一色，安静，祥和。这个城市还有各类的游乐设施和水上乐园，有静有动，确实是一个很好的度假的地方。但是每年都来这里，住在同一套房子里，多少让人有些倦怠。出来度假，似乎应该多去一些没去过的地方。每次我提出异议，先生都会很认真地强调，这是我们家的传统，我们当然要去不同的地方，但有一个地方最好是固定的，就是这里。

每次去那里度假，先生总会向女儿强调这一点。还嘱咐道，等你大了，你有了你自己的家庭后，还可以带着你的老公和孩子来这里，保持这个传统。

女儿似懂非懂，但总是点头称是。

这时候我又会来凑热闹，跟女儿说，你也可以带上我们。

其实在美国，常见祖孙三代一起出行一起度假。特别是在 Ocean City 这类的地方，有的是一大家子人，有的是两、三家朋友相约而来。先生家的人也会定期在这里团聚。兄弟姐妹和各自的小家庭，加上我的婆婆，一、二十口人聚在这里。每次一起出行时，都是一个浩浩荡荡的大马队。只是这种活动很难每年都搞，一般三年聚一次。先生的弟弟已从东海岸搬到新墨西哥州，如果仅仅是想去海滨度假，他们应该去离他们近了许多的加利福尼亚州，可他们还是坚持一次次地回到这里。先是夫妻两人，后来有了孩子，现在是三个孩子，一家五口，千里迢迢，先乘飞机，再租个车开过来。这么舍近求远，只是因为，这是他们的传统。

我认识的一个美国朋友，和她的先生长期居住在北京。有次通电话，她告诉我，他们要回趟美国，跟女儿在纽约会合后，一起去缅因州。

她接着说，女儿小的时候，我们每年带她去缅因州度假。

可那个时候他们都住在纽约，去趟缅因并不麻烦，现在他们要从万里以外飞回来。缅因的风景是很美，可这个世界有很多美丽的风景，他们也有很多周游世界的机会，他们还是要带上早已成年的女儿回到她小时候常去的地方。只是因为，这是他们一家人想一起回去的地方。

能有一个让人心生眷恋的地方是幸福的。这样的地方不是故乡，却可以让人亲近。一次次地回去，一代代地回去，这种非亲非故的地方，也可以成为跟故乡一样亲的地方。可以在这里释放情感，存放情感，像是生命长河中的一个坐标，坚固地立在那儿。

很多美国人是念旧的。一个地方，可以让他们一次次地回去，一些东西，他们会长久地留存。去看一个朋友，有了他们的第一个孩子。孩子被包在一个小毯子里。她指着毯子告诉我：这是我小时候用过的毯子，我妈妈一直留着它。我做了妈妈，她就把毯子给了我的孩子。

她的脸上满是幸福，为怀中的孩子，大概也为这个包裹孩子的小毯子。

我这才注意到，孩子的用品都是新的，只有这个小毯子有些老旧。传到她的孩子这里，至少是两代人了，或许还可以追溯到更老的一代，也可以传给她的孩子的孩子。这是美国人喜欢的一种传承的方式，要传下去的东西，并不是金银财宝，却是金银财宝换不来的深情和亲密。

美国有一种很特别的被子，是用一种传统的手工做法缝制出来的。被面不是外面买来的，要从家中每个成员穿旧的衣服上剪下一块，一点点拼出这个被面。这样的被子，代表着家庭中的每一个成员，和他们对家庭的一份贡献。他们凝聚成一个家庭，同时以他们的家庭为傲。这种用爱和亲情缝制出来的被子，是独一无二的。这种无价的财富，是前辈能够留给后代的最好的遗产之一，也最值得后代珍惜和传承。如果能给后人留下些什么，留给后人的，一定要有一些用金钱买不到的东西。

当大多数人心有愿望，并且有持之以恒的行动时，就会有很多的方式，保留一些传统，也会有很多的地方，让后来的人们去那里凭吊，纪念过去的人们，和他们为这个国家做出的贡献。去过美国的一些历史名迹，都被保护得很好。美国人也总是骄傲于先人留下的这些财富，相关的介绍和解说，一概面面俱到，不厌其烦。不过不少这样的地方，也就有二、三百年的历史，与我们五千年的历史相比，这只能算沧海一粟。可是每次去这样的地方，慢慢地走进去，总会被一点点地触动。为那些被时光和情感细细打磨过的细微之处，也为身边的那些参观者们，可以带着朝圣者的眼睛和心境，去看去感受先人留下的精神财富。他们会问一些很细致的问题，也会为一些让人很容易忽略掉的细节发出赞叹。这些并不华丽的地方，之所以能触动人心，是因为它们是一个国家在精神上的根源和归属。一个国家能有一些固定的东西，她的人民才会有归属感，内心不会渺茫，不会随波逐流。

如果往回看，美国是一个历史短暂的国家，如果看今天，美国在以创新引领世界。按照我们的思维，一个人要扬长避短，一个国家似乎也应该扬长避短，如果这样想，美国是最应该只看今朝的国家。可美国人恰恰特别地在乎自己的历史和传统，喜欢推陈出新，也喜欢坚守住一些一成不变的传统。

也许历史太短，土壤不够丰厚，他们才会更加珍惜每一寸土壤。历史再短，只要有人不断地传承，就会越来越长，并且能让历史中的每一颗种子，在今天结出丰硕的果实。当代的东西，今天的成就，都是从历史的土壤中而来，如一棵大树，只有紧紧地根植于土壤中，才能枝繁叶茂。

而传承的方式，并不需要轰轰烈烈，最重要的是能拥有传承的意识，渴望从先人、父辈那里继承一些物质财富以外的东西。那些朴素的物件，那些平常的习惯，都可以成为长长的链条中的一个小小的环扣，环环相扣，铸就了厚重、坚韧的纽带。

生活在美国，又有了更多的机会，看到一些老旧的木箱，笨重拙朴，静静地守候在那里，可以老去，不会消失。慢慢地明白，为什么历史短暂的美国，为什么看起来活得轻松随意可以把什么都抛到脑后的美国人，反倒能拥有一些沉实厚重的东西。

那些美丽的花儿

　　走进美国的超市，最先看到的，常常会是一簇簇的鲜花。五颜六色的花儿，已经被一束束地包好。一束花里，有几枝，或是十枝左右。拿在手里，插在花瓶里，是正好的数量。包好的，一般是单一的一种花儿，颜色可能会不同。这样的一束花，也就几美元，最多十几美元。大多数人要买的，就是这种被简单地包着的价廉物美的花儿。也有几十美元的花篮，几种鲜花被精心地插配在一起。买的人不多，数量也就很有限。

　　不同的节日里，会有不同的花儿。情人节里，一定会让红玫瑰独领风骚。复活节时摆在那里的花儿，多是黄色和绿色的，还可以配上可爱的复活节彩蛋。独立日时，花儿的颜色就会转向美国国旗的红、白、蓝色。立秋以后，南瓜黄就成了主流，像是在秋日的艳阳下，一片丰收的喜悦。圣诞节是大红大绿的，可以让大红的花儿，配上绿色的包花纸，这样的搭配有些俗艳，但绝对是喜庆的。

　　美国的超市里，鲜花的流动性很大。一簇簇的花儿，不断地被人买走。几乎从未见到花儿在超市里枯萎，被店员挪走。很多鲜花含苞欲放，恰到好处。买回家，或者送给别人，插进花瓶，一、两天后，正好可以一点点地盛开。

　　鲜花在超市里出售并不奇怪。它们不是奢侈品，必定不属于高档的品牌店。它们是美丽的，又是普通的，是在泥土中孕育长成的。它们的美丽是自然朴素的，浑然天成。当然，鲜花并不是生活必需品，当它们跟食物和日用品共同撑起一个个超市时，倒有了些必需品的味道。

　　有了鲜花的超市，味道不同，情调也不同。走进超市，先看到美丽的鲜花，让人眼前一亮，神清目爽，接下来的购物，似乎也多了愉悦。鲜花被摆放在超市的入口处，也方便了买花的人，有的人进去只为买上一束花。美国人喜欢花儿，但专门的花店极少。要买包好的鲜花，一般会去超市。不像其它的礼物，鲜花不能早早地买下，要等到送花前去买。一进超市，花儿就在眼前，可以很迅速地挑上一束。

先生跟我谈恋爱时，每个周末，我们约会时，他都会带给我一束鲜花。每一次来见我之前，大概就是在超市停一下，买上一束花儿。一个星期，是鲜花最娇艳的时候，一点点地绽放，直到完全地盛开。刚刚有些凋零的迹象，他又带来一束新鲜的。我们谈了将近一年的恋爱，那一年里，我的房间里一直盛开着最灿烂的鲜花。结婚以后，他保持了这个习惯。下班回家的路上，常常会去超市，带一束鲜花回来。他把超市里不同种类的鲜花都买遍了。后来他的这个习惯被他的同事，我们的介绍人，来自北京的民知道了。民很不解地跟他说，你都把她追到手娶回家了，为什么还要送花给她？先生马上反驳道，她现在是我的太太，就更应该给她买花了。民听着直摇头，后来又跟我说，这美国人真不会过日子。我心里感激着先生的心意，但也赞同民的想法。先生和我还不是老夫老妻，不过平民老百姓过日子就不用太讲究了，还不如用这买花的钱买些别的东西呢。

于是我跟先生商量，在几个重要的日子里给我买束花就行了，平时就别去买花了。既然我这样说，先生不再坚持自己的习惯，只在结婚纪念日、情人节和我的生日之类的日子里买回一束鲜花。而一年很长，在大多数没有鲜花的日子里，我开始怀念起那些赏心悦目的花儿，觉得家里能妆点些花儿会更温馨更有情调。或许我在不经意间，已经受了先生的影响。我陆陆续续买回了不少的仿真花。美国有一些很好的装饰品商店，这里卖的手工制作的假花栩栩如生。可以一枝枝地单买，自己搭配，也可以买插花盆景，还可以配上不同风格的花瓶或装花的器具。一些专门的商店里卖的人造花，也是随着季节更换。春天时更容易买到迎春花、水仙、樱花、郁金香之类的花儿。先生有些不解，我不让他去买鲜花，自己却倒腾回来各种各样的假花。他更喜欢新鲜的花儿，但也没有阻拦我的计划，我得以继续打造我们的家庭花园。家里最显眼的台面上，和最不显眼的角落里，慢慢开出了一年四季的花儿。

先生送给我的那些鲜花，和我自己买回的仿真花，我都很喜欢。它们都是美丽的。这些花儿，点缀的是一栋房子，更是我们的家和我们的心情。在这个家里，我们会渐渐老去。有一天，年老体衰的时候，我会想起把这些花儿带回家时的心情，那份喜悦一定可以延续。或许那个时候我会把买鲜花的习惯还给先生，在我们真的是老夫老妻的时候，重拾年轻时的浪漫。

更多的鲜花，是盛开在室外的。很多房子带了前后院，美国人喜欢在这里种上自己喜欢的花儿。有些商店和农场，会辟出大片的区域，销售可以盆栽和种在前后院的花儿。也有各种各样的花籽、花肥、工具等，为建造一个家庭花园提供了一切便利的条件。很多美国人家会有一辆小卡车，便于运送这些东西。喜欢种花养草的人，该是热爱生活的人。喜欢看着这些业余的花匠们，在花园里辛勤快乐地劳作。他们亲手建造出一个个姹紫嫣红的庭院，让他们的居所更加的美丽，也惠及他们的邻居和那些过往的行人。

还有很多花是当地政府种下的，有专门的人来打理。在一些成熟的小区，可以看到很多繁茂的花树。春风吹过，桃花梨花樱花等竞相开放，花枝招展。春天里在外面漫步，满目桃红柳绿杏雨梨云。把汽车停在外面，上面会落上厚厚的花粉。几场春雨过后，满地落英缤纷，踏在绵软的落花上，犹如在一片花海中徜徉。水流花谢时，并不觉得伤感，因为知道，春天只是开始，还有更多的鲜花在土地里孕育，在静悄悄地生长，在人们的盼望和喜悦中含苞待放。

鲜花并不只盛开在喜庆的地方。

读书的时候，有次搭室友的车回家。车子从学校拐上主路时，她指着路边的一束美丽的花儿，告诉我，这里发生过一起车祸，还是她亲眼所见。那天她为了赶出论文，在学校图书馆呆了一整夜。早上开车回家，她后面的车子超过她的车，是一个年轻的男生，应该也是通宵未眠。他超过我的室友的车后，或许是太累了，倦意袭来，打起瞌睡。他的车子突然滑向对面的车道，我的室友眼睁睁地看着两辆车惨烈地撞到一起。

对面的车上有两个人，一个男生在开车，旁边坐着他的女朋友，都是大学生，是来学校上课的。三个年轻人，都没活下来。室友艰难地重复着。

我的心里一哆嗦。

室友又说：之后的一个多月我都不敢开车，而且，太难过了。

那束美丽的鲜花，大概是他们的家人摆放在那里的。

我在那所大学呆了两、三年，总是有人，不间断地在那里摆放鲜花。就是在最寒冷的冬天，大雪弥漫，也会在那里看到一束新鲜的花儿，直到我离开这个地方。我知道，以后这里还会有死者的家人或朋友送来的鲜花。这是怎样的伤痛，怎样的思念，这样的绵长，无法停下。

后来，我在我生活的另外一座城市，也是在路边，看到了同样的情景。开车经过那里，看到路边有人摆了一束鲜花，还有一个用鲜花做成的小十字架。我知道，在这个地方，一定也发生过车祸，一定也有生命逝去。我在那座城市又生活了几年，每次经过那里，都会看到一束娇艳的鲜花，和一个小小的十字架。每一次，我的车速会不自觉地慢下来。那一束鲜花，是家人对死者的纪念，也在提醒着经过的人们，珍惜生命，不要给那些爱着你的人们，留下这么难以愈合的伤痛。

经过墓地时，也时常能看到鲜花，摆在墓前。平时是零零星星的，遇到一些节日，像母亲节、父亲节、情人节、独立日、圣诞节等，也会有无数的鲜花，在这里绚丽地绽放。因为有太多的鲜花，这里也会有彩蝶飞舞。一些大的墓园边，一般会有一个花店。来这里祭奠死者的人，可以临时买上一束鲜花。来参加葬礼的人，手上也可以拿着一枝花或一束花，最后告别时，人们把手里的鲜花留在棺木上。这些令人难过的地方，因为有了鲜花，愁重的氛围多少轻松了一些，芬芳的花香驱散了些许的悲伤。在那些温馨的节日，更愿意相信，那是家人朋友间的又一次团聚。只是，一个在地上，一个在地下。造访的人走了，他们带来的鲜花，还在被造访者的居所安静地盛开。

美国的五十个州都有自己的州花。之所以选择这些花儿做代表，都有自己特别的涵义和期许。很多州的州花很朴素，有些花儿像乡间的野花。有人试着把五十个州的州花插进同一个大花篮，那些单独看起来很不起眼的花儿一下子鲜活起来。当这五十枝花儿汇聚在一起时，是无比的绚丽。正好有不同的颜色，不同的花型，不同的韵调，争奇斗艳，却又是一个非常和谐的大家庭。每一枝花都有自己独特的风采，又同另外的四十九枝花儿浑然天成，相应成辉。

最让我难以忘怀的花儿，绽放在一些意外的感动中。有一年我过生日，那时候刚来美国不久，独自一人，有些落寞。去给学生上课，走进教室，吃惊地看到讲台上盛开着一大捧鲜艳的红玫瑰，旁边还有一盆青翠的幸运竹。所有的学生已早早地到齐，见我进来，一起为我唱"生日快乐"。我走到讲台边，在那一捧红玫瑰边，扭过头去，努力忍住眼中的泪水。我不知道他们怎么会知道那天是我的生日，或许是在某次闲聊时被无意地问起，又被他们悄悄地记住。

那一年的生日，本该是在寂寞苦涩中度过，却因为那束鲜花，灿烂地绽放，成为我一生中最美好的生日之一。也更加地相信，在最黯淡的日子里，也会有鲜花般的明媚。

还有一次，也是意外的惊喜和感动。那次是去参加一个聚会，到了以后，才知道这是专门为我办的告别单身Party。姐妹们在我结婚之前聚在一起，为我送上祝福。她们陆陆续续地到来，每个人的手上都拿了一枝花。大概是事先约好了，每个人带来的是不同的花儿。她们还准备了一个漂亮的手编花篮。聚会的一个环节，是姐妹们挨个儿把花送到我的手上，同时送上一句祝福的话。所有的花儿，最后被插进那个花篮。空空的花篮里，装满了花儿，是满满的祝福，花儿般温馨。

记忆中还有一束让我难忘的花儿，来自于一个完全陌生的人。那次是我在外面随意地散步，经过一家人的前院，看到一位中年妇女在打理自家的花园。美丽的花儿吸引了我，我停下了脚步。那位女士热情地跟我打了招呼，还告诉我各种花的特点。那一簇簇美丽的花儿，愉悦着我的心情，特别是一片紫色的花儿，让我尽情释放着我的愉悦。

那位女士指着那片紫色的花儿，告诉我：这是鸢尾花。

我赞叹道：真漂亮。

她问我：你喜欢？

我说：很喜欢，紫色是我最喜欢的颜色，花瓣中间的黄色也很特别很漂亮。

她弯下腰，很快折下了几枝，递到我的手上，说：送给你。

我很是意外，笨拙地接过那束花，两只空落的手上，落满了醉人的芬芳。

我抱着那束花，开心地走在回家的路上。心情更加的愉悦，为这美丽的花儿，更为这不期而至的善意和美好。我低下头，在我的怀中跳跃着的花朵中，看到的，分明是那双美丽善良的眼睛。

那些美丽的花儿，早已凋谢，却依旧盛开在我的回忆中。

知道，花无百日红，可是，在不经意间，又会看到新的花儿悄然开放。这是我们能够拥有的世界，鲜花盛开，万紫千红。

异国家园，电影之外的美国

异国家园，电影之外的美国

生活在此处，可以看到的景象，可以听到的声音，可以感受到的气息。

两个迥然不同的国家，都是美国，只是一个在很多人的想象中，一个是素面朝天的存在。

这样的普通和简单，有些出乎意外。

从多方位的视角看美国，从独特的切入点走进美国。

因为残缺，才有了完美。因为普通，才可以亲近。

想象之外的美国，却有着我们更愿意走近的风采。

电影之外的美国

　　很多人心目中的美国，是电影电视中的美国。美国大片吸引了很多的中国观众，对于大多数没有去过美国的观众来说，美国电影几乎涵盖了美国的一切，电影中的美国就是真实的美国。很多年前，我生活在中国时，也是这样认为的。后来我来了美国，发现真实的美国生活与很多电影中所表现的生活有很大的不同。作为普通人，我更喜欢电影之外的美国。

　　看过很多美国电影的我在很长的时间里都认为美国是一个充满暴力的国家，当我踏上美国的土地时多少有些战战兢兢的感觉，但是这种感觉很快就消失了。在美国的大部分地方，生活非常的宁静平和。有一个台湾来的朋友在形容她初来美国的感受时说，她当时觉得美国的一切都是那么"柔软"。阳光、微风、绿草坪和人们脸上的微笑，都给人一种"柔软"的感觉。也许用"柔软"并不能表述美国的一切，但她的感觉多少说明了美国的生活还是很平和的。这里允许极端的东西存在，但对绝大多数人来说，他们更愿意选择平实稳定的生活。在各类公共场合，人们也是非常的礼貌谦让，几乎见不到争执冲突的场面。当然美国的犯罪率也不低，很高的持枪率和过度的自由给和平的生活投下了潜在的威胁。有的人心理变态，有的人想寻求刺激，有的人缺乏法律意识，有的人涉足非法勾当，这都可能导致犯罪。现在还有恐怖袭击的威胁。但相对于影视作品中所描述的状况，实际的美国生活还是很轻松惬意的。

　　对于很多喜欢热闹的中国人来说，美国或许过于安静了。特别是在那些偏僻的地方，有可能走出来好远都见不到个人影。公众场合也没有人大声喧哗，商店里很少出现挨肩擦背的情形。有些住家也是孤零零的，不光前后左右没有邻居，还得开车开出一段才能看到另外的住家。当然一般在城市里会比这热闹许多，像纽约芝加哥这样的城市里也是车水马龙人稠众广，但这热闹跟中国的热闹还是不能比的。

有个星期六我去华盛顿市内参加一个会议。没有开车，坐地铁进来的。来之前上网查了路线图，应该离地铁站不远。可是刚出地铁站我就有些找不着北了，不知该往哪边走。我不会用手机找路，只能找人问路。放眼望去，竟然一个人影都没有。我只好试着往前走，特别巴望能遇上个什么人，可走过了几条街都没有如愿。其间只是偶尔有汽车从路上驶过，走路的就我一个。那时候是早上八点钟，也不能说太早了，不过店家都还没开门。本来华盛顿市内的店家就没那么多，这里多是政府不同部门的办公楼，很少有人会在周末加班，很多楼里大概也是空的。可这毕竟不是一个边远的小镇，这是美国的首都，在早上八点多的时候，再怎么着也该有些在街上走动的人吧。那一刻对于我来说有些过于静谧了，只能听到我自己的脚步声和喘气声。那一刻的我也很怀念中国的早市，想念着那份在初升的太阳下人声鼎沸的热闹和人气。

人情淡漠家庭失和也是美国电影中经常出现的内容，好像很多美国人跟独行侠似的，天马行空，我行我素。我想美国人的个性比较直接，也很务实，他们会把对个人利益的看法明明白白地袒露出来，但他们显然不是那种只顾自己不顾别人的人。我认识的一些美国朋友，他们都很热爱家庭，很看重朋友间的友情，也乐于帮助那些需要帮助的人。跟美国人聊天，常听他们提及他们的父母，或者伴侣，或者子女，或者兄弟姐妹，亲戚朋友间的走动也不少，亲情在美国人的生活中占有很重要的位置。我曾见过一个美国女孩为她爸爸做生日蛋糕的情景。她认为亲手为父亲做蛋糕更能表达自己的心意。做蛋糕时，也就不仅仅是在做蛋糕了，有些紧张，脸上还带着喜悦和期待。我还认识一个美国女孩，她的姐姐跟恋人订婚了，她期望给姐姐一个意外的惊喜，迎接姐姐的婚礼。正好她姐姐的生日到了，她悄悄地跟她姐姐的朋友们以及她家的亲戚们联系好，待到不知底细的姐姐回家过生日时，确确实实惊喜了一下。家里已是高朋满座，有的人还是从其它城市赶来的。所有的亲戚朋友都为姐姐带来了一份精心准备的礼物，欣喜的姐姐一一拆开，开心地向大家展示和显摆。我当时也在场，很是惊喜于那种其乐融融的气氛和出乎意料的感动。其实在美国人的家庭生活和朋友交往中，这类惊喜并不少见，会以意外的形式降临。我自己在结婚前和生孩子前，也有过意外的惊喜。

在美国，家庭和朋友间常搞一些快乐怡人的聚会，或者一道出去游玩，以此保持亲密的联系。先生的家人分居在不同的地方，每过两、三年，兄弟姐妹们会选好度假地和度假的时间，带上我的婆婆，一起去那里玩上一个星期。有时候他们会租一个很大的房子，几家人可以住在同一屋檐下，好像又回到了童年时光，只是当年的孩子都已拖家带口了。还有规模比这大许多的家庭聚会。有一次去参加先生的一个朋友家的聚会。是在一家教堂的餐厅，七、八十个人，围了好几桌。开始时我以为是这家教堂组织的活动，先生说这都是他的朋友的家人，从曾祖母到刚出生的第四代，远近亲戚，都是有血缘关系的。先生跟他的朋友是小时候的街坊和发小，也跟着混进了这个大家庭。类似的情景我在读书时也见过。那次是去我的美国同学家。她家每年搞这么一次聚会。除了自己家的人，还会邀请上亲近的朋友。先在我的同学的哥哥家吃晚饭，然后去隔壁她姐姐家吃饭后甜点。她的哥哥姐姐把房子买到了一起。小时候在一起，长大了还不想分开。很喜欢这样的聚会，可以感受到血缘的契合与甜蜜。一个大家庭，而且这个大家庭的大部成员都认同于这种维系时，才能有这样的契合，也才能营造出这样的甜蜜。很多美国人把家庭排在第一位。对孩子可以倾心付出，对老人也很少不管不顾。我们中国人信奉的"父母在，不远行"在这里也有不小的市场。当父母年迈体衰时，有些远走他乡的人会重回故里，在离父母不远的地方安顿下来，便于照顾父母。我认识的一个美国人甚至把他年迈的妈妈接来跟他们同住。当然这种情形并不多见。父母不跟子女同住有时是老人的意愿，他们不想打破自己原有的生活习惯。而美国的一些重要的节日也是以家庭团聚为目的，像感恩节前后，飞机场火车站总是人潮涌动，高速路上也都是赶着回家的人。

美国电影还给人造成一种印象，那就是美国是个性观念非常开放的国家，美国人对待性行为的态度非常随意。其实正好相反，应该说美国是个相当保守的国家。美国在这方面的政策是比较开通的，在很多地方可以买到供成年人看的书刊影碟；有些电视台也会在午夜时分安排这一类的电视节目；还有专供色情服务的热线电话和网站；在内华达州妓女的身份甚至是合法的。但这并不说明美国是个色情泛滥的国家。大多数美国人认同这样的自由，但这并不意味着他们会不加节制地放纵自己，更多的人愿意遵守道德规范的制约。大多数美国人看重彼此忠诚的家庭生活。我认识一个美国老太太，谈到她对自己儿子的恋爱婚姻的期待时说，她希望她的儿子能多谈几个朋友，在各方面多做一些尝试，然后选择出真正适合自己的对象。结婚之后就好好过日子，这辈子最好只结一次婚。跟这位老太太观点相似的大有人在。大多数美国人在谈恋爱时，他们的性伴侣往往只是他们的恋爱对象，很多恋人之后也会携手进入婚姻的殿堂。还有不少年轻人受宗教的影响，拒绝婚前性行为。一旦进入婚姻，更多的人会持严肃的态度，婚外恋在美国并不是一种常见的现象。滥爱滥情的人会遭人非议，很少有人敢堂而皇之地带着小三进入朋友家人圈子或其它的社交场合。在美国的工作场所，对性骚扰也严加约束。在学校里，如果师生之间发生了性行为，那么做老师的很可能被解除教职，师生恋在美国是不被鼓励的。在公众场合，美国人也尽可能地避免身体上的接触。这些约束不仅仅来自于整个社会遵从的道德规则，更源自于很多人内心深处固守着的传统信仰。其实很多美国人是很害羞的，也非常的保守。有个朋友去欧洲旅行，拍了很多照片，拿给同事看。有些照片上有裸体的雕塑或绘画，有些美国同事看到后面红耳赤，很不好意思。朋友很是惊奇，感到美国人比欧洲人保守了许多。所以哪个政治人物闹出绯闻，很难得到公众的理解和原谅。这是一个自由的国家，更是一个自律的国家。

中国观众在看美国电影时，习惯于把美国人看作是另外一个世界的人，我们好像就该有不同的生活。将近二十年前，我在写第一个长篇的时候，在小说中加进了一个美国人。开始时有些困难，不知该如何写他，不知道美国人该有怎样的心思和行为。那时候我知道的美国人，基本上是在电影电视里。想比着葫芦画瓢，又有些找不着感觉。后来决定就照着中国人去写，美国人也是人，跟我们应该有同样的七情六欲、喜怒哀乐。来美国以后，认识了很多美国朋友，天天生活在美国的人海中，还嫁了个美国人，每每想起自己当年写小说时的做法，都有些小小的得意，当年的那个做法还是挺靠谱的，美国人和中国人的共性远远多于不同。虽说两国的政治体制不同，但老百姓的生活是相似的。美国人跟中国人一样，渴望亲情、友情、爱情，同样害怕失去挚爱亲朋，同样受疾病和死亡的困扰。这里也很少有不劳而获的自由和便宜，更多的人过着普通平凡的日子，有时候是乏味的日子。美国人也需要为生计奔波，这里也不乏房奴、孩奴，买房子需要贷款，孩子上大学的学费需要积攒。而且大部分人拿的是死工资，没有灰色收入，一夜暴富的机会少而又少。也很少有人敢随便行使手中的权利。当权利不能被滥用时，权利也就无法成为特权和致富的手段。

如果想过上更好的生活，最好的办法就是更加努力地工作，或者通过学习掌握新的技能，获得新的机会。不能说这种生活方式是上佳的选择，但是当大多数人都认同并享受这种生活时，它就有了存在和延续的合理性。这里也很少有人羡慕嫉妒别人的财富，没有攀比，也就少了许多压力，少了不切实际的幻想，少了算计别人的麻烦。能过好自己的日子能自得其乐就是生活在幸福之中。芸芸众生，一张张脸上，很少看到麻木或急躁，大部分人是平静泰然的，还带了些无缘由的喜悦，跟这片土地的基调和色彩浑然天成。相对于电影里的华美和激越，真实的生活显得更加的朴素无华平淡无奇。而那份百川归海的大气，就蕴含在波澜不惊的平实中。生活在这里的很多中国人会觉得这样的生活有些索然无味，离开了以后，又会怀念这里的简单平和。

虽然真实的美国生活与很多美国电影所展示的生活有不小的距离，但美国电影依然醉心于创造另外一个光怪陆离的美国。我曾不解地问一个美国朋友，为什么电影之外的美国与电影中的美国有这样那样的不同？他解释说，美国人喜欢通过电影满足自己的新奇感，而且美国电影主要是拍给美国人看的，首先要考虑的是美国人自己的欣赏口味，如果电影完全照搬生活，观众会觉得这电影太乏味了，没有拍摄的必要。美国电影之所以具有经久不衰的魅力，就是因为它能在现实生活的基础上，不断翻出新花样，给观众带来奇异的感受。仔细想一想，他的解释还是蛮有道理的。

志愿者精神和捐赠文化

有次跟几个美国人聊天，问到他们，美国作为一个国家，最大的优点或优势是什么？几个人沉默了片刻，认真地想了想，有位女士很肯定地说，美国最值得骄傲的是志愿者精神。其他几个人也点头赞同。

这个答案开始时让我有些意外。他们提到的不是教育，不是政治政治制度，不是军事实力，不是高科技和与之相关的创造力，而是有些普通，甚至有些默默无闻，似乎跟强势并不沾边的志愿者。当这几个美国人把志愿者推到了首位的时候，我才认真地去思考美国人对志愿者这种身份的认同，很快意识到，做志愿者在美国是一种很盛行的行为和文化，很少有美国人一辈子都没做过志愿者。提到志愿者精神志愿者文化，还会联想到另外一种文化，就是捐赠文化，也很少有美国人从未捐献过什么。志愿者和捐赠者在美国是两种相当普遍的身份。

志愿者文化和捐赠文化跟美国生活的方方面面都有关联。譬如在教育领域，学校的很多工作需要志愿者的加入，志愿者在学校的运行和各种活动中发挥着很大的作用。有不少在中小学做志愿者的是孩子的家长，或是自己的孩子在这里读过书，孩子毕业了，他们把那份志愿者的工作继续做了下去。有的孩子很小的时候就开始跟在爸妈后面做些简单的志愿者工作，到了九岁十岁的时候已经可以被委以重任了。每辆校车上都有一、两个志愿者，负责照顾好一车的孩子。这些志愿者都是四年级到六年级的小学生，一般小学四年级的时候可以递交申请，学校对他们进行培训，通过审核后就可以正式上岗了。一学期或一学年天天坚持把这件事做下来，还是很需要责任心的。学校里上学放学这两个时间段是最忙乱的时候，一辆辆校车一批批孩子进进出出，这时候基本上靠大小志愿者维持秩序，很好地保证了学校工作的正常运行。在美国申请大学时，一定要有相当的做志愿者的经历。很多中学生已经有了很丰富的志愿者经历，包括海外的经历。他们一般会利用暑假的时间去个发展中国家，在那做两个月左右的志愿者，帮着建房子、建学校，或在学校教小孩子，或去救灾等。这些经历也反过来影响到他们对大学专业的选择和对人生的规划。进入大学后首先遇到的很可能也是一些志愿者，帮着新生入住校园和办理注册手续的都是高年级的学生。很多人上了大学后会继续当志愿者，做了很多的志愿者工作之后，有的人在这个时候已经养成了做志愿者的习惯。

大中小学不光需要志愿者，还需要大量的捐助。私立大学的运转资金很多来自于校友和其他人的捐献，公立大学也不可能仅靠政府拨款和学费。私人捐赠帮助更多的人进入大学学习，他们学有所成后，也会向母校捐款，帮助了后来的莘莘学子。中小学里除了每年组织筹款活动，也会组织学生做捐助，可以用自己的零花钱买套文具或一本书，捐给贫困家庭的孩子，也可以把自己穿小了的衣服鞋子捐给有需要的孩子。

在做志愿者和做捐赠这两件事上，可以做出很大的动静，也有人为此做出了很大的牺牲，有的志愿者献出的是自己的生命。美国的有些部门是靠志愿者来维持运转的，在一些财政紧张的县市，有些消防队员都是志愿者。记得有次看到报导，一场火灾中，两个消防队员为救火而牺牲了生命，其中一个是二十出头的志愿者，年轻帅气，光看照片以为是个明星，但他有着很多明星并不具备的光芒。

也有不少明星名人喜欢做志愿者。前总统吉米?卡特卸任后，一直致力于和平事业和慈善事业。会做木工的他，每年会抽出一定的时间亲自参与施工，为无家可归者修建福利房。2017年的夏天，已经快93岁的卡特因为在烈日下工作，出现脱水现象，晕倒在建筑工地上。他不是在作秀，离开白宫后，他已经做了三十多年的志愿者。像吉米?卡特这样的志愿者，以他们的名气和执著影响到了更多的人，让更多的人加入到志愿者的队伍中。

但大部分的志愿者都是很普通的人，做的也是普通的力所能及的事情。可以去老人院陪伴下孤寡老人，也可以照看下智障儿童，让他们的父母有些喘息休息的时间；可以去捡垃圾，也可以去动物收留所帮着遛狗……都是些平常小事，真的去做的时候，需要一份爱心，做好了这些小事，也是一份奉献。还有的人同时做着几份志愿者工作，要投入更多的时间和精力。我的一个朋友的婆婆，出生于上个世纪二十年代。那个年代的妇女多是做家庭主妇，不出去工作。她的两个儿子都上小学后，她就开始做志愿者工作。她很有组织能力和管理能力，很快进入了一些机构的领导层。有的时候同时做着几件事，比全职工作的人还要忙。从她的风度和能力上看，她可以胜任一个大公司的CEO，但她从未拿过一分钱的工资，出行出差还要倒贴钱，她一直是个志愿者，已经做了半个多世纪的志愿者。在当代的美国，还是有很多的家庭主妇会固定地做些志愿者工作。

有些志愿者在开始的时候可能怀着其它的目的，做过之后，才体验到做志愿者的快乐。我的一个朋友熹刚来美国读博士时，离学校不远的地方有座山，他和其他几位中国同学约好去爬山。可是这座山被封了，要修一条上山的小路，正在招募志愿者来修这条山路。熹和他的同学们为了登顶望远，也报名去当志愿者。本来以为只是走走形式，没想到还真让他们去修路，还不管接送，不管饭，连喝的水也要自带。他们报上了大名，不好意思再撤下来，只能硬着头皮加入了志愿者的队伍。这些志愿者们从山底干起，还真的建成了一条通顶的小路。熹说，小路修成后，他站在山顶，眺望着远方，突然感受到一种不一样的东西，真的有了自豪之情。我教过的一些学生，是为了申请大学不得不做的志愿者。他们告诉我，做过之后，会有意外的感动和收获，他们不再被动地去做这件事，自觉自愿地当起了志愿者。

也有一些志愿者的工作就是为了自己或家人才去做的，做了之后，也能惠及到别人。有个美国朋友为了自己的儿子志愿去当棒球教练，教会了自己的儿子打棒球，也培训了其他的孩子。每次我去女儿的学校做义工，老师都会分配给我一个小组的孩子，不会只让我照顾好自己的女儿。志愿者没有报酬，但是是在做着一份工作，工作的时候自然要认真对待。有次我去参加女儿小学的郊游，有个怀孕的志愿者妈妈已经肚大如箩，一个星期后就是她的预产期，但她全程跟着跑前跑后，没有松懈的时候。有个男孩走着走着说脚疼，她坐到了地上，帮那个男孩脱下了鞋子，先检查下鞋子有没有问题，又用手为那个男孩的那只脚做起了按摩。这是一个白人妈妈，那个男孩是黑皮肤的，他们肯定不是母子关系，她只是一个志愿者。就是跟着小学生出行，志愿者的任务也不仅仅是看住孩子，别丢了孩子。分组活动时，志愿者要带领好自己的小组，组织好活动，像一个小小的课堂教学。我遇到过尴尬的时候，本来只是打算来看孩子的，没想到还要做这些事情，只能现买现卖，听一耳朵旁边的志愿者是怎么讲解的，或瞄一眼人家是怎么组织活动的，再照搬到自己负责的小组。我再报名去当志愿者的时候，会认真研究下他们的要求，再也不敢去滥竽充数了。

有不少富豪在捐赠上会做出大手笔的决定。虽然一直有人质疑某些富豪的作为，但他们所能做到的捐赠数额和他们的慈善行为确实有着巨大的影响力。普通的老百姓没有那么多的钱财可以捐献，可是涓涓细流也可以汇成江河。很多的人共同去做一件事情，必定会成就这件事情。捐助的范围很广，可以捐钱，也可以捐物。我在美国做的第一件跟捐献有关的事情，是决定做一个器官捐献者。每个地方都有不少的捐献点，可以把旧衣物放进去，捐给有需要的人们。用不着的旧家具旧电器，想捐出去的话，只要打个电话，相关机构的人员会上门来取。在超市购物付账时，常会出现一个选项，问你愿不愿意捐点钱，捐给当地的学校，或患癌症的儿童等等。在捐助数目上，可以选1美元，2美元，5美元，很小的数目，当然你也可以捐出更多的钱。这样的捐助，几乎每个人都可以做到。

志愿者工作和捐赠常常会合二为一。志愿者除了要花时间和精力，常常得自掏腰包去做志愿者的工作。捐来的钱物，特别是旧衣旧物，需要志愿者挑拣分类，装卸运送，送到该送去的地方，完成整个的捐赠过程。很多的公园和儿童游乐场，都是先有人捐钱，然后全部靠志愿者一点一滴地建造出来。很多的活动也靠捐助，再靠大批的志愿者组织落实。

美国已经形成了很完整也相对完善的志愿系统和捐赠系统，有章可循，做起来都比较规范。做志愿者很多时候不是在一种无政府状态中进行，如果在固定的一段时间里做跟孩子有关的事情，在正规的学校或有一定规模的教会里，申请做志愿者的人还要接受背景调查，尽可能保证申请人的人品和能力能胜任了那份工作，虽然志愿工作不会得到任何报酬。捐献出来的钱财都可以抵税，捐赠的衣物、旧汽车等，都可以被折合成钱数，这些钱都不需要交税。当然大部分人对一些小额捐助或旧衣服的捐助都会忽略不计，但政府会通过抵税政策鼓励公司和个人进行捐助。

美国的志愿者文化和捐助文化跟基督教文化有着密切的关联，并且慢慢形成了自己的体系，展现着自己独特的风貌。很多美国人也乐于帮助素不相识的人。亲戚朋友对他们也很重要，但他们不太会像中国人那样为亲朋好友甘洒金钱和时间，可以做到无微不至，美国人把不少的时间和钱财给了不认识的、但他们认为需要得到帮助的人。这是志愿者文化和捐赠文化能在这里流行起来的一个原因。最重要的是，做义工和做捐助都做到了全民普及，做不做比做多大或捐多少更重要。只要有心意和意愿，去做那些事情并不是那么难，都是力所能及的事情，都是能负担得起的金钱数目。志愿者和捐献能成为一种文化，一定得让大多数人都能做到，也乐意去做。

有发自内心的愿望，很多志愿工作都不需要有专门的人去组织。2017年8月，当哈维飓风重创休斯顿，整个城市被淹没的时候，逆向于逃离的人群，一条数百辆拖着小船的汽车组成的车队正朝着灾情最严重的市区开去。这是一些住在休斯顿周遭的自愿者，用车拖着自家的小船自发地去灾区救人。没有人组织他们，他们素不相识，只是在挺进休斯顿的马路上，这些怀着同样愿望的人汇合到了一起。这就是自愿者精神，在天灾面前，这些来自不同阶层不同群体、年龄不同性别不同的志愿者们，开着自己的车，带着自家的船，浩浩荡荡地组成了强大的救人救灾队伍。这些志愿者不光有爱心，还有很好的素质。狂风暴雨中，为了避免追尾，每辆车都打着双闪与后面的车保持着一定的距离，避免追尾影响到整个车队的进程。在这么混乱的时候，绵延几英里的车队却可以井然有序地前行。而那些来不了灾区的遍及全美国的人们在为受灾的人们捐钱捐物，帮助他们重建家园。

虽然大部分人都认同志愿者和捐赠者的行为，但志愿者和捐赠者都有被诟病的时候。譬如有些美国人满世界去做志愿者，他们觉得他们有责任去帮助其它国家需要得到帮助的人，可是在美国本土也有许多需要得到帮助的人。志愿者也很难长时间地呆在某个地方，刚刚跟当地人建立起比较密切的关系，工作可能才真正开始，他们就要离开了。他们怀着好的愿望而来，但不一定能收到有效的效果。亿万富豪们多是以成立基金的形式捐出大笔资产，美国又有抵税的政策，有些人就会质疑他们用这种方式合理避税。大量的慈善捐款的去处也是一个问题，很多善款并没有落实到实处。只是这样那样的问题并没有影响到大部分人的决定，美国人依旧崇尚着志愿者文化和捐赠文化，志愿工作和捐赠是为别人做的，也是为自己做的。

在美国也可以从不做捐献，大学之后才来的美国的话，也不再需要做志愿者的履历，可这是两个很好的融入美国主流文化入乡随俗的方式。而且，那些善意和帮助，也可以让奉献者体验到一种感动，和一份快乐。能为别人送去一缕阳光的时候，自己的心里也会有丰盈的满足。

在阅读中成长

美国有三亿多人口，全国的图书馆有十二万多个，差不多两千四百个人可以占有一个图书馆。不是每一个美国人都热爱阅读，但几乎没有一个土生土长的美国人从小到大没去过图书馆。

美国的很多政府部门的办公楼很普通，设施也有些陈旧。而遍布每一个社区的公立图书馆都有相当的规模。不是富丽堂皇的琼楼玉宇，却有百川归海的气势，内敛而丰厚。图书馆的占地面积都很大，很多图书馆不止一层，配有很大的免费停车场。内部结构一般是开放式的，宽敞、明亮、舒适。一排排的书架边，会留出足够大的空间，摆放沙发、桌椅，人们可以坐在那儿翻阅书籍杂志。还有一些隔开的独立的房间，如果几个人需要讨论什么，可以躲在里面，不影响别人。每个图书馆都配有一定数量的电脑，可以免费使用。各种图书浩如烟海，还不断有新的图书进来。有些是图书馆买的，也有很多是私人捐赠的。不少人把自己看过的书送给当地的图书馆，这样更多的人能有机会读到这些书。

借阅图书也十分方便。只要拿上两封邮寄到你家的写着你的名字和地址的信件，或者驾照之类的证件，证明你在这个社区居住，就可以去当地的图书馆申请一个借书证。在本县内这个借书证是通用的，可以去任何一家图书馆借书。每次可以借到几十本书，还可以借录影带和CD。借阅的期限一般是三个星期，逾期未还要交纳一定的罚款。只要没出这个县，你可以在这个图书馆借书，到另外一家还书，甚至可以半夜来还。每个图书馆都有一个专用的小窗口，非办公开放时间，可以把要还的书倒进那个窗口。如果你想借的某本书被别人借走了，你可以去服务台或在网上登记一下，这本书一回来，图书馆会马上通知你。借书还书都非常的简单容易，为想看书的人们提供了最便捷的服务。

　　除了图书馆，书店也是个阅读的好地方。越来越多的人喜欢去网上购书，但还是有不少的人留恋这种传统的购书方式，去书店细挑慢拣。书店并不仅仅是个卖书的地方。美国的书店一般很大，精心营造出一个很放松的阅读环境。很多书店里还有一个咖啡屋，也有很多的沙发桌椅。你坐在那看上一天的书，也没人来打扰你，更不会赶你走。当然很多人进了书店，还是想买些自己喜欢的书。其实相对于个人收入，美国的图书并不算贵，有很多书只要几块钱。书店里也卖各种礼品，因为环境优雅闲适，有些人也会约到这里碰面，书店似乎是个综合性的场所。也许这是书店更吸引人的地方。很多人愿意走进去，停一下，没准儿就会遇上一本自己想买的书。书店毕竟以书为本，各种图书铺天盖地，进去了，就很容易被某本书留住了脚步。

　　我们的女儿是在图书馆和书店泡大的。可以给孩子报各种兴趣班，也有花样繁多的游乐场，但图书馆和书店是很多孩子隔一段就要去一趟的地方。所有的公立图书馆和大部分的书店都会为孩子们设一个专场。这些地方都被布置得情趣盎然。从墙上的装饰和贴画，到大的布局和小的摆设，宛若童话中的世界。还有随处可见的等待着孩子们去翻看的各种精美的绘本和图书，都吸引着孩子们一次次地再回到这里。

　　公立图书馆每年会组织各种活动。针对成年人的，可以请作家或其它领域的专家来办讲座。为孩子们搞的活动，会按年龄段细致地划分，这些活动都可以免费参加。女儿从几个月大的时候就开始参加图书馆的活动。对这么小的孩子，图书馆人员会带他们唱歌，做游戏，内容丰富多彩。但每次活动都有一个共同的内容，就是大家席地而坐，一起读一本书。开始时是大人为孩子们朗读，随着年龄的增长，朗朗读书的，就换成了这些孩子。读的书，也从最简单的绘本，到了有丰富内容的图书。

　　图书馆和书店也很注意引导孩子们的阅读。每个季节，或每个节日来临之前，都会在一个显眼的地方，摆上跟这个季节或节日有关的书籍。书店和图书馆里的部分装饰和摆设，也会随着不同季节和节日而变化。图书馆还会有很多主题活动。那么多的图书，并不是一盘散沙地堆砌在那儿。配合某个主题分门别类后，可以帮助小读者们更系统地通过图书去了解世界的某个层面。

我们还带女儿去参加过一个跟狗狗一起读书的活动。图书馆里，孩子们跟一条训练有素的大黑狗坐成一圈。孩子们朗读的时候，那条大黑狗就趴在他们的身边，津津有味地倾听。我想再怎么训练，这条大黑狗也很难听懂那些故事，但孩子们相信狗狗听懂了，也就更加卖力地读给它听。狗狗一脸的陶醉，可能不是为具体的故事，而是为孩子们和它共同营造出的欢天喜地的阅读的气氛。

因为有这么好的阅读环境，再加上从小的培养和引导，阅读就成了很多美国人的一种习惯，也是陪伴一生和受益一生的爱好。

地铁火车飞机上，常常可以看到埋头阅读的人们。很多人接受了iPad等新型的图书阅读器，还是有不少的人更喜欢阅读纸书。出门旅行或公干时，背包里多半会放上一、两本书。有很多的口袋书，大小厚度都便于旅行时携带和阅读。去海边休假时，一定能看到在海浪声和嬉笑声中安静地读书的人。搬到一个新的地方，要尽快去光顾周遭的那几个图书馆和书店。亲朋好友聚会时，不定什么时候会聊到某本书。读到一本好书的人，会把这本书推荐给自己的家人朋友。而给亲朋好友准备礼物时，书籍永远是一个很好的选择。还有各种各样的读书小组。几个家庭主妇就可以凑成一组，选定一本书后一起去读，再聚到一起共同分享。

我们一家三口各有各的爱好，唯一共同的爱好，也是阅读。每次去图书馆都得拎个大包，每个人借上十本左右的书，满载而归。女儿七、八个月的时候就对阅读表现出了兴趣，常拿上本幼儿绘本，边翻看边咿呀个不停，好像还真看懂了。亲朋好友和我们没少给她买书，也没少带她去图书馆借书。上学以后，还常从学校的图书馆借几本书回来。老师每周给他们发个表格，每读完一本新书，要把书名和日期写在上面。读到特别喜欢的书，可以在课堂上跟同学们分享。老师也很注意引导孩子更好地消化阅读。读过的书，要能复述出来。老师还会问一些跟这本书有关的问题，除了回答问题，还得有简单的个人发挥。这是六、七岁的孩子就能做到的，对年龄大些的孩子，就有更高的要求了。放暑假前，老师会为孩子们准备一个长长的阅读书目，起码有几十本。学校还有网上书库，老师也会定期给学生发新书书目，可以购买。我粗略地算过一次，女儿每周读到的新书平均有五、六本，这样每年能有近三百本书的阅读量，不包括重复阅读。当然每个孩子的阅读量有大有小。

　　幸运的是，女儿对阅读的兴趣一直延续下来，也在书籍中学到了很多的东西。有次她读到一本《诚实的弗兰克》，开始知道大实话有时候会伤害到别人。小孩子常常童言无忌，生活中总会碰到这种尴尬的时候。既不说假话，又避免说出那句大实话，做父母的要教孩子做到这点是件挺不容易的事情。好在有这样的绘本，生动的内容，配上形象的图画，可以很好地点拨孩子，让他们意识到并且要学会这种说话的技巧。很多大小道理，女儿都是在阅读中学到的。有这么好的范本，大人再在旁边诱导一下，小孩子的心智，就这么一点一点地成熟起来。

　　女儿在阅读中成长，先生和我也离不开书籍的滋养。我们刚认识的时候，我正准备读一本书，叫《标杆人生》（The Purpose Driven Life）。我买书的时候，这本书在美国已卖出了近两千万本。这本书最好是两个人一起读，有个读书小组也可以。先生，那时候男朋友都还不算，买来了同样的书，要做我的阅读伙伴。这本书共有四十个章节，我们一周读一章。先各自在家里读好，周末见面时，再在一起读一遍。我们开始读这本书的时候，刚刚开始约会。每周见面时，会有不同的活动安排，但有一件事是一成不变的。我们一定会安排时间，两个人都坐下来，一起读书和分享。在二十一世纪的美国，我们竟然是以这种方式谈的恋爱。书中提出了一些很有份量的问题，我们一起思考一起解答这些问题时，对对方也就有了完整和深入的了解。靠着这本书的引导，我们还在一起，把我们的过去梳理了出来，也让我们知道我们对未来有哪些共同的期待。我们用四十周读完了这本书，这四十周里，我们也从相识到相恋到决定共度此生。应该说这本书和共同的阅读，为我们的婚姻打下了坚实的基础。后来，过去了十年，有一对年轻的朋友结婚，在给他们准备礼物时，我想起这本书对我自己的婚姻的影响，也希望这本书能为那对新人送上祝福。我去了同一家书店，十年前我就是在那家书店买的这本书。毕竟已过去了十年，我实在不知道能否还在这家书店找到这本书。我先去的第二层，挨个书架看过去，没有相关的类别。我坐滑梯去第一层的时候，正好书店的工作人员站在我后面，我不抱希望地问了他一句，他说有这本书呀，就在二层进门时的正中央的台子上。我刚才经过了那里，看都没看一眼。十年前我是在那个最显眼的位置上找到这本书的，我不敢相信十年后这本书还能落座于这样的位置上。我折回二楼，果然在那里看到了这本书，只是换了封面。

回家后，我上网查了一下，发现这本书已有三千万的销量。我还看到泳坛名将迈克尔？菲尔普斯的一段采访视频，他说这本书改变了他的生命，也拯救了他的生命。十八块奥运金牌把他推上了荣耀的顶峰，也让他迷失了方向。吸食大麻，赌博，酒后驾车被警察逮住……一系列的负面新闻接踵而至，很多人都认为他会从此一蹶不振。一个游泳天才，却游不出绝望颓废的苦海。当菲鱼变成了穷池之鱼的时候，他的一个好友把这本书推荐给了他。在阅读中他安静下来，又重新振作起来。他决定第五次征战奥运，参加里约奥运会。在他有了另外的心态，对荣耀和成功有了不一样的理解的时候，他逆流而上，再次在奥运会上大放异彩。他不仅收获了五枚金牌和一枚银牌，还从一个游泳神童成长为一个成熟的男人。在这之前的四次奥运会上，他可能更多地关注着自己的成绩。在里约奥运会上，他是美国游泳队的队长，要额外去做一些事务性的事情；他还是开幕式上美国奥运代表队的旗手，几个小时的入场式，必定会消耗他的体力，影响到他之后的比赛，但这都是蜕变后的他必定会愿意去承担的责任。当他有所担当的时候，已是三十一岁的他在泳池里依旧所向披靡。

一本书就这样改变了菲尔普斯的生命，还有很多人的生命在阅读中得以更新，但更多的人在阅读中的成长和变化是缓慢而持续的，那些文字，如绵绵细雨，润物无声。我们并不期望一本书铸就奇迹，但是当阅读成为了一种习惯，它对一个人，以及这个人与他人和社会的关系，必定会有潜移默化细水长流的影响。

一起阅读是先生和我谈恋爱时养成的习惯，结婚以后，我们还保持着这样的习惯。有时候会挑一本书一起读，有时候各读各的。他喜欢历史、地理、军事方面的书，我喜欢文学类的书。除了英文的，也可以在这里读到很好的中文图书。公立图书馆有不同语言的书，这个社区有多少母语是某种语言的居民，图书馆就得配备相应数量的这种语言的图书，以供这些人用母语阅读。

这是我们家的幸福时光，三个人，人手一本自己喜欢的书，坐在家里，快乐地阅读，安静地享受沉实的幸福。

喜欢阅读的人或家庭在美国数不胜数，因为太普通太正常，还没有人去估算全美国到底有多少人或家庭喜欢读书。

但是有很多人想知道美国源源不断的创造力来自何处，我想有一部分肯定来自于阅读。旺盛的生命力和创新能力，一定要根植于丰沃的精神土壤。一个不喜欢阅读，不能安静下来的民族，或国家，不可能有丰厚的生命，和经久不衰的文化魅力。

深深地感恩于那些书籍和文字，在我们孤寂时陪伴着我们；在我们沮丧时给了我们希望；在我们浮躁的时候，让我们安静下来；在我们自以为是时，又提醒着我们，我们是这么的渺小，这个世界还有太多我们不知道的东西。

简单的一本书，却可以带给我们深层次和持久的愉悦，并且有可能，改变我们的生命。

在我们离开了学校，在我们的身体早已定形甚至已经开始衰老以后，我们还可以在阅读中继续成长，不断地完善自己。那些书籍可以让我们的生命枝繁叶茂，并且青春永在。

布衣世界

在美国生活多年以后，越来越习惯于穿棉质的衣服。衣柜里，真丝羊毛之类的衣服慢慢褪为点缀，少了一些华丽高贵之气，穿在身上，却是最舒服的。

不知道这样的习惯是从何时开始的，或许开始时并无目的，只是商场里卖的衣服，以棉质的为主，买得多了，就在不经意间改变了一种习惯。

大部分棉质的衣服是质朴的，用棉布棉线做出的衣服，大概很难营造出浮华的效果。但若有精巧的版型和优良的做工，这样的衣服，穿在身上，会有意想不到的效果，简单质朴中可以出挑出很大气的东西。一些很高档的衣服，也可以是纯棉的。当然大部分棉料的衣服，走的是中低档的路子，也更符合大众的消费需求。

不知道是大众的需求在先，还是市场的供应在先，是需求影响了供应，还是供应培养了需求，没有人探究过美国的衣料为什么以棉质为主。或许需求和供应在开始时就是一致的，并且一直是一致的，这样的习惯也就几十几百年地延续了下来，而且可以继续延续下去。

我在来美国之前，已经经历了好几种布料的更新换代。在追逐时髦的同时，对棉质的衣服一向有些排斥，总觉得纯棉的衣服档次偏低。可以穿在里面，或只在家里穿，但外面或出门时，最好罩上一层华贵一些的外衣。手上的钱越多，就越在乎外衣的质地。

衣服的料子多少能代表一个人的身份。整天穿一身棉质的衣服，好像也沦为一介布衣。在不少人的意识和评判中，布衣等同于无权无势无地位的人。也知道纯棉的衣服穿在身上最舒适，可下意识里总觉得衣服是穿给别人看的，是自己的一个证明和标签。本来自己就是一介布衣，却不想被贴上布衣的标签。懂事以后就自然而然地学会了以衣取人，这只是一种潜意识，却一直如影相随。

来美国以后，这种意识慢慢地模糊起来。当周围的人都不把我穿了什么档次什么料子的衣服太当回事儿的时候，我在这方面的感觉也就迟钝起来。不是没人在乎我穿了什么，只是在乎的东西不同，这里的人更在乎我的穿戴是否得体。在一些特别的场合，一样需要衣冠楚楚，很多邀请上会注明对着装的要求，正式的或随意的。无论是正式的还是随意的，很少见奇装异服。一个在很多人的心目中喜欢标新立异的国家，在衣着上似乎并不崇尚标新立异。更多的时候，周围的人们，穿着普通，却清爽整洁。

一介布衣并不一定要穿棉质的衣服，喜欢穿棉质衣服的人也不一定是一介布衣，也许这只是一个巧合，商店里卖的，很多美国人穿在身上的，是棉质的衣服。同时，又很少有人，渴望把自己排除在布衣之外。这本来就是一个布衣的国家，从立国之本，到历代的传承，生生不息的是平民意识，平等意识。

一个以布衣为主的社会，攀比的风气也就很难流行起来。穿什么样的衣服，背什么样的包，开什么样的车，住什么样的房子，更多的时候，取决于个人的选择，而不是他人的标准。不同的美国人也有不同的偏好，喜欢不同的牌子。不是因为这些牌子更响亮，可以凌驾于其它的牌子之上，之所以选择这些牌子，是个人的喜好和习惯。我喜欢买 Talbots 和 Ann Taylor 的衣服，是因为它们的版型比较适合我的身材、气质和职业。像 Banana Republic 之类的牌子，更适合于瘦长体型的人，我穿在身上就出不了那种效果。我也不会去 Forever 21，我早就不是 21 岁了，也并不指望永远 21 岁，穿上他们的衣服，就有些不伦不类。遇到了适合自己的牌子，逛商场的时候，就会先奔着它们的专卖店去，挑拣试穿后，买上中意的。如果还有时间，再去逛逛其它的店铺，有时候也能遇上自己喜欢的。但我大部分的衣服，还是从比较固定的几家买来的。常买这些牌子，一般会办他们的信用卡。积分越高，拿到折扣的机会也就越多，日积月累，买这些牌子的衣服，就成了我的一种习惯。后来喜欢上了网上购物，网购衣服时，更喜欢选自己熟悉的牌子，对他们的尺码已经拿捏得很准，一般不会出什么差错，也知道哪些款型是最适合自己的，我更加习惯于已经形成的习惯。既然有了这种默契，我也就没有必要轻易去改变这个习惯。我想很多人跟我是一样的，基本固定在几个牌子和几家商店上。而这些牌子和商店在全美国都有连锁店，风格也是统一的，搬去哪里都能遇上它们。

甭管什么牌子，还是以棉质为主，很多衣服是全棉的。我已经完全习惯于穿棉质的衣服，穿着舒服，也便于打理。当然大牌的衣服，质量更上乘，做工更考究，版型更精美，如果个人喜欢，也有经济能力去承担，也可以多走高端路线。也有人就是喜欢绫罗绸缎，又有耐心洗涤熨烫这一类的衣服，那他们的衣柜里就会多出很多这一类的衣服。无论买什么料子的衣服，出发点还是个人的偏好。不是以牌子为主，适合自己才是最重要的，穿衣服毕竟是为自己穿的。当这个社会不为你设定统一的标准，大多数人，就会慢慢养成适合自己的穿衣习惯。穿衣风格也会随着年龄、经历等改变，但还是个性化的行为。

后来又发现，独特的东西，个性化的衣饰，更容易吸引他人的目光。我在美国遇到过几次被陌生人询问衣服或包包是从哪儿买的，恰巧那几件衣服和手包都是从中国买来的，它们有个共同的特点，就是与众不同。都是普通的衣饰，并不昂贵，因为从异域而来，自然而然带了些独特的风情。而我的几个花钱最多的皮包，从未得到过这样的青睐。

第一次来美国之前，很认真地准备了不少行头，包括几个大牌的皮包。想要最大牌的，又不想花太多的钱，被朋友带着，去了一家地下皮包店。很不起眼的门脸，要不是有人引领，都不知道那里可以走进去。进去以后，我像刘姥姥进了大观园，满眼放光。一水的大牌皮包，让我眼花缭乱。据说这些包都是水货，仔细看看，做工上确实无可挑剔，就是假的，也绝对可以以假乱真。价格上自然要比外面以假名牌为招牌的市场上卖的包高出了不少，但比那些名牌专卖店里的皮包还是便宜不少。我一口气买了好几个，感觉来美国的底气一下子足了不少。

来美国之后，这几个包包确实得到了不少的赞美。赞美之声，几乎全部来自我的中国同胞。有些人刚来不久，有些人已经在美国呆了很久，对于大牌的喜爱和敏感，却是如出一辙。唯有一个美国人对我的一个皮包有过反应。有次去参加一个活动，盛装出席，自然得拎个不会掉价的皮包。认识我的一个人看到后，随口说了句，你用Prada的包呀？语气里并无艳羡，似乎是有些意外。那一刻我有些尴尬，没觉得这个包抬高了自己，反倒是感觉有些不妥。幸好她没问我这个包是从哪儿买的，要不我会更加的慌乱。

我的喜好开始被慢慢地改变，牌子的大小不再是最高的标准，我也不再好意思弄个假名牌去招摇。我还是可以选择大牌，但在这里，不再指望，也并不需要靠大牌抬高我的身价，增加我的自信。自信是一种精神风貌，更多的时候来自于一个人的内心。若一个人的心里没有底气，穿再名贵的衣服，背再大牌的包，还是会人云亦云，自己没有定力。而一个自信的人，一个内心有定力的人，即使穿著普通，一样可以散发出独特的魅力。自信的人不会因为自己的穿着而失去了自信，一个崇尚朴素的国家，也一样可以有强大的自信和感召力。

　　朴素的布衣世界里也可以有独特的华美，看似平淡，却有着体贴入微的精细。很多美国人喜欢 Vera Bradley 的包。不同于大多数大牌的皮包，这家的手袋背包多是用棉布做成的。除了不同颜色的单色的布包，这个牌子最有特色的，还是五彩缤纷的花布包。每过一段时间，他们会推出一种新的花色。每一种花样，都会有大小不一的尺寸，形状不同的样式，你总能找到一个适合自己的。无论是用于旅行，还是用于日常生活。布包有好的伸缩性，有的小布包轻便随意，看起来很小巧，却很实用，可以兜住不少的日常用品。每一轮花布包推出后，还会配上同一种图案的围巾、钱包、化妆包、笔记本、笔套、眼镜盒、钥匙链等，顾客可以按照自己的所需和喜好随意选择和搭配。其实并不奢华的美国人很注重搭配，不同的场合要配不同的服饰，不同的季节有相应的色系。身上穿的，手上拎的，可以跟自然的景色融为一体，相映生辉。以花布为主打的 Vera Bradley，好像更容易营造出这样的审美情趣。

　　布衣世界并不枯燥索然，朴素中可以翻出新鲜的与众不同的花样。买过几次 Vera Bradley 之后我发现，每个背包的图案其实是独一无二的。同样的花布，剪裁时却很难拼贴出完全一样的图案，也恰巧可以轻而易举地让每个背包略有不同。我更喜欢去店里买 Vera Bradley，而不是网购，在几个粗看是一样的包包里，挑一个自己最喜欢的图案和色彩的拼搭。也许大部分人不在乎这个，但是那细微的差别，确实能带给你意外的喜悦。并不昂贵的花布包，当它形成了自己的风格，并且在功能、搭配等方面细致周到，它自然会有独树一帜的魅力。

　　无论是衣服，还是背包，如果你在选择它的时候，是出自于你个人的喜悦，很普通的布料质地，也可以带出一股春风拂面的喜气。迎面而来，又让我忍不住回头再看一眼的，常常是这样的一些人，衣着普通，却又与众不同，并不奢华的衣饰和背包，因为穿戴者的喜悦和自信，可以散发出一种浑然天成的魅力。

不拘小节

记得在北京时，遇上吃西餐的机会，饭桌旁的人们多是正襟危坐，很优雅很小心地用着餐具，好像都受过专门的训练。去美国之前，我的英文老师怕我出丑，专门给我上了一堂礼仪课，教我如何吃西餐，如何使用刀叉。我在临出国前赶紧补上了这一课。

来美国以后，很快发现没人在乎我是怎样用刀叉的，只要别搞出太大的动静别伤着自己，一般还吸引不住别人的目光。而且美国人用刀叉的姿势手法也不是统一的，有的笨拙一些，有的优雅一些，只要能把食物切好放进了嘴里，就算大功告成。不管吃相如何，有一点倒是共同的，吃东西时都是闭着嘴吃，不会搞出吧叽吧叽之类的声音，吃面条或喝汤时也是静悄悄的。可以边吃边聊。美国人喜欢搞个工作餐，面试招人时也会有共进午餐或晚餐这个环节。吃饭的时候总该更随意一些，气氛也就更轻松热烈。美国人在这种场合多是放开手脚的，不会吃得小心翼翼遮遮掩掩，总是给人大大咧咧的感觉。其实这种时候他们还是粗中有细的。在跟别人说话时嘴里不能有食物，最好先把嘴里的东西咽下去再开口说话。这是起码的礼貌。

美国还有很多东西是可以下手抓着吃的。像汉堡皮萨三明治，还有鸡翅之类刀叉不好伺候的时候，不如直接用手抓着吃了。美国人在这点上的顾忌会很少，特别是在那些可以来回走动的Party上，很多东西都可以被划进手指食物。你不这样做倒显得有些与众不同。有个经典的例子，说到一个中国美美跟两个美国人一起吃皮萨。皮萨上来了，俩美国人下手就抓。美美是不好意思这样吃的。她把皮萨夹进了盘子，用刀叉很精细地把皮萨切成小块，然后用叉子送进嘴里，慢慢地咀嚼。两个美国人看得一愣一愣的。在不该优雅的时候优雅了一把，反倒出了洋相。

不拘小节的美国人还能有更夸张的举动。既然有些食物是可以用手吃的，食物进了嘴里，手指上总会有些残余。一般美国人这时会把手指放进嘴里，吸吮干净。这番吃相也会把中国人看得一愣一愣的。

美国人在家里搞Party时，除了吃相上不拘小节，形式上也颇随意。自己开了门进来，楼上楼下后院可以任你走动。没有上座下座之分，因为一般的Party的规模是一、二十人到几十个人，大家一般不会围在同一个桌子边，可以随便乱坐。也没有人来给你敬酒，更不会有人为你夹菜夹饭，酒水饮料食物都集中摆放在一个地方，想吃什么吃多吃少都主随客便。有些Party会有个开场白，有的时候差不多就开始了，邀请时已经说了为何举办Party，大约什么时候开始，就不用再多此一举了。到点开饭，先来先吃。先吃的人不会为迟来的人刻意留存食物。Party上会有充足的供应，很多客人会带个菜来，随时有新的东西进场，后来的人也饿不着。在美国人家里做客千万不能客气，你说不饿或吃饱了，他们也就真的认为你不饿或吃饱了。

吃只是一个方面，美国人在生活的方方面面都可展露他们不拘小节的特性。生活中常会看到美国人不拘小节的创意，可以把创造性和轻松随意很好地结合起来。

美国一般的政府部门和一些公司对工作人员上班时的着装是有要求的。男士西装革履，女士也着正装。穿正装特别是配上高跟鞋，有些事情做起来就有了约束。不过不拘小节的美国人总会找到应付的办法。我在纽约州政府实习时，中午出来放放风，周围不少利用午休时间出来散步做运动的人。很多人上面衣冠楚楚，下面却配着一双运动鞋。一个个还都挺胸抬头春风满面，没有人觉得这身不伦不类的打扮有什么不妥。后来搬到华盛顿，坐地铁去上班时，也时不时地在地铁车厢里见到这类装扮的人。踩着高跟鞋走路总是不方便，美国人是不会顾忌这个面子的。当然很多人在办公室里还有备份，上班时会换上跟衣服相配的鞋子。

还有一个创意也让我开了眼界。有一年过圣诞节，去参加先生家的家庭聚会。先生的姐姐姐夫一人扛了一个垃圾袋来，还是那种黑色的大号的垃圾袋。进门后把垃圾袋往地上一放，打开后露出一堆花花绿绿包装精美的圣诞礼物。原来是礼物太多不好拿，垃圾袋的胃口大，一下子能塞进不少的东西，方便了搬运。后来我发现干这事儿的还不乏其人。用垃圾袋装礼物不知是谁的创意，这倒是很符合美国人的风格。

　　不拘小节似乎是不能上了大雅之堂的习惯，想培养个绅士淑女什么的，肯定不能往不拘小节的路子上走。可是当你的身边多了些不拘小节的人，你又会觉得生活中多了些轻松和快乐。

笑口常开

长途飞行后，抵达美国。

入关的时候，前面那个人办完了手续，入境官员却没朝我招手，或者说声下一个，我就站在黄线后面等，等了差不多半分钟，他才想起叫我。

对不起，我刚才做了个白日梦。是个五十多岁的男士，接过我递来的证件，解释道。

没关系。我朝他一笑。

他接着问了我一个问题，我没听清，这些天很疲累，脑子里迷迷糊糊的。

我只好问他，你说什么？对不起，我还在做白日梦呢。

他咧嘴笑了笑，没再重复那个问题，把证件还给了我。

本来是件正儿八经的事情，两个人光顾上做白日梦了。

突然意识到，这是到了美国，严肃的场合，也可以这样开个玩笑。

到家以后，因为时差，没睡几个钟头就起了床。冰箱里已经被先生塞得满满的，却没找到我想吃的东西。开车先去了超市，挑好东西后去付款。收银员把所有的东西都放进我的购物车后，我正要刷卡，他把手挡在了嘴边，跟我说，我让后面那位先生帮你付钱，怎么样？

他并没有压低声音，后面那位男士当然听到了他说的话，马上很绅士地说，我很荣幸能为这位女士付账。

我笑着说了声谢谢，还是自己刷的卡，知道他们都是在开玩笑，调节下气氛。

把买好的东西放进汽车的后备箱，我又走到离超市不远的一家中国餐馆。刚从中国回来，只想吃中国口味的东西，先生做好的美国饭，引不起我的食欲，自己又挺累，懒得做饭，最好的办法就是去饭馆买两个菜。

走到饭馆门口，看见刚才在超市见到的那位要为我付钱的男士从另外一个方向走过来。

我热情地跟他打了招呼，说，这么巧，你也喜欢中国菜？

我是跟着你过来的，你去哪儿我就去哪儿。那位男士说。他明明是从另外一个方向过来的，刚才肯定没跟在我后面。

进了饭馆，我跟前台的领班安妮很熟，边点菜便跟她聊天。我跟她说，这次回中国时，飞机上大家聊起机票的价钱，结果我买的最贵。有个旅伴给了我一个网址，说是能够在那买到便宜一些的机票。我把网址给了安妮，她下次回中国时可以试试。

我们都是在说中文，那个美国男士应该听不懂，出于礼貌，我把刚才说的话又用英文跟他说了一遍。

他本来坐在旁边的椅子上，听我说完后站了起来，很正经八百地说，你不用担心机票的价钱，甭管多少钱，我都替你付了。

他还走到我跟前，握了下我的手，以示他的认真。安妮和我可不会把这句玩笑话当真，都是哈哈一笑，气氛很轻松。

吃过午饭，睡了个午觉，跟先生去女儿的学校开家长会。正好都是女老师，我给每位老师带了个从中国买的花布小钱包，略表心意。老师们收到这个中国风格的小礼物后都很高兴。先生在旁边问我，你去中国，怎么也没给我带份礼物？

我当然没忘给先生买礼物，早晨已经给了他，他只是开个玩笑。

我还没吭声，有位老师说，她从中国回来了，这不就是给你的最好的礼物吗？

我接上这个话头，附和道，是呀，我不就是给你的礼物吗？

紧接着我又加了一句，你收到这么大的礼物，都没表示出惊喜，你是不是不想让我回来呀？

几个人被这后一句话逗得前仰后合。

下午女儿放学后，我带她去离我们家不远的那个花园玩。一到了那儿，她就跟其他的孩子一起去疯玩了。我站在一边，不远处有个美国男人，我们互相打了个招呼，就凑到一起闲聊。他叫Bryan，在联邦政府的一个部门工作。他们家就住在花园旁边的一栋房子里。我们以前没碰上过，Bryan把他的太太叫了出来，介绍我们认识。他太太是个日本人，叫友穗。

孩子们玩得很高兴，我们三个大人聊得也很开心。聊到Bryan和友穗已经结婚多年，Bryan说，明年我们要庆祝结婚二十周年。友穗还很甜蜜地看了眼Bryan。

哇，我惊叹道，二十年？你们还这么年轻，这么说你们十多岁的时候就结婚了。

我这样说，是在恭维他们，不过他们看着确实很年轻。

友穗老老实实地交待道，我们结婚的时候也不小了，二十七、八岁吧？友穗把头转向自己的丈夫，像是在向他求证。

Bryan可不想放过这个开玩笑的机会，他笑道，什么呀，我们遇上时确实才十多岁，我弄大了她的肚子，她爸拿枪逼着我跟她结婚。

友穗只笑不语，由着丈夫嘴上跑火车。可这火车不小心跑出了轨道。我们看了眼正在玩耍的他们的两个孩子，大的是个女孩，才七岁，跟Bryan说的故事在时间上有很大的出入。

我帮Bryan找了个台阶下，跟友穗说，人家怀孕是怀十个月，你这一下怀了十年。

友穗笑道，是呀，我好辛苦呀，怀了她十年，才好不容易把她生了下来。

Bryan在旁边笑弯了腰。三个人继续跑火车，不亦乐乎。

吃晚饭时，我把刚才跟Bryan和友穗互相开的玩笑向先生复述了一遍，先生笑到喷饭，两个人又嘻嘻哈哈了一番。

回家还不到二十四个小时，已经乐了好多次。生活中就是有这么多的乐子，可以让我们笑口常开。

天籁之音

    小的时候，最令我心驰神往的事情就是每个周末去看露天电影。每次我都要提前去学校的大操场占位置，边吃着妈妈给我准备好的晚饭边兴奋地等待着电影开演。随着岁月的流逝，这样的情趣慢慢淡出了我和我们这一代人的生活。我们已习惯于坐在设备良好的电影院里欣赏大片，不用耽心风雨的侵扰，但再也找不到那份在大自然的怀抱中欣赏艺术作品的惬意。没有想到来了美国后，我又找回了这样的机会。这里不仅可以看到露天电影，还可以欣赏到非常美妙的露天音乐会。

    我还是第一次见到这样的音乐厅，一半在室内，一半在室外。室内部分跟我们常见的音乐厅一样，有前台有包厢有几十排座椅，并且分上下两层。不同的是这样的音乐厅没有大门没有后墙，后半部分是四敞大开的，一直延伸为露天的宽阔的绿草坪，观众可以坐在或躺在绿草坪上听音乐会。室内部分的票价一般是几十美元，室外部分只要十几美元，但很多观众选择室外的门票并不仅仅为了少花钱，更多的人是为了感受一下听露天音乐会的情趣。如果选择在室外听音乐会，一般应该提前一个小时左右到现场。一是为了占个好位置，这里跟看露天电影一样，没有座号，只管先来后到。提前到的更重要的原因是为了在看演出之前享受一次快乐轻松的野餐。一般人都会带着塑料布、毯子或折叠椅，还有各类的食品和饮料，边吃边聊边等着演出开始。如果不是有备而来，还可以到四周所设的快餐店购买吃货。野餐的队伍颇为庞大，有祖孙三代倾巢出动的，有老夫老妻，有年轻的情侣，有两对夫妻或两对情侣凑在一起的，也有几个朋友搭帮而来的。不管是怎样的组合，都兴致很高其乐融融。如果野餐之后演出还没有开始，有些人会拿出书本来翻阅，还有凑在一起打牌的，也有年轻的情侣搂抱在一起卿卿我我，当然更多的人还是继续谈天说地，这又给很多家庭很多朋友提供了一个很好的互相交流的机会。

非常幸运的是，我第一次听露天音乐会就赶上了费城交响乐团的演出，而且著名华裔大提琴演奏家马友友也来了。演奏完美国国歌后，演出正式开始，全场立刻安静下来。精妙绝伦的音符从造诣颇深的艺术家们的指间流出，令现场的观众陶醉其中。著名指挥家Charles Dutoit充满魅力的指挥，不仅调动起演奏家们的激情，也深深感染着每一个观众。夜幕完全降临后，有的观众点燃了准备好的蜡烛，奔腾的音乐的海洋中，烛光与星光遥相辉映。室外的观众这时候还可以躺在毯子上，遥望着纯净高朗的星空，全身心地沉浸在音乐的氛围中。那一刻我忘记了时光的流逝，忘记了身在何处，忘记了生活中的悲欢离合，只知道张开怀抱拥抱每一个跳跃的音符，尽情放纵着自己的情感。

马友友是后半场出场的。这个天才的大提琴演奏家，用琴弦传递着最深沉的爱与感动，你会觉得他拨动的不是琴弦而是你心灵深处最柔软的地方。如诉如泣的琴声中，星空如此灿烂。全场观众的情绪都被他撩拨起来，曲尽其妙，荡气回肠。当他演奏完毕，全场观众起立报以长久热烈的掌声，他不得不一次次地谢幕，并且加演了一支曲子。看到马友友的演出令观众们如此痴迷，作为一个中国人，我感动之外，也深感自豪。其实那天晚上有很多观众是为马友友而来的，观众反响热烈也在预料之中。只是在那之前，我从来没想过，第一次看马友友的演出，会用这样的一种欣赏方式。也许正是因为有了清风朗月的烘托，那次的演出才更加的让我难以忘怀。

这样的演出形式在美国颇为普遍，在温暖宜人的季节，总有不少机会欣赏到露天音乐会。除了乐器演奏，也有演唱会或舞蹈表演。在大部分地方是完全露天的，有一些小型的演出还是免费的。遇上独立日等节日，举办庆祝活动时，还可以免费欣赏到一些世界顶级水平的演出。

我还跟着女儿看过几场露天电影。都是在女儿去的幼儿园或学校，在操场上，老师家长孩子欢聚一堂。这样的场景总会把我带回自己的童年。也是这样的操场，也会看到高高架起的银幕，也在急切地等待着夜幕的降临，当那束光亮投向屏幕时，也会激起一阵欢快的回响。放什么电影好像并不特别重要，但一定得是露天的，才能焕发出这么多的童趣，才能这么的尽兴陶醉。很多国家，为那些美国大片预备了精良的影院，好像只能在最好的影院里，才能有最好的效果。而在美国本土，还有那么多的人，保留着这样的爱好，喜欢看露天电影，喜欢听露天音乐会。对场地的要求并不高，可以因陋就简，却不能少了电影或演出之外的欣喜雀跃。

这样的兴会总是让人流连忘返。广袤的空间无遮无拦，快乐的音符随风飘荡，萦绕于耳回荡心田的，是从天上传来的天籁之音。

节日快乐

　　生活在美国，感觉几乎每一天都跟某个节日有关，不是在迎接这个节日，就是在庆祝这个节日。

　　上一个节日刚过，商店里就开始为下一个节日做准备。超市里和Hallmark之类的礼品店里，会为即将到来的那个节日开辟一个专区，摆放跟这个节日有关的各种礼品。顾客可以买回家，屋里屋外装扮自己的房子；也可以当作礼物，送给亲戚朋友。很多节日还有主打色，像情人节的主色调是红、粉、白；复活节以黄色、绿色为主；独立日的颜色是红、白、蓝，来自于美国国旗上的三种颜色；万圣节可以看到很多的黑色和南瓜黄；过感恩节时已入深秋，枫叶变成了深黄色或红黄色，这类颜色就会用得比较多；到了圣诞节，正红正绿一统天下，很多装饰会用这两种颜色。有时候只看颜色，就知道要过什么节了。超市里的点心都是节日的色彩。情人节时，点心就做成红白粉色；七月四日的独立日，点心上点缀的肯定是红白蓝色。气球、花束都跟着节日的色调走，礼品袋或礼品包装纸也是节日的色彩。刀叉纸盘等一次性餐具也有专供节日时开Party用的，颜色上要跟这个节日相配，或者是配上这个节日的代表物。独立日是美国的国庆节，餐具上就会有美国国旗或国旗的一部分，感恩节时就会配上火鸡、丰收的果实等。

　　不光颜色会随节日变换，味道也是节日化的。商店里会出售各种节日蜡烛和精油。情人节时空气中弥漫着玫瑰花香，感恩节时到处是苹果南瓜等秋天的果实的味道，圣诞节的香味来自于清香的圣诞树。连颜色带气味，美国人能把节日的气氛烘托到极致，不落下任何的细节，从里到外，丝丝入扣。

　　过节时，很多人穿的衣服也有明显的节日特征。独立日时，不少的人，特别是小孩子，会把国旗穿到身上。圣诞时人们喜欢穿大红大绿的衣服，或者配上跟圣诞有关的图案，头饰、胸针、耳环项链等装饰物也可以跟节日有关。每年的圣帕里克节，这是爱尔兰后裔带到美国的节日，很多人会在这天穿绿颜色的衣服，因为学校里的孩子有时候会恶作剧，专门去掐那些忘了穿戴绿色的人。这一天大街上到处可以看到戴绿帽子的男人得意洋洋地走过。放到中国文化里，这可要闹笑话了。

美国跟世界上大多数国家一样，一起庆祝一些共同的节日，同时又有很多自己独特的节日，并且一直保留着传统的方式去庆祝这些节日。

新的一年都开始于一月一号，但庆祝活动在元旦的前一天晚上就开始了。这时候会有很多的Party，亲朋好友甚至不认识的人会聚在一起，共同迎接新的一年的到来。最著名的是纽约曼哈顿时代广场上的庆祝活动，已有一百多年的历史。来自世界各地的人们，不畏严寒，聚集在那里，观看和参与各种庆祝活动。新的一年近在咫尺时，镶有无数彩灯的巨大的水晶球，变幻着不同的色彩，在全场上百万观众震耳欲聋的倒计时的欢呼声中徐徐落下，正好落在零点时分。灿烂的烟花腾空而起，璀璨的彩灯组合出新的一年的数字在空中闪耀，宣告新的一年的到来。有一年我和朋友们一起在时代广场欢庆新年，那是真正的彻夜狂欢，到了半夜三、四点钟，大街上还簇拥着熙熙攘攘的欢声笑语的人群，每个人的脸上都洋溢着发自内心的欢乐，新的一年是在快乐中开始的。

新年过后没多久，就能感受到情人节的浪漫。大小商店早早地摆上了情人节的礼物，光是巧克力，就可以变化出无数的花样。包装盒常以心型为主，精美漂亮。还有很多心型的巧克力，上面可以刻上情人节的专用词语。小小的巧克力豆，多是红、白、粉色的，这是情人节的主打色。用巧克力还可以做成玫瑰花，浪漫和甜蜜融合成一体。情人节并不只属于情人和伴侣，浪漫和甜蜜，谁都可以传递和分享。老师一般会组织小孩子们在这一天为同学们准备一张贺卡，或是一份小礼物，传送情谊。商店里可以买到各种大包装的礼物组合，和一打一打的礼品袋，上面都配着情人节的花样。小孩子早上出门时背了一大袋小礼物，要送给班上的每一个同学，也可以为自己的老师准备一份小礼物。下午放学回家时，又背回来一大袋礼物，花花绿绿的，来自他/她的同学和老师。这是一种爱心与快乐的传递，给予爱，也接受爱。因为有爱，也就有了更多的快乐。

春天里最盛大的节日是复活节，庆祝耶稣基督的复活。美国是个基督教国家，复活节又是在礼拜天，大大小小的教堂里都会有庆祝活动。孩子们还向往着五彩缤纷的复活节彩蛋。各种巧克力又换了包装，变成了鸡蛋形状，外面包着漂亮的糖纸。彩蛋里可以装糖果，也可以装个小玩具。还有一些真的鸡蛋。把鸡蛋煮熟后，用商店里买来的专为复活节预备的染料浸染，一个个白鸡蛋出落成色彩斑斓的彩蛋。教会和社区会组织捡彩蛋活动，孩子们会提上精巧的花篮，兴高采烈地去捡拾。很多家长还会在家里或屋前屋后的院子里藏匿一些彩蛋，等着自己的孩子去找。每找到一个，孩子和大人都是欢天喜地。

　　紧随其后的母亲节和父亲节，像是五、六月的天气，暖意融融。孩子们从幼儿园开始，就知道在这两个节日前要为自己的爸爸妈妈亲手准备礼物。无论是手工制作，还是自制贺卡上的甜美话语，都能给父母们带来很多的感动。不少幼儿园和学校还会在节日前组织活动，邀请妈妈们或爸爸们来跟自己的孩子一起庆祝母亲节或父亲节。每一次这种活动中，都会有意外的惊喜。孩子们的童稚和深情，会让很多家长，特别是妈妈们落下泪来，这是快乐和幸福的泪水。

　　到了七月四日的独立日，很多人观看完游行后，就赶去参加Party。这一天的不少Party是在室外进行的，而且一定要有烧烤。空气中飘荡着诱人的烧烤味道。晚上的活动是看烟花。如果不想去现场看焰火表演，也可以发现一些很好的制高点，站在上面看，效果也不错。有一年有个朋友向我们推荐了一个地铁站的停车场，塔楼很高，而且位置很好，可以看到四面八方的焰火。我们爬上去一看，已经有了不少的人，有的人还站在汽车上，登高望远。夜幕降临后，从华盛顿市开始，周遭的几个城市一个个跟进，万紫千红的烟花争相绽放，欢快的惊叹此起彼伏。这里的确是个看烟花的极好的落脚点，几个城市的喜庆都可以尽收眼底。当周围都安静下来，有些人还意犹未尽，又燃放起自带的花炮，要将快乐进行到底。烟花球在人群中滚动，引得一阵阵的喝彩和嬉笑。

　　秋意渐浓后，万圣节和感恩节接踵而至。万圣节之前就开始了各种装神弄鬼的活动。有的游乐场变成了"鬼城"。露天的旋转木马被包裹起来，黑咕隆咚的，只有一道道鬼光闪过。木马开始旋转，一路鬼魅相随。鬼哭狼嚎中，却可以听到一阵阵快乐的尖叫。很多人的家门前也站着大大小小的妖魔鬼怪。到了万圣节的晚上，各种装扮奇特的人神出鬼没，好不容易逮着这么一个吓死人不偿命的机会，大家八仙过海各显神通。很多小孩子的装扮倒很可爱，可以扮成毛茸茸的笨拙的动物，也可以扮成降落人间的天使。他们人手一个南瓜篮，挨家挨户去讨要糖果。女儿小的时候，我们一般会留在家里，守着一堆糖果，等着人家来敲门。一听到门铃声，我们的女儿就激动万分，连滚带爬地去开门。好像知道自己的小手一次抓不住几块糖，她每次都是连抓几把，给出去的越多，她就越快乐。等到她长大一些，自然加入了讨糖大队，跟几个相熟的孩子一起，挨家挨户去敲门。家长们就跟在后面，沾了孩子的光，也可以乐不颠地去讨要这份快乐。第一次跟着女儿去要糖，那兴高采烈的气氛和场景，让我恍然回到了童年时的春节。也是这样去街坊邻里那里串门，也会讨要到各种各样的糖果，也是大人和孩子都能享受到的喜悦。庆祝着两个完全不同的节日的人们，自然会有完全不同的装扮，但无论是一身新衣还是奇装异服，包裹住的，都是一年一次的喜悦和开心。

十一月的第四个星期四是感恩节，这个开始于1789年的节日，是美国独有的节日。当年第一批在新大陆生存下来的清教徒们，在来年收获的时候，邀请土著印第安人共同庆祝，感谢他们的帮助，也感谢上帝的恩赐。感恩节是感恩的日子，也是家庭团聚的日子，人们尽可能赶回家过这个节。回不了家的人，或是来自异国他乡的人们，会被当地人邀请到他们的家里。我做学生的时候，每逢感恩节的时候，会收到好几个邀请。等我有了家以后，这样的邀请就反了过来。我们会在家搞个感恩节 Party，邀请朋友们过来，有时出现在家里的，也是并不相识的人。感恩节的餐桌上一定要有个烤火鸡。火鸡长那么大个，好像就是为了让很多人欢聚在一起，共同分享。

节日气氛最浓烈的是圣诞节。十二月初的时候，大小商业中心和各种公共场所就披上了节日的盛装，圣诞彩灯装点着城市乡村的每一个角落。到处都可以听到那些传统的圣诞歌曲，商店里，收音机和电视里，音乐会上，各种圣诞摆设和贺卡里……这些歌曲一遍遍地播放，一年年地重复。这些歌曲带来的是欢乐和希望，简单的旋律和内容，却可以经久不衰，百听不厌。去看圣诞彩灯的人们络绎不绝。有专门看彩灯的地方，有的地方可以走进去看，在一片片彩灯下徜徉；有的地方太大，要开车进去。彩灯组合出的内容丰富多彩。有各种卡通人物、动物、花卉，可以以四季为主题，也可以讲述一个圣诞故事，每个彩灯点都有自己独特的魅力。有些彩灯还是动态的，可爱的小动物可以在草地上蹦跳，或者一点点地爬到树上；美丽的花儿从花骨朵到完全的绽放；渔翁可以坐在船上，从水中钓出一条大鱼。每一处这样的地方，大约要用一万个左右的彩灯才能构造出这么美轮美奂的世界。其实圣诞前后整个美国都沉浸在一片灯海中。大街小巷，各种彩灯随处可见，很多人家的门口也是火树银花，家里的圣诞树上也挂满了彩灯。可以买一个人造圣诞树，但是按照传统的习惯，这些圣诞树最好是活的小松树。很多人家都会有一个专门盛放圣诞树的装置，　年用上一回。一进入十二月，人们就开始惦记着去店里或专卖圣诞树的地方去买一棵，还有的人会去专门的地方，现砍一棵圣诞树回米。放在那个装置中，每天要浇水。新鲜的圣诞树，才有生命的活力，才可能散发出松柏的清香。大概在美国人的心目中，圣诞节就得这样度过：耳朵听到的是圣诞歌曲，鼻子嗅到的是圣诞树的芬芳，眼睛看到的是璀璨明亮的彩灯，心里回荡的是从天而来的喜悦。那个可爱的圣诞老人，也一定会在平安夜里驾着鹿车，不辞辛苦地降临千家万户。孩子们收到的，不仅仅是圣诞礼物，而是他们童年时代最大的惊喜和欢乐。

很多节日都有自己传统的庆祝方式，游行则是几个重要节日的传统项目。有一些很有名的游行，譬如新年时在加州帕萨迪纳市举行的玫瑰花车游行，感恩节时纽约的梅西感恩节游行，不仅会吸引很多人去现场，也会有很多人通过电视或互联网观看。但大部分美式节日游行并不是那么隆重，反而很随意。看重的并不是这种形式，而是通过这种形式可以把很多人聚集在一起，一起快乐一场。记得有一年我们去看独立日的游行，是有军乐队和仪仗队的表演，但也不乏"滥竽充数"的，甚至有些动物都混了进来。有只白色的长毛狗，尾巴被染成了红白蓝国旗色，在人们的欢笑声中，大摇大摆地走过。

美国还有其它的一些节日，来自世界各地的移民也把本民族的传统节日带来了美国。到了农历春节，不光中国人庆祝，不少美国人也会跟着凑热闹。美国各地，特别是华人比较多的地方，会有一系列的庆祝活动，一些商业中心里还可以看到中国龙、红灯笼等，专为中国新年张灯结彩。中国超市里会为每个重要节日备好传统的食品。春节有年糕，正月十五可以吃上元宵，端午节少不了各式粽子，中秋节一定会有不同风味的月饼。远离故土的人们，每逢佳节倍思亲，但过节总该是喜庆的。这些节日，可以让同根同族的人们聚集在一起，一起快乐地庆祝自己的节日。美国汇集了全世界最多的民族，如果把来自五湖四海的各个民族的节日都算进来的话，美国的节日要多如繁星了。一年中的三百六十五天，差不多每天都有人在过节。

美国的不同地方也有自己独有的节日。我以前住过的纽约州州府奥尔巴尼，曾是荷兰人的地盘，不少老房子的风格是荷兰式的，荷兰人也在这种下很多的郁金香，每年春天这里会有郁金香节。而我现在居住的华盛顿特区以樱花著名，也是在每年的春天，会有盛大的樱花节，吸引美国各地的人专程跑来看樱花，还有不少的外国游客。灿烂的樱花和一张张灿烂的笑脸，汇聚成一片欢乐的海洋。

不同的节日有着不同的特点，这么多不同的节日，始终奔涌着一条主旋律，那就是快乐。快乐地享受生活，快乐地庆祝生活中的每一份快乐。

就是在国殇日，都能感受到浓郁的快乐。这个定在五月的第四个星期一的节日，是为了纪念那些为国捐躯的人们。这一天似乎应该是安静肃穆的，如果安排什么活动，也应该是追思活动。可是我在国殇日参加过的活动，都是满怀喜悦的。我们带孩子在这一天去过一个嘉年华，我还有点纳闷，怎么会在国殇日搞这么热闹的活动。还有一年我们订了船票，是华盛顿市内波托马克河上的观光船。人们可以坐在船舱里，在乐队的伴奏下，享受各种美食。也可以带上一杯美酒，站在甲板上，眺望两岸风光。一路经过的，是一些著名的历史景点，也包括那些将士们死后安息的阿灵顿国家公墓。船上的人们，始终远离着哀伤，却把快乐一点点地推向高潮。船快靠岸的时候，乐队奏出一支欢快的舞曲，快乐撩拨着每一个人，没有什么人还能在那安静地坐着。若不是在舞曲中挥洒快乐，至少也会晃动下身体，或者拍着巴掌，跟欢舞的人们一起享受快乐。而这一天，是美国的国殇日，人们却可以这么快乐地度过。也许这恰恰是对那些为国捐躯的人们的最好的纪念。那些为这个国家为别人死去的人们，不就是希望，这片土地上后来的人们，可以更好更快乐地生活。

谢谢、对不起

在美国，听到和说得最多的两个词儿，是"谢谢"和"对不起"。

这两个词时不时地出现在日常生活中的各种场合。无论是在熟悉的环境还是在陌生的偶遇中，这两个词拉近了人与人之间的距离，也消除了不必要的误会和摩擦。

通完电话，接电话的人喜欢说声谢谢你打电话来。参加完Party，临走时，主人一定要说声谢谢你过来。受邀的人除了口头表示感谢以外，回家后一般还会发个电子邮件来表示感谢。更正式的，是寄个感谢卡过来。而主办Party的有时也会在Party之后给所有来参加的人发个电邮或感谢卡表示感谢。

在家庭中，谢谢是每个家庭成员的常用语。收到礼物时，或对方为自己做了什么，甭管是大事小事，最先要说的，都是一声发自内心的谢谢。就是多年的夫妻，也会为对方为自己拉了下房门或车门这样的小事道声谢谢。晚辈为长辈做些什么，哪怕只是递了杯水，做长辈的也会表示感谢。很多的善意看似微不足道，在一声谢谢中却能感受到其中的美好。尊重和感谢也是互相的，不分年龄和亲近的程度。

在工作场合，谢谢也挂在每个人的嘴边，出现在来往书信的字里行间。我在大学教书，每到学期末，总会收到学生们不同方式的感谢。而在中小学和正规的托儿所，每年五月份会有一个正式的感谢周，其间有各类的活动，学生们和家长们会有一个很好的机会向辛勤付出的老师们表示感谢。美国不鼓励，或不赞成送老师贵重的东西，学校更欢迎孩子们为自己的老师亲手制作的特殊的礼物。一些温暖的话语也不会是多余的，总能让老师们感受到孩子们的爱心和感激。

在其它的办公场合，同事们会为精诚合作向对方表示感谢；下属会感谢老板的栽培和帮助；做老板的也会时不时地表示下自己的感激之心。很多人会在圣诞新年前后在家里或在饭馆请手下人员吃顿饭，借此感激他们在过去一年里的工作和协助。

在商业领域，商家和客户间互相的感谢更是频繁。譬如网购了什么东西，订单一出去，马上会收到商家的电邮，第一句话一定是表示感谢，之后才是其它的细节。如果你对产品或服务很满意，在之后商家发出的调查中，你也有机会表达下你的谢意。

谢谢不仅是日常生活中用得最多的一个词儿，而且成就了美国的一个特殊的节日——感恩节。美国是世界上唯一的一个把感恩定为全国性的节日的国家。这个仅次于圣诞节的美国的第二大节日，开始于十七世纪。当年第一批抵达北美大陆并生存下来的清教徒们，在来年收获的季节，专门组织了感恩活动，感谢上帝的恩赐，感谢当地印第安人的帮助。在之后的岁月里，他们每年都要庆祝感恩节。经过独立战争和美国内战，感恩的活动更加盛大隆重，直至成为一个全国性的正式的节日。在这个特殊的节日里，每个人要感谢的人和事不同，但感恩是一个永恒不变的主题。

"对不起"虽然不像"谢谢"说得那么多，不过也是一个时常用到的词语。

生活中难免有磕绊，如果当事人能说声对不起，很多一触即发的争执便会到此为止。很多夫妻或恋人从芝麻大的小事吵到水火不相容，如果双方，至少其中一方能多说几声对不起，曾经相爱的人大概不会走到分手离婚的地步。我有时候在家里发些无名火，赶上情绪不佳或身体状况不好，会揪住先生做的某件事，或说的某句话小题大做。每每遇到这种情况，先生总会马上说声对不起。大多数时候是我无中生事，追究下去本是我的错，可他没去追究和计较，每一次，都是诚心诚意地先说声对不起。他已经说了对不起，我也就不好继续胡搅蛮缠了。等我的火气全消了，理智回来后，我又会向他道歉。

对不起说得比较多的地方，是商店、机场等人来人往的公众场合。当两个人不小心碰了一下，或者购物车、行李车撞上了，两个人会同时脱口而出一声对不起，然后是相视一笑，以表歉意和原谅。顾客定购了什么东西，到手后发现有问题，哪怕不是商品本身的问题，找回商家时，商家一般会先道歉，然后会给出两个选择：调换或退货，道歉不仅在口头上，而且有具体的行动。

我刚来华盛顿时，暂住在一个朋友家。早晨他要坐地铁去上班，有一天我正好没事，就开车送他去地铁站。在右拐弯时，我没有注意到主路上有辆直行的车。因为我挡了他的道，惹恼了他，他在我后面拼命按喇叭，意思是让我停下来。看这架势我不仅没敢停，而且超速行驶想甩开他。我的反应大概更激怒了他，他在后面紧追不放，在一个路口成功上位，把车别在了我的汽车前。

他先下了车，怒气冲冲地盯着我们。坐在我旁边的朋友让我坐着别动，他说了句让我来，也下了车。

我惊慌失措地看着这两个高大的美国男人走到了一起。那个人这么大的火气，显然不仅仅是我挡了他的道。一般的美国人遇到这种情况，最多在后面按一下喇叭。他这么不依不饶，或许心里原来就有不小的火气，我很倒霉地撞到了他的枪口上。

如果他真的带了一把枪呢？我不敢想象下面会发生什么。

对不起。朋友看着那个怒发冲冠的男人，只轻轻地说了声对不起。

那个男人的思维似乎停顿了一下。他扭头看了眼车里的我，什么也没说，转身开走了挡在我车前的车。

我的朋友回到了车里，说：没事儿了，我们走吧。

没事儿了？我还有些惊魂未定。一场狂风暴雨，就被一声对不起挡在了后面。简单的一个词语，可以有这样的份量和能力。我没想到我的朋友就用这种方式解决了问题。

当不好的事情发生时，不去追究谁对谁错，先说一声对不起，是一种勇气和担当。美国人在世人的眼里是有些傲慢的，其实他们在生活中很愿意说声对不起。放下骄傲去道歉，也许这才是真正自信和宽容的表现。

美国父母一般在孩子牙牙学语时就教他们学会说谢谢和对不起。不仅仅是学会发音，是在该用的时候一定要用上。收到礼物或得到了别人的帮助，很小的孩子就会说声谢谢。而两个孩子玩耍时起了冲突，双方的家长马上会先向对方道歉，并且教导自己的孩子向小朋友说声对不起。很少有家长在这种时候先追究责任，指责对方的不是。家长心里明白，学会感恩和道歉，是一个孩子长大成熟进入社会的出发点和立足点。

也许这就是一个和谐社会的公民的最基本的素质。当更多的人能有一份感激之心，能勇于道歉，那社会的稳定和家庭的和睦就不难获得和延续。

菜谱与感觉

读研究生的时候，有一次做一篇长论文，美国教授要我先写一个开题报告，我写好后交给了她。

很快她约我跟她面谈。我去了她的办公室，她明确地告诉我，我的开题报告不符合要求。她还是那个系的系主任，在这个专业中也是著述颇丰很有发言权的专家，她说的话我都虚心接受，可是我该怎样写开题报告呢？

她想了想，问我：你喜欢做饭吗？

喜欢呀。我困惑地看着她，心里嘀咕这跟做饭有什么关系？

教授很高兴：这就简单了，你喜欢做饭，这个开题报告就跟你做饭时用的菜谱一样。

我为难地看着她：可我做饭从不看菜谱。

没有菜谱你也能做出饭吗？教授一脸惊讶。

后来发现，美国人做饭时严格遵循菜谱。美国超市卖的半成品，都配有详细的烹调说明。几分几盎司，多高的温度，烹调多长时间，等等，详细周到。美国人的厨房里也一定少不了量杯量匙，做饭时他们喜欢舞杯弄匙，水呀油呀面呀，加上各类的佐料，可以做到分毫不差。认识美国老公后，遇到他做饭，多半会是一丝不苟，严格照菜谱办事。

而我做饭多半是凭感觉。家里的量杯量匙我基本没碰过，那是老公的专用品。不光"量"上做不到量入而出，"质"上也可以现场发挥，临时更改内容。用什么调料并不是完全固定的，柜子一开，花花绿绿的调料，不定就被我看上了哪一个。用一位中国同胞的话说，就是看见什么放什么。当然大方向是不能错的，譬如红烧个什么，老抽和糖总不会少了。

其实我这样的大厨在中国人中一抓一大把。每次在中国朋友家里吃上什么好菜，打听怎么做的，朋友开始时会说出个大概，放哪些材料，前后的顺序。说来说去，说到最后，基本上就是跟着感觉走了。最后听的人和讲的人心照不宣地一笑，有些东西，只可意会，不可言传。

朋友玲的四川凉面堪称一绝，中国人和美国人都爱得一塌糊涂。她亲自调制的凉面的调料也就成了宝贝疙瘩，想得到的人络绎不绝。玲并不保密，总是很热情地免费传授。得到秘方的大部分中国同胞都知难而退，亲自尝试的凤毛麟角。我开始的时候跃跃欲试，听到玲说她凭感觉放点儿这放点儿那，我就知趣地打退堂鼓了。这感觉可太难把握了，不身经百战是找不到这种感觉的。想吃这一口时，我就厚着脸皮到玲那里蹭点她做好的调料。

美国人一般不会这样想，他们好这一口时，可以知难而上。确切地说，是没觉得这事儿有什么难的。只要照着玲的菜谱倒腾，就是不轻松也总是能搞定的，比着葫芦还能画不出瓢吗？玲的先生的美国老板苏珊，追着要来了配这种调料的单子。玲的先生还专门陪她去中国超市，配齐了所有的配料。苏珊满心欢喜地回了家。再见到玲的时候，提到玲的秘方，她哭丧着脸说：我都是照着你说的做的，怎么出来的味道就不一样呢？

我也被人追着要过菜谱。有次去美国婆婆那里开Party，我带了个自创的虾仁沙拉，没想到在Party上一鸣惊人。Party还没完，婆婆和婆婆的妹妹就追着我要菜谱。我这菜可不是照着菜谱做出来的，自创的不说，再加上即兴表演，我都记不清放了些什么了。如果再按照写美式菜谱的要求，这几盎司几分的，我更说不清楚了。这时小姑子也来凑热闹，面对着几张满怀期待的脸，我赶紧搪塞道：我以后写给你们。

本以为人走了，这菜谱也就不了了之了。没想到婆婆对这道菜念念不忘，又打来电话追讨菜谱。我只能叫来老公，两个人齐心协力，像写一个博士论文的开题报告那样，炮制出了我的第一个菜谱。菜谱给出去后，我没敢问婆婆效果如何，她也没再提此事，估计她照着我那大制作的菜谱整出来的虾仁沙拉不咋样。后来她每次来我们这里或我们去她那里，我都会为她做这道菜。知道她好这一口，也知道她照着我的菜谱整不出这一口。

别看我做中国菜时不用菜谱，做大部分美国饭时倒是规规矩矩地照"章"办事。我也曾试图自由发挥。有次买了一大盒半成品的皮萨饼，盒子很大，恰巧冰柜里没多少地儿了，我就卸掉了外包装盒，这样可以少占些空间。要烤皮萨时，怎么也找不到那个带有说明书的包装盒了。我就想当然地设定了烤箱的温度和时间，为了掌握好时间，我还时不时地拉开烤箱看看。皮萨饼由白到黄，一层奶酪渐渐融化，四周的面圈泛出恰到火候的黄灿灿的颜色。我得意地告诉老公，咱不用那说明书也烤出了上好的皮萨，这色泽这样子看着比以前照着说明书整出来的皮萨还诱人。我把皮萨捧出烤箱，晾了一会儿后，下刀去切，刀一下去就觉出不对劲了。这皮萨外面看着已经烤透了，里面却是稀里哗啦，还是生的。如果我再把皮萨放回去接着烤，上面那层和四周的面圈势必会被烤焦。连补救的招儿都没有，我们的晚餐算是泡汤了。

因为有几次失败的教训，做美国饭时我学乖了，基本跟着菜谱走。照着菜谱做出来的美国菜一般味道恒定，没有大的起落。有如生活中方方面面的事情，美国都有明文规定，有个"菜谱"在那里，有法可依。美国人做任何事情都跟做饭一样，一板一眼，照章（菜谱）办事，出来的结果也不会有大的起落。美国人也基本上不会想到钻空子，好像天生就没这个心眼。"菜谱"已经久经效法了，很少有人会琢磨偷工减料或多捞点油水的办法。

美国的"菜谱"很难被改变，我曾经挑战过一个美国"菜谱"，最后以失败告终。

有次我们发现停在家门口的自家汽车被拖车公司拖走了，我们给他们打电话时，告诉他们我们就住在这儿，他们拖错了汽车。他们让我们自己来取车，还要先交上罚款。如果真的拖错了，他们再把钱退给我们。我想哪有这么不讲道理的，照我的想法，他们应该把车给拖回来，怎么还能让我们交罚款。先生倒觉得可以接受，他说美国的程序就是这样的。我说我这次要挑战这个愚蠢的"菜谱"。先生坏笑了一下，说，那你可以试试。我再次给拖车公司打电话，晓之以理，但没能说服他们。我又给物业打电话，接电话的女士柔声细语，但内容跟拖车公司如出一辙，劝我先去取车交钱，然后给县里专门负责解决这类问题的部门发封邮件，附上交钱的收据，他们会来调查，一定会把钱退给我们。我想不明白，这么简单的事情，怎么要费这么多的周折。可我除了生气，没有别的办法。先生却心平气和，笑眯眯地问我，我们是现在去取车，还是下班以后再去？我们去取车的时候，我又做了次努力，还是白费口舌，只能乖乖地交了钱。后来县里真的派人来做了调查，我们交上的钱一分不少地退了回来，但我没能让他们接受一个我认为更合理更简单的"菜谱"。

当然美国大部分的"菜谱"还是很靠谱的，也被几代人验证过，后来来的人们没有必要去挑战它们，入乡随俗是最好的选择。

做中国饭时我还是喜欢不受约束，跟着感觉走，菜的内容可以随时做调整，哪种材料或佐料家里正好没有了，那就干脆不放了；家里正好有什么鲜货，就是这道菜里没这东西，我也可以大手一挥扔进锅里。这样做出来的菜很难有统一的味道，再时不时地加些感情佐料心情佐料，出锅的菜，跟心情的好坏都能沾上边儿。而吃饭的人有不同的口味，我也不会那么死板，如果哪个人就好那一口，我这里通融一下肯定没问题。

不过不管怎么说，跟着菜谱出来的美国菜和跟着感觉出来的中国菜都有诱人之处。有时我也纳闷，难道国情不同，做菜做饭的方式也该不同吗？

没有围墙的大学校园

去过的第一所美国的大学，是纽约州立大学的奥尔巴尼分校。还记得邀请我的教授驱车带我来到学校，告诉我学校就在眼前时，我有点疑惑地看着教授，因为我没有看到在中国大学司空见惯的校门和围墙，只有漫无边际的绿草坪，尽情伸展于蓝天白云之下。所有的布局和建筑都是开放式的，它们以最简单直率的方式，欢迎着来自四面八方渴求知识的人们。

就这样走进了那所大学校园，没有经过校门，心情是轻松惬意的，还伴随着一种不可名状的对知识的渴求。后来去过了更多的大学，发现几乎所有的大学都是没有围墙的。这好像不仅仅是一种外部特征，还包含着丰富的社会和文化内涵——美国的教学方式也是开放式的，可以张开怀抱拥抱和尊重所有的知识，不会把旁门别类的东西拒之门外，不同的声音不同的想法都可以在这里找到一席之地。老师在传授知识时也决不会强迫学生接受自己的观点，因为那只是一家之言，学生们拥有一个完全自由的空间。接受过这种教育的大学生们在对待生活对待他人的态度上也趋向于兼容并蓄，很少受条条框框的束缚。

后来有幸获得在美国读书的机会。很喜欢课堂里的气氛。美国教授很少有肃穆而立的，很多教授的形体语言颇丰富，讲得来劲时常常手舞足蹈，坐在讲台上上课的老师也大有人在。有位胖胖的教授喜欢坐在讲台上东摇西晃，有一天那张讲台终于架不住这般折腾，哗啦一下散了架。幸亏这位教授虽然身体肥硕但动作还算敏捷，在讲台彻底散架前及时跳了下来，没有出更大的洋相。还有一位教授进门时总是把两只皮鞋往门口一甩，然后跳上讲台，他的两只可爱的大脚就跷在第一排课桌上，上他的课时没有学生敢坐在前两排。教授和学生之间也可以互相开开玩笑，课堂气氛一般都是很轻松的。

学生们也是随意的。朴素的着装，素面朝天却青春焕发。没有几个大学生会去追逐名牌，那本是与学业无关的事情，而且青春无敌，风华正茂的日子并不需要奢侈品来做点缀。才学、能力、勇气和个性魅力才可以帮你获得认可和敬佩。美国的学生也不太注重吃，汉堡之类的快餐食品好像总让他们吃不厌，生活丰富多彩的美国人却能忍受吃上的单调。中国菜在这里很受欢迎，中国同学笨手笨脚烧出的家常菜，却能让他们的美国同学吃得一惊一乍赞不绝口。每一阶段的学习常以会餐的形式做结束，而且大部分食物是师生们亲手烧制的。这时候你又会发现大大咧咧的美国人还是很热爱烹调的，一不小心还能折腾出几样绝活来。美国的大学校园里也很少有排外的现象，来自世界各地的学生们在这里融洽相处，很多来自不同国度的学生们后来成了很好的朋友。师生关系也是比较和睦的，学校跟学生的互动也很多。即便是一校之长，也会定期开个座谈会，跟学生们做一些有益的交流。几乎所有职位的竞选都是公开的。常可以看到一些海报，或者是网上的告示，说某几个候选人要竞选副校长，或某系教授的职位，或其它一些职务，欢迎学生们积极参与。

教学方式也是开放式的，并不仅限于死板的教与学。在我修过的一门课里曾做过一个项目，教授给我们的任务是动员更多的人成为器官捐献者，在死后把还有用的身体器官捐献给需要的人，拯救更多的生命。学生们都得出谋划策，组织各类的活动。我们自己设计标识，开通网站；请器官捐献组织和曾接受过器官捐献的人来学校做报告；印制宣传册，在学校和校外散发；出去摆张桌子打条横幅设立宣传点，跟更多的人面对面地交流，发现问题消除顾虑。想说服别人先得说服自己，因为上这门课我自己先成了器官捐献者。项目做完后我们要写一篇理论联系实践的论文。这时候我们已经很容易看到那些书本上的理论的合理性和在具体应用中的可行性。我们是通过实践学到的理论，理论对我们来说是活的而不是死的，同时我们还掌握了如何应用的本领。经过这样的实践，学生们进入职场后也就游刃有余了许多。美国的大学里有很多课程是以理论结合实践来设计的。学生们有很多走出去的机会，有些课不是在教室上，而是在真正的工作场合现场学习。就是坐在教室里，教与学的形式也很多样。有很多的课堂讨论，讨论的气氛相当活跃，甚至还会出现激烈争辩的场面。

我做了老师以后，又发现做老师的同样受惠于这种开放式的教学模式。做老师的在很多时候要起的是一个抛砖引玉的作用，要善于启发引导学生去思想去创造。我觉得有些课堂活动就像是电视里的访谈节目，教师在这种时候更像是主持人。如果能扮演好这样的角色，学生们的反应和反馈常会给你惊喜的感觉。其实我在学生那里也学到很多东西。他们的想法、观点和实例丰富了我的教学内容。我除了可以马上在课堂上加以肯定和深入拓展，还可以把很多东西存储下来，带进以后的教学中。教与学由此进入了一个良性循环。

自由的空气弥漫在美国大学校园的每一个角落，但学生们并没有因此而放任自由。美国大学生的自律意识还是比较强的。因为美国是个重视真才实学的国家，大部分学生还是希望自己在学校里多学些本事，将来找份好工作。高额的学费，激烈的竞争，也迫使学生们珍惜求学的机会。在美国的大学读过书和教过书以后，我又发现美国的大学实际上有一个无形的围墙，那就是严格的要求和管理。在正规的大学里，对大学生来说，除了期中和期末考试，平常的小考跟走马灯似的接连不断，家庭作业的数量也颇为壮观。对文科学生来说，既要阅读大量的书籍和文章，又要写大量的论文。对理科学生来说，要做的实验和提交的报告也多如牛毛。美国的很多大学课堂还有上课点名的习惯，如果哪个学生迟到或旷课超过了规定的次数，他在期末时将无法得到这门课的成绩。教授们在给学生打分时也是铁面无私，平时可以嘻嘻哈哈，但关键时刻决不手软，被学生们戏称为"披着羊皮的狼"。在如此这般的围攻下，大多数学生的学习态度还是颇认真的，稍一松懈就有可能赶不上趟了。

在学业以外，很多学生还要负担自己的一部分学费和生活费，所以在书店食品店之类的地方忙碌着的年轻人，大多是正在上学的大学生。学校的很多行政技术后勤部门的工作也是由学生们兼任的，研究生们更是为教授做了大量的助教工作。还有很多学生有校外的实习工作。美国学生除了崇尚自食其力外，还很重视工作经验的积累，为以后正式进入职场打下基础。有些学生所选的实习工作是没有薪水的，他们看中的是得以锻炼和发展的机会。我在校园里常会遇上打工的学生，这些学生工工作态度都很认真，哪怕只是在某个地方临时打打工，也会尽职尽责。

美国的大学里还有一道无形的围墙，就是严谨的治学态度。师道尊严是用广博的知识和认真敬业的态度建造起来的。不进则退，没有几个教授敢认为自己已经学富五车，不再需要吸收新的知识。学校里也有不少对老师的培训，有很多的研习会，教师之间可以互相切磋学习，提高专业技能。在这个日新月异的时代，教师也需要不断掌握新的技术手段，辅助教学，以达到更好的教学效果。有的培训不光不用付费，还会给参加者额外的报酬，足见美国对在职培训的重视。每个学校对教师也有完善的评估体系，每学期都要做评估，可以帮助老师看到自己的不足，以期在今后的教学中加以改进。

美国的大学向来鼓励学生有创新有独特的见解，但独特的见解不是想当然的凭空想象，需要有坚实的理论和实践基础。学生需要阅读大量的理论文章，或者做各类的实验，积极参与课外活动，只有在丰厚的治学基础上才有可能提炼出高才远识。美国学生写论文时也擅长于引经据典。读书时，每次写作业，特别是期末的作文，教授都要求我们先阅读相当数量的相关文章。学校资源丰富的图书馆为海征博引提供了有力的保障，而且很多资源都在网上，方便了学生的查阅。记得有一学期我写期末论文时，先浏览了二百多篇理论文章，最后筛选出十多篇作为我要写的论文的依据。那是我第一次获得A的一门课，想想这A也不是那么好拿的，要付出许多的心血，没有瞎糊弄的机会。

这里对剽窃抄袭也有很严格的界定，违反规定会受到严厉的处罚。学生们写论文时，论文后面都要附上很详尽的参考书目。引用别人的观点时，一定不能照搬原话，要充分消化以后用自己的话说出来，要不就犯了抄袭之过。这是很多中国学生来美国读书后需要调整和适应的一个环节。我读书时遇到过一位更严格的教授。他要求学生先熟读要引用的文章，把有用的观点印在大脑中，正式写论文时，不能再翻看任何参考文献，违之则为抄袭。这样的要求不光对我们这些用非母语写论文的外国学生，就是对土生土长的美国学生来说都是很大的挑战。他在毕业前的大考中也会设很高的门槛，有些美国学生也"死"在他手上，因为过不了他这一关而不能毕业。学生们怨声载道，可这位教授绝不让步。大部分学生还是被他逼了出来，海阔天空时，又对这位教授的严厉有了份感激。

美国的大学看似松散，但绝对不是一盘散沙，学校对每一个学生都是很负责任的。我刚到美国的时候，正好有一个二年级的大学生突然失踪了，不知是她自己的原因，还是出现了别的意外。为了找到她，学校在城市的每一个区域甚至每一条街道都贴上了寻人启事，电视和报纸也在不厌其烦地公布着最新线索，甚至学校的电话里也加上了这条消息，任何电话，只要一拿起来就可以听到急切的寻人通知。在那段时间，我甚至觉得这个叫苏珊的学生要比美国总统重要得多。后来学校还因为这件事在很多相对僻静的地方加设了报警装置，以保护学生的安全。很多学校还会为深夜离校的学生保驾护航。有的学生会因为做实验或做其它的功课在学校呆到很晚的时候，这个时候校车和公车都已停了，如果自己不开车，可以拨打911，警察会来学校免费把学生送回住地。

除了安全上的保障，每一个学生，无论是美国本土学生还是国际学生，都能感受到学校对学生的重视。作为学校的一分子，可以充分享受到学校提供的很多方便。有很多的机会可以不断地提醒你，你是生活在一个集体之中。所以在美国的大学里，更容易形成一种集体意识。

当一所大学具备了严谨的治学风气和完善的管理体系，那它的存在就是坚实和经久不衰的。这样的大学也就不再需要其它形式的约束，校门和围墙似乎也就成了画蛇添足的累赘。

我们来自五湖四海

英语并不是美国的官方语言，美国是个没有官方语言的国家。美国人用到的语言大约有三百多种，当然绝大多数人都会说英文。没有官方语言，也就对不同的语言都有一份包容和尊重。不仅仅是语言，世界上的每一种文化都在影响着美国。

我们喜欢说美国是个大熔炉，把不同的文化融合到一起，形成了美国文化。但很多美国人不认同这一点，他们认为美国若是个大熔炉的话，就抹掉了移民们所带来的原生文化。有的美国人认为美国是一碗沙拉，各种配料是各民族自己的文化，比如生菜象征英国文化，胡萝卜象征印度文化，每种文化都可以以原生态在美国被保留下来。而把各种配料调到一起的沙拉酱，就是美国的律法、价值观等，还有很多人追求的相似的美国梦，如沙拉酱般把不同的配料凝聚到了一起，让不同文化背景的人们可以在这里求同存异和睦相处。也有人认为美国是一大锅汤，里面什么都有，代表着不同的族裔和文化。美国的法律和政策就是熬汤的厨师，厨师自然决定了往汤里放什么菜，放多少菜。各种各样的菜保存着原来的味道，也吸进其它的味道，最后炖出一锅浓郁的美国味道。还有人认为美国是一个管弦乐队，不同的乐器也是代表着不同的文化，需要各种乐器的共同演奏，并且协调一致，才能奏出华彩乐章。甭管用什么来比喻美国，美国作为一个移民国家，有着很强的包容性，兼容并蓄，才能共同发展。

在美国，特别是美东美西，我很少会意识到，我来自另外的一片土地，我本不属于这里，跟周围的人总该有些格格不入。如果我自己不把自己当外国人，其实很少有人刻意地把我看成是外国人。这里云集着不同的种族不同的面孔不同的语言，人们早已习惯于求同存异，和睦相处。

可是我生活在这里，又会有很多的机会提醒着我，我的根不在这里。但这并不是一件不好的事情，我不同于别人的地方，恰是值得我骄傲的地方。我要永远珍存和保持的，是我的祖先的血脉和故土的芳泽。

学校，职场，几乎任何的地方，都可以碰上来自五湖四海的人们。有时候别人告诉我，他来自某个国家，我都不知道这是个什么地方，大概是非洲的一个小国。还有很多人，都长着白种人的面孔。跟他们交流时，才可以听出明显的东欧口音或其它的口音。

因为有太多的人来自这个世界的不同的角落，很多州的法律文件会用不同的语言文字去表述；考驾照时的笔试甚至有些州的路考都可以选用不同的语言；图书馆里有不同语言的图书，方便了希望用自己的母语阅读的当地居民。不同的宗教信仰在这里也可以得到充分的尊重。不同信仰的人总可以找到去敬拜的地方，无论是教堂，还是寺庙。就是同一种宗教，也可以用不同的语言。譬如同是基督教，人们可以去美国人居多的说英语的教堂，也可以去说中文的教会。很少有人愿意被扣上种族歧视的帽子，也很少有人想着抹去别人身上的那些来自异国他乡的印记。相反，很多人愿意帮助那些来自他乡的人们保存他们身上的原汁原味。

朋友慧的儿子从北京转到华盛顿的一个小学读书。去学校的第一天，他的老师问他怎么准确地叫出他的名字。有些中文的发音对美国人是一种挑战，这个男孩的名字对他的老师来说有些拗口，她说了几遍，还是有些别扭。慧赶紧说，他还有个英文名字，你可以叫他的英文名字。老师马上拒绝了，她许诺她会好好地练习，直到准确地叫出他的中文名字。而且，老师告诉慧的儿子，你要让所有的同学记住你的中文名字。很多美国人都会注意这些很小的细节。对待别人的宗教信仰和风俗习惯更会谨慎细致，即使自己没有兴趣，也会维护和尊重别人的选择。譬如到了犹太人的几个重要的节日，犹太学生是不用去上课的，他们的缺席不能算作旷课。如果那天有考试，学校和老师要为他们安排另外的补考时间。

美国应该是世界上节日最多的国家。除了那些共同的节日，每个民族都会有自己独特的节日，也都会以传统的方式庆祝自己的节日。像到了中国的春节，美国各地，特别是华人比较多的地方，会有一系列的庆祝活动。大的商业中心里会张灯结彩，挂上红灯笼。春节游行也少不了舞龙舞狮扭秧歌，锣鼓升天，喜气洋洋。还会有很多的文艺演出，有点像中央台等电视台搞的春节晚会，为海外华人营造出节日的气氛，送来新春的祝福。既然是在美国，各种活动里肯定少不了美国人的参与。而且很多美国人不是来当观众的，他们也可以登台表演中国功夫，唱段京戏，来段相声，跳上一支中国民族舞蹈。这些在中文学校里学来的本事都有了展示的机会，所以有时候有些美国人跟我们中国人一样盼着过春节。

除了这些公众的庆祝活动，很多学校也会利用这个机会向其它族裔的学生展示中华文化的魅力。大学里会组织一系列的活动，有学校主办的，也有中国留学生会发起的。随着中国学生人数的不断增加，这些活动更加的丰富多彩。很多中小学里也会有相关的活动。我女儿进了小学的第一年，春节前收到她的老师给我的一封信，说是学校里会有一个春节游行，问我能不能也参与一把。女儿去的那所小学亚裔学生很少，他们能为春节搞一个游行，让我多少有些意外。我赶紧从家里搜罗了各类的中国装饰品，拿去女儿的学校为游行装扮和助兴。后来我发现很多中小学都会搞这样或那样的活动。这种时候，华裔家长如果能去学校搞个介绍春节和中国文化的讲座，或者组织个类似的活动，那会受到热烈的欢迎。华裔孩子们这时候也可以跟着骄傲一把，这是他们身上与众不同的荣耀。当然不同民族的精华在这里都会有展示的机会。美国的孩子，从小就生活在一个很多元的世界中。

一些共同的节日里也会出现中国或其它民族的元素。我曾在新年时看到过一场很精彩的中国表演。每年元旦到来之际，纽约州州府奥尔巴尼的城市广场都有盛大的迎新活动。有一年的重头戏就是一场龙腾虎跃的传统中国节目。这几乎是纽约家家户户必看的节目，影响之大可想而知。节目还在彩排时就吸引了诸多媒体的关注。美国的主流媒体CBS，NBC等都做了热情的报道，像《纽约时报》等大报也都不吝笔墨用头版和大篇幅加以渲染。新年近在眼前时，装扮一新的舞台上，随着铿锵有力的锣鼓声，一条中国巨龙腾空而出，可爱的中国大头娃娃和身穿传统民族服装的腰鼓队随之出场。紧接着台上腾跃出了威猛的中国狮子，伴舞的二十位风姿绰约的中国姑娘，跳起了传统的中国扇子舞。台上热闹非凡，台下几千名观众的兴致也被完全调动起来，十几分钟的演出高潮迭起，最后的锣鼓声淹没在观众热烈的掌声中。奥尔巴尼的市长上台向演员致谢，发表了热情洋溢的新年祝词，并同演员和观众一起从"十"倒数到"一"。"一"声落地，五彩缤纷的礼花腾空而起，映红了节日的夜空。当然新年是各民族普天同庆的节日，就是在美国很本土的感恩节的游行中，也有可能看到中国和其它民族的节目。

这里在举行很多活动时，或者是在一些公共设施内，都飘扬或悬挂着很多国家的国旗。每一年的"马里兰日"，带女儿去参加活动时，必做的一件事情，就是让女儿在几十面迎风招展的国旗中，找到那面鲜艳的五星红旗。我从纽约州立大学毕业时，还意外地收到了校长的来信。他告诉我，作为一名优秀的毕业生，我荣幸地被选为毕业典礼的旗手。而我们的学生来自世界各地，希望每一位学生都能在毕业典礼上看到自己祖国的国旗。毕业典礼那一天，我将代表所有的中国留学生高举中华人民共和国的国旗进入礼堂。校长还郑重地强调，这是特殊的权利和责任，希望我能为这份荣誉感到骄傲。从小到大还没当过旗手的我，把这封信连看了好几遍。激动于这样的机会，可以把个人的荣誉和自己祖国的荣誉这样的结合起来。

毕业典礼那天，入场式正式开始后，我举着中国的五星红旗，与其他旗手走在队伍的最前面。整个大厅在瞬间安静下来，所有热烈的目光都投向缓缓行进的入场队伍上。这是收获的时候，有太多的情感和积淀要在这一刻释放。我努力让自己平静下来，全部的目光都凝聚在那面红旗上，努力把它举得更高一些，努力让自己的步子走得更稳更庄重一些。我感激着这样的机会，让我以这种特殊的身份出现在我的毕业典礼上，让鲜艳的五星红旗飘扬在我最难忘的日子里。

我们来自五湖四海，最让我们牵挂的，正是我们身后的五湖四海。刚来美国时，我去当地的华社，看到一些中国人聚在一起唱歌。不是时下流行的歌曲，都是些已经被很多人淡忘了的老歌。他们唱得那么投入，那么深情。开始的时候我还觉得他们有些好笑，在美国呆得这么落伍。很快我就跟他们有了同样的嗜好，因为那些陪着我们从小长大的歌曲带我们回到了故乡。故国的土地，在离开了以后，才会知道我们有多爱她。没有几个人能在心灵上远离自己的祖国。一件很小的事情，只要跟我们的故土有关，就有可能让我们牵情动肠。如果那片土地上发生了灾祸，除了寝食难安，很多人会有具体的行动。有些人会马上赶回国，作为志愿者尽一份微薄之力。更多的人会选择捐款捐物的方式，而且这样的捐助并不只限于同胞之中，美国在这种时候都会提供一切的便利。记得2011年日本地震并引发了核泄漏的时候，我的一些日本同事马上在校园里组织了一个义卖活动。他们亲手烤制了很多的日本小点心，师生们用购买点心的方式捐款。这比只是干巴巴地放个捐款箱在那里好了许多。小点心的制作和传递里蕴含了很多的情谊。有对故国的牵挂和对认捐的人们的谢意，也有对其它国家其它民族的人们遭遇不幸时的同情和爱心。甭管是哪个国家发生了天灾人祸，如果我们的身边正好有认识的人来自这个国家，很多人会主动问候，送去关心，为死难的人表示哀悼，就像是这个人的家里发生了意外。所以在美国一个人是很容易跟自己的故国故土连系在一起的，这样的连系甚至是密不可分的。从某种意义上说，每一个从异国他乡来的人都代表着他的祖国和他的民族，他的言行也影响着别人对他的祖国的认知和印象。

对一个移民国家来说，让不同种族不同文化的人在这里和睦相处，并不是件容易的事情。族裔和文化间的矛盾和冲突一直此起彼伏，有相对平和的时候，但有些矛盾从未被完全调和，可能永远无法消除。一些人以反对歧视为名，反而挑起了不同种族的矛盾。有些厚此薄彼的政策也损害到某些族裔的利益，像美国人上大学是按族裔分配名额的，势必造成一些不公。在另外一个方面，一些移民自己破坏了自身的形象。绝大部分新移民遵纪守法，为这个国家的发展做出了贡献，但也有一部分来钻空子的人投机取巧，骗取福利，或不讲公德，引发了原住居民对这些新移民的不满，前几年对白人的一些逆向歧视也引发了不少的冲突，破坏了原有的包容和和谐。但这样那样的问题不可能停止美国的移民政策，美国依旧是个移民国家，也依旧会包容不同的文化色彩。

很多新移民也开始更积极主动地融入美国，特别是政治生活中。原来有很多人连选总统时都不会去投票，现在不仅投票选总统，其它的选举，小到县里的校委会选举时都会去投票或助选。很多新移民意识到只有自己去努力，才能更好地维护自己的利益，争取到更多的权利。2016年美国总统大选时，很多华人不仅仅是投出了自己的一票，还积极地投入到具体的选举活动中，华人也组织了强大的助选团，像宾夕法尼亚州和弗罗里达州由民主党的蓝州转为共和党的红州，跟一些华人和华人团体的行动和努力也有很大的关联。当然华人也支持不同的候选人，特朗普当选美国总统后也是有人欢喜有人失望，但华人的积极参与势必影响到整个族裔的形象，也有利于华裔的下一代在一个更平等的环境中竞争和生存。

所有的族裔都有自己独特的形象，这是无法改变的，也是不需要去改变的。需要做的是维护好自己的形象，树立起一个积极向上的形象。

很多人会有一个误区，认为要更好地融入美国的生活，就应该更多地消磨掉自己身上原有的气息和印记。恰恰相反，美国实际上很看重不同民族独特的风彩。在移民归化的宣誓前，带领宣誓的人会很真诚地告诫新移民们，不要离弃你的故土，你从那里来，你也永远属于那里。美国的魅力来自于世界各个民族，你要永远保持和发扬自己祖先的荣耀。每一种文化都有独特的其它文化无法取代的精华，那是从几千年前就开始积累的宝藏。美国在这方面有着很包容很务实的态度，她的大门和土地是面向五湖四海的。美国也接受双重国籍，有些美国人甚至有多重国籍。正是因为有这种百川归海的大气和海量，这个国家才能有长久不衰的魅力。她的深厚的底蕴来自五湖四海，经得起细细的品味和长久的感受。

图书在版编目（CIP）数据

电影之外的美国 / 章珺著 . -- 北京：作家出版社，
2018.4

ISBN 978-7-5212-0040-9

Ⅰ. ①电⋯ Ⅱ. ①章⋯ Ⅲ. ①散文集 – 中国 – 当代
Ⅳ. ①I267

中国版本图书馆 CIP 数据核字（2018）第 078355 号

电影之外的美国

作　　者：章　珺
责任编辑：宋辰辰
装帧设计：意匠文化·丁奔亮
封面摄影：章　珺
出版发行：作家出版社
社　　址：北京农展馆南里 10 号　　　邮　　编：100125
电话传真：86-10-65930756（出版发行部）
　　　　　86-10-65004079（总编室）
　　　　　86-10-65015116（邮购部）
E-mail:zuojia@zuojia.net.cn
http://www.haozuojia.com（作家在线）
印　　刷：中煤（北京）印务有限公司
成品尺寸：165×240
字　　数：337 千
印　　张：20
版　　次：2018 年 5 月第 1 版
印　　次：2018 年 5 月第 1 次印刷
ISBN 978-7-5212-0040-9
定　　价：48.00 元